知识生产的原创基地
BASE FOR ORIGINAL CREATIVE CONTENT

颉腾文化
JIE TENG CULTURE

猎天下

第4部 奇正之兵

付遥 著

中国广播影视出版社

图书在版编目（CIP）数据

猎天下. 第4部, 奇正之兵 / 付遥著. -- 北京：中国广播影视出版社，2021.6
　　ISBN 978-7-5043-8653-3

Ⅰ. ①猎… Ⅱ. ①付… Ⅲ. ①长篇历史小说－中国－当代 Ⅳ. ① I247.5

中国版本图书馆 CIP 数据核字 (2021) 第 091584 号

猎天下第4部：奇正之兵
付遥　著

策　　划	颉腾文化
责任编辑	宋蕾佳
责任校对	张哲

出版发行	中国广播影视出版社
电　　话	010-86093580　　010-86093583
社　　址	北京市西城区真武庙二条9号
邮　　编	100045
网　　址	www.crtp.com.cn
电子信箱	crtp8@sina.com

经　　销	全国各地新华书店
印　　刷	北京市荣盛彩色印刷有限公司

开　　本	880毫米×1230毫米　1/32
字　　数	242（千）字
印　　张	12
版　　次	2021年6月第1版　2021年6月第1次印刷
书　　号	ISBN 978-7-5043-8653-3
定　　价	55.00元

（版权所有　翻印必究·印装有误　负责调换）

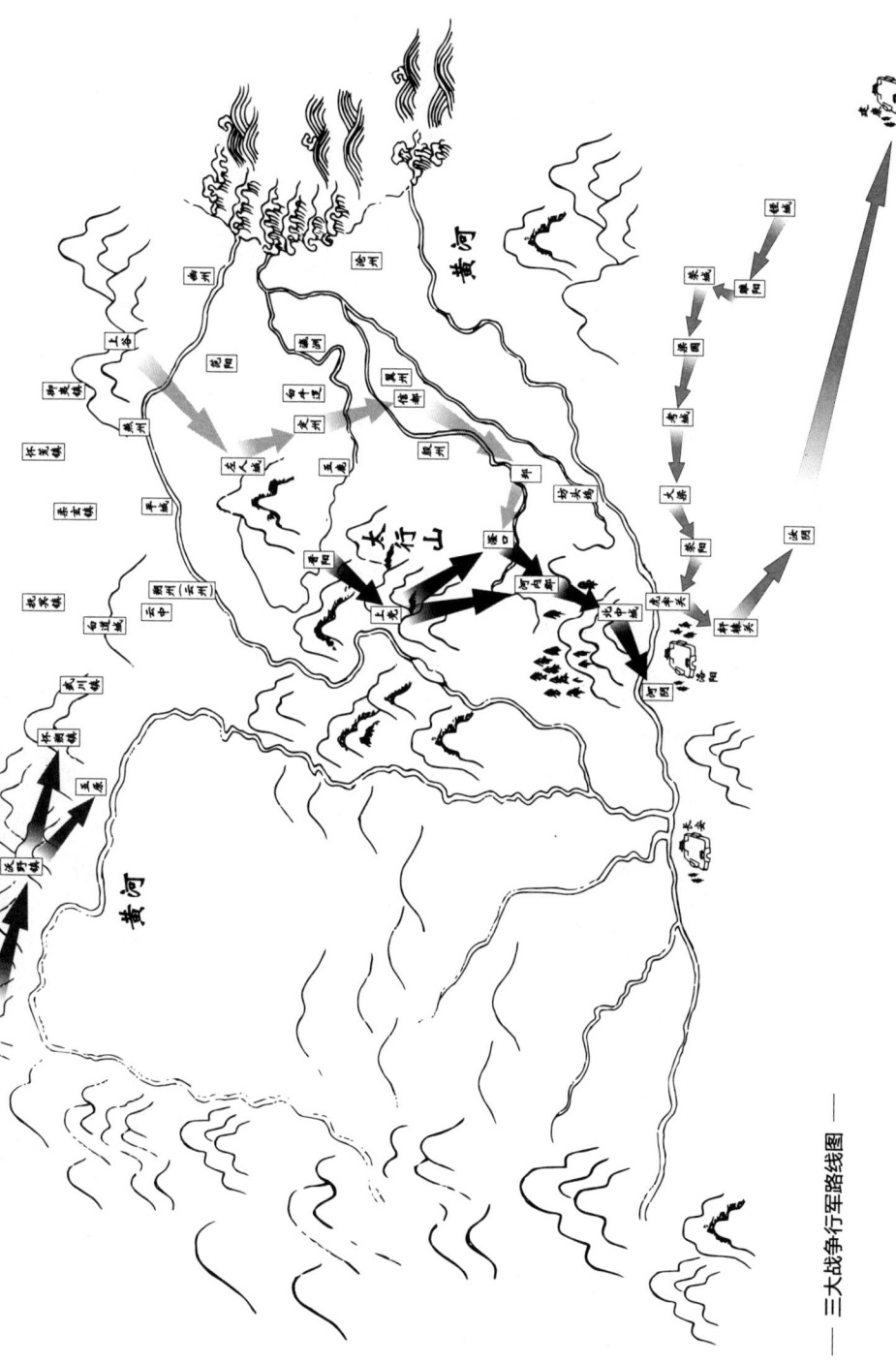

——三大战争行军路线图——

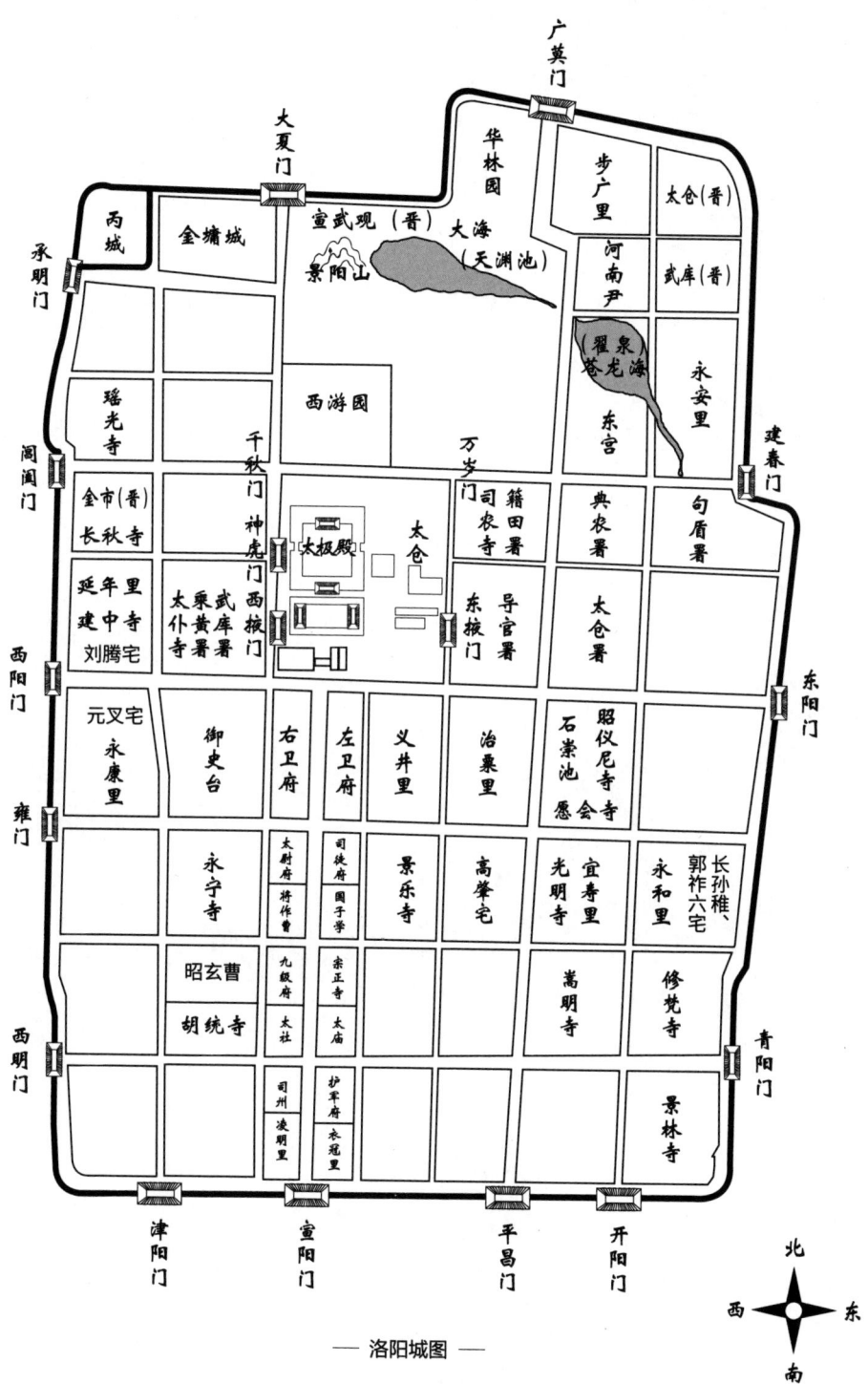

— 洛阳城图 —

目录

第一章 | 共牢合卺　　003

第二章 | 渡河决战　　045

第三章 | 武功兵法　　087

第四章 | 结阵东返　　127

第五章 | 河洛白袍　　175

第六章 | 受禅台　　　225

第七章 | 万俟丑奴　　279

第八章 | 明光殿　　　329

第一章 共牢合卺

天下，
是天下人的天下

01 十日之期

　　枋头坞百姓哪儿见过这么雄伟的城池？在数十里外望见永宁寺浮屠，惊讶不已，又行数里，在十里红亭遇到京城御林，鲜衣怒马，铠甲曜日，引导送亲队伍向闾阖门而去。前导四排骑兵各持横刀和弓箭，其后鼓吹，铜鼓、大鼓、铙鼓、节鼓、小鼓、羽葆鼓，也不知道什么曲调，热闹喜庆。幡幢旌旗相随，青龙和白虎旗分列左右，将枋头坞百姓护在中间，刘离捂着嘴巴问道："爹爹，他们是谁？"

　　杨闵嘴巴半张，乐呵呵地说道："迎亲队伍，皇家仪仗！"

　　刘离鼻子微皱："景休不该如此招摇。"自从订下婚期，刘离便改口不再称呼他为大眼。

　　元颢极为上心，派出惊天动地的迎亲队伍，杨闵毫无办法。刘离只想男耕女织，偷生乱世，便已知足，请求道："战乱遍地，称王为将，要么杀人要么被杀，爹爹，我们不要在洛阳多留，成亲后就回枋头坞吧。"

　　送亲队伍兴高采烈，笑逐颜开，这些乡下人要看遍繁华大城才肯回乡。杨闵叹气，偷偷摸摸怀中的元颢书信。书信就是圣旨，进京易，出京难，惯了富贵荣耀，便难甘于寻常人家。杨闵正在低头沉思,坞壁百姓"轰然"一声,巍峨的阊阖门近在眼前。

杨闼一行数百人,被安排到北海王府一隅,刚安顿下来,聘礼就到了。元颢亲自为媒,执雁而入,众人虽然是乡野莽夫,却也知道见到皇帝要下跪,慌乱伏地,杨闼也三拜跪倒不敢抬头。元颢用明月拉拢杨忠,另一手做媒拉拢宋景休,收买人心,笑呵呵地将杨闼扶起:"景休家在南边,朕为他准备了聘礼,如果计较朝廷的礼仪,朕这聘礼就送不出了。"

杨闼只好起身作揖,元颢深施一礼:"敬荐不腆之礼。"

杨闼还礼答应:"君之命不敢辞。"

聘礼依次而入,玄三匹,纁两匹,束帛十匹,大璋一个,豹皮两张,羔羊一只,羊四只,犊两头,酒黍稷稻米面各十斛,将庭院布满。元颢本想多送些金银财宝,后来想想,聘礼还是应该按照规矩来,便没有过多置办。他喜盈盈坐下,与杨闼择了良辰吉日。一般百姓人家,婚期都在第二年,宋景休在军中飘荡无踪,只能从权议定,婚期就在十日之后。

"大眼,你不能娶刘离!"马佛念听说杨闼和刘离到了,震怒非常。

宋景休喜气洋洋迎来送亲队伍,不理解马佛念为何动这么大的怒气。杨忠在旁劝慰:"大哥,关中侯下了聘书,皇帝为媒,六礼已毕,就该迎亲。"

洛阳表面风平浪静,其实剑拔弩张,陈庆之进退不决,哪能在这紧要关头成亲?马佛念指着宋景休和杨忠说道:"你们好糊涂,刘离和老坞主来到洛阳,便是元颢的人质,我等投鼠忌器,还有什么周旋余地？"

宋景休没有将元颢当作外人，也不懂宫廷钩心斗角："怎么能这么说，皇帝还要将明月嫁给杨忠，明月也是人质吗？"

马佛念跺脚，他与陈庆之的谋划都是秘密，不能告诉杨忠和宋景休，可是连结拜好兄弟都被元颢收拢，还怎么对付他？

02 长子合兵

尔朱荣亲驾追锋车，元子攸身披黄金铠，曾经仇恨极深的仇敌成为肩并肩的盟友，王公大臣大都叛元子攸而去，尔朱荣却从晋阳赶来相会，不依靠他还有谁可以依靠？

"陛下请看，那是骠骑将军。"尔朱荣向前一指，只见尔朱兆率领契胡铁骑身披重铠，腰夹袖棒，长槊指地，气势威严，在荥阳虎牢他们折损不大，休整旬日已经恢复当初战力。

追锋车疾驰，出现一个庞大的军阵，阵前一员将领，纵马横槊，顾盼自雄，此人便是赫赫有名的贺拔胜，遥遥拱手："陛下，臣乃贺拔破胡！"六镇叛乱时，他招募勇敢少年十余人从武川镇突围而出，叛军不敢逼近。后来葛荣在河北起兵，广阳王元深被围困在五原，贺拔胜招募二百士卒开东门出战，斩杀一百余人，叛军退兵数十里。后来贺拔胜和贺拔岳投奔尔朱荣，尔朱荣大喜说："得到你们兄弟，不愁天下不定。"去年四月，贺拔胜随同尔朱荣进入洛阳发动河阴之变，六月担任前军大都督在滏口大破葛荣叛军。去年十二月，葛荣余党韩楼聚众作乱，祸乱北方，贺拔胜镇守中山，韩楼畏惧威名，不敢南侵。元颢攻入洛阳后，听说元子攸逃亡，立即领军南下加入尔朱荣大军。贺拔胜和贺拔岳率领的武川镇人马一向对朝廷忠心耿耿,今日领兵来援,声势大振。

追锋车继续向前,又出现一阵人马,正是怀朔镇大军,高欢和侯景策马军前,高欢在滏口诱敌与尔朱荣表里合击大破葛荣,旋即赶赴泰山击败羊侃。侯景阵擒葛荣,与元天穆大军击破邢杲,军功赫赫。尔朱歌望着战马上的高欢,命运将她一而再再而三推入皇宫,成为部族与皇帝之间的纽带,与高欢缘分已尽。

高欢也看见了尔朱歌,她在天子身边,元子攸虽然被逐出京城洛阳,但依然是社稷之主,天下州郡本来要倒向元颢,收到元子攸的谕旨后改弦更张,旬日之间兵众大集,资粮器仗相继而至,尔朱荣亲自为他驾驭战车,自己岂能相比?高欢抑制不住对尔朱歌的思念,策马向追锋车迎面奔驰。尔朱荣身体僵硬,握紧马鞭,元子攸目光不惑。尔朱歌紧握缰绳:他还愿意与我浪迹大漠吗?今天皇帝大阅,父亲将为前驱反攻河洛,我和他又能如何?抛下千军万马、父母兄弟和族人,两人去找寻快活?高欢怎能抛下踏星而行的梦想?想到这里,她挽住元子攸,靠向他身体,向高欢传递出信号:我是皇后,此生与你无缘!高欢懂了她的动作,勒住战马,尔朱荣加了一鞭,战马咆哮向前,将高欢淹没在尘埃之中。

追锋车前行,元天穆的河北诸州人马排列成巨大的军阵,七八名将领排在队前,手持巨大长槊的李叔仁在他身后,众将不顾军礼,翻身下马向元子攸跪倒,挟天子以猎天下,才能聚集这么多人马!

追锋车在阵前回转,尔朱荣下战车跃上战马,向元子攸施礼:"前方便是河内郡,我愿为前驱,为陛下取之!"

元子攸还以军礼,奉出洛阳布防图:"大将军请看,都督宗政珍孙和河内太守元袭据守河内,朕恭候大将军佳音。"

尔朱荣仔细看了,这份驻防图极为紧要,下马再跪:"陛下授图,上天之助也!"

元子攸仓皇北奔,担心受到慢待,赞名不拜的尔朱荣多次跪地参拜,让他心潮澎湃。他下战车走到尔朱荣身边:"大将军,只要攻下河内郡,便长驱北中城,自有内应助你。"

尔朱荣眼珠闪亮,元子攸善于收揽人心,助益极大,拜了三次返回阵中,率领大军腾起滚滚烟尘,向南而去。

03 犹豫不决

北伐是陈庆之一生之愿,来到洛阳却触目惊心,与阿阇梨看了龙门石窟,对照孝文帝所作所为,自己如同坐井观天,心胸太小,将索虏驱除到哪里去?逐回大漠又如何?一旦草原有了灾情,胡人仍然蜂拥南下。当初卫青、霍去病马踏匈奴,封狼居胥,兵威赫赫,却不能驻守沙漠和草原,匈奴仍然卷土重来,直到呼韩邪单于归降,汉朝授予田地,和亲安抚,让匈奴人定居下来。陈庆之也不想掉头返回梁国,任由胡虏占据长安和洛阳,在中原腹地杀戮。陈庆之无法入眠,进了偏厢,里面灯火通明,几个人影投射在窗棂上,里面起了争执,正是杨忠、马佛念和宋景休三人。

"大哥,皇帝待我们不薄,怎能如此对他?"杨忠口中的皇帝必是元颢。

"二弟,胡人军队十倍于我,须先下手为强,否则死无葬身之地。"马佛念极为耐心,详细解释当前局面,杨忠听不进去。

"皇帝没有对付我们的意思,隔几天便来喝酒吃肉,大哥多虑了。"宋景休夹在马佛念和杨忠之间,常常不知所措,他这次站在杨忠这边。

"我军折损巨大,关中侯欲将南人编练成军,元颢发谕旨,在洛阳募集几百人交给我们，然后就没有下文。我们想从南边调兵入援，他说天下安宁，唯有尔朱荣称逆，足以擒获，我军停在边境不能进入魏境，他如此提防，你们看不出来吗？"马佛念洞若观火，梁军众将被元颢的醇酒喝晕了头，被送来的美姬迷了心魄，就是听不进去。

"三弟，洛阳危如累卵，你偏偏在这个时候和刘离成婚，这是添什么乱？"马佛念想到此处，头更大了，枋头坞乡亲都住在北海王府，隐隐成为人质。

"大哥想这么多干吗？关中侯让打就打，要抓魏国皇帝就去抓，来，喝酒！"宋景休堵住了马佛念的嘴巴，一切都要陈庆之做主。

马佛念不能说服杨忠和宋景休，没心思喝酒，推门出来正好遇见陈庆之，躬身施礼。陈庆之摆摆手，和马佛念两人走出了院落："皇帝这几天就向杨坞主为杨忠提亲，还要亲自为大眼主婚。"元颢是明月姐夫，杨闼是杨忠叔父，提亲越过了陈庆之和马佛念。

元颢笼络人心的手段非比寻常，为宋景休下聘书，把明月嫁给杨忠，再把黄金和美女川流不息送到梁军手中，如此一来，怎向他动手？马佛念仍然决心擒获元颢："关中侯，后援大军到达边境，只要我们这里动手，援兵即可进入洛阳。"

陈庆之与阿阇梨去了宾阳洞之后，想法改变："驱除索虏与孝文帝汉化，孰优孰劣？"

马佛念大急，深深一拜："生死存亡之际，关中侯莫要犹豫。"

"孝文帝不愧为千古一帝啊！我的见识差了一层。"陈庆之慨然说道，他来到洛阳之后所见所闻，心思已经彻底颠覆。而且马佛念建议擒获元颢，调集梁军人马进入洛阳，极为激进，必然爆发梁国和魏国之间的大战，陈庆之不能擅自做主，必须禀报萧衍，而且阿阇梨颠覆了陈庆之的决心，孝文帝推行汉化，确实比驱除索虏高明。陈庆之闪过一个念头，阿阇梨明知驱除索虏不可行，为什么在建康的时候不阻止自己北伐？她到底是善意还是恶意？

04 攻袭河内

公元529年六月二十二日。河内郡北依太行山，南临滔滔黄河，是尔朱荣从晋阳前往洛阳的必经之路，元颢夺取洛阳后，派遣都督宗政珍孙和宗室元袭担任太守固守，防止尔朱荣南下。宗政本是官职，汉高祖刘邦的少弟为楚元王刘交，曾孙刘德曾为宗政，主持皇家宫室事务，从此子孙以宗政为姓，故宗政一姓是纯正的大汉血脉。宗政珍孙曾随同萧宝夤讨伐万俟丑奴，因此进达，为将攻伐，进入河内郡协助太守元袭守城。尔朱荣集齐粮草和兵器需数月时间，没想到这么快竟然来了。他登城北望，烟尘冲天，大军漫山遍野，不禁心中惊慌，口中却为士卒们打气："尔朱荣讨伐葛荣时在滏口广置骑兵，虚张声势，今天又来诈我！"

斥候已经向洛阳求援，只要守住十日，大军就能到达。他抬头之际，无数人马出现在城下，军队过万铺天盖地，一过十万难以望穿，他拔剑四顾，旌旗战队涌来，看不到尽头，河内郡内只有数千士卒，一战之力都没有，能逃回洛阳就算不错。

"通报太守，从南门退却！"宗政珍孙声音因恐惧而嘶哑难闻，他率领亲信策马直奔太守衙门，元袭正在整兵，宗政珍孙来不及下马，喊道："出城，再晚就来不及了。"

两人聚集数千骑兵奔向南门，喝令守军开门，一刻也不耽搁地拥出城门，此时无边无际的敌军早已封锁城池。两人相顾失色，在城外兜了一圈看不到薄弱之处，掉转马头奔回城内，从瓮城甬道登上城墙。城下大军正要攻城，宗政珍孙与元袭相顾骇然，唯有投降才能保命，两人一起点头，宗政珍孙向城下喊道："快，打开城门，请降！"

话音未落，日头消失，天色如同傍晚，弓弦颤动，箭矢如簧，天地变色。宗政珍孙扯来盾牌卧倒城堞，弓箭划过，密不透风，方寸间便有十几支落地，忽然小腿一痛，他已被钉在地面，一个趔趄，盾牌露出一道空隙，只是刹那，百支利箭泼雨而下，身体裂出无数血槽，鲜血喷薄而出。他大吼一声，临终的目光看向元袭，他的盾牌插满弓箭，不能覆盖之处插满弓箭，漫地鲜血，已经呜呼哀哉。宗政珍孙探头观望之际，长箭斜刺飞来，正中咽喉，带出一蓬血花。

05 南北之争

明光殿每日灯火通明，陈庆之耐不住元颢纠缠，紧急军情不得不当面陈情，于是带着马佛念来到殿前。宴席中还有不少熟人，要么曾在南朝，要么就是南人。陈庆之无心寒暄，入座饮酒，众臣一味奉迎元颢，祖莹举起酒杯问道："关中侯觉得洛阳如何？"

陈庆之内心中仍然忠于萧衍，不卑不亢："魏朝甚盛，犹曰五胡，正朔相承，当在江左，秦皇玉玺今在梁朝。"

此话当着元颢说出来，大逆不道，魏国众臣大惊失色，元颢举着西域琉璃杯，当作没有听见。南北正统之争极为普遍，祖莹坚持北方才是正统，受到奇耻大辱，便举起酒杯来到陈庆之面前："江左僻居一隅，地多潮湿，虫蚁遍地，疆土瘴疠，蛙蝇共穴，人鸟同群，人皆短发无杼首之貌，浮于三江。舟于五湖，礼乐所不沾，宪章弗能革，百姓都是秦余汉罪之后，闽楚难言之音杂以华音，难以听闻。君臣上慢下暴，刘劭杀父于前，休龙淫母于后，见逆人伦，禽兽不异！"

祖莹用了两个典故，刘劭是南朝宋文帝刘义隆的长子，刘义隆欲废太子，刘劭得知后率兵夜闯皇宫，杀父弑君，自立为帝，在位三个月众叛亲离，被武陵王刘骏击溃，刘劭被俘处斩。第二个典故是无中生有，宋孝武帝刘骏字休龙，杀死刘劭夺取皇位，削弱士族，提拔寒门，推行土断，赦免奴婢和军户，抑制兼并，改革税制，任用良将，在青州击败魏国大军，是一位有作为的君王。北方却广为流传休龙淫母的传言，出自南齐沈约的《宋书》，说刘骏常在路太后的显阳殿临幸宫女，以致民间谣传休龙淫母的传说。沈约的父亲沈璞曾支持刘劭弑君，被孝武帝刘骏所杀，为泄杀父之仇，对刘骏多有咒骂讥嘲的不敬之语。与沈约同时代的萧子显，就曾指出《宋书》中的不实之处。

陈庆之身在南朝，熟知这些典故的真伪，淡淡说道："天子有才华者，汉武帝、魏太祖、魏文帝、魏明帝、宋孝武帝等，皆负世议。"古代明君都有人诽谤，何况刘休龙，不想纠缠辩驳。

祖莹向元颢三拜，转身向陈庆之说道："大魏膺箓受图，定鼎嵩洛，五山为镇，四海为家，移风易俗之典，与五常而并迹，礼乐宪章之盛，凌百王而独高，岂卿鱼鳖之徒慕义来朝，饮我池水，啄我稻粱，何为不逊？以至于此！"

元颢心头大悦，明光殿群臣一起叫好。祖莹精神旺盛地走回陈庆之身边："你们吴人小作冠帽，短制衣裳，自呼阿侬，语则阿旁，菰稗为饭，茗饮作浆，呷啜莼羹，唼嗍蟹黄，手把豆蔻，口嚼槟榔，乍至中土，思忆本乡，还不速还扬州！"

陈庆之并不生气，顺水推舟向元颢拱手："陛下已入洛阳，臣不适北方水土，正要辞行南归。"元颢脸色一沉，他哪里敢让陈庆之离开！大喝祖莹："尔朱未灭，祖大人，你是何意？"

祖莹自知失言连连赔礼，陈庆之在洛阳进退不能，干脆摊牌："我军四十七战夺三十二城，折损巨大，至今未补充兵员，我请梁军入援，亦被拦在边境，何不让我退出洛阳，以安陛下之心？"

元颢顾忌陈庆之又担心尔朱荣，哈哈大笑："今晚宴饮一醉方休，明日朝堂再议军情！"

陈庆之起身拜别："臣身体不适，不胜酒力，告辞。"他对梁国忠心耿耿，这些魏国大臣言语间处处针对，他不想做口舌之争，离开明光殿返回军营。斥候焦急等待，禀报："关中侯，尔朱荣攻下河内郡，都督宗政珍孙和太守元袭战死。"随即详细道来军情，尔朱荣大军号称百万，聚集元天穆、尔朱兆、贺拔胜、贺拔岳、高欢和侯景等魏军名将，正在向北中城杀来。

该来的总会来，元颢五月二十五日进入洛阳，尔朱荣六月二十二日便夺下河内郡，不到一个月的时间，陈庆之只剩五千人马，元颢处处掣肘，无法征兵又不能调集援军。他在阿阇梨劝说下，放弃驱除索虏的志向，已无进取之心，只求退出洛阳，把征战多年的军中兄弟带出险地。他看着远处的黑黢黢的皇宫下了决心，向马佛念说道："收拾辎重，尽快退出洛阳，返回梁国。"

马佛念拱手道："城内魏军十倍于我，沿途有多处关卡，不如挟持元颢，一同返国。"陈庆之下了决心："明日景休大婚，魏王必来，那时挟持他退出洛阳！"

元颢不管陈庆之，继续与亲信饮酒。魏与梁交战多年，王公大臣都为祖莹叫好，酒至酣处，一名宦官悄悄走到元颢身边："陛下，军情急报。"

元颢还有一丝清明，悄悄退出，展开军情急报，惊出一身冷汗，酒也醒了。尔朱荣攻下河内郡，太守元袭和都督宗政珍孙战死！

元颢本以为传檄可定天下，尔朱荣夺取河内郡，那些举棋不定的州郡便会追随元子攸。陈庆之如果要退出洛阳，自己的十几万降军根本靠不住，如何对抗尔朱荣？他唤来安丰王元延明和世子元冠受，展示军情。元延明也是大惊："尔朱荣来得好快。"

元冠受自幼善射，喜好军事，与陈庆之一路西进，相交深厚："父皇，不能让关中侯退走啊。"

元颢后悔不及，陈庆之一走了之，社稷怎么办？他稍稍冷静："安丰王，你驻守河桥南城，防止尔朱荣舟桥渡河，冠受缘河据守，防止尔朱荣偷渡，朕想方设法留下陈庆之。"

"今天宴席上，陈庆之似有怒意，陛下如何留他？"元延明头脑还算清晰，自己根本无力对抗尔朱荣，守卫洛阳全靠梁军。

元颢与梁军众将交好，早有筹备，吩咐道："唤明月。"

北海王府张灯结彩，明月正在对镜为刘离佩戴花黄："自古牡丹出洛阳，飞来红、一拂黄和颤风娇，品种名贵，花朵太大，鬓边总不相宜。"

明月去年在枋头坞时，刘离一直陪伴和照顾，两人年纪相仿，相处极佳，这次刘离住进北海王府，与明月每日在一起无话不谈。刘离拔下牡丹扔到一边："选夫君如选花，如果品种名贵却不好看，不如不要。"明月知道她有所指，刮着脸皮说："选夫君如戴花，这朵大眼芍药正好配你妆容。"说着拿出一支芍药插在刘离耳边，衬得她肤质胜雪，娇艳无比。

刘离一袭红妆，扶着芍药转身："我爹爹说，荣华富贵转眼即逝，你那皇帝哥哥事到临头，抛下你就跑了。"

明月神色黯然，不知道元子攸跑到了哪里："他有德容才艺俱佳的尔朱歌在身边，不知道每天多开心。"转念一想，他丢失国家社稷，应该难过到极点，泫然泪下。元子攸本是一个优哉游哉的王爷，写字作画，与明月谈天说地，河阴之变打破了他原本的惬意，重担压在肩膀，让他变成了另一个人。明月说道："你不懂的，子攸原本不是这样。"

"他心里只有江山社稷祖宗，再没有丝毫的心思来对你好。"刘离身负了使命，她是杨闵的养女，杨闵又是杨忠叔父，"听说，爹爹要向皇帝求婚。"

明月不怀疑杨忠的痴情，也不嫌弃他的出身，忘不了被拥在他怀里的感觉，他坚强和勇敢，像一座大山可以依靠，何意百炼钢，化为绕指柔，杨忠在战场是百炼钢，对明月有无限的柔情。只是与元子攸婚约还未解除怎能移情别恋？笑着说："明天你就嫁人了，学会做新娘了吗？听说很害羞的。"

刘离脸上通红，更显艳丽："坏桃儿，你总想着那些啊！"

明月在枋头坞早与刘离相熟，食指钩着她的下巴，瞪着大眼模仿宋景休："好娇艳的小娘子，快为夫君宽衣解带，那个，你先脱光光。"说完忍不住脸红，"明晚你俩真要那个光光相对吗？"

"什么光光相对？是夫妻之礼。"刘离羞得脸红得如同牡丹。

"行完夫妻之礼，要记得清楚一些，出来告诉我。"明月年纪不大，半懂半不懂。

"天快亮了，休息吧。"刘离将明月推出门外，隔着门窗说道，"你不说话，就是答应了，爹爹明天婚礼就向皇帝提亲。"明月立即心头像小鹿一样乱撞。

06 自强之举

梁军在洛阳过惯了舒服日子，不想离开这温柔乡，但是军令难违，不得不准备撤退回梁国，于是他们收拾行装，齐集辎重和粮草，堆满几百辆大车。陈庆之看了暗自心惊，大包小包都是元颢赏赐的金银，军中还夹杂女眷，那是元颢御赐的绝色歌伎舞姬。陈庆之再下军令，金银和歌伎舞姬必须留在永宁寺中，只带粮草和兵仗。歌伎舞姬痛哭失声，梁兵手忙脚乱地进行安抚。陈庆之正要责罚，忽见正殿门口白影一闪，正是阿阇梨，她走上来说道："关中侯明日撤退，何不夜游洛阳，再看一眼。"

阿阇梨的举动都有深意，绝不会夜游这么简单。两人从侧门出了永宁寺，踏上战车，阿阇梨明知故问："将军整军，明日去哪里？"

"返回梁国。"陈庆之答道。

"将军志在驱除索虏，恢复中原，难道忘记了吗？"阿阇梨旧事重提。

陈庆之困惑万分，阿阇梨打消了他驱除索虏的念头，自己意志消沉才要退出洛阳："我对照孝文帝，才知自己心胸狭隘。"

阿阇梨目光闪烁："关中侯上次问我，为何不在建康拦阻你北伐，可还记得？"

陈庆之久思不解，阿阇梨预言自己能够攻入洛阳，到了洛阳又说驱除索虏不如孝文帝的胡汉融合，处处占先，不明她的动机："是啊，为何不早些告诉我？"

"关中侯的北伐正当其时。"阿阇梨亲自驾车来到寂静无人的铜驼街，"从大汉，卫青、霍去病始，历经赵充国、窦固、班超和陈汤名将的数百年征战，匈奴惧怕强盛的大汉，不敢南下牧马。晋室自相残杀，精兵良将略尽，五胡轻视中华，纷纷起兵。"阿阇梨驾车向南，避开杂乱的永宁寺，也不知道要去往何方。

强者生存，暗弱被侮，这就是汉朝与匈奴百年征战的经验，也是五胡十六国的教训。陈庆之拱手道："晋室对外懦弱，猛于内斗，失去大汉雄风，才有今日之祸，自强不息，才有资格屹立不倒。"

"关中侯北伐是自强之举，卫青、霍去病、窦固、班超、耿恭和陈汤的血脉还在我们身上流淌！"阿阇梨语气中出现了一丝激动，"关中侯没让我失望，名师大将莫自牢，千军万马避白袍，凡四十七战，夺三十二城！你的故事将流传千古，激励后人，他们将会记得，在这个黑暗时代，你没有逃亡没有躲避，率领七千人，横扫千军，直捣河洛，后世的英雄豪杰将以你为榜样，前赴后继，抛头颅，洒热血，为恢复中华而自强不息。"

"不为驱除索虏，只为自强！"陈庆之心潮起伏，渐渐理解阿阇梨的做法。

"是的，你已经打出了威风，天下没人敢轻视我们，可是现在大军压境，关中侯该如何？"阿阇梨一问接一问都有深谋远虑，让人难以猜测动机。

"尔朱荣是百年难见的军事大家，若兵力相仿，我拼死血战，未必能赢，如今我只有五千人马，援兵断绝，还有魏王掣肘，真不知该怎么打。"陈庆之是不世的统帅，可是尔朱荣也不差，在这种情况下绝无击败他的可能。

"高敖曹可来过？"阿阇梨又问，看似毫无关联。

"北翼州刺史高翼之子，员外散骑侍郎高乾的兄弟？"陈庆之没有等到高敖曹，却打听出来了他的背景，"游手好闲的燕赵大侠要向我学习兵法？"陈庆之本来想说游手好闲的小混混，不想背后说人不好，改口为燕赵大侠，用词自相矛盾，自己也略为一笑。

"游手好闲的燕赵大侠？"阿阇梨笑了好一阵儿。

"我即将出征，恐怕没有空暇教他兵法。"陈庆之答道，阿阇梨两次三番提到高敖曹，定有原因。

"我并非请关中侯教他，而是请关中侯向他请教兵法。"阿阇梨淡然笑着，颠三倒四。陈庆之惊愕，他自信兵法冠绝天下，岂用一个江湖中人传授？

阿阇梨稍微提示："高敖曹身怀破骑之术，是尔朱荣最为忌惮之人。"

"破骑之术？"陈庆之想不通这是何种兵法，《孙子兵法》《司马法》和《六韬》都没破骑兵的章节。

"兵书中没有，不能创出来吗？"阿阇梨看出了陈庆之的困惑，他深受儒术之毒，厚古薄今，凡事都要找个出处。

"我向此人请教破骑之术。"陈庆之只觉得阿阇梨容颜只应天上有，智谋和远见也不似人间，言听计从。

"缘分不可强求。"阿阇梨语焉不详，将追锋车停下，"关中侯还要挟持皇帝吗？"

"为今之计只能如此，但是如果能够击败尔朱荣？"陈庆之大惊，阿阇梨让我向高敖曹请教破骑之术，难道让我和尔朱荣大战吗？不知不觉中两人来到北海王府。此时王府张灯结彩，佳期已至，今日是宋景休婚期，元颢必来庆贺，马佛念就要封锁王府，挟持元颢退出洛阳。如果高敖曹真有破骑之术便不需逃走，与尔朱荣大战还需元颢。

07 御赐婚礼

北海王府热闹非凡,杨忠在人群中寻找明月的身影。他就像地面的一棵小草,仰望皎洁的明月,不能企及。纵然明月回到北方赴元子攸的婚约,杨忠仍然舍身保护,没有得失之心,只有无怨无悔。元子攸把明月抛弃到华林苑,扔到恶毒和肮脏的驼牛署,他怎么能这样对待明月?她皎洁无瑕,有什么罪过?杨忠在庭院中等待,明月在内宅陪着刘离。他望眼欲穿,小猴子蹦蹦跳跳过来,猛拍他肩膀:"杨忠,老坞主唤你。"

杨忠跟着小猴子,仿佛也要学着他跳起来走路,来到另一重院落。杨闵坐在正堂,杨忠立即上前拜见:"叔父,您歇得好吗?"

杨闵没有子嗣,杨祯在左人城战死之后,杨忠俨然就是自己的儿子,看他渐渐成长,心中极为欣慰,聊了些近况,脸上浮现出慈祥的神态:"大哥在世之时常常说起,希望你成家立业,这是你爹爹的意愿。"

杨忠想起父亲神色黯然:"父亲遗愿,叔父之命,杨忠岂敢违抗?"

杨忠陪着明月来到枋头坞,杨闵自然看得出来:"若大哥在世,见到明月一定极为喜欢,此女只应天上有,不似在人间。"

把明月夸到天上,可见他喜爱之情。杨忠叹气:"叔父,就要出征,谈这些做什么?"

小猴子向来没大没小,进房间也不停歇,在房间里东摸摸西看看,忽然说道:"正因为你要出征,赶紧把婚期定下来。"

杨忠心中一跳:"叔父,您要提亲?"

杨闵右臂在左人城被葛荣大将任褒砍断,身子极为单薄。他左手捋着长须:"明月身份贵重,特与你商量,今天皇上要为景休和刘离主婚,我想提亲。"

杨忠与明月差距过大,犹豫起来:"皇帝会答应吗?要不等到出征回来?"

小猴子绕了回来:"既然喜欢就赶紧提亲,你这次出征,我为你占卜一卦,大凶!"

杨闵吃了一惊:"当真如此?"他只知元颢占了洛阳,天下传檄而定,只有尔朱荣偏居一隅,指日可定。

"尔朱荣携兵百万,杀死元袭和宗政珍孙,攻占河内郡,关中侯只有五千兵马,皇帝处处掣肘,形势危殆,你们还要提亲,不知大难临头吗?"小猴子已有军职,陈庆之和马佛念十分敬重,军情都不瞒他,向杨闵说道,"你们来结亲,其实是皇帝的人质,唉!"

杨闵哪里知道这些内幕?大惊问道:"你可有破解之法?"

小猴子嘿嘿笑道:"我还真有破解之法。"

"是什么?"杨闵与小猴子一起长大,极为信赖。

"提亲可破此劫,还可免全军的劫难。"小猴子颠三倒四,前后矛盾,扬长而去。杨闵和杨忠面面相觑,其实小猴子已经知道了马佛念劫持元颢的计划,提亲时就要动手,连明月一起抢回梁国。

"杨忠，你真心喜欢明月？"杨闵明知故问，三岁孩子都看得出来。

"全凭叔父做主。"杨忠并不矫情，坦然说道。他听小猴子这么说，既然提亲才能破解全军厄运，何乐而不为？

明月来到明光殿，口称姐夫皇帝三拜。元颢褪下衮服只穿常服，打量日渐康复的明月欣然说道："怪我考虑不周，千里迢迢把你送到洛阳与元子攸成亲，他却这样待你。"元颢得到消息，元子攸在长子与尔朱荣会合，不指望他返回洛阳。

"不怪姐夫也不怪子攸，他是傀儡，聘尔朱歌为皇后，被逼无奈。"明月始终为元子攸开脱。

"哼，他娶尔朱歌为皇后，也可封你为妃，更不用把你打入驼牛署和金墉城！"元颢溺爱明月，知道驼牛署的可怕，"不要对他有任何指望，解除婚约，天高地远，各不相干！"

明月曾与元子攸一心一意，今天变成陌路："姐夫，我想当面问他。"

元颢气笑了："他投靠尔朱荣，已是仇敌，见他作甚？"

"即便解除婚约，也要当面说清楚。"明月极为执拗，不肯退让。

"胡闹！他只想夺我皇位，见面便是性命相搏的战场！明月，你不明白吗？"元颢动了怒气，踏上步辇向王府旧邸而去，今晚将是宋景休和刘离的大婚。

有夫妇而后有父子，有父子而后有君臣，婚姻王化所先，人伦之本，世人极重婚礼。六礼之后便是共牢合卺，新人共用牢盘进食，为共牢，将匏一分为二，夫妻各用其一酌酒，为合卺。祖莹将这套礼仪做到极致，方樏牢烛，雕费彩饰，金银连锁，杂器豪华，更在王府庭院中以青布幔为屋，新人在此交拜。

刘离是御赐成亲，得到皇宫仪仗，登上画轮车重回府邸，众人夹车俱呼："新妇，催出！"声音不绝于道。宋景休身披罗绮袍，头戴缁布冠，率领众人将刘离迎进青庐。马佛念混杂在人群中，腰佩环首刀，身边环绕亲信梁兵，如果不能擒获元颢，便会引来不测之祸。元颢身边数百御林，怎样下手才不致引发混战？杨忠从青庐内出来看见马佛念的异样，脸上有隐隐怒色，压低声音问道："大哥，为何兄弟们都携带兵刃？"

马佛念心中"扑通"一下，担心杨忠阻拦，走到墙角答道："二弟，这是军令。"

"大眼正在成亲，不能在这里！"杨忠怒了，马佛念总与元颢为敌，元颢在战场上擂鼓助威，招降纳叛，平常喝酒吃肉，同甘共苦，登上皇位不忘旧情，没有亏待梁军。

北海王府眼线众多，马佛念走到侧院："他不肯补充兵员，将援军拦截在边境，不准许我军撤出洛阳，还不明白吗？"

"他若无情，我才无义，皇帝正在主婚，不能暗中害他。"杨忠与马佛念多次争辩，谁也说不通对方。

"二弟，好几千兄弟都在洛阳，得为他们想想。"马佛念苦口婆心到了极限。

"大哥，还当大眼是好兄弟吗？这是他的大婚！"杨忠动了真火，院门口人影一闪，有人向这边看来。马佛念甩开杨忠走向青庐，必须赶紧下手，免得夜长梦多，十几名梁军缓缓向他聚拢并向青庐围去。

元颢端坐青庐中，俨然宋景休长辈。杨闼不敢并坐，侧身站着等候新人，时辰未到，正好为杨忠提亲，笑着向元颢拱手："陛下，可否借一步说话？"

元颢止住护卫，走到厢房："老坞主，何事？"

杨闼深施一礼："我杨氏出自弘农华阴，杨忠为杨震十三世孙，高祖父杨元寿仕北魏，官至武川镇司马，曾祖父杨惠嘏至太原太守，祖父杨烈为龙骧将军、平原太守，杨忠父亲杨祯以军功授任宁远将军，正值六镇之乱，避居中山，结义讨鲜于修礼。"

杨闼自报家门，自抬门楣为杨忠求亲。魏晋南北朝之际极重门第，弘农杨氏是名扬天下的望族，其实弘农杨氏的杨椿、杨津和杨侃等都在朝中为官，未必认杨忠这一支。元颢佯作兴奋："原来是太武帝勋旧，流落六镇的弘农杨氏。"当初太武帝统一北方，将征服的各国宗室和名门望族聚集平城，后来派遣到六镇，元颢这么一说，承认杨忠这支出自名门又与皇室有旧，又问："老坞主为何自报家门？"

杨闼极为忐忑，提亲实在太过仓促，只是自己在洛阳待不了几天，杨忠随时出征，元颢更难得一见，必须速战速决："男大当婚，女大当嫁，我想………"

"且慢！"元颢利用杨忠，内心并不是真心瞧得上，"此事朕不能做主，需问明月，你看可好？"

这是人之常情，杨闼连忙点头："正该如此。"

元颢向外示意:"老坞主,共牢合卺之礼就要开始了,稍后再议可好?"明月是元颢拉拢杨忠的终极招数,现在还没到时候。按照元颢的想法,能拖就拖,一旦击败尔朱荣,未必不能悔婚。

08 兄弟阋墙

杨忠怒气冲冲进入青庐，猛然压住怒火。大红蜡烛之下，宋景休正要与刘离行共牢之礼，明月也在旁边，两人数次肌肤相触，情感自然不同，自从被杨忠救出牢笼，擦拭身体，明月心中便有了计较，招手向杨忠说："看，刘离多好看。"

"皇帝在哪里？"杨忠心急如焚，婚礼是阴谋，目的是诓骗元颢入瓮。

杨忠向来言听计从，今天极为反常，明月正要询问，元颢从厢房出来，坐在椅上兴致极高："共牢而食，合卺而酯，合体同尊卑，以亲之也，快哉！"

银铠在袍中一闪，几名肩宽体阔的梁军向元颢挤去，为首之人正是马佛念。杨忠破开人群走到宋景休身边，俯在他耳边说道："三弟，大哥要挟持皇帝。"

"他敢！"宋景休脸色黑沉，这是他共牢合卺之礼，目光在青庐中扫见马佛念，便扯碎红袍，疾步上去吼道："大哥，意欲何为？"

马佛念低声说："这是关中侯将令，勿要拦我。"

杨忠不赞成挟持元颢，上去说道："大哥，我们去见关中侯。"

夜长梦多，马佛念甩开两人："你们若不信，自己去问关中侯。"

明月过来，马佛念担心有变，便让其余梁军向元颢围去，命令道："杨忠，你带明月离开，大眼，你带刘离走。"

宋景休和杨忠哪肯退后，争执声越来越大，宋景休是新郎，众人瞩目，元颢也看出事端，御林侍卫将他围拢，手握刀柄。杨闵过来劝道："你们是好兄弟，有事儿好好说。"要将三人拉出青庐，马佛念拔出环首刀，喝道："兄弟们，动手！"

梁军向前涌去，御林侍卫早已护在元颢身边，亮出兵刃。元颢不慌不忙问道："今日是景休兄弟的共牢合卺之礼，何事争吵？"

马佛念亮刃便没有还鞘之理，被杨忠和宋景休夹在中间，无法动弹。宋景休不想说出挟持元颢的图谋，支支吾吾说道："陛下，婚礼已毕，请回宫。"

"合卺之礼还未开始，你和刘离没有对拜，怎么就结束了？"元颢仗着御林侍卫的保护，要搞清楚原因。马佛念推开宋景休和杨忠，被御林侍卫挡住，元颢脸色一沉："马军副，你要向朕动手？"

"军情紧急，关中侯有请！"马佛念紧扣环首刀，向元颢施了军礼。

"朕自会前往，何须动刀动枪！"元颢分辨眼前的状况，几十名御林军各举刀枪，向马佛念包围过来。

杨忠护在马佛念身前，向御林军喊道："别动手。"

"上！"元颢起身，青庐内御林侍卫远多于梁军，只要杨忠和宋景休不加入，有十足把握擒拿马佛念，于是道："马军副，为何总与朕为敌？"

马佛念不失礼数，拱手答道："陛下想多了，只与关中侯一晤，商议军情。"在御林军团团包围中，马佛念退到青庐之旁，环首刀划破青布，四周布满梁军，长槊并举布成战线，反将御林军包围。枋头坞百姓四散而逃，梁军将众人放走，与元颢的御林军对峙，马佛念大感不妙，一旦血拼便是窝里反。

杨忠走到元颢身边："陛下，我去请关中侯，当面说清楚。"

宋景休提起环首刀向马佛念拱手："大哥，你若想带走皇帝，先把我砍倒。"刘离跑进人群，扯开礼服，并肩站在元颢身前，向杨忠说："二哥，速去。"

杨闵上来劝说："你们是生死好兄弟，不能刀枪相对，快放下！"

北海王府旁边就是太尉府，闹出这么大动静，御林军很快就会出动，两军火并，一旦元颢逃出北海王府，调动军队封锁城门，五千梁军便要陷入汪洋大海中。马佛念对着自己的好兄弟实在无法下手，进退不得。元颢指着马佛念大笑："若关中侯有请，朕何曾拒绝？你为何暗藏利刃，混在人群中？"

时间越拖越久，周围百姓越来越多，情形不妙，只能强行将元颢带走。马佛念说道："各位，刀枪无眼，退后几步。"

元颢猛地站起，侍卫大声呼啸，四面八方涌出数千御林士卒，拉圆弓箭，对准青庐四周的梁军。杨忠看形势不好，转身喊道："陛下，不要动手！"

元颢脸色一板，怒极而吼："谁想动手？人家刀枪都架到朕的脖子了！"形势逆转，杨忠、明月、宋景休和刘离护在马佛念身前："请陛下与关中侯见面商议！"

元颢指着马佛念:"马军副处处针对我,只要他放下刀枪,一切好说,绝不伤他性命!"

马佛念用环首刀一指:"陛下,我军护送你横行三千里,从铚城、睢阳、考城、大梁、荥阳,打到虎牢,折损两千兄弟,你一兵一卒都不给补充。元子攸北奔黄河,会合尔朱荣,即将大军压境,你禀报皇帝天下已平,断绝援兵,不知道大祸临头了吗?"马佛念推开宋景休和杨忠,"你俩好糊涂,忍心看着五千余好兄弟死在洛阳吗?"

宋景休和杨忠面面相觑,形势竟这般严重?马佛念指着刘离和明月:"刘离、明月和杨坞主都在洛阳,能让他们置身于险地吗?"

"动手!"元颢恼羞成怒,将宝剑指向马佛念:"劫持圣驾,死罪!"

马佛念并不惧怕,上前一步:"陛下,你怕我们夺了你的天下,机关算尽,其实却害死你自己的性命!你身边那些王公大臣,多少人身在曹营心在汉!他们叛了元子攸,就不能叛你?您偏听信谗言,我们从铚城出发,舍生忘死,一战接一战将你护送到洛阳,陛下忘记了吗?"

"射!"元颢大怒,向御林军喊道。

杨忠、宋景休、刘离和杨闵挡在马佛念面前,明月跪倒:"姐夫,求你饶过马军副,他并无恶意。"

元颢推开御林侍卫,来到马佛念身边:"司马朏,驸马都尉,你的图谋,难道我不知道吗?"众人一愣,杨忠和宋景休早对马佛念身世怀疑。元颢哈哈大笑:"杨忠、景休,你们当他是大哥,知道他是谁吗？司马朏，你自己说！"

马佛念沉默不语，元颢指着说道："关中侯要北伐，驱除索虏，可笑啊，你们的大哥便是一半的索虏，待我慢慢说起。"元颢走到杨忠和宋景休面前，"他的曾祖司马楚之是晋宣帝司马懿四弟司马馗八世孙，为晋氏宗亲，后来刘裕诛杀宗室，司马楚之到魏国请降，获封琅琊王，尚河内公主，生司马金龙。"河内公主是北魏宗室，如果马佛念真是司马朏，便有鲜卑血脉，元颢继续说道，"他的祖父司马金龙为司马楚之次子，袭爵琅琊王，后被拜为侍中、吏部尚书，去世后被封为司空。"司马金龙在魏国位高权重，元颢还没说完，"他父亲司马悦是司马金龙的第三子，历任建兴太守，曾经攻破义阳，拜郢州刺史，被封渔阳县开国子，其女司马显姿颇有才色，入宫为宣武帝第一贵嫔，先帝驾崩后忧伤过度，正光元年，薨于金墉城，时年三十。"

众人更加吃惊，马佛念的祖母是魏国公主，妹妹竟是宣武帝元恪的贵嫔，品级还在尔朱歌之上，属于顶级的皇亲国戚。元颢仍然没有说完："身世显赫吗？根本不算什么，此人还是大魏的员外散骑常侍，赠左将军，沧州刺史，娶华阳公主。"

宋景休和杨忠听呆了，如果马佛念便是司马朏，为何加入梁军？宋景休问道："华阳公主是谁？"

元颢是宗室亲王，极为清楚："华阳公主乃孝文帝之女，宣武帝元恪之妹！"他把马佛念祖先三代讲述一遍后向马佛念问道："驸马都尉，我可有一语妄言？"马佛念不语，元颢来到近前，"当初刘裕带晋，你曾祖司马楚之哭泣北奔，被太武帝善待，我大魏有恩于你，你勾结梁军入寇，岂非狼子野心，恩将仇报？"

马佛念被揭穿身世，不顾被包围，大喊："拿下元颢！"

宋景休不敢相信，马佛念连结拜时都不肯说出家世，必有缘由，便拦住梁军。元颢更加得意："驸马都尉，我还想问你，华阳公主正光五年薨逝，一个月后就传出你的死讯，我当时还十分奇怪，你们夫妻感情竟如此之深，一起撒手西去？"

元颢的父亲是孝文帝的幼弟，马佛念的姐姐嫁给孝文帝的儿子宣武帝元恪，自己又娶了孝文帝的女儿，有三重亲戚关系。元颢向马佛念拱手："妹夫，华阳公主安好？我的两个外甥司马鸿和司马孝政又在哪里？你全家归附魏国一百年，为何投奔梁国，与国家为敌？你口口声声要驱除索虏，你祖母和你的妻子华阳公主都是索虏，你的两个儿子也有索虏血脉，你要一并驱除吗？真是滑天下之大稽！我只问你，魏国与你何仇？"

马佛念无言以对，元颢将刀递到他手中："来，杀我，将你堂兄杀了吧！"

大门砰然山响，散成碎片，追锋车突入其中，烟尘落地。陈庆之率领大批梁军到达，向元颢拱手："陛下，军情急报！"

元颢见到陈庆之，暂不纠缠马佛念，向陈庆之抱拳施礼。士卒展开地图，陈庆之遥遥指点："尔朱荣攻破河内，斩杀宗政珍孙和元袭！"

元颢已经知道这个消息，从河内郡出发一日就到黄河舟桥，直取洛阳，与梁军反目实在不智，只能携手对抗尔朱荣，便让御林士卒退下："关中侯有何对策？"

"上党王元天穆、尚书仆射尔朱世隆、前军大都督贺拔胜、平东将军贺拔岳、征东将军李叔仁、定州刺史侯景、晋州刺史高欢、骠骑将军尔朱兆，都聚集在尔朱荣麾下，军资云集，号称百万！"陈庆之声音如同雷鸣一般击中元颢心底的恐惧。大敌当前，哪有内耗本钱？对峙的梁军和御林军收回刀枪。

元颢不给陈庆之补充人马，阻止梁军北上支援，如今尔朱荣就要挥师渡过黄河，悔之不及。于是走到追锋车之前，深深一躬："子云救我。"

马佛念愤恨元颢猜忌："五千人马如何救你？不如退出洛阳，返回梁国。"

元颢能够重返洛阳，自认天命所在，不甘心失败："子云，要退吗？"陈庆之来到地图旁，黄河蜿蜒万里将山川分隔，一水分南北，中原王气全，云山连晋壤，烟树入中原，临津、金城、横城、风陵、孙口、大禹、茅津都可渡，防不胜防。元颢心中无底，便向陈庆之求教："黄河守无可守，如何是好？"

"无防。"陈庆之一指北中城，扼守黄河舟桥，是尔朱荣南下最便捷的道路，"渡河而进，与尔朱荣决战。"

"渡河？"元颢大为吃惊。他担心陈庆之撤出洛阳，没想到他竟敢渡河决战，尔朱荣号称百万，陈庆之只有五千人马。

"对，渡河！"陈庆之主意已定，他舍弃了驱除索虏的想法，却不代表可以退缩。

陈庆之的勇气值得钦佩，这江山社稷怎么办？元颢问道："谁守卫洛阳？"

"不守。"陈庆之踏上追锋车，不管元颢直接下令，"马军副整顿骑兵，连夜出发，夺占北中城！"马佛念得令冲出北海王府。

陈庆之又下令道,"整军待发,明日天亮出城!"

陈庆之看着一身新郎红袍的宋景休,缓缓说道:"今天是你新婚大喜之日,可是军情紧急,就要开拔,可愿随我出征?"

宋景休看一眼刘离,撕开袍服,施军礼答道:"誓死追随关中侯!"

陈庆之走到刘离身边:"我军明日出征,五千抗百万,生死难料,你还愿意嫁给他吗?"

刘离倚靠到宋景休身边:"当年葛荣攻打左人城,杨老坞主为保护百姓战死,我父亲舍命救了杨忠,今天大敌压境,让我舍弃景休独自逃生吗?我与他共牢合卺,夫妻一体,生死相依,绝不分离!"

忽然远处传来阵阵鼓声,众人俱惊,一名梁军士卒冲入并大声禀报:"有人揭榜从军!"当初陈庆之补充兵源,四处张贴告示,流落洛阳的南人都可应召入伍,初时数千人揭榜,梁军从中选出数百人补充进军营。洛阳的南人本就不多,最近十日几乎没人揭榜,更不会敲响战鼓。陈庆之将宋景休交给刘离:"今天新婚,明日返回军营。"

元颢还在震惊之中:"关中侯,要不要再议议,你五千人马如何与尔朱荣抗衡?"

"军情紧急,告辞。"陈庆之踏上追锋车,御者挥鞭而去。元颢只好匆匆返回皇宫,准备出征。

众人散去只留一地凌乱。青庐已毁,牢烛泪干,牢盘跌落,匏在风中滚动,十分凄凉。杨闳走过来向刘离说道:"孩子,走吧。"

"爹爹，您先休息。"刘离垂泪，这是她等待许久的新婚之礼。一年多前，枋头坞大难临头，六百梁军驰援，她第一次见到宋景休在校场挑选士卒，与独孤如愿决斗，他全身披挂银光灿灿的铠甲，威风凛凛。任褒率领五万叛军围攻枋头坞，梁军出城偷袭，刘离心里为他捏了一把汗，哪知宋景休竟砍了任褒的头颅回来，也就是那个杀害父亲的凶徒。从此，刘离认定了宋景休，偷偷给他一个鸡蛋、一个果子，用女孩子委婉的方式传达情感。可是这个笨男人根本不懂，没有回应。时间飞逝，梁军离开枋头坞返回梁国，刘离害怕再也见不到他。难以言表的感觉在刘离心中聚集，感恩、担心、思念、噩梦连连，分别将近，她要把自己交给他，在山泉洗身体并来到军营。她不在乎名分，这是乱世，生离死别，亲人难逢，她要抓住片刻的幸福光阴，报答这个男人。宋景休如约到来，刘离选好地方，那是一处山洞，或许一夜能够怀上他的孩子，生下来抚育成人，便是最美好的礼物。

宋景休跪在她面前，亲吻她的脚趾，发誓要将她迎娶，两人没有苟且，相拥望着星空，发誓一辈子厮守，那是美好的夜晚。然后是漫长的等待，没有等到婚约，却得到梁军出征的消息，七千人要攻打洛阳！刘离为他担惊受怕。一切都是奇迹，枋头坞收到了聘礼，来自皇帝，刘离来到这里，如同梦幻。可是大喜之日到了，敌军来了，青庐残破，冷冷清清，谁关心自己的婚礼？

"别哭。"宋景休架起青庐，捆绑结实，抱着刘离进来，点燃红烛，将牢盘举到眉间，向刘离说道，"请食。"

刘离"扑哧"笑出来，弯腰作揖："夫君先。"

两人吃了盘中食物。宋景休举起匏瓢，用匕首将其一分为二，向地上一扔，一仰一俯，暗示夫妻之礼。刘离羞红了脸，倒满酒浆，胳膊缠绕，递到宋景休嘴边："夫君，请饮。"

宋景休的笑容在烛光中闪耀，一饮而尽，将匏瓢推到刘离嘴边："娘子，请饮。"刘离一口喝干，红扑扑的脸蛋更加娇艳，将嘴唇送到宋景休唇边："夫君，何不行夫妻之礼？"

"你明日和坞主离开洛阳，返回枋头坞，等我消息。"宋景休忍住了冲动，"在枋头坞再行夫妻之礼。"

"这是乱世，不要明天只要今晚，我们在一起。"刘离拉着宋景休出青庐进洞房，只留一根红烛，"从今晚起，我把全部都交给你，要么一起逃出洛阳，要么就死在一起。"

宋景休遇到如此柔情不禁轻轻点头。刘离解开衣襟，露出雪白柔弱的胸口，羞红了脸庞："夫君，还不行礼？"

09 揭榜投军

高敖曹走向军营,呼延族仍在劝说:"军纪森严,无趣得紧。"东方老紧走几步:"军营禁酒,你怎受得了?"他们任侠江湖,日日酒肉,夜夜新妇,快意恩仇,尤其高敖曹剑气扫燕赵,名满河北,跑到梁军中当个小兵,会被江湖笑掉大牙。

"吾意已决,匹夫之勇非真英雄。"高敖曹走到军栅前,揭了征兵榜举起,"我高敖曹当纵横沙场,从今日起弃武功,江湖除名,学兵法!"

东方老和呼延族不信他真的放弃武功,也学着他的样子向上喊道:"渤海高敖曹、东方老、呼延族,揭榜投军!"

梁军士卒正在收拾行装,准备明日出城,哪有心思招募新兵,向下喊道:"征兵时间已过,退下。"

东方老笑着说:"人家不要咱们了,走吧。"

高敖曹哪会轻易放弃,走到营门前的战鼓旁边,拿起鼓槌抡起,鼓声震天撼地,向营栅上喊道:"开门,我要当兵!"

"退后!"梁军士卒张开弩箭,指向高敖曹。

高敖曹虽知梁军霹雳弩的厉害,却不后退:"你去禀报关中侯,就说渤海高敖曹求见。"

战马踏地，一队人马驶来，追锋车停在军栅门口。陈庆之从北海王府返回军营，这三人结实强壮，应是好苗子，令道："让他们进来，测身高，举石锁，开强弓。"

梁军急需兵源补充，宁缺毋滥，标准依旧，大门打开，追锋车疾驰而入。陈庆之下车观看，一名士卒指着校场当中的木桩向高敖曹三人说道："进来，站那边。"

高敖曹不解其意："干吗？"

梁军士卒手扶环首刀柄呵斥："让你过去就过去，多问个甚！"

东方老横行江湖，哪受过这种呵斥，正要发作，高敖曹走到木桩前，那士卒量了身高喊道："七尺九寸，过！"

东方老这才明白这是量身高，嘴里不服："瞎了狗眼，看不出来吗？"

"噤声！"士卒吼叫一声。

"干吗，要打架？"东方老卷起袖子，他早就手痒了。

高敖曹真心学习兵法，江湖中人吵吵闹闹，大吆大喝，连军令都听不清，怎么打仗？他不想折了东方老的面子，笑着问梁军士卒："然后如何？"

士卒一指石锁，呼延族专练外门功夫，极为健壮，石锁在他眼中就像小孩子的玩具，他弯腰一手一个拎起来，普通人使尽全身力气，未必能举起一个，他就像抓小鸡般轻松。梁军士卒怔怔说道："要绕场百步。"

呼延族连蹦带跳跑了一圈，围观的梁军士卒越来越多，呼延族跑回原处，兴致大起，将石锁向空中一抛，在一片惊呼之中，另一个又高高飞起，他使出接暗器的巧劲，连环不绝将五六个石锁往复在空中接回掷出，如同杂耍一般。他笑着问那梁军士卒："过了吗？"

"过，您过。"梁军士卒哪见过这等功夫？如果在战场上，此人要是能够用石锁掷向敌军阵线，便能破阵，这一手十分厉害。杨忠跟随陈庆之返回军营，也在观望，他自忖能够拎起两个石锁，将五六个扔在空中杂耍不仅需力大无穷，而且眼力和巧力都要配合，自己万万不行。

呼延族双手一托，石锁落地。他几掌将六块石锁摞在一起，校场中间多了一根石柱。那士卒十分严格，向高敖曹和东方老说："三人都要举。"

招募士卒必须量身高、举石锁和开强弓，高敖曹走到场中，脚尖一挑，石锁飞起，膝盖接住石锁。石锁是梁军练习力气之物，分量极重，在他脚下如同鸡毛。高敖曹膝盖一顶，石锁翻上肩头，肩膀轻耸，石锁跳上头顶，他力度拿捏极好，双臂展开来托着三个石锁来到梁军士卒面前："过否？"

梁军士卒哪里见过如此身手，鸡啄米似的点头。杨忠举起一张弓，扔给高敖曹："开弓。"

这是第三道测试，只要将弓拉开即可，高敖曹不知道规则，问道："没有箭吗？"杨忠摆手，高敖曹气呼呼地说，"不给箭，开弓干吗？不是刁难我吗？"忽然一只雨燕从天空中划过，高敖曹大喝一声，扎下马步，捡起地面一块卵石，拉下弓弦，运足丹田之气，石子从弓背射出，"扑哧"一声，一蓬羽毛飞溅，雨燕跌跌撞撞坠落地面。

梁军大哗，高敖曹弓上无箭，用石子击落飞鸟，功夫闻所未闻，惊得好久都叫不出来。呼延族将弓箭抛到一边，指着校场中的床弩问:"这个可以用吗?"

床弩通常架在城墙上,用绞盘上弦,双人才能搬动弩箭,只能用铰链拉开,人力根本做不到。呼延族抓起一只弩箭,搭在弓背,倒背弩箭拉动弓弦,迈开步伐,吼道:"开!"床弩咯吱弯曲。呼延族再吸一口气,踩出脚印,床弩又咯吱开了一掌,他的气力集中在肩膀,床弩渐开。东方老飞步来到床弩前,抬起大弩,瞄准三百步外一棵榉树,大喊:"放!"

弩箭如同小牛,汲取天地能量,喷薄而出,"咔嚓"一声,大树中断,悠悠倒地。东方老将床弩扔在地面,问道:"我们三人能从军吗?"

"你们是人还是神仙?"梁军士卒小心翼翼,他招募过无数士卒,从未见过这等身手。

"你是何人?"陈庆之终于明白,这就是阿阇梨推荐的那个人,他虽然武功高明,却也挡不住尔朱荣的千军万马。

"渤海高昂!"高敖曹猜出陈庆之身份,半跪报出姓名。

陈庆之对阿阇梨深信不疑,看见三人的功夫,得知他身份,更加重视:"你便是北翼州刺史高翼之子,员外散骑侍郎高乾之弟,燕赵大侠高敖曹?"

高敖曹朗声说道:"正是高敖曹,愿弃武功追随关中侯,为国为民,驱驰沙场!江湖从此再无燕赵大侠!"

按照阿阇梨的说法,此人身怀破骑之术,正好克制尔朱荣,值此大战之际天降此人,天助我也!陈庆之大喜。他却没时间和高敖曹说话,此时此刻的关键在于北中城,如果被尔朱荣夺下来,洛阳就门户大开,毫无抵抗之力。他望向北边,马佛念到了哪里?

第二章 渡河决战

天下，
是天下人的天下

10 南北咽喉

浮桥飞架黄河两岸，规模宏壮，连锁三城，为南北交通的枢纽。渡桥而南直抵京洛，向北直取天井关，趋上党和晋阳。东北靠近临清关，通往邺城，西北入轵关可达秦地，为天下腰膂，南北之咽喉，兵家必争之地。当初孝文帝迁都时，下诏修建浮桥，步骑百万两日渡过黄河，可见便捷。

舟桥北岸修筑了北中城，墙壁极厚而高，其中有校武场。三十年前，孝文帝迁都洛阳以后，长子元恂的生母林氏按祖制赐死，元恂由嫡祖母冯太后养育，被立为皇太子。元恂体形高大肥壮，不习惯洛阳的炎热，思念北方。孝文帝前往嵩山时，元恂留守金墉城，与左右密谋征调轻骑返回平城，亲手杀死反对的朝臣。孝文帝大为震惊，返回京城，当面数说元恂罪行，亲手杖责，再令咸阳王元禧接着打。元恂躺了一个多月才能起床，被囚禁起来，孝文帝在清徽堂召见群臣，商议废掉太子。太子太傅穆亮和少保李冲叩头请罪。孝文帝说："你们自责，我商议的是国家大事，元恂违抗父亲背叛朝廷，意图盘踞恒朔二州，今日不除去此子，将给国家留下祸患，朕死之后，恐怕会重演西晋的永嘉之乱。"太和二十年，孝文帝将元恂废为平民，安置在河阳，派兵看守监视。

元恂有悔改之意，诵读佛经，顶礼膜拜，诚心向善。太和二十一年，孝文帝前往故都平城，中尉李彪告发元恂密谋反叛。孝文帝派人赐死元恂，他死时年仅十五岁，尸体用平常的衣服和粗木棺材收殓，葬在河阳城。

在河阳城背后，黄河中央的沙洲中有中潬城连接南北两城，外墙未整，初具规模。南城只有简单的形制，并未建成。故河阳三城中，北中城高大威武，为守卫黄河北岸的要津，中潬城居中，最为薄弱。如果尔朱荣硬攻北中城，必将旷日持久，损失巨大，梁军还可以一把火烧了河桥，退回黄河以南。

尔朱荣攻破河内郡，向北直奔黄河，前面便是北中城。而杨侃儒袍银兜鍪，与尔朱兆率领三千骑兵在黑夜中驱驰。一队火龙出现在黄河北岸，黄河滚滚，北中城城头一片黝黑，两支暗红灯笼挑在城楼飞檐。尔朱兆驱马来到城门，向上喊道："开门。"

城墙上亮起火把，守军问道："你们是何人？"

杨侃策马出来，掀开兜鍪，当初元子攸逃出洛阳时，他是驻扎北中城的中郎将，守军都是他部署。城墙上一人要开门，另一人拼死反对，争执起来，有人忠于元子攸，也有人支持元颢。按照尔朱兆的性子，早就挥兵攻城，只是尔朱荣严令先劝降，让在一边。杨侃挑灯向上喊道："皇帝北狩归来，还不开门。"

城上一人问道："哪位皇帝？"

尔朱兆将马鞭指向城头："还有哪位皇帝！抗旨不遵吗？"

城墙上争论的声音越来越大，忽然黄河南岸亮起一溜火把，上下跳动，俨然是骑兵，必是元颢军队。杨侃喊道："还不快开门！"声音刚落，风声晃动，一具尸体砰然坠地，城墙上动起手来。

尔朱兆连连扬鞭，战马盘旋，他匆匆前来，没有携带攻城器械，北中城极为坚固，如果没人开门，只能眼睁睁地等待。南岸骑兵踏上河桥，火把如同一条巨龙浮现黄河。"砰砰"，又有两具尸体掉落，守军在城墙上刀刃相击，支持元颢和元子攸的士卒竟然动起手来。如果尔朱兆有步兵，趁城内内讧，云梯一搭就能夺下北中城，他急得抽打城寰，束手无策。

南岸骑兵冲出舟桥，进入北中城，杨侃扭头说道："撤吧，扎营等候大将军。"

一旦元颢援军占据北中城，只能望城兴叹。尔朱兆不死心，骑兵稍微退后，城内格斗时间不长，"吱呀"一声，城门打开缝隙，一名将领浑身浴血，向外大喊："杨将军，进城！"

尔朱兆举起袖棒："儿郎们，冲！"杨侃觉得诡异，去拉尔朱兆战马缰绳，只听他狞笑一声，腾起战马，三千骑兵平端长槊，排成锋矢之阵，加速向城门涌去。

"尔朱兆，认得我吗？"瓮城内火把腾空，一名将领银盔银甲，外罩白袍在垛口现身。

名师大将莫自牢，千军万马避白袍！这首歌在洛阳流传。尔朱兆认出梁军铠甲，大惊失色，他在荥阳城下被梁军击败，今日情形仿佛再现，尔朱兆战马奔腾，汹涌狂进，距离城门只有百步，耳边熟悉无比的霹雳声响，尔朱兆将牙一咬："儿郎们，冲入城门！"

话音未落，空气异常，正是霹雳弩到来的前兆，契胡士卒曾在荥阳铩羽，今天冷不丁遇到宿敌，便抖动缰绳放缓速度。漫天弩箭从城头疾射，城门大开，白袍胜雪，银盔在黑夜中点点耀目，梁军开城对冲。梁军骑兵战力不见得强过尔朱兆,却背城列阵,布好口袋让尔朱兆钻,城墙上矢石相加,梁军顺势反击,占了极大便宜。尔朱兆不敢再冲,大喊:"撤!"

契胡骑兵拨马撤退,马佛念举起令旗,"追击!"梁军追着敌军屁股冲出北中城,尔朱兆"哇哇"大叫,要是野战对冲绝不会这么窝囊。他来不及收拢人马便向北狂奔,也不知道跑了多少里,背后没了那恐怖的弩箭声音,天空鱼肚白,他在战马上缓缓坐直身体,长松一口气。却见杨侃仍然顶着兜鍪,上面有一支弩箭横贯,狼狈不堪,尔朱兆哈哈大笑。

11 不与君绝

共牢合卺之礼乱七八糟收场,杨忠离开洛阳驻守北中城,不知道何时才能再见明月,心情黯然,于是策马离开军营,来到北海王府道别。去年明月南奔梁国,那是第一次相逢,从此魂牵梦绕,无法摆脱。他护送明月至枋头坞,前往邺城,直到尔朱荣九月击败葛荣,解除邺城包围。杨忠随同陈庆之北伐,明月留在北方。短暂的相识便是一年的分别,明月将成为魏国的皇后!杨忠曾经绝望,以为再也见不到明月,可是她被年轻的魏国皇帝投入驼牛署。杨忠抱着她伤痕累累的身体,泪水长流,怎能忍心她受到如此折磨?如今她恢复往日光彩,与刘离有说有笑,杨忠在远处看着就足够了,她的美好不是凡人能够拥有。北海王府内,枋头坞百姓收拾行装,数百辆大车从北海王府缓缓驶出。杨忠依依不舍与杨闵道别:"叔父,带了这么多东西?"

杨闵来到角落掀开帘子,宋景休穿着寻常百姓服装藏在其中。杨忠大惊:"大眼,你这是干吗?"

"哈,要过小日子啦。"宋景休满脸笑意,做新郎官与刘离行了夫妻之礼,极为滋润。

陈庆之将渡河决战,宋景休临阵脱逃,怎么打仗?杨忠大怒:

"大眼,你要当逃兵?"

宋景休挤挤眼睛走到第二辆车上,撩开帘篷指着刘离和明月说:"美人如月,剑如虹。咱们在战场上打打杀杀这么多年,我想明白了,战场上不是人过的日子,古来征战几人回,谁愿意做黄河岸边埋骨人?"

明月吐舌一笑,杨忠无语。如果他和明月成亲还有斗志吗?只得叹气一声:"此时此刻,该与兄弟们一心一意共渡难关,你怎么偷偷跑了?"

宋景休掏出一封信交给杨忠:"这里自有交代,转给关中侯。"杨忠收好信件,左右为难,于公应该劝宋景休返回梁军,私心又希望他和刘离长相厮守,便拱手告辞,但又被宋景休叫住:"等等明月,她正在和刘离说话。"

刘离被明月说得脸红心热,明月在北海王府时耳濡目染,知道少许男女之事,她天真烂漫,分不清是认真还是调笑:"合卺之礼行了吗?"

当时人们将匏一剖为二以之盛酒,新人共饮,暗示从此一体,刘离和宋景休的合卺之礼全按古制,刘离大略讲了一遍:"打听那么清楚,想怎么样?"

两人极为投缘,常在一起玩笑,明月哪肯罢休:"还要瞒我?你俩晚上偷偷摸摸合卺了。"

合卺之礼本来就充满暗示,刘离脸色通红:"不能说,说了便不好了。"

明月占了上风:"他把宝宝给你了?"明月单纯又好奇,以为新郎在合卺之礼中将胎儿交给新娘。刘离大羞:"明月,听说皇帝要把你许给杨忠?"明月住嘴,刘离心向杨忠:"那长乐王如此对你,你还不明白吗?"

这说中明月心事,她在元子攸和杨忠之间难以抉择:"我与子攸已行六礼,尚有婚约,他虽对我不好,我不能失信。"从法理上,明月已是元子攸正妻,迎亲之前爆发河阴之变,明月南奔,元子攸当了皇帝,娶尔朱歌为皇后。

刘离不管这些:"他是皇帝,样样都好,唯独对你不好,又有何用?"

"他以前不这样。"明月还为元子攸辩解,天下将他压成了另一个人。

刘离劝不通明月,轻轻说道:"杨忠来了,你去吧。"

刘离钻进宋景休的篷车,不知道两人在里面做些什么。杨忠和明月走到王府后花园,元颢进入洛阳只有四十六天,杨忠又要出征,不知何时才能再见。明月说道:"好好保重,在战场上不要一直向前冲,要学学马大哥。"

杨忠点头应诺,两人不想分别,攀上假山坐下,仰望明月,细听蛙鸣,时间流水而逝。杨忠担忧明月安危:"尔朱荣三十万大军,我军只有五千,必是死战,你不要留在洛阳,最好与叔父撤往枋头坞。"

形势急转直下,明月惊问:"守不住洛阳吗?"杨忠不看好战局,洛阳距离梁国太远,反而是枋头坞安全一些,明月善解人意:"放心,我会照顾好自己,勿为我担心。"

杨忠有千言万语，不知如何说起，起身拱手："明月，那我告辞了。"

明月知道他的爱慕之情，只是和元子攸的婚约未除，心有保留："还记得吗？那一日我们在邺城铜雀台，我去洛阳，你返梁国，那晚我伤心极了，以为此生无法相见，流泪至天明。"杨忠不知所对，明月鼓起勇气，"人生无常，我们偏在洛阳相逢，但愿你我保重，总有再见之日，再不分离！"

明月话中之意十分清晰，杨忠热血冲脑："再见之日，永不分离！"

"此生此世，不与君绝！"明月热泪盈眶，扑进杨忠怀抱之中，"不管战场上多么凶险，你都要记着，我在等你，你要回来，你能答应吗？"

12 调兵遣将

滚滚黄河,舟桥南城,中郎将府内灯火通明。

形势严峻,元颢后悔没有为陈庆之补充人马,一切都来不及了。他天亮率领魏军离开洛阳,傍晚到达黄河岸边,来到陈庆之军帐,恢复了以往的谦虚,同看地图:"敌军势大,如何防御?"

陈庆之几乎与元颢反目,不客气地反问:"陛下以为如何?"

元颢指着黄河的几处渡口问:"凭借黄河天险与尔朱荣对峙,如何?"

这样极为消极,有败无胜。陈庆之摇头:"不妥,用兵应守正出奇。"

元颢自知兵法远不及陈庆之,拱手说道:"但听子云调兵遣将。"

陈庆之已有腹案,击鼓聚将,不多久众将齐齐入帐,最后帐外马蹄声响起,驻守北中城的马佛念大步进来。元颢不敢居于帅位,陈庆之也不客气,向中间一坐,先问马佛念:"昨晚如何?"马佛念将昨晚战事简述一遍,陈庆之仍令他驻守北中城,再请元颢率领驻守南城,接应诸军,元颢接令回归座位。

"安丰王元延明,领军将军元冠受!"陈庆之又点了两人,元延明向来仇恨尔朱荣，元冠受是元颢世子，从梁国一路作战到洛阳，是魏国降军中最值得信赖之人，命令他们一东一西缘河驻守，防止敌军渡河。陈庆之看着地图上的黄河沙洲，此处可策应和支援北中城，心中没有合适人选："哪位将军愿意驻守中潬？"

"某家愿往！"一名将领身披乌黑甲胄，面色黝黑，是夏州刺史李绲。

陈庆之不知此人底细："将军可有把握？"

李绲拱手答道："必不辱使命。"

中潬城十分紧要，如果有意外，北中城守军无法退回，南岸援军也不能支援前线，陈庆之全军渡河决战，没人手驻守中潬城。元颢说道："李刺史忠心耿耿，无须担心。"

陈庆之将令交给李绲，调兵遣将已毕，元颢极为困惑，一旦两军相接，形势不利，陈庆之会不会溜之大吉，返回梁国："子云，你在哪里？"

陈庆之来回踱步，向北岸一指："我率领全军渡过黄河，与尔朱荣决战！"

对岸几十万敌军，陈庆之只有五千人马，隔河对峙尚且不足，他竟要渡河决战？元颢连忙劝阻："孤军深入，太过凶险！"

"不入虎穴，焉得虎子！"陈庆之豪气顿生，尔朱荣是百年难遇的名将，与如此对手决战，人生何憾！梁军善守，北中城背靠黄河，墙高壁厚，从舟桥获得支援和补充，正好布下却月阵，渡河而战看似冒险，却是最佳的选择。只是单纯的防御远远不够，如何才能击败尔朱荣大军？陈庆之在荥阳摆出了却月锋矢阵击败元天穆和尔朱兆，乱中取胜攻取了虎牢，尔朱荣用兵远在元天穆等人之上，必然有所防备，此阵断断不能再用，这一战该这么打？

尔朱兆向北溃败，傍晚时分收拢溃兵，折损不大，略为安心。大队人马滚滚而来，尔朱荣大纛已在眼前，尔朱兆下马跪倒路边，偷眼看到马蹄禀报："大将军，梁军占据北中城！"

博带宽衣头顶银盔的杨侃在战马上施礼，尔朱荣连连叹息，元天穆已是惊弓之鸟："那必是陈庆之的七千白袍。"

尔朱荣悬兵晋阳，未与陈庆之交战，沉吟问道："七千白袍？"梁军身披银光璀璨的明光铠，外罩白色战袍，连克三十二城，魏军见到白袍就望风披靡。

"应不到此数，陈庆之在荥阳城下折损不少，在洛阳只有五千之数。"元天穆在洛阳有内应，通着消息。尔朱荣率领七千骑兵突入葛荣几十万军中，今日聚兵三十万，哪会怕了五千梁军？"北中城极为坚固，仰攻不利。"元天穆策马劝阻。

"名师大将莫自牢，千军万马避白袍！守且不足，岂能攻坚？"平素骁勇的尔朱兆两次败在陈庆之手下，已经丧胆。

"混蛋！"尔朱荣惊怒，马鞭向尔朱兆劈头盖脸泼了十几下，举旌节下达军令，"大军进发，夺取北中城！"

13 侠之大者

"尔朱荣说过，当我的骑兵出现在敌军步兵背后，战争就结束了。"马佛念看着地图轻轻摇头，葛荣和邢杲就是这样被他阵擒，送到洛阳斩首。陈庆之和元颢议完军情，梁军将领皆是无语。马佛念不看好形势，三番五次鼓动陈庆之逃出洛阳，虽然北中城坚固，地势极佳，坚守当可无虑，但是黄河有十几个可渡之处，防不胜防。尔朱荣一旦渡过黄河，元颢的魏军不堪一击，那时断去后路，北中城能守多久？这是有目共睹的局面，如果在两国边境，囤积粮草和兵仗可固守待援，北中城在魏国腹心，断没有援兵，死守毫无意义。

"关中侯，退兵吧。"马佛念再次劝说，一旦后路被阻，梁军便插翅难飞。

梁军众将一起拜倒："关中侯，现在退还来得及！"

"我再想想。"陈庆之不甘心退回梁国，想起阿阇梨说的破骑之术。于是令马佛念率领三千人马渡河驻守北中城，自己在南城驻扎下来。

陈庆之挥退众将，将高敖曹三人引入大帐，以平辈之礼抱拳：

"三位大侠武功盖世，为何投军？"

葛荣祸乱河北，欺凌汉人，高敖曹空有一身武功，却无用武之地，于是表明心迹："大丈夫当为国为民，岂可贪恋匹夫之勇？"

"这位兄弟看起来不像汉人？"陈庆之指着呼延族。

"呼延部落定居汉地，与匈奴王庭婚嫁，融入汉室血脉，追随五部大都督刘渊起兵，复兴汉室，可惜落败，呼延氏流落河北已经百年，说汉语，衣汉服，遵汉人礼仪，岂能说不是汉人！"呼延族面色凛然，他常要解释这些，神色略有不满。

北方胡汉融为一家，不仅是孝文帝的功劳，实在是数百年的大趋势。溯其根源，汉高祖刘邦和亲冒顿单于，汉宣帝召见呼韩邪单于，以王昭君妻之，民族融合的开启者为汉朝的皇帝。南方何尝不是如此，东晋衣冠渡江，与南方蛮族通婚，谁才是纯正的大汉血缘？再向前推，秦国就是周之西戎，自欺欺人的无知之辈才以血统论敌我。陈庆之想到这里，转向高敖曹："三位大侠武功高强，为何不率领乡勇，保护家园？"

高敖曹长长叹气，这是他百思不得其解之处："若论单打独斗，胡人不是敌手，可是两军相接，沙场争雄，便敌不过葛荣叛军和尔朱荣的契胡铁骑。"

"为何？"陈庆之略有困惑，阿阇梨两次提起高敖曹，第一次让自己传授兵法，第二次说他有破骑之术，有所矛盾。阿阇梨难道让我聘高敖曹为军中教头？如果人人都有武功，定可在战场上摧枯拉朽，这是她说的破骑之术吗？

"武功需自幼练习，那些农夫百工耕作打铁，临时上阵，哪懂得功夫？"东方老说出了一个缘由，百姓不可能自幼练武。

"军中士卒多久可以练成？"陈庆之在紧要处详细询问，一丝也不放过。

呼延族是江湖好手，曾经苦练武功："至少十年，练武还需要天赋，百可得其一。"大战在即，哪有十年时间？即便练成，何况百里出一，五千人马练出五十人，根本不能成军。

"江湖人士没有军纪，难堪战场。"高敖曹曾将武功心法简化，一般百姓六个月内可以小成，在北翼州练出上千士卒，仍不是葛荣敌手。他看了梁军战阵，军纪森严，兵种相生相克，弓箭手专攻射术，长槊士卒临阵搏杀，互相配合，军中令旗战鼓金锣，指挥进退。江湖武夫逍遥自在，不守纪律，虽然十八般兵器样样精通，却不会互相助阵，一窝蜂地乱砍乱杀。

"高手以轻功辗转腾挪，不会披挂重铠，死守阵线，让我们放弃轻功，原地不动，绝难做到。"东方老轻功极佳，有这个体会。

"其一难练，其二没有军纪，其三避长用短。"陈庆之是用兵高手，参透其中的关键。

"正是如此。"高敖曹向陈庆之拜倒，"关中侯，我特来拜师，修习兵法。"

陈庆之要请教破骑之术，高敖曹要向自己学习兵法，啼笑皆非："以你身手，纵横天下，笑傲江湖，岂不快哉？"

高敖曹跪地不起："我不愿见百姓受欺压。"

东方老跪倒说道："武功不能辅助国家，也不能护佑百姓父老，面对敌军战阵，扼腕而逃，百姓流离失所，婴孩失父母痛哭于野，夫失其妻而悲鸣，弃之不惜！"

陈庆之感同身受，他本是寻常书生，射不穿札，马非所便，国家大难岂能旁观？可是传授兵法绝非普通，又问："你学兵法之后，打算如何？"

呼延族热血沸腾，抚胸慷慨而谈："返回乡里，训练百姓，农时为民，战时为兵，不求封王拜相，只求不让父母悲戚，夫妻离散，婴儿孤苦。"

陈庆之至情至性，走到几案旁边拿起一本册子："募兵、练兵和养兵是兵法之本，这本《太白阴经》记载甚详，可照此练兵，但战场随机应变，守正出奇，兵法之妙，存乎一心。"

高敖曹翻了几页，《太白阴经》分为人谋、杂仪、战具、预备、阵图、祭文、捷书、药方、杂占、遁甲、杂式十一卷，没有至高的兵法，于是再次请求："请关中侯教我高深兵法。"

陈庆之想了一下问道："高昂，可愿为御者？"

高敖曹当世大侠，让他当车夫，东方老和呼延族都觉过分，高敖曹毫不嫌弃："高昂愿为关中侯驾驭追锋车。"

陈庆之令三人起身，阿阇梨有若神灵，绝不会虚言，直接问道："高昂，可知破骑之术？"

高敖曹摸着头皮，与东方老和呼延族面面相觑："我从未听说，不知为何物。"

14 临阵提亲

北中城是一座军城,为守卫洛阳而造。城中没有百姓,周遭数百步合拢在舟桥北岸,城墙用巨石叠擦,下宽上狭,城墙可跑战马,尖头铲无法捣毁,云梯斜靠在墙面,守军稍微用力就能推开。如果竖起飞楼,顶端与城头有十几步,在空中行走一段才能跃入垛口,极易被弓箭射杀。

北中城也有薄弱之处,由于防护舟桥,黄河有涨有落,南端收拢成两道石墙,如同苍龙深入河水。冬日水低之时,长墙露出三百多步,夏季水涨,石墙大约百步。舟桥在石墙护卫下向黄河中心延伸,河中央有沙洲,仅有丈余高木栅为中潬城,囤积辎重,接应北中城。城内静悄悄,看似无人,尔朱荣起了疑心,绕回北中城正面问道:"说说,如何打?"

贺拔胜向来独当一面,这次与尔朱荣一起作战,士气旺盛,拔出宝剑在沙涂画出一道弯曲河道,在北岸圈出北中城,长线代表浮桥将北中城和黄河连在一起:"北中城正面极难攻取,我天黑之时从两侧夹击。"

这确是北中城的薄弱之处,尔朱荣叮嘱道:"为将者,虚虚实实,此战为虚。"

贺拔胜驰回本军，召集武川镇诸将，当初六镇反叛，贺拔胜曾向朔州刺史费穆借兵，驰援武川，结交极深。元颢斩杀费穆，贺拔胜大怒，点齐军队与尔朱荣会合。他召集武川镇将领围拢而坐，贺拔胜左侧是贺拔岳，他披挂筒袖重铠，身铠套在身上，护臂套在双臂，防护力远超两当铠。贺拔岳之侧是李虎，五胡十六国时期西凉开国君主李暠的五世孙，西凉灭亡后，陇西李氏出仕北魏，官至弘农太守。太武帝选拔良家子弟驻守六镇，李虎父亲李天锡成为武川镇的武官幢主，他少时倜傥有大志，善于射箭，轻财重义，雅尚名节，深得贺拔岳的器重。

宇文泰在贺拔胜右边，头顶突骑帽，宇文部并非东胡鲜卑，而是南部匈奴，后来被北魏征服后，成为六大鲜卑部落之一，宇文部髡头，其余鲜卑索头辫发，风俗和语言与其他部落迥异。他的父亲宇文肱曾与贺拔兄弟的父亲贺拔度抵御破六韩拔陵，后来战死，宇文泰跟随葛荣就食河北与朝廷作战。葛荣被击败后，宇文泰在贺拔岳劝说下投降尔朱荣，在武川镇军担任统军。

宇文泰旁边便是侧帽风流的独孤如愿，身材挺拔，皮肤白皙，眉目英俊，披挂汉制铠甲，侧戴毡帽，分不清是胡人还是汉人装扮，他从枋头坞带来葛荣的军情，立了首功，被贺拔胜收留为部署。贺拔兄弟、宇文泰、李虎和独孤如愿五人的祖先来自完全不同的地方，甚至是仇敌，同在武川镇长大，自小玩闹在一起，从无隔阂。

贺拔胜画出黄河和北中城的地形："大伙儿说说，这仗怎么打？"

北中城背靠黄河极为险固，陈庆之占据地利，以逸待劳，弄不好要吃大亏。贺拔岳左看右看，看不出北中城的弱点："北中城背靠黄河，围都围不拢，粮草弓矢可以源源不断地从舟桥运来，我们人马虽多，施展不开，攻也不行，围也不可！"

贺拔胜接了军令，硬骨头必须去啃，叹气一声："军令不可违，我从北边攻，阿斗泥，你从南边夹攻！大将军说虚而虚之，试探守军实力，大家散开战线，勿要折损士卒。"

"且慢。"宇文泰在众人中年纪最轻，一直另想良策。

"黑獭？"贺拔胜与宇文泰，从小相识，现在更是过命的交情。

"面对北中城，大将军怕也束手无策。"宇文泰详细询问梁军战力，看了地势，心中分明。

独孤如愿曾在枋头坞与马佛念和宋景休抵御葛荣："梁军善守，当日在枋头坞，数十万葛荣叛军损兵折将，错失渡过黄河攻取洛阳的时机。"

宇文泰料定此战艰难："如果不能攻克北中城，该如何？"

贺拔岳泄了气："攻不下来，只好退了。"

宇文泰摇头，手指着黄河："我率领骑兵沿黄河搜寻舟船，悄悄渡河，即便攻城不利，也可将功折罪。"

宇文泰总能多算一步，贺拔胜点头同意。众人议完，独孤如愿说道："你们可还记得奴奴。"宇文泰曾在枋头坞见过杨忠，其他人一起摇头，独孤如愿又道，"宁朔将军杨祯之子。"

"有印象，瘦高。"贺拔胜的父亲为武川镇镇将，常与杨忠父亲见面，他还记得少年杨忠之时的模样，"后来六镇兵起，他们去了哪里？"

独孤如愿将杨祯随六镇百姓到达河北，避难左人城，讨伐鲜于修礼和葛荣时战死，杨忠逃亡梁国加入陈庆之军队，在枋头坞结义的经过讲述了一遍。众人唏嘘不已，六镇本来是魏国良家将门拱卫首都的边镇，胡太后惹出六镇之乱，各人颠沛流离，命运多舛，杨忠竟流浪到梁国。贺拔胜叹气，武川镇出来的兄弟在战场上成为敌人："大家都是武川镇的兄弟，如果见到杨忠，一定要保他周全。"

乌云蔽月，伸手不见五指，元颢迎风在舟桥前为陈庆之壮行，轰隆隆的水声激起了豪迈的战意。陈庆之将用五千人对决三十万人，气冲牛斗，细细想来，这确是最佳的战法。黄河防线极长，防不胜防，渡河决战，化被动防守为主动出击，北中城为防御舟桥而设置，城墙密合，高厚敦实，五千人防守洛阳那样的大城难以为继，防守北中城绰绰有余，梁军将敌军尽数吸引过来，缓解其他渡口的压力。元颢还藏有私心，自己坐镇南城，万一陈庆之战败，可以从容退往洛阳，向南逃回梁国，进退自如。元颢想到这里，施军礼说道："深思奇略，善克令终，盼望将军旗开得胜！"

陈庆之拱手极为恭谨："陛下激励将士，同甘共苦，赖陛下英明，我军才能到此，我必守住河桥。尔朱荣若攻城失利，将另想他法，陛下须得谨慎。"

陈庆之颇有命令的口气，元颢心服口服："子云请讲。"

"若尔朱荣不能夺下北中城，会寻找可渡之处，过河决战，不可不防。"这是陈庆之最担心之处，他只有五千人马，无法分兵驻守。

元颢郑重答道："朕必为关中侯守好后方。"

一队步卒手持长槊，腰挎弯弓，踏上舟桥，从旗帜可以认出驻守中潭城的夏州军队。李缅抱拳施礼，领兵过河。陈庆之颇觉怪异，他应下马参拜，怎能如此仓促？问道："中潭城十分紧要，李缅是否值得托付？"

元颢前年征讨万俟丑奴的时候，曾与李缅并肩作战，很是放心："子云莫要多想，李缅不会叛我。"

李缅出自陇西李氏，与元子攸祖父李冲一系，陈庆之不放心："李缅所部是关中劲旅，惯用长槊，可知其弱点？"

元颢诚心询问："子云为我道来。"

"陛下可令李缅士卒携带粮草和兵器驻守中潭城，盾牌存放在南城，大可无忧。"陈庆之谋划妥帖，防患于未然。

"子云，多心了。"元颢不以为意。

"若非王公大臣缒城而出，尔朱荣岂能发动河阴之变？若非元延明等人献城，我们又怎能夺下洛阳？敌中有我，我中有敌，不可不防。"陈庆之坚持，中潭城既是后援又是退路，必须确保万无一失。

元颢在战场上向来从谏如流，立即答应。又一队人马踏上舟桥，长长的机臂被马车拖曳，向黑暗中缓缓驶去。小猴子蹦跳走来，向元颢和陈庆之环施一礼："陛下，关中侯。"

荥阳之战时，投石车被安置在城墙和瓮城，打乱元天穆的进攻阵形，看来陈庆之要故技重施。元颢微微点头："侯先生，保重！"小猴子一口气向北中城输送了五十台飞石机，其后是一担担的石块，一旦战事爆发，巨石横飞，必是惊心动魄。

马车队伍之后是辎重营的牛车，拖着灶台大小的床弩走上舟桥，略有百架，然后是几十车巨大弩箭，足有一人多长。梁军善于守城,床弩和飞石机从空中压制敌军弓箭。陈庆之动用洛阳所有的车辆向北中城运送辎重,牛车之后是骡车,弓箭、长槊、盾牌、大锤、干草和火油,再向后则是无尽的粮草车辆。元颢看呆了:"子云,何须这么多?"

"有备无患。"陈庆之把筹集到的辎重的大部运来北中城,"在北中城守一两年,粮草、兵器和弓箭怕也够了。"

元颢一脸狐疑,冬季黄河结冰,人马可渡,还用守北中城吗?

贺拔胜和贺拔岳各领三千人马,趁黑夜来到护墙南北,大军列阵于后,派遣数百士卒列成小队,前面举盾牌,后面十二人一组,口咬登城刀,身披重铠,手提云梯,再向后是分散的士卒,就等云梯搭上城墙,呼啸攀城。他们一脚深一脚浅,踩着泥泞接近城墙,黄河水声轰隆,压住铠甲相击的声响。士卒接近护墙,云梯向上,号角骤响,南北两边同时动手,士卒顶着盾牌攀爬而上。护墙上毫无动静,却听见战马踏地声响,贺拔胜大惊,梁军骑兵何时出城?他定睛看去,一队白袍骑兵绕开滩涂向自己攻来,喝令结阵。梁军骑兵却不硬攻,截断攻城士卒的退路。

城墙上火光闪亮,梁军现身,弓弩射乱攻势,贺拔胜只是试探,抽出宝剑喊道,"撤!"攻城士卒仓皇后退,被骑兵截住反复冲杀,只有百人左右结成阵形,缓缓退回本阵。梁军不想攻击完整阵形,将零落敌军杀死,扬长从城门退回。

对岸火光一闪,喊杀声被黄河咆哮声掩盖。元颢起向北岸望去:"尔朱荣攻城了。"

北中城有马佛念驻守,陈庆之不担心,这就是北中城的妙用。正面攻打城墙极难,绕到两侧攻城也不容易,沉重的冲车无法在泥泞的岸边行走,士卒没有遮挡,极易被弓箭射退。果然过不多久,北岸鼓声停歇,火光散乱,敌军退了。黄河已有太阳的红晕,大队梁军登上舟桥。杨忠躬身施礼:"关中侯,我过河了。"

"且慢。"元颢命令端来美酒,捧起说道,"子云,朕没有听你之言,拒为你补充兵源,断绝梁国援军,才有今日,朕向你赔礼!"

陈庆之端起来痛饮,擦干嘴角:"陛下与我横行三千里,直捣河洛,快慰平生!"两人一起饮光,陈庆之又举起一斛酒浆,突然跪下,"陛下,臣还有一事相请。"

元颢一惊,连忙去扶:"但说无妨。"

"杨忠忠勇无双,必成大器,他父离世,我便是他长辈,胜若父子。"此话一出,杨忠连忙跪倒,陈庆之又说道,"元子攸投奔尔朱荣,想必与北海郡主婚约解除,值此大战之际,我向陛下请婚,将北海郡主下嫁杨忠!"

杨忠未料到陈庆之为自己求亲,又惊又喜。元颢看不起杨忠家世,始终犹豫不决,如今尔朱荣大军压境,唯有陈庆之才能抵御,怎能拒绝?他端起酒杯,手腕颤动抬头干掉:"一言为定!关中侯,我答应你。"

贺拔胜这一战纯属试探,毫无战果,牵马入营。大帐中将领云集,秦汉魏晋,仕宦席地而坐,跪坐双腿。五胡乱华后胡风东渐,胡床流行,衍生出椅凳,尔朱荣不喜汉礼,军营中排列高椅,尔朱荣居中而坐,众将只有站立的份儿,神色与往常不同。贺拔胜抬头细看,侧座一人全身黄金铠甲,竟是当今皇帝,跪倒叩拜:"贺拔破胡拜见陛下!"

尔朱兆上前吼道:"这是军中,不施军礼,不拜大将军,是何道理?"

尔朱世隆连连摆手,担心贺拔胜和尔朱兆伤了和气,又不想元子攸和尔朱荣为此有了嫌隙。元天穆手捋长髯,心思与尔朱世隆差不多,高欢冷眼旁观,不知该帮谁。元子攸起身扶起贺拔胜:"这是军营,皆依军礼!"

元子攸口中赞同尔朱兆,动作颇为亲密,贺拔胜起身抱拳施礼:"遵旨。"

"贺拔破胡!"尔朱荣忽然问道,"我令你攻打护墙,战果如何?"

贺拔胜拱手答道:"敌军防御森严,我军折损三百三十人,未能攻下。"

"拖下去,重责二十。"尔朱荣恼怒贺拔胜跪拜元子攸,用攻城失利为借口责罚,贺拔胜毫不争辩,众将也不敢求情。帐外军棍声此起彼伏,帐内一言不发。过不多时,两名士卒将贺拔胜拖入军帐,他双股肿起,没有血肉模糊,显然是尔朱荣手下留情,让贺拔胜还能骑马。尔朱荣一指侧面:"给他一个胡床,坐下!"

贺拔胜坐在马扎上,痛得钻心。尔朱荣目光巡视众将:"陈庆之渡河占据北中城,各位有何对策?"

陈庆之以五千人马对抗几十万大军,匪夷所思,却是最佳应对,硬攻必然损失巨大。陈庆之还可以从舟桥源源不断获得粮草和辎重，围也不成。元天穆在军中的地位仅次于尔朱荣，又与陈庆之在荥阳和虎牢大战，拱手出列："此战不易，不可强攻。"

"此番正值夏日，酷热难当，不如回军。"尔朱荣一改往日雄风，懒洋洋靠在椅子上。

元子攸一惊，如果尔朱荣返回晋阳，自己怎么办？他以往也是傀儡，但是尔朱荣驻跸晋阳，元子攸在洛阳渐渐巩固势力，相安无事，一旦到了晋阳，就真的变成了笼中鸟。

"咚咚咚"，战鼓山响，这是梁军出兵之令。尔朱荣众将苦于攻打坚城，听见梁军出兵，都觉得是难得良机。尔朱荣更加好奇，正想看看横行河洛的陈庆之，众将蜂拥而出，将元子攸孤零零地抛在帐中。

城门大开，三千白袍奔出，背墙列成"品"字阵形，排列在城墙下，阵前一辆追锋车，正是陈庆之，辎兵从阵中缝隙涌出，架起拒马，抛出铁蒺藜，布阵与荥阳之战一模一样。城墙上旗帜招展，十二面战旗，十二面旌鼓前方站立一人，头戴天子冠，正是当初的北海王，现在建武皇帝元颢。

元天穆曾在荥阳城下吃亏，策马到尔朱荣身边："这阵形十分犀利，荥阳城内还有投石车，可达两百步，梁军弩箭强劲，居高临下可射出一百五十步。"

尔朱荣绝不上当，旌节指点前方："梁军既出城挑战，就等他们来打。"

礼乐声起，不像战场鼓角，追锋车从梁军阵前驰出，前方来报："元颢阵前说话。"

尔朱荣在河阴屠杀王公大臣，淹死胡太后和三岁幼帝元钊，元颢脔杀尔朱世承，两人结下血仇。尔朱荣无话可说："不见！"过不多时，前方又来禀报："元颢要见皇帝。"

尔朱荣想了一阵儿，不想替元子攸做主："禀报皇帝，他愿意见就见吧。"

尔朱荣不攻，梁军也不出击，双方相距七八百步对峙，夏日酷热，铠甲沉重，汗如雨下。大约一盏茶时间，军阵翻腾，一辆金根车驰出，元子攸从洛阳逃出后，招募工匠打造了六马驾驭的金根车，他头顶十二旒通天冠，身穿冕服，玄上衣朱下裳，上下绘章纹，站立在金根车正中。侯景在高欢耳边嘀咕："刚才皇帝还戎装，换衣服这么快。"

梁军阵形一分，追锋车停在阵前三百步，元子攸金根车的六匹战马向前狂奔，气势远远压过元颢。尔朱兆哈哈笑着："还是咱们皇帝有架势！"

金根车和追锋车相遇。元颢年纪长了十几岁，资历和战功远在元子攸之上，一向把他当作小孩子，说道："长乐王，一向可好？"

元子攸车架和服饰都是天子礼仪，不想被小视，哪肯居于下风："北海王，你又如何？"

元颢得意扬扬："朕夺回洛阳，恢复祖宗社稷，为河阴之变复仇，出你于桎梏，尔朱荣屠杀元邵和子正，你逃奔尔朱荣，委身于豺狼，实在让我不解。"

"谁委身于豺狼？"元子攸鼓起帝王气势，指着元颢，"我国与南朝对峙百年，连场血战，才是仇敌！你在岛夷萧衍老儿面前摇尾祈求,驱驰梁军攻打洛阳,你若得逞,天下只有梁国,哪里还有祖宗社稷?"

这是一笔糊涂账,尔朱荣固然屠杀两千王公大臣,魏国确与南朝交战百年,死伤无数,恩怨一时说不清楚。元颢不想争执这些:"朕与卿合则两利,分则两害,徒使外人得利。"

"你夺我帝位,如何是一家人?"元子攸被逐出洛阳,一肚子窝火。

"我们同为献文帝之孙,当然是一家人,我本想亲上加亲。"元颢挥手,背后一人掀开兜鍪铜面,露出如画的眉目,"子攸哥哥,是我。"

元子攸乍听到明月的称呼,心神一动:"明月?"

明月半年前来到洛阳被投入驼牛署,如果不是高敖曹和杨忠搭救,早就生死不知。明月尽管对元子攸失望,仍然好言相劝:"尔朱荣是杀死大哥和子正的大仇人,怎能投奔他?子攸你回来,仍像以前一样,兄弟间不能自相残杀。"

"北海王觊觎帝位,狼子野心,何尝将我当作一家人?"元子攸痛恨元颢称帝,不想再谈此事,"明月,你与我已行六礼,是我淑妃,跟我走。"

"你怎么向你的皇后交代?"明月看透元子攸,他如果能够带自己走,当初就不会把自己打入驼牛署。

元颢齿冷狂笑:"朕还敢将明月托付给你吗?你竟娶了尔朱歌,先帝之嫔,你的侄媳,连人伦都没了,徒惹天下人耻笑。"

元子攸被戳到痛处,勃然大怒:"你篡夺皇位,大逆不道,明月,你要和他同流合污?"

"子攸哥哥，我与你从小相识，心中只认定你一人，但你胸怀天下，那是你祖宗的社稷，你身体里流动着祖宗的血脉，天下太大，挤满你的胸膛，再也容不下其他，你和姐夫决裂，将我置于不顾，我不怪你，谁让你生在帝王之家？如今我们在战场相见，此后便是仇敌，你我与能义绝！"明月取出一块玉佩抛给元子攸，这是他们的定情之物。

元颢向后挥手，骑兵策马而来，呈上两只大雁。明月紧紧怀抱一只，抚摸雁毛，悠悠说道："婚礼有六，五礼用雁，这大雁是当初问名和纳吉时所用，我小心养在北海王府，有空就和它们说话，盼着能够早些嫁给你，哪想到今天的结局？"明月抹去泪珠，双臂一展，大雁腾空，她放飞另一只灰雁。两雁一南一北，在两军阵前各自盘旋，悲鸣数声。大雁本喜欢群居，成行飞行，这两只大雁一南一北，劳燕分飞，带走明月倾盆泪。

15 护送队伍

一队人马浩浩荡荡离开阊阖门，向东南而去，沿途百姓都觉奇异。这支队伍夹杂上百辆大车，阵势极大，队中虽有老弱，大多数是极为精壮的年轻人，策马护卫，隐隐成阵，避开村寨，不多做停留，滚滚奔驰。队伍从洛阳出发奔行三十里，日头西吊，在河边打尖休息。一人跳下马来，正是枋头坞坞主杨闵："大眼，今晚住这里吗？"

宋景休解开斗篷，露出一双巨眼，心情很好，娶亲后改了称呼："爹爹，就住这里。"

"不走了？"杨闵抬头看天，天黑还早，再看四周，枋头坞百姓行走一天，早已没了体力，横七竖八倒地休息，"大眼，你当真临阵脱逃？"

宋景休挠挠头皮："关中侯令我护送百姓返回，不算临阵脱逃。"说完从马上取出一杆用布帛包住槊尖的长槊向地上一插，展开毡布，熟练地搭了棚子，看看不太满意，又取出一杆长槊，并排搭起，能容纳两人，在河边砍来蒿草，细细密布，再铺上毛毯，"爹爹，我帮您搭帐篷，杨忠可没有我这手艺。"他满意地道。

杨闵不怀疑他搭帐篷的手艺，而是怀疑他的动机。不多久帐篷搭好，宋景休来到马车前，请刘离出来。刘离看着河水斜阳下的双人帐，脸色通红："大眼，我要和爹爹在一起。"

宋景休还没说话，杨闵先开口："女儿，你嫁为人妇，自当跟着夫君。"这话让宋景休笑逐颜开。他掀开帐帘说道："请进帐。"

宋景休想进帐与刘离胡天胡地，又不敢隔着层布，当着老丈人乱来："爹爹，我们去烧火造饭吧。"军中自有伙兵，宋景休做饭的手艺差了不少，只管堆柴烧火。他知道杨闵心事儿，"爹爹，您别担心杨忠。"

杨闵叹气一声："听说关中侯带着五千人马，渡河与尔朱荣交战，是真的吗？"

宋景休将军情略述一遍，更增杨闵忧虑。杨闵指着大车问道："这些是什么？"他们从枋头坞来时只有数辆马车，现在凭空多出这么多来，让杨闵十分不解。

"陛下的赏赐。"宋景休语焉不详，元颢的赏赐绝没有这么多。

"他们都是军士吧？"杨闵看出来异样。宋景休带来了一百多人，他在枋头坞与梁军接触极深，听出江淮之音，绝非河洛官音。杨闵满腹怀疑，"护送我们是幌子，其实是押送这些东西，还在瞒我？"

宋景休拱手求饶："您眼里不揉沙，军情不可泄，别难为我了，给您弄吃的去。"众人吃喝完毕，炊烟袅袅从弯曲的河岸中升腾，新人帐暖，窃窃耳语，蛙鸣鱼跃，草丛之中隐藏着携弓带刀的士卒，四处暗探警戒。

16 临战论兵

两军对峙,平生大敌,尔朱荣不想强攻,梁军也不离开城墙两百步。夏日炎炎,太阳当空,热力透过重铠,汗珠滴滴砸入土中,已有体力不支的士卒晕倒。追锋车冲出梁军阵前,一名梁军将领身披白袍站立车驾正中,士卒大声呐喊:"尔朱大将军在否?关中侯意欲阵前说话。"

皇帝不欢而散,两军主将还能谈什么?尔朱兆一摆长槊:"不用啰唆,我去攻一阵儿。"

元天穆将战马一横,制止道:"不可,如此正中敌军计谋。"

尔朱荣正想拖延时间,元子攸谈完,自己再谈,一天不用打仗,正合他想法,于是策马越阵直奔追锋车而去。尔朱兆大惊,率领骑兵遥遥跟来,尔朱荣转身怒视:"带那么多人干吗?他们几人,咱们就几人。"

尔朱兆挥退士卒,跟在尔朱荣身后向前奔驰。双方似有默契,相距三十步停下来,对面那人面容清秀,年纪在四十多岁。尔朱荣拱手问道:"前面可是关中侯?"

陈庆之也猜出尔朱荣,他皮肤白皙,鼻高深目,语言却与中原口音无异，还礼而答："正是陈庆之，尊下可是天柱大将军？"

"幸会！"尔朱荣仔细打量着传说中射不穿札、马非所便的梁军名将，由衷说道，"名师大将莫自牢，千军万马避白袍！关中侯白马啸西风，四十七战夺三十二城，横行三千里，直捣河洛，让我十分佩服。"

陈庆之对尔朱荣的用兵之才也钦佩不已："葛荣叛乱于河北，连斩名王，声势极大，尔朱大将军率七千骑兵从晋阳出发，马皆有副，身自陷阵，表里合击，阵擒葛荣，实为步骑决战的经典之战，必流传千古。"

两人互为对手，惺惺相惜远过仇恨。尔朱荣望着北中城说道："识时务者为俊杰，你只有五千残兵，元颢处处掣肘，援兵不济，孑然渡河决战，岂非求死？何不化干戈为玉帛，你退出此城，返回江淮，我绝不为难！"

陈庆之曾想过退却，与阿阇梨交谈后改变了想法，坚定了大战的信心："多谢天柱大将军，我一路西行，杀人无数，不少人恨不得食我之肉，我尚有自知之明。我虽只有五千，大将军未必能讨得便宜，我劝你领军北返，划江而治，化敌为友，我必煮酒，亲到大将军营中谈兵论道，岂不快哉！"

尔朱荣难得遇到敌手，心情绝佳："好说好说，关中侯在荥阳以城墙为阵，以飞石机和弩箭破敌，十分犀利，难道想让我重蹈覆辙吗？"

陈庆之多年作战，第一次与敌军主将谈兵论将："尔朱大将军是当世名将，何须如同寻常武夫，战场杀戮决胜？不妨指点战局，免去将士生死搏杀？"

"纸上谈兵?"尔朱荣并无攻破北中城的腹案,兴致大增。

"大将军已知却月阵,如何破我?"陈庆之指着城墙上的飞石机和床弩,这本是绝密,他一一道出,毫不遗漏。

尔朱荣听罢拱手:"关中侯心胸坦荡,将如此机密告我,如果不是敌人,我定与你痛饮三杯。"他想了一阵儿,摇头说,"就阵形论,关中侯此阵实在无解,功不可攻,围不可围,发明此阵的刘寄奴是百年奇才,我自愧不如。"

"既然无法破阵,大将军要包围到冬天结冰之时吗?"陈庆之问道。冬季尔朱荣的骑兵便能踏冰渡河,北中城和舟桥便毫无意义,但现在六月,半年之后才能冰封。

"我不会退兵,也不会等到冬季。"尔朱荣反问,"关中侯不妨猜猜。"

"以正合,以奇胜。"陈庆之早已猜到,"黄河蜿蜒千里,大将军必派出斥候寻找渡口和船只,在此拖延时间,那边说不定已在偷渡黄河,奇兵突击。"

尔朱荣的后招被看破,笑声有些勉强:"关中侯怕不能将黄河的船只都藏起来吧,即便藏起来,我也可以造出。"两人棋逢对手,无须多言都猜到对方的对策。

"与大将军临战论兵,快慰平生。"陈庆之承认渡河不难,"我们这边所部甚杂,说不定有人提供船只,甚至开门迎敌,洛阳不日可下。"

"关中侯认输了?"尔朱荣信心倍增,即便陈庆之猜到战法,却无法守住黄河,这是实力使然。

"洛阳本就不是我的,丢了便丢了。"陈庆之早下决心放弃北中城，野战争锋，"等大将军夺下洛阳时，战局才开始，而非结束。"

"如果他人说出此话，我定以为是疯子，出自关中侯，我却不得不深思，可是五千人马在野战中如何击败我三十万大军？关中侯若不说清楚，便是你输了。"尔朱荣笑弯了腰，他最擅长野战。

陈庆之只有模糊想法，更不能当着尔朱荣的面说出来。他指着两军阵线："大将军，这就是两军相对的野战，何不一战？"

尔朱荣大笑，原来他要诱使自己出兵攻打北中城，他才不上这个当："有请关中侯出城野战。"

尔朱荣打定主意不仰攻坚城。陈庆之笑了："既然大将军不肯进来，那我们就出城。"

17 太古雄关

洛阳四面河流纵横,山谷环抱,实为形胜之地。东汉太史令张衡曾作《洛阳赋》,赞叹洛阳的地势:沂洛背河,左伊右瀍,西阻九阿,东门于旋。盟津达其后,太谷通其前。回行道乎伊阙,邪径捷乎轘辕,大室作镇,揭以熊耳。枋头坞百姓行走大半天,走出平地,大山错落,横亘于前。右侧为龙门山,从西向东绵延而下,嵩高山从黄河南岸向下,从北向南直切,与龙门形成夹角。一座雄关拦截在龙门山和嵩高山之间,两翼山脉磅礴,形成一道峡谷,纵深三十里,沟壑纵横,溪水潺潺,群峰峭立,灌木丛生。杨闳不禁看呆了,如此奇绝的地势极为罕见:"景休,这是哪里?"

离洛阳渐远,宋景休不再躲在马车中,策马望向峡谷当中:"太谷关,洛阳的南大门。"

龙门山和嵩高山之间的峡谷横亘一座雄关,刀削斧劈般横切下来拦住道路,除非插翅飞越山峰,否则必须通过太谷关才能向南而去。杨闳从枋头坞来时走的是北边的荥阳、虎牢和轘辕关,第一次走南边的太谷关,叹气道:"真是一夫当关,万夫莫开。"

宋景休向上喊门,不多久魏军打开城门,放众人入关。宋景休拿着元颢书信去找魏军将领,把几辆大车推入府衙,里面传出阵阵笑声。魏军将领笑纳重礼,心满意足出来。枋头坞百姓点火烧饭,几百太谷关守军列队嘻嘻哈哈,守护着几辆大车,离开太谷关向南而去,将布防全数交给宋景休。

梁军关闭前后两道大门,扯下百姓服装,银铠白袍,恢复梁军样貌,开始卸车,无数的箱子打开,全是辎重和粮草,盾牌、长槊、环首刀,还有无穷无尽的弩箭。杨闵将一碗麦粥端到宋景休面前,问道:"这是干吗?"

宋景休笑着语焉不详:"爹爹,在这儿住下来等着杨忠他们。"

杨闵渐渐明白:"这是关中侯军令吧?"

宋景休指指嘴巴摆摆手,表示不能多说,走到太谷关校场当中,召集梁军,派出斥候侦探周围军情,将粮草储存在粮仓,派士卒采集干柴、滚木和巨石,全是守城之物。这里将成为梁军的落脚点和补给站,一个进可攻退可守的堡垒。他化装为枋头坞百姓偷偷南下,必有重大图谋。杨闵不再多问,安排枋头坞百姓去了。

18 单打独斗

尔朱荣不相信陈庆之肯派军离开城墙保护在野外决战,可是他言之凿凿,不像戏言。陈庆之追锋车退却,一名梁军战将双手战锤相交,向前一指:"尔朱大将军,我乃直阁将军杨忠,可愿应战?"

陈庆之派遣武将单挑,派出一人,也不算失言。尔朱荣正在犹豫之时,尔朱兆策马出来:"叔父,我来。"

尔朱荣哪想到陈庆之来这一出,尔朱兆虽然骁勇,但刀枪无眼,赢了无益,输了却折损大将,正要阻止。尔朱兆听到杨忠的名字,记恨荥阳城下一锤之仇,拍马来到阵前:"我是骠骑将军尔朱兆,与你决一死战。"

杨忠弃槊用锤,其实深有盘算,战阵上相生相克,长槊、盾牌、弓箭和战车各有用途,战锤略短,利于盘舞近战,正好克制尔朱兆兵器,他策马加速,锤借马势,虎虎生威。尔朱兆久经沙场,战马相向,长槊一挺,迎面刺去,只要扎入身体,什么铠甲都挡不住。杨忠眼疾手快将槊尖荡开,两马接近。尔朱兆从鞍鞯提起袖棒,横扫而去。他弃槊换棍,速度哪比得上杨忠左右战锤,一道金光迎面砸来,尔朱兆身体后缩,袖棒格挡。一声巨响,兵器相交，杨忠战锤沉重，袖棒脱手而飞，翻了几个跟头向空中射去。

杨忠战锤再次抡起，翻身砸来。尔朱兆握紧槊杆向上硬抗，他向来自负气力过人，自忖绝不输杨忠。他哪知其中关键？耳边"轰隆"一声，双臂弯曲，吃不下从天而降的巨大力量，战马被砸得一挫，天晕地转，虎口撕裂，胳膊骨骼寸寸俱损，肌肉扭曲，五脏六腑移了位置，铠甲嗡嗡震响，战马借着惯性向前冲了几十步，再也支撑不住，悲鸣一声，前蹄陷落，轰然倒地。

尔朱兆一个回合就被砸落马下，两军大惊，梁军士气昂扬，用环首刀撞击铠甲，发出整齐的声音，尔朱荣的军队士气受压，一片黯然。尔朱荣心脏提到嗓子眼，他十分喜爱这个骁勇的从子，看见尔朱兆从战马上摔落，必定凶多吉少。尔朱兆的亲信骑兵要向上拥，被尔朱荣挥手制止："别动。"

尔朱兆从战马上摔落，七荤八素，胳膊找不到手，腿找不到腰，好不容易爬起来，拔出环首刀，看见杨忠战马在盘旋，这次要没命了，吼道："有本事下马来战。"

杨忠将战马让开向尔朱兆拱手："若不服，可换马再战。"

尔朱兆竟被放了一马，蛮横地举起环首刀："你若再战，我必杀你。"

"难道我还怕你？"杨忠收起缰绳，战马咆哮，喷了尔朱兆一脸口水，扬长而去。尔朱兆在阵前出丑，跺脚大喊："回来再战，我必剥你皮吃你肉。"

杨忠却知道自己占了兵器的便宜，向尔朱兆拱手道："将军气力惊人，如果用同样兵器，我未必能够胜你，请回吧。"在荣阳大战中,梁军兵器和战法全部暴露,这次便不用隐藏实力。

尔朱荣也被气疯,人家饶你一命,不知感激还大喊大叫,惹得杨忠回来杀他,尔朱兆丢了战马,跑都跑不掉,便向左右喊道:"把他拉回来,别在阵前丢人!"

19 峻极于天

嵩高山东依荥阳西临洛京，北临黄河南靠颍水，共三十六峰，岩嶂苍翠，峰壁攒耸，恍若芙蓉之姿。《诗经·嵩高》云"峻极于天"，故名峻极峰，西有少室山侍立，南有箕山面拱，前有颍水奔流，北望黄河如带。倚石俯瞰，脚下峰壑开绽，崚嶒参差，浮云瞬息万变，美不胜收。宋景休与刘离如胶似漆，连勘察地形也要同往，她兴致极高，走了一半，淋漓汗体，歇息几次才攀到山顶。随行士卒描绘地形，宋景休俯瞰嵩高山地形，正面便是平原，背后是重重峻岭，脚下是太谷关，通过此关，梁军可以从容退到中原腹地返回梁国。

刘离刚喘匀气息："皇帝让我们回枋头坞，为何向南绕这么一大圈？"

宋景休对所有人隐瞒军情，唯独对刘离毫无保留："北中城守不住，要从这里撤退。"

刘离还是不解："为何不走虎牢和荥阳，偏走这里？"

北线靠近黄河，很容易受到攻击，宋景休耐心说道："尔朱荣以为我们走虎牢和荥阳，我们偏走南线。"

刘离靠在宋景休身上，看着北边的黄河，那里便是决战的疆场:"我们守住太谷关就好,为什么又要来到嵩高山?"

要是别人问,宋景休早就烦了,偏偏对刘离有问必答:"太谷关是大路,这是小路,都要探清楚。"说着向士卒们指着一道小河,命令他们标注出来。

"等关中侯到了,我们离开太谷关去哪里?"刘离一心以为宋景休要去枋头坞,他转战千里居无定所,既然成亲,应该妥善考虑,她靠在宋景休胸前,"景休,返回枋头坞好不好?"

宋景休抚摸着她消瘦的脊背:"关中侯令我在此驻守,大哥、二哥也在黄河北边,与他们会合后再做打算,好吗?"

刘离不答应:"随爹爹来洛阳送亲的百姓怎么办?万一打起来,怎么逃得过骑兵?"

"我禀报关中侯,让百姓先走。"宋景休答应,刘离默默祈祷,盼望梁军能够平安到达。

第三章 武功兵法

天下,
是天下人的天下

20 江湖功夫

杨忠一个回合将尔朱兆砸到地上,策马回阵,梁军士气大涨,元颢暗暗高兴。陈庆之过来抱拳说道:"陛下,尔朱荣必会偷渡黄河,请返回南边吧。"元颢不在南城坐镇,军队六神无主,一旦尔朱荣渡过黄河就大事不妙,他对陈庆之完全放心,留在北中城只是看热闹而已,虽然很想看下去,于是道:"就依关中侯。"

"杨忠,休走!"尔朱兆跃上战马,盘舞长槊不肯认栽。他刚才吃了兵器的亏,否则怎么可能一个回合就被砸下战马?策马狂追,尔朱荣怕他吃亏,命令骑兵冲去保护。

杨忠要回马再战,被陈庆之止住:"你陪皇上返回南城,看看中潬城有没有什么异样。"

陈庆之担忧夏州刺史李缅,杨忠退入阵列,带领元颢卫队向城门而去。看见身披铠甲的明月,脸红低头,明月笑靥如花来到他身边:"杨忠,你刚才在战场凶得像老虎一样,可是现在……"说了一半声音越来越小,杨忠竖起耳朵也难以听到。

尔朱兆大急,杨忠不把自己当回事儿,比杀了他还难受,紧夹马腹冲近梁军阵前,忽然陈庆之的追锋车站起一人,虎踞龙盘,威猛无匹，带着兜鍪铁面，让人看不见真面目。尔朱兆低吼一声："让开！"突然黑光一闪，嘴里多了一块硬邦邦的东西，门牙竟被崩掉，鲜血长流，取出一看竟是块鸡骨头，定睛一看，那人竟是陈庆之的马夫。尔朱兆被砸下战马又被鸡骨头磕掉门牙，暴怒之下直奔追锋车，恨不得一刀将陈庆之砍为两截。

尔朱兆走马弯弓，长箭破空，那马夫毫不退缩，驾驶战车不退反进，肩膀一耸，右手从不可思议的角度探出将长箭握住。弓箭威力极大，中者飞出三四步，这车夫胳膊一收就化解力道，还能握住弓箭。尔朱兆仿佛见鬼，抽出三支弓箭，连珠般射出，他身后的骑兵也一起弯弓飞射。

车夫解下披风，在空中画个圆圈，弓箭全被缠绕进去，此人正是为陈庆之驾车的高敖曹，他被弓箭射得七窍生烟，跃下追锋车拱手道："关中侯，我来打这一阵儿。"

高敖曹要来一匹战马，剥下战马具装铠甲，扯下重铠，只留胸口的明光铠和兜鍪铁面，翻身上马，轻松无比迎头冲去。战马卸下具装铠甲，欣喜万分，打了个响鼻，咆哮狂奔。对面又射出一波箭雨，高敖曹拨转马头，避开箭雨，斜刺向敌军冲去。

尔朱兆止住弓箭，自己人多不怕近战，四面围拢，这车夫就逃无可逃，双手持槊，围成半圆，严阵以待。梁军阵线哗然，战马相交，长槊力道极大，盾牌都会粉碎，环首刀不及马槊的长度，格挡力度也不足，毫无用途，这车夫连这道理都不懂，在战阵上折损个车夫不算什么，但两军对垒，自己这方被斩杀当场，士气必沮。

敌兵面目可辨，乌黑长槊在眼前抖动，高敖曹第一次在两军阵前搏杀，前后都是千军万马，江湖仇杀哪有这种气势？盾牌护在身前，躲开长槊，敌军长槊交左手，拔出袖棒，拦腰扫来。忽然手腕一紧竟然被抓住，硬生生从战马上扯了下来，天旋地转，身子已被举在空中。高敖曹运足力气，将士卒掷出，敌军战马极速奔驰，冷不丁一个黑乎乎的影子砸来，仓促间哪里来得及躲闪，马翻人折，乱作一团，契胡士卒骨断筋折，绝无生路。

战场上单打独斗十分罕见，走马活擒更是闻所未闻，尔朱荣这边不禁失望叹息，梁军士气顿起，用兵器击打铠甲庆贺，脸上都有喜色。混在军中的呼延族和东方老担心高敖曹，一左一右策马冲出接应。两军对垒，令行禁止，陈庆之麾下没有不听令的士卒，两人擅自出战，少不了二十军棍，甚至可以斩杀当场。军司马在阵中大喊："回来。"两人像没听到一般飞驰而出，东方老剥去铠甲，一身布衣，斜挎弯弓。呼延族膂力强劲，重铠重甲重兵器，如同小山般坐在战马上，蓄养马力缓缓前行，落在东方老身后向阵前而去。两人由远及近，与高敖曹形成犄角之势，隐隐形成默契，化为离合之势。

高敖曹一打一有十足把握，又一名敌兵冲来，他将环首刀脱手掷出，铠甲虽厚，能挡住弓箭却挡不住更沉重的环首刀，刀身从胸口贯入，尸体栽于马下。尔朱兆打量眼前这个带着兜鍪铁面的车夫，大喝一声："你是何人？"

高敖曹一年前被灌醉，被尔朱兆押送到晋阳，窝囊地被关了一年，怒火中烧："尔朱兆，来得好！"

尔朱兆认不出带着兜鍪铁面的高敖曹，仍要询问，渤海高氏在北冀州聚拢数万流民，结坞壁自保，尔朱荣占据河北，高敖曹怕牵连族人，戴着兜鍪铁面，用梁军的江淮口音说道："我是一个车夫,与骠骑大将军一战,幸甚。"

尔朱兆将信将疑,车夫怎会有这般身手?他慎重起来,右臂向空中一举:"结阵!"十几名骑兵结成战阵,绝不分开,排山倒海般压向高敖曹。

高敖曹哪肯退回阵中!左腿一磕,战马拐弯兜去,敌军结成阵线,不能各个击破,反而像被狼追逐的一群羊一样四处逃窜。他反背持弓,弓箭连绵不绝,契胡士卒有了准备,举起盾牌护在身前,继续向前。久经战阵的士卒也不能连发,高敖曹的弓箭竟然一支连着一支,一口气射空箭囊,速度堪比连珠弩,阵前的千军万马目瞪口呆,他们哪里知道高敖曹的武功手法?高敖曹射空,将弓箭和箭囊扔开,拔出长槊,侧转马头,投掷出去,一道黑影直奔当前敌兵的胸口。契胡士卒密集成阵,无法躲闪,举起盾牌,一声巨响,盾牌洞穿,长槊直透敌兵小腹,带着一蓬血雨,四处飞溅。敌军阵形被战马砸乱,各自避开,重新结阵之时,高敖曹拍马而去。高敖曹扔出环首刀和长槊,射空弓箭,只有一个盾牌,偏不退却,在马上奔驰向梁军举手示意,引来一阵阵欢呼声。两军阵前最重勇士,梁军声浪刚落,高敖曹策马兜到尔朱荣大军阵前,学着胡人的礼节,手扶胸口致意,惹出六镇人马的叫嚣和欢呼声。高敖曹以往江湖相斗,即便争霸武林盟主,只有数百人观看,气势哪里比得上两军阵前铠甲鲜明的数十万大军?策马阵前,热血沸腾,大丈夫理当如此!尔朱荣十分恼怒,如此丢人现眼,对士气影响极大,想让尔朱兆退兵,又觉得那车夫赤手空拳,只要将他击杀,才能出口恶气。

元颢的世子元冠受驻守南城,还算放心,舍不得错过好戏,不顾杨忠反对，登上北中城的城墙观望。杨忠本想再劝，看见明月的目光，魂飞魄散，不会说话，只好陪在身边。陈庆之在城下摆出却月锋矢阵，派出车夫在城下与敌将游斗，这算哪门子兵法？元颢北伐以来，早看出陈庆之用兵远超自己，从不在战阵中指手画脚。陈庆之也没有让他失望，连下考城、大梁，在荥阳城下摆出却月阵，大破元天穆的数十万大军，连洛阳城中的孩童都唱起歌谣：名师大将莫自牢，千军万马避白袍。

元颢低头去看城下决斗，尔朱兆骑兵人披重铠，马骑具装，速度不及轻骑，又不敢落单，聚集成阵形严阵以待，那车夫拎着盾牌，策马绕着十几名敌兵转圈，仿佛饿狼环顾羊群，要撕开口子冲进去，一时又打不起来，便向杨忠说道："我与元子攸已经当面取消婚约。"

明月脸上一抹红晕，意味深长地看着杨忠，杨忠为明月舍生忘死，没想到能够拥有她，仓促之时不知道该说什么，忽然一指城下："陛下，动手了。"

明月皱眉，杨忠心脏如受重击，不知该如何挽回。元颢向明月苦笑："你连婚约也没了，难道就没人要了吗？"

元颢当着杨忠面这样说，显然是撮合之意，可杨忠不解风情，明月只用目光看他，杨忠突然一拍垛口："高敖曹的武功中竟有阵法！"明月不由得暗恨杨忠不解风情，谁知元颢听了此话，目光也转向战场，难道男人和女人真的不同，他们就喜欢天下和战场？

没了兵器怎么打？马佛念喃喃自语，契胡骑兵彪悍，梁军精锐以一敌一也没有优势，高敖曹却赤手空拳对着十几名契胡铁骑，便向陈庆之问道："要不要相助？"

"且慢。"陈庆之好奇，高敖曹即便武功高强，很难同时抵御十几名强悍的敌兵。

高敖曹无法突破尔朱兆的阵形，干脆将盾牌扔了，引起两军震惊，他竟真要赤手空拳？尔朱兆都震骇不已，正要发动攻势，却见高敖曹战马奔回，从东方老和呼延族处接来两杆长槊，双手各握，掉头拍马迎战，他艺高人胆大，欺到敌军三五十步，掂掂手中长槊。长槊沉重，凭着高敖曹的气力，绝对可以洞穿盾牌和铠甲，契胡士卒还有十二骑，挤在一起躲不开，已经胆寒。果然长槊飞出，正中一名士卒额头，翻身落马，阵形又被砸开。高敖曹趁乱掠过，长槊一挺，将一名士卒从马上挑飞，尸体重重摔落地面。

陈庆之心中猛突，茅塞顿开。江湖高手过招，利用轻功闪转腾挪，从不列阵披甲，高敖曹轻装上阵，比敌军速度更快，始终不被包围，一打一便有优势。却月阵是死阵，固守有余，攻击不足，如果把高敖曹的武功演化为兵法，那又如何？他眼前一阵清明，出现阿阇梨的白衣飘飘身影，目光与自己交合，这就是她说的破骑之术吗？

陈庆之改良了宋武帝刘裕的却月阵，蕴含锋矢，威力巨大，太过依赖地形，先守而后攻，极为被动，如将锋矢阵从却月阵中移出，又当如何？锋矢阵只需轻骑，速度超过重装骑兵，胜能追，败能逃，可以返回主阵补充兵器和弓矢。如同高敖曹与东方老和呼延族的掎角之势，却月为正，锋矢为奇，形成离合之阵，守正出奇！陈庆之一拍追锋车，仰天大笑："以合为正，以离为奇，离合之阵,此为破骑之术!"陈庆之激动无比,战车结阵防守,轻装骑兵游走决战,败则能远遁,或退入圆阵中,胜则追击敌军,在运动中消耗敌军。

21 绝世兵法

元子攸见到明月,心神大乱,不想在阵前观战,金根车退入军营。尔朱荣做足功课,在军营中搭建了御帐,与大将军帅帐形制相仿,供元子攸和尔朱歌起居。尔朱歌为他脱下天子服饰,询问阵前情形,元子攸略说几句,看着尔朱歌娇艳的面容想起明月,不由得叹气。

"陛下有心事?"尔朱歌问道。

元子攸与明月退婚,正好趁机说清楚:"我当初在长乐王藩邸曾经定亲,是元颢的正妻之妹。"尔朱歌听说过此事,也知道明月,元子攸又说,"元颢勾结梁军入侵洛阳,大逆称帝,与我不共戴天,我今日在两军阵前将婚约退了,从此再无牵连。"

尔朱歌从来没有为明月怪罪元子攸,他们明媒正娶时,自己还是先帝之嫔:"其实不必,我见过明月,颇为喜爱,为何不纳为淑妃迎进宫中?"事已至此还能如何?元子攸无语,尔朱歌转念明白了关键,"我与爹爹说,想来他不会阻拦。"

元子攸说不必,帐外有人禀报:"陛下,杨侃求见!"

尔朱歌要回避,被元子攸拉住:"你我夫妻患难,有什么忌讳?"说完让宦官打开帐帘,杨侃带了一人进来,元子攸起身相迎,

"伏波将军怎么来了？"

伏波意为降伏波涛，汉武帝时战事频仍，多置将军，名位最高为大将军，骠骑将军、车骑将军和卫将军在后，然后是前、后、左、右将军，再向下还有名目众多的封号将军，如强弩将军、拔胡将军、浚稽将军、贰师将军、横海将军、楼船将军、将屯将军、护军将军等，伏波将军为其中之一。最著名者为东汉光武帝的马援，后来还有东汉末年的陈登和夏侯惇。北魏采纳汉制，百年间曾任命三十余人为伏波将军，杨飘是其中之一，年老后率领其族隐居山林许久，十数年未见。杨飘早年追随元子攸的父亲彭城王元勰，见到元子攸如见其父，跪倒三拜说道："问松林，松林经几冬？山川何如昔，风云与古同。"

这是元子攸父亲彭城王元勰所作，杨飘是元勰帐前旧人。元子攸乍闻父亲旧作，心头一暖，扶起杨飘："将军请坐。"

杨飘颤巍巍坐好，喜极而泣说起往事："得知陛下登基，臣喜不自胜，还记得永平元年九月，我正在王府，宣武帝召彭城王觐见，当时王妃产子，你父固辞不赴，然而中使相继，只好诀而登车。俄而宫中武士赍毒酒而至，你父说，吾忠于朝廷，何罪见杀！一见至尊，死无恨也。那些武士用刀相击，逼迫他饮下毒酒，第二天清晨以褥裹尸，车舆从屏门而出，载尸归第，从此我便隐居松林，发誓再也不踏入洛阳半步！"

元子攸唏嘘，尔朱歌静静听着。杨侃着急催促："杨老将军，军情紧急，叙旧不迟一时啊。"

"老朽隐居黄河马渚，对面硗石，黄河笔直，水流缓慢，元颢入洛之后收集沿岸船只，我藏了一些。"杨飘画出地形，马渚在北中城以北数十里,河岸隐蔽,正好可渡。

元子攸大喜,北中城难攻,如果有杨侃为向导从马渚暗渡,正好直驱洛阳。于是他深深向杨侃一拜:"伏波将军雪中送炭,在此谢过!"之后又站直说道,"老将军,和我去见大将军。"

尔朱荣惊叫一声认出车夫,高敖曹是他最为忌惮之人。河阴之变前,尔朱荣在洛阳郊外遇到高敖曹,徒手与骑兵相搏,闪转腾挪,连续击伤多人。尔朱荣越想越怕,如果敌军用轻骑兵,不与重铠骑兵阵地战,凭借速度不断运动,拖垮敌军体力,消耗弓矢,具装重骑将不战而败。尔朱荣害怕他把武功变成兵法,派遣尔朱兆将他抓获监禁,这才放心。谁知他竟混入梁军,在阵前大展神威,其他人会不会看出的武功中蕴藏的兵法?别人未必,可是陈庆之岂能看不出来!他压下惊慌向众将问道:"从此人打法,你们能看出什么?"

众将看不出所以然,贺拔胜对这种江湖打法嗤之以鼻:"不敢正面交锋,大军杀上去,只能逃之大吉,算什么真本事?"

尔朱荣点名高欢:"贺六浑,你觉得如何?"

"游移不定,神出鬼没,非堂堂之兵。"高欢看出一些,却说不清楚。

虽然贺拔胜和高欢不能领悟,陈庆之定然能够看出来,或者他就是派高敖曹出兵,让自己见识兵法?尔朱荣唤来传令兵低语几句,令兵从阵中奔驰而出,来到尔朱兆面前:"大将军令你三人一组,分头包抄,合围击杀,如果他要逃,就将他逼回梁军阵中。"

尔朱兆的骑兵分开几路,遥遥呼应奔向东方老和呼延族,只要两人不能提供兵器,高敖曹无法格杀,自己有胜无败。东方老和呼延族一抖缰绳,战马分向两侧,尔朱兆放缓马步,骑兵向前,积蓄马力,三骑并排还压不住一人?

"守住战线!"高敖曹喊道,如果游走格斗被骑兵冲散分割,必败无疑。

不动如山极难做到,江湖高手持轻剑灵活腾挪,哪会实打实地与重甲骑兵硬抗?东方老不敢硬撼骑兵,凌空而起,如同苍鹰般在空中一个筋斗,细腰巧翻云,右手扣箭,左臂弯弓,瞄准契胡骑兵脖颈,一箭贯入,敌兵带出一道血迹倒毙马下,另外两人冲出阵线,拉住缰绳,掉转马头。东方老气息悠长,向高敖曹回话:"守住了。"

高敖曹大怒,东方老耍了滑头,敌军冲过去,在战场上就算破阵,转念一想,江湖高手不懂军纪,本能反应,这样也算正常应对。另外三匹战马密集冲锋向呼延族冲去。呼延族解下兵器,刃长三尺,柄长四尺,比马槊稍短,远超过环首刀,刀刃更厚、更宽,重了几倍,横刀立马一步不退。

三名契胡士卒久经沙场,见呼延族举起长刀,战马瞬间聚合,分三路直指呼延族。呼延族若砍翻一路,另外两路定会将他刺穿。呼延族把心一横,看准长槊来势,躲闪开第一名骑兵,刀身荡开第二支长槊,身体一弓,腰肢发力,舞动长刀,向第三名骑兵兜头劈去。一道银光落地,战马和士卒齑粉而裂,腾起一片血雾将呼延族笼罩。血雾落地,呼延族挂着长柄大刀摇摇晃晃,嘴角渗出鲜血,他虽然斩杀一名敌兵,却被袖棒击中后背铠甲,震得七窍流血，两名契胡骑兵掉转马头，缓缓加速，呼延族没了挥刀之力。

　　高敖曹也没好到哪儿去，长槊一横，要拦截三名具装甲骑，被撞出十几步，长槊如影随形刺来，他狼狈不堪，没有守住阵形，让敌军骑兵从旁边冲过。高敖曹懊恼万分，三人都是绝顶高手，东方老耍了滑头，没有受伤，硬撼重装骑兵的呼延族受伤最重，东方老冲过去扶起摇摇欲坠的呼延族向高敖曹喊道："疯了吧，谁能扛住这具装铁骑？"

　　高敖曹不敢硬撼敌兵，三人背靠背面对九名敌兵，江湖高手都不肯舍弃轻功结阵与敌军争锋。想到这里，他狂吼一声，抄起呼延族长刀，拍马而出，盾牌荡开左侧敌兵，长刀劈翻敌兵，战马交错，刀势不绝，使出洪荒之力，将最后一名骑兵斩落马下。东方老一弓一刀，左射右杀，两人游动起来，便能形成一打一的绝大优势。尔朱兆骑兵聚拢一起，不敢再攻。高敖曹双手握刀，东方老手持弯弓，呼延族稍稍平复，双手持槊，隐隐包抄而来。

　　元颢看完这一阵，顾虑南城防守，恋恋不舍下城墙登上追锋车。杨忠策马相伴，明月解除婚约一身轻松，也不知道杨忠怎么想，故意说道："前几日，有人向姐夫提亲。"

　　杨忠一惊："谁？"

　　明月故意不提陈庆之，胡乱回答："当然为我，姐夫没有其他待嫁的小辈。"

　　杨忠脑袋"轰"的一下："皇帝答应了吗？"

　　"姐夫还在考虑，这几天就会答复。"明月不忍心看杨忠受折磨，给他一个灿烂笑容。

北中城极小，元颢穿越校场到了南门，忽然一人策马来到追锋车旁，回头看杨忠正在和明月说话，阴恻恻说道："陛下。"正是睢阳投降的都督丘大千，他一路也有襄赞之功，只是他原先职位太低，地位比不上后来投降的济阴王元晖业和安丰王元延明。校场内堆积如山，粮草、兵器、弓矢分成三处。丘大千问元颢："梁军为何囤积这么多辎重？难道担心被陛下断了后路，得不到补给？"

"朕岂能断绝他军资？"元颢与陈庆之携手作战，同生共死，肯定不会断绝辎重，他为什么要囤积这么多？元颢起了疑心，看见校场四周拴满的马骡，脸色一变："你是说，关中侯要逃？"骡车用于长途运输辎重，不能用于战场，陈庆之显然未雨绸缪。

"他为何不与尔朱荣交战？"丘大千向城外一指，今天打法十分反常，阵前单挑没有损伤实力，陈庆之和尔朱荣是当世战神，两军相逢没有激战，显然都没有战意。

元颢琢磨出了一些意味："或者他们要讲和？"

"陈庆之只有五千，肯定打不赢，皇帝如果是他，会怎么办？"丘大千用意味深长的目光看着元颢说道。

元颢一个激灵，陈庆之催自己返回南城，在阵前与尔朱荣谈话，根本不像敌人，他难道在谋划什么？于是连忙说道："你去阵前，看看有没有什么异常。"

"错了！"陈庆之摇头，高敖曹只要拉开距离，单打独斗轻松获胜，高敖曹偏舍弃所长，与敌军阵地战，实在不明智。"江湖中人偏要军队学结阵而战，大错。"马佛念也看了出来。

"车阵满载辎重主防为合阵,派出轻骑与敌军周旋,为离阵,形成离合之势,敌军如攻合阵,轻骑背后袭扰,敌军如攻离阵,轻骑快速脱离战场,如影随形,拖垮敌军,可战否?"陈庆之彻底想通,这就是阿阇梨的破骑之术。

"与却月阵相比有何异同?"马佛念思虑周密不放过蛛丝马迹,却月阵据大河或者背靠城墙为死阵,离合之阵是活阵,"动则必胜,死守则败。"却月阵利在速战,离合之阵要拖得敌军人困马乏,形成绝对优势,攻破敌军。

"合为正,离为奇,守正攻奇!"陈庆之热血沸腾,从高敖曹武功中领悟出至高兵法。

"可惜北中城用不上此阵。"马佛念跃跃欲试,这个地形实在不适合。

"尔朱荣善用奇兵,黄河极长,防无可防,一旦他渡河拿下洛阳,我们只能放弃北中城。"陈庆之善下围棋,早算出尔朱荣后招。

"那时?"马佛念突然明白,一脸喜色。

"野战决胜!"陈庆之豪气干云,猛然说道,"奇兵不在众,千马驰中原,孤云随杀气,飞鸟避辕门!离合阵出,谁与争锋!"

"如此下去,军心不利!"高欢催马劝说尔朱荣,北中城下连败三阵,士气已沮。

"贺六浑,悟到了什么?"尔朱荣不确定多少人能够悟出兵法。

高欢看出其表,却不能领悟兵法:"动则活,不动则死,那三人不该死守。"

尔朱荣摆手说道："凡战者有正有奇，在这里拖住梁军，我有奇兵。"提战马来到两军阵前，旌节前指，"高昂，渤海高氏与朝廷同气连枝，你为何从了梁军？"

高敖曹正要三面包抄尔朱荣，止住战马，渤海高氏数万口聚集北冀州，全在尔朱荣地盘，一旦交恶，族人难保，高敖曹毕恭毕敬抱拳答道："大将军兵法天下无敌，我是江湖习武之人，无冤无仇，井水不犯河水，何故将我抓到晋阳又辗转到洛阳？"

尔朱荣不能说出武功兵法之事，高敖曹在乡里横行无忌，错事极多，另找一个借口："你兄长高乾仰慕博陵崔圣念之女，求婚被拒，可有此事？"

高敖曹趁月黑风高时将崔氏女擒来扔到高乾脚下，让两人野合，后来崔女成了高乾之妻，诞下儿子高继叔。高敖曹长叹道："我当真糊涂至极，劫持崔圣念之女时，哪想到她成了嫂子？"

"崔圣念上书朝廷，告你无法无天，可知罪？"尔朱荣随便捏了个罪责，高敖曹荒唐事极多，满头小辫子可抓，点头服软。尔朱荣又说："你既知罪，将你抓获羁押，有何话说？"尔朱荣掩盖动机又问，"渤海高氏向来对朝廷忠心耿耿，你岂能从了梁军？"

高敖曹心思不在此，突然问道："大将军，我一人可以打遍你军中任何勇士，可偏偏在战阵之上，我却不是敌手，这是为何？"

在尔朱荣眼中，高敖曹的武功便是最好的兵法，在战场上可破去具装甲骑，难道他自己都没悟出来？他当然不会挑破："我劝你退回军阵，不要插手此战，就此揭过可好？"

高敖曹就怕被认出，他在战阵上耀武扬威，在几十万人面前连斩数人,大出风头,远超往日行侠江湖。于是向尔朱荣拱手:"我抢亲之事也要既往不咎。"

"朝廷这边一笔勾销,你嫂子那边,我可管不着,你自求多福。"尔朱荣不欲高敖曹在战场上展示武功,避免士气受挫,又不想更多人看出他武功中蕴含的兵法,客客气气说道,"你退回去,请关中候相见。"

一辆安车从南向北行驶在官道上,瘦小的马夫左腿盘于身下,右腿不时上下摆动,悠然自得,马鞭在空中一挥发出清澈回响。马夫向车内说道:"这条小河距离洛阳三十里,正好打尖扎营。"

珠帘之内传出好听的女声:"嗯,我记下来了。"

马鞭再次甩下,车驾加速。马夫问道:"居士不在北中城看热闹,来这里做什么?"

车帘一挑,露出阿阇梨清美的容颜:"你最为好动,为何不去看看?"

驭者自是小猴子,离开黄河北岸战场,向南背道而驰,他强词夺理道:"你明明是一个好看的小姑娘,头发都没有剃,怎么就是出家人?"他在建康见过阿阇梨,知道她在佛家地位崇高,故意胡搅蛮缠。

阿阇梨不想争辩,视野之内出现两处土丘,居高临下俯视平原:"你若领兵至此,后有追兵,当会如何?"

小猴子翻下车,手舞足蹈跑到土丘,双手拢在口边喊向阿阇梨:"若仓皇而逃,就继续向南,若有反击之力,这里是绝好狙击之处。"

"土丘无水,如何持久?"阿阇梨与小猴子谈兵,其实却是指点。

这难住了小猴子,他回头张望,土丘距离河流数十里,如果被四面合围,突围取水并不容易。两座土丘汇合之处林木茂盛,淤泥堆积,他踩着烂泥:"此处当能打井。"

"时间可够?"阿阇梨出言提醒。

小猴子脸色郑重,奔回土丘向南望去,龙门山和嵩高山迎面压来,山间峡谷可见,一座雄关正当其间。他回到车驾拉缰绳鼓动战马,奔腾而去:"坐稳,我要放马急奔了。"

过不多时,太古雄关现出伟岸的身影,小猴子看到城墙上的士卒,大声喊道:"快让大眼将军出来,军情急报!"

尔朱荣用渤海高氏要挟让高敖曹退下,阵前决斗虽然失败,却不算太难看,小不忍则乱大谋,尔朱荣等待的时机还没有出现。追锋车奔驰而来,陈庆之拱手问道:"大将军看了此战,可有所悟?"

尔朱荣不愿意说出悟出的兵法:"愿听关中侯之意。"

"我军五千白袍,人数虽寡,未必输。"陈庆之说道。高敖曹在阵前大展身手,对武功中蕴藏的绝世兵法阵形浑浑噩噩,唯有尔朱荣和陈庆之一眼看出,两人都不说破,相视而笑。陈庆之又道:"知音难得,可惜却是敌非友。"

"当饮一觥。"尔朱荣向后招手,尔朱兆奔回阵中,托出两觥酒来到阵前。陈庆之抓起一觥:"大将军何意?"

尔朱荣将酒觥举起至顶:"我与关中侯一见如故,却是生死之敌，甚憾，你我即将一决生死，请全力施为，虽死无憾！"说罢一饮而尽，陈庆之举杯喝干，尔朱荣大笑，"关中侯肯饮，便是相信我尔朱荣，此战你我必有一死，无论何人战死疆场，都不得侮辱其尸，厚殓使其归国，可否？"

尔朱荣说得客气，其实判了陈庆之死刑，必欲杀之，除去毕生之敌。陈庆之将酒觥投地，慨然说道："若我奔回梁国，大将军此生不得踏入梁境，如何？"

尔朱荣阵前赌约："这赌约对我没有任何益处。"

陈庆之拱手答道："如果我在梁国据关自守，大将军能胜乎？"

尔朱荣大笑，如果陈庆之守卫梁境，自己绝无胜算："可否改改，若关中侯逃回梁国，你在世，我便不兴兵南征。"

陈庆之答应，两人相对而拜。尔朱荣托来酒觥痛饮，无比畅快。陈庆之将酒觥交还尔朱荣："大将军阵前拖延时间，想必有所图谋？"

尔朱荣确不想强攻北中城，阵前虚与委蛇，派遣奇兵偷渡黄河，陈庆之用脚后跟都能猜到，他也派出宋景休率领前往太谷关守关，都不想在北中城下死拼。尔朱荣忽然笑道："关中侯已经输了一阵。"

陈庆之略有不解："高敖曹阵前大胜，应该是大将军输了。"

尔朱荣拖延了时间，又看出了陈庆之将要同高敖曹游走决战，收获极大："高敖曹虽然胜了，却暴露关中侯战法，关中侯因小失大了。"

"大将军差矣，我也是刚刚看出了高敖曹武功中蕴藏的兵法，若无此战，我也找不到破大将军骑兵的法子。"陈庆之哈哈大笑，

"此战就算平手可好？"

尔朱荣拱手："好，就算平手。"说完策马回阵。他既得知了陈庆之的战法，又拖延了时间，并没有吃亏。

22 离合之阵

黄河浪奔，桥面狭窄，天色将黑，夕阳即将沉于河水，今天波澜不惊，阵前没有干戈之声。元颢车辇在御林军护送下踏上舟桥，杨忠护卫职责所在，抢先登上桥。明月话未说完，快马加鞭并排骑行："谁向姐夫提亲，你知道吗？"

杨忠挚爱明月，不敢开口表达，愁肠百回，衷心说道："无论是谁，我都誓死保护你。"

明月被憋得无语，挥鞭加速在狭窄舟桥上穿越士卒，回头笑说："杨忠，真是笨死了。"说话间，面前数十步便是黄河沙洲。明月出其不意地向前，引起沙洲上的士卒波动。她踏上沙洲停马等待，却见杨忠双目倒立，战马加速，吃了一惊："杨忠，为何这样看我？"

夏州士卒双手持矛，隐然成阵，杀气逼人，沙洲正中垒起一垛狼烟干柴，士卒手举火把守护四周。杨忠看出不妙，提马扬鞭直冲沙洲。果然夏州刺史李缅脸色一变，抽出宝剑指向元颢的车驾，"射！"火把点燃干柴，一道狼烟直上天空。

元颢的御林军都是洛阳勋贵子弟，哪曾上过战场，事发仓促，没有提防，在密集的箭雨下坠入黄河，打个旋涡消失不见。李缅表面投降元颢，驻守沙洲，其实忠于元子攸，打算擒获渡河观战的元颢，便是奇功。可惜明月跃马登洲，士卒紧张泄露形迹。李缅挥剑大喊："冲！抓了元颢！"

明月掉头返回舟桥，四面长矛冲起，战马鲜血横流栽倒，明月摔落地面，被刀枪加身，抬头间看见杨忠："别来！"地形极为不利，沙洲上有数千夏州叛军，舟桥狭窄，弓箭难防，即便战马覆铠，杨忠单人匹马也不能飞过来。

杨忠气血上涌，紧夹战马竖起盾牌，从被射空的舟桥上加速向前，圆盾挡不住箭雨。战马插满弓箭，悲鸣一声向前栽倒，杨忠滚鞍落马，盾牌护住要害，战锤砸飞一名敌兵。舟桥狭窄，杨忠一人当桥挡住夏州士兵，元颢的车驾掉头返回。李缅大急喊道："快，杀了他，追元颢。"

杨忠盾牌格住长矛，战锤从天而降，眼前全是血光，也不知几人被砸成肉酱，他疾步猛进来到沙洲，直奔明月。好在李缅只想擒获元颢，并不想杀死明月，杨忠抱着明月，将她向后一推，自己连人带盾冲入敌军中。明月被一股大力推回舟桥，见杨忠身上插满羽箭，跟跄跌入敌军弓箭手之间，大喊："杨忠，回来！"

杨忠全身失血，追不上四散的敌军，脚步虚乱，战锤重如泰山，盾牌立于地面。夏州士兵在几十步外张弓搭箭，长枪手向前拥来，唯一的退路就是舟桥，那里是明月所在。杨忠回头喊道："回北中城，别管我。"

明月泪水模糊，邺城之下千军万马，自己拥在杨忠怀抱之中狂奔，从吊索登上邺城，耳边都是弓箭刺入铠甲的声音。在驼牛署，囚徒们举着铁条将自己围拢，杨忠奋马撞门，带来牢狱外的阳光，黑暗尽褪。杨忠的身世远比不上元子攸，却将全部给了自己，今天他为救自己跌入群敌之中，短暂团聚将变成永恒的分离。明月哭喊道："向皇帝提亲的是关中侯，为你提亲，我心里已经答应！"御林军冲到桥头，将明月拖回，她泪水倾盆，杨忠被重重围困，挡在舟桥之前，一步不退守护着自己的退路。

李缅长剑一挥，箭雨如下，杨忠半跪在盾牌之下，瞬间被无数弓箭吞噬。

宋景休率领梁军化装为枋头坞百姓，用元颢的谕旨不费一兵一卒占领太谷关，蓄水积粮，修缮工事。小猴子是第二路，从北中城出发勘察沿途地形，画下山川河流，故此落在宋景休和枋头坞百姓后面。小猴子观瞧太谷关，佩服陈庆之的退兵路线："夺占太谷关，放置百名士卒断后，便可以沿山谷逃入中原腹地，海阔凭鱼跃，天高任鸟飞。"此时大战未发，百姓军民仍然可以通行关卡。小猴子直奔将军府大喊："大眼贼，快出来！"

宋景休从府衙中出来，他和士卒修缮防御设施，晚上和刘离新婚燕尔，知道刘离只把小猴子当成玩闹的小伙伴儿，对他没有芥蒂。先见到阿阇梨恭敬施礼："拜见居士。"

阿阇梨笑而不语，小猴子抢着说道："这是我绘制的行军路线，速描绘三份，派遣斥候送到北中城，事不宜迟。"

军情重如泰山，宋景休接来地图交给主书绘制。小猴子又吩咐："地图之上有一处标注，须派遣士卒占领，挖掘水井，接应关中侯。"

宋景休极为郑重，派遣三十名梁兵按照地图挖井驻守，带着小猴子去见杨闵，众人在山谷间点燃篝火。刘离已是新妇，梳拢发髻，生火做饭。小猴子跃入溪流冲洗干净，换衣出来，蹦到火堆旁边，大快朵颐，忘记了刘离嫁给宋景休的不快。阿阇梨站在城墙垛口间，幻在圆月中如同神仙。宋景休问道："小猴子，这女居士是什么人？"

陈庆之、马佛念和元颢都恭恭敬敬称呼自己为侯先生，连阿阇梨都极为客气，唯有这个宋景休一口一个小猴子。小猴子极为滑头开起玩笑："说来话长，当年汉明帝梦见金人，派人前往西域求佛法，迎来竺法兰和迦叶摩腾，白马驮经来到洛阳。"小猴子答非所问，说起佛教入华的典故，却听得众人频频叫好。

宋景休皱起眉头，按照这个速度，一天一夜也说不到阿阇梨，突然打断："佛法无边，你们道家仙丹神术是比不上的了。"小猴子拜茅山陶弘景为师，算是正统的道教。

"愚昧！"小猴子用鸡腿一点宋景休，"佛祖释迦牟尼是谁，知道吗？"

"那是佛祖啊。"宋景休满脸鄙夷嘲笑小猴子。

小猴子念念有词："恒王时，岁次子一阴之月，我令尹喜，乘彼月精，降中天竺国入月乎白净夫人口中托萌而生。叼为悉达，舍太子位，入山修道，成无上道，号为佛陀。"

宋景休半懂半不懂，小猴子解释出来："老子李耳一天高兴，化作天地之精跑到天竺，掉到皇后的嘴巴里，于是皇后怀孕生出太子，太子后来出家变成释迦牟尼。"宋景休目瞪口呆，原来道家竟是佛家的老祖宗？小猴子一拍大腿，"其实天地之精，都是传言。"宋景休愕然点头，这典故太过匪夷所思，小猴子满嘴跑马车,"老子西出,过西域,入戎狄,教浮屠为弟子,却是真的,所谓佛家,是我们道家之后。"

宋景休哪里说得过小猴子,被他引经据典说得七荤八素,当时儒释道斗法,神灭神不灭,众生平等还是尊卑有别,空无之辩,佛教和道教辩了几百年。小猴子天赋绝伦,知道得七七八八,宋景休只有瞪眼的份儿。小猴子说累了,指着阿阇梨的背影说道:"儒道两家联手推动太武帝灭佛,此为末法之难,佛家危机重重,一旦儒士辅助帝王夺取天下,必行灭佛,故培养其顶尖者为阿阇梨,寻觅未来天下之主,予以教化,使之皈依佛法,佛门中人都为其用。"

阿阇梨能够调动天下佛门,是不可想象的力量,单洛阳便有一千多座佛寺,北魏和梁国皇室笃信佛教,萧衍三次舍身佛寺,北魏更开凿了石窟,时时供奉。小猴子哈哈一笑:"上一代阿阇梨便是被尔朱荣沉到黄河的胡灵太后,射可穿簪,诗足傲世,貌足倾城,权可倾国!"又神秘兮兮说道,"这一代阿阇梨就是眼前这位居士,她前往建康查看关中侯实力,一路多加指点,咱们七千白袍才能横扫千军如卷席。"

小猴子真真假假蒙住了宋景休,他恍然大悟,向阿阇梨拜了几拜:"佛祖保佑,我军全身而退,便放下屠刀,与刘离隐居山间,世世代代供奉佛法。"

一道声音从城墙飘下,字字清晰:"老子化胡经是西晋王浮所作,无稽之谈,你偏在这里胡说八道。"小猴子自忖辩不过阿阇梨,嘿嘿笑着不语,乖乖喝酒去了。宋景休大惊,这里距离城墙极远,阿阇梨不但听见自己议论,还能传音入耳,匪夷所思。

小猴子和阿阇梨说的是一段公案，传说老子出了函谷关向西，当地一个名叫尹喜的大臣请他传授道教，写出《道德经》。老子去了哪里，谁也不知道，《史记》笼统地说他西出函谷关，不知所终。但《三国志》的乌丸鲜卑东夷列传记载：浮屠所载与中国老子经相出入，盖以为老子西出关，过西域之天竺，教胡。《后汉书》襄楷传写道：或言，老子入夷狄为浮屠，西晋时的王浮据此写出《老子化胡经》，历代道教和佛教争论不休，是一个辩论数百年无解的题目。

黄河中狼烟升腾，尔朱荣哈哈大笑："关中侯上当了！赌约不变，后会有期！"也不等回复，他策马回阵，举起盘龙旄节，大声下令，"里应外合，全力攻城！"

刹那间几十万大军发动，武川镇士卒攻打北护墙，怀朔镇人马攻打南护墙，元天穆率领步卒攻打北中城正门，契胡骑兵压到城门前两百步，就等打开城门直冲舟桥。地面跳动，千军万马奔腾，看不到尽头大军冲来，就是高敖曹胆大，也绝对不能挡住千军万马，驾追锋车向后奔驰，与呼延族和东方老汇入梁军，退入北中城。

"夏州兵叛了！"马佛念在城门处禀报，尔朱荣阵前拖延时间，就是等到元颢返回南城路过中潬城的时候，李缅起兵截杀。

"皇帝如何？"陈庆之急问，如果元颢出了意外，仗就没法打了。

"皇帝逃回来了，但是杨忠……"马佛念心中极痛，"为救皇帝和明月，拦在桥头，中箭无数，怕是救不回来了。"

陈庆之神色黯然，李缅反叛断绝后路，尔朱荣大军压境，敌军漫天遍野攻来。城墙上只有两千守军，背城列阵的三千梁军刚回城中，反击中潭城还是全力守城？元颢狼狈不堪逃回北中城，他幸好穿着黄金铠，小腿、后背和屁股各中一箭，御林军被射杀小半。他夺下洛阳后以为天命所归，今天才知道降军鱼龙混杂，通敌的通敌，报信的报信，唯有陈庆之的梁军才足以依靠。如今前有尔朱荣数十万大军，黄河舟桥被李缅夺了，自己被困黄河北岸，形势大坏。他被搀扶着登上城墙，再看城下攻势，面无人色，便向陈庆之喊道："子云，李缅反了！"

"马军副，守城！"陈庆之见到元颢心中稍安，匆匆下城。马佛念一声令下，梁军冒出头来，弓箭和滚石倾泻而下，飞石机悠悠昂起，小牛般的巨石抛出，铲出一道道血痕。元颢顾不上皇帝体面，忍痛一溜烟跟下来，陈庆之挑出一千士卒戒备，就等夏州士卒攻来。

阵列行布，屹若山壁，旗帜杂错，五色旗各十二面，排在尔朱荣身后。

尔朱荣与陈庆之虚与委蛇，中潭城上的夏州士卒起兵，是攻破北中城的最佳时机。云梯到达城下，箭雨向上，城墙上升起木幔，飞石如雨，弓箭攒射，士卒纷纷坠地，正面攻城是一场持久的血战。南北护墙喊杀声冲天，连黄河咆哮声都被掩盖，尸体跌落泥浆，血水横流，蜿蜒入河。

夏州士卒手握长枪沿舟桥冲杀攻打北中城。战场如同格斗，出击必先后退，后退空间越大，出击力度越强。梁军都是久经沙场的老兵，退得井井有条，盾牌挡在身后，缓缓退入城垛后摘下弓箭，背靠城墙等待大战，城内旌旗整齐，聚集人马，准备反击。

"这是诱敌之计？"元颢惊魂初定，四下都是喊杀声，身边的陈庆之便是主心骨。

"世人皆知奇正，不知正可以为奇，奇可以为正，奇正变化无穷。"陈庆之等待着，夏州士卒拥上舟桥，缺乏盾牌，正是破敌最佳的时机。

"子云用兵变化莫测，大开眼界。"元颢真心佩服，梁军兵法出众，平常训练严格，在战场退却分毫不乱。夏州士卒冲到舟桥尽头欢呼雀跃，元颢并不担心。"那是什么？"黄河岸边的矮墙内现出几辆战车，车长二丈，阔一丈四，车外侧绑长矛，内侧置大盾。

"武刚车。"陈庆之说道，北中城内最强的战车就是武刚车。当年西汉大将军卫青出击匈奴，造武刚车输送粮草和兵器，蒙牛皮犀甲，捆长矛立盾牌开射孔，自环为营用于作战。

"朕有你在，何愁天下不定！"元颢惊魂稍定，一辆武刚车从矮墙后移出，上面八名手持长矛的士卒，虎视舟桥尽头。

士卒推动武刚车，从舟桥斜坡处向下冲去，武刚车覆铁甲极为沉重，去势惊人，前面又有八根长矛，夏州士卒避不开，硬生生被砸入肉身，见机快的跃入黄河，转眼被洪流吞噬。矮墙后冒出数百梁军，弓弩齐发，夏州士卒拥挤在舟桥上，盾牌存在南城，前有武刚车，侧面有连绵不绝的弓箭，只能掉头向后逃去，大半自相踩踏挤落黄河，小半被弓箭射杀，不到一成被武刚车挑在空中，碾轧车轮。

武刚车直撞百步，直到岸边弓箭射不到之处才有敌军阻挡，车身挂满尸体。梁军士卒在武刚车后结阵,盾牌如同鱼鳞,抽空射杀敌军。只一盏茶时间,武刚车驰上沙洲横在当中,第二辆战车随后到达,相扣结成战阵,获得立足之处。杨忠身上插满弓箭,孤零零躺在地面,梁军抢回杨忠身体,在长长舟桥穿送回北中城。明月冲上去抱杨忠,却被弓箭挡住,无法近身,泪水夺眶而出。元颢轻轻抚摸明月后背,悄悄说道:"幸亏没有答应关中侯的提亲。"

明月擦干泪水,仿佛不认识元颢:"他如果死了,我也随他去。"

梁军武刚车在沙洲结阵,尔朱荣知道大事不妙,抽出狼首旌节,全力攻城!三十万大军一起怒吼向北中城扑去,城墙上弩石齐发,投石机发射出巨石,落在地面还不罢休,卷着尸身滚动冲击。攻城士卒极多,一波攻势就冲到城墙下,云梯搭上城墙,士卒跃入护墙,守住一隅,三四架云梯密集铰接,攻城士气大振,随着号角,一股脑向破城处拥去。

千军万马厮杀,高敖曹却无用武之地,他护送陈庆之退回城门,检查呼延族的伤势,发现他后背被袖棒砸得血肉模糊,身体没有大碍。东方老摇头叹气:"这些兵油子不按江湖规矩,不讲究真功夫,以众欺寡,算什么英雄好汉?"

高敖曹懊恼无比,战场上谁讲规矩?武功再高都只能披甲列阵,无法施展轻功内力,任何高手都敌不过三匹战马全力夹攻。高敖曹这燕赵大侠竟被几个兵油子欺负,传到江湖上还有什么脸面,讪讪说道:"江湖是天下一隅,方今大乱,英雄布武,我们这些江湖中人既不能匡扶社稷，扶助族人，徒然修炼武功，战阵之上也毫无用途，当真可笑！"

"未必。"东方老指向垛口，十几名敌军结阵待援，梁军兵力分散不能绞杀。高敖曹远在护墙穿着梁军铠甲，谅尔朱荣认不出来，扣上兜鍪抄起长槊，东方老弓箭盾牌，一左一右夹击过去。高敖曹运足内力施出狮吼功，江湖高手都会被震得七荤八素，可战场上鼓角争鸣，士卒头戴兜鍪遮住双耳，将狮吼功掩盖下去。一名登城士卒用刀一指："吼什么？"

高敖曹苦练几十年的成名绝技在战场毫无用途，内心苍凉，身形恍如蝴蝶，施展空手夺白刃的功夫，刀枪飞溅，拳脚交加将三四名敌兵拍下城墙，还不解气。只见他将长索挂住旗杆，身体飞荡，像大鸟般直扑云梯，一掌罩向敌兵，也不伤他性命，只是推翻落地。

高敖曹扶梯而立，几名敌兵从头顶掉落，那是东方老用弓箭射杀的。脚下无数攻城人马，攻城车遍地，高敖曹心潮澎湃，战场才是英雄用武之地，江湖门派相争只有数百人打架，简直是小打小闹的儿戏，顿时热血上涌，纵身跃下云梯，脚踏地面，左手长槊，右手攻城刀，砍翻几人，忽见敌军结阵而来，他不怕单打独斗，就怕密集阵形，他总不能练成千手观音去抵挡千军万马。于是他绕开正面，杀入敌阵，拣着落单的士卒，没有一合之敌，只要不被围住，就能自保。

马佛念心旷神怡，他在军中也算彪悍，身手远不能与高敖曹相比，绝不敢孤身杀入战阵。高敖曹在敌阵中穿行，五步杀一人，刀下不留活，游走决胜。正巧陈庆之登上城墙，马佛念抱拳说道：

"此人武功高强，单打独斗无敌，遇众则避，遇弱则攻，处于不败之地。"

"你若统领骑兵，这般战法可战否？"陈庆之悟出离合之阵的关键，届时自己统领正阵，马佛念统领奇兵出击，互为掎角，与尔朱荣的重甲骑兵作战。打法与死守战阵不同，在运动中形成优势，静为正，动为奇，以动打静，各个击破。陈庆之至此透悟，脑海中浮现出亘古未有的战阵，车轮滚滚，圆阵为正，奇兵盘旋，绞杀千军万马，夺苍天之悲悯，憾人间生息。

马佛念兵法仅次于陈庆之和尔朱荣，终于领悟，若论防御，却月阵天下第一，却不能野战决胜，此阵正好补上："可有名称？"

"离合之阵！"陈庆之缓慢说道。

23 马渚碛石

"长河万里,捍御为难,一处得渡,大事去矣,洛阳岂可恃河为险?"宇文泰驻马黄河岸边,与独孤如愿率领十几名骑兵,搜索可渡之处。

喊杀声震天,正是北中城方向,独孤如愿问道:"不知战事如何?"

"陈庆之渡河而战,看似冒险却是最佳应对,大将军全力攻城也必有原因。"宇文泰猜不到真实情况,如果尔朱荣夺下北中城,错过大战甚为可惜。两人寻到狭窄平稳的流段,只是缺乏舟船和向导。

"黑獭,有一事请你帮忙。"独孤如愿在心中压了许久,终于说了出来,"如果梁军兵败,我想救出杨忠。"

宇文泰知道一年前独孤如愿与杨忠等人在枋头坞结义的事情,只是两军对垒,刀枪无眼,救人全靠命数,于是道:"如果有机会,就把他救出来,其实元颢和元子攸都是献文帝子孙,互相残杀,都要拆了社稷的柱子。"宇文泰直呼其名,独孤如愿绝对可以信赖。

河岸坡起,沟壑间出现一座村落,背靠水流平稳的河段,正是易渡之处，入口堆满荒土巨石，隐秘难寻。旁边一片树林，正好砍木造筏，独孤如愿眼前一亮，指着岸边长草："黑獭，那里有船。"

"这是哪里？"宇文泰转身询问相见寻来的向导。

"马渚碛石，伏波将军杨璺率领族人隐居于此。"向导答道。几名村民策马驰出，骑姿熟练，绝非普通百姓，村内房舍冒出烟火。宇文泰和独孤如愿登上高处，隐约听见敲打铁器的声音，这个偏僻的村子显得极为古怪。

"我在这里守候，你通知贺拔将军，此处可渡！"宇文泰年纪小于独孤如愿，却一向足智多谋，深得信赖，发号施令无人不服。

暮色沉沉，十辆武刚车登上沙洲，联结成阵。南城军队出动，卡住舟桥退路，夏州士卒被压缩到沙洲一隅，背后是滚滚黄河。元颢一扫颓势，跳上武刚车："李缅何在？"

李缅手持宝剑，浑身是血走出阵列："北海王有何赐教？"

元颢叹气问道："你是大魏忠臣，我是献文帝之孙，为何在此流血相残？"

李缅拱手："皇帝有恩于我，万难辜负。"

他口中的皇帝是元子攸。元颢转头看看，北中城鏖战正急，绝不能浪费时间，便将宝剑举起："扔下兵器，跪地！"

"你引狼入室，同室操戈，还不悔悟？"李缅大声激辩，手臂处汩汩流血。

"射！"元颢不耐烦，箭雨倾泻，夏州士卒用兵器格挡，哪里挡得住？李缅身中数十箭栽倒，武刚车向前推出，夏州士卒大喊冲来,都被长矛挡住。武刚车不管死活推向黄河,翻滚在巨浪之中,消失不见。

战马用惊人的速度踏上舟桥,穿越黄河沙洲,直驱北中城,直入帅帐,送上宋景休的书信。陈庆之令斥候下去休息,打开书信和图册,得知宋景休占领太谷关,心中甚慰,展开地图细看,字迹娟秀,竟是阿阇梨所写,不由得看痴了,等到马佛念进来,返回军帐挂起地图细看。山丘和河流清晰,行军道路标注出来,从河阳南城步行半日到达洛阳垒,绕开洛阳城,经过伊洛河南下太谷关约百里,急行军一天可到。陈庆之小心翼翼地收好,这份地图十分关键,万一迷路,大军万劫不复。

"尔朱荣实力未损,不会在这里苦苦攻城。"马佛念拱手,"黄河数处可渡,防不胜防。"

"防不住便不防了,免得兵力分散。"陈庆之眺望黄河,元颢驻守南城,手下众将沿河驻守,他不抱太大希望,"你驻守中潬城,将粮草和兵器都带去,一旦有变撤回南岸。"

"退回梁国?"马佛念知道南边退路,确实要早做打算了。

"不撤。"陈庆之要与尔朱荣大战一场,"任人宰割便无活路,我们还有精兵五千,不是羔羊,绝不可侮!打得尔朱荣血流成河,才能安全撤回。"

"遵令!"马佛念已知陈庆之心意,抱拳拱手。

"我们去看看杨忠吧。"陈庆之神情黯然,杨忠被梁军抢回,人事不省,他本要让杨忠守卫北中城断后,现在行不通了。

两人来到另一军帐,明月呆呆地坐着,泪水流干,陈庆之安慰几句。军医折断箭羽,正用烧红小刀剜出簇头,撒上金疮药,包扎伤口,陈庆之举起灯笼照亮,许久料理完毕。杨忠体温很高,脸色苍白,昏迷不醒。北中城随时不守,中箭就怕伤口崩裂,一旦尔朱荣渡过黄河,全力作战,恐怕难以照料伤兵。陈庆之踌躇许久:"请郡主护送杨忠先到南城,安心静养。"

陈庆之离开军帐去看其他受伤士卒,夏州士兵反叛时,不少梁军受伤,陈庆之抚慰之后命令马佛念:"这些兄弟们不能弃之不顾,和杨忠一起送往太谷关吧。"

尔朱荣抚胸大恸,他与李缅相约截击元颢,断北中城退路,梁军见机极快,尽杀沙洲守军,自己强攻北中城,损失巨大。不禁大喝一声:"退兵!"

今日数战,尔朱荣输了士气,尤其数千夏州士兵全军覆没,攻城灰头土脸。尔朱荣第一次如此窝囊,全军回营,士卒生火做饭,尔朱荣击鼓召集将领,众人默默低头,竟一语未发。尔朱荣催促几次,众将一起看向元天穆,只有他才能劝解。元天穆领教过陈庆之的厉害,北中城实在难打:"梁军善守,陈庆之还有余力,我军实在讨不到好处。"

尔朱荣十分怅然:"李缅忠心耿耿,我不能接应,全军覆没,实在让人心烦意乱。"

"大将军,"高欢站出拱手启奏,不急不慌献出计策,"强攻北中城为下策,如今酷暑,天时不利,我军仰攻坚城,初战不利,攻下北中城得不偿失。"众将纷纷点头,高欢又说,"黄河万里,可渡处甚多,我们从背后夺了洛阳,五千梁军何足道哉,此为中策。

这正中尔朱荣心中想法,他早已派人寻找渡口:"何为上策？"

"退兵。"高欢断然说道,这才是他心中的所想。

众将惊愕,连怀朔镇诸将都觉得不合时宜,虽然初战失利,但是实力远超敌军,断没有认栽退兵的道理。尔朱兆在战场上受伤,目光中有股狠劲儿:"胡说！你避战不出,还消息士气,难道是元颢的内应？"

四周都是尔朱荣的亲信将领,没有元子攸的亲信,高欢安心问道:"大将军可记得迁都之计？"尔朱荣去年恢复平城故都,一劳永逸控制局面,可是葛荣祸乱河北,朝内又有大臣反对迁都,暂时放下此事,如今洛阳被夺,元子攸过了黄河,正好顺势迁都。

元天穆不赞成:"洛阳就交给元颢吗？"

"建安七年曹操在官渡之战打败袁绍,要继续进攻,郭嘉力排众议,主张退兵。"高欢说起典故,"曹操认为,袁绍的儿子袁谭和袁尚不和,必然反目,不如静待其变,而后击之,一举可定。"今天形势相仿,强攻洛阳,元颢便与陈庆之同心协力,全力抵抗,如果办了迁都这件大事,元颢与陈庆之自相残杀,倒是一本万利的买卖。

尔朱兆仍然反对:"若陈庆之和元颢不打起来,你该当何罪？"

尔朱荣沉思,他一日四战大败亏输,撤回晋阳,洛阳丢失只能迁都,元子攸也不能反对。"陛下到！"一声公鸭嗓子响起,宦官通禀,宣示元子攸到来。

"何不用椅子测测皇帝的心意。"高欢计上心来,"如果皇帝当仁不让坐在中间,便是不把大将军放在眼中。"

"那就是养虎为患,不如去之。"尔朱兆难得赞同高欢。

"如果他居于下首，说明他敬服大将军。"高欢见过几次元子攸，此人心高气傲，绝不会甘居人下。

尔朱荣仰天大笑："如此甚好！"如果元子攸胆敢如此，便掉转马头，挟持元子攸返回晋阳，静观其变。

尔朱兆和高欢走到无人之处说："把元子攸弄到晋阳，你和小歌日日相见？好算盘。"说完扬长而去。

元子攸稳步进来，杨侃和高道穆跟在身后，看见大帐尽头只有一个座椅，略为皱眉。他走到居中座椅，如果坐在这里，尔朱荣便要同众将肃立两侧，十分不妥，若让尔朱荣坐下，我这个皇帝站着吗？高道穆看出玄虚，将难题踢给尔朱荣："大将军请坐。"

尔朱荣有意试探元子攸，坚持道："陛下请坐。"

元子攸和尔朱荣半年前曾在明光殿为了座位惹出争执，如今逃出洛阳，只能从权，不肯争位。尔朱荣冷冷看着，只要元子攸坐了，就挟持他退兵晋阳。元子攸哈哈一笑："大将军是擎天之柱，朕岂能独坐？"

尔朱荣不耐烦，挥手道："再取一把椅子来。"侍从搬出座椅，并立大帐正中，两个座椅一模一样，暗示着尔朱荣与元子攸比肩。军营讲究不了那么多，尔朱荣与天子并坐，暗暗得意，向元子攸拱手道："陛下，可有谕旨？"

元子攸知道形势不利："大将军可认得梁军那车夫？"

尔朱荣很惊讶，反问道："渤海高昂，字敖曹，北翼州刺史高翼之子，员外散骑侍郎高乾之弟，陛下知道此人？"

元子攸为长乐王时结交大臣，与员外散骑侍郎高乾关系莫逆，便道:"朕可召高乾到此,劝降高敖曹。"

"那也不必,高敖曹身手了得,战阵之上毫无用途,徒一武夫耳。"尔朱荣哪有时间等待,摆手拒绝。

元子攸最担心尔朱荣撤军,只能跟随他返回晋阳,羊入虎口,身陷牢笼,再也不是天下之主,询问道:"大将军所言极是,下一步如何?"

尔朱荣心中踌躇,觉得高欢言之有理,趁机撤军迁都,等待元颢和陈庆之火并,又不想在北中城碰了一鼻子灰就撤,众将也是这般想法,一起沉默。高欢深施一礼:"元颢和陈庆之心怀鬼胎,我军不宜强攻,不如暂时退兵,两人自相残杀,坐收渔利。"

高欢将曹操讨伐袁氏兄弟的典故讲了一遍,高道穆和杨侃都是饱读诗书之人,明白此计可行。只是元子攸并非曹操,到晋阳成了尔朱荣的砧板之鱼肉,这番话无法说出口,沉吟不语。元子攸坚毅苍白,不动声色,高欢心里想将尔朱歌留在草原:"北中城易守难攻,夏州义士在中潬城接应,都不能攻克,仰攻坚城,实在不智。"

杨侃不理睬高欢:"大将军出兵时,并不知道夏州义士作为内应,才肯出兵,而为匡复社稷!夫用兵者,散而更合,疮愈更战,今天没有多大折损,反而元颢内讧残杀,怎能因为一战不成就前功尽弃?天下都看着大将军,如果遽复引归,天下失望,形势便难以预料。不如征发物资,多做桴筏,用舟船缘河布列,数百里皆为渡势,首尾既远,使元颢不知所防,一旦得渡,必立大功!"

这番话正好击中尔朱荣内心,众将除了高欢没人想退。高道穆又说:"皇帝乘舆飘荡,主忧臣辱,大将军拥百万之兵,辅天子而令诸侯,分兵造筏渡河,指掌可克!如果北归晋阳,元颢士气大涨,再征兵天下,便养虺成蛇,悔无及矣!"

眼看尔朱荣就要被说服,高欢上前拱手:"大将军,还是北返好!"

尔朱荣无法说服皇帝和众将返回晋阳,叹气一声:"陛下,容我三思。"

元子攸担心尔朱荣变卦:"伏波将军杨剽族居马渚,有小船数艘,求为乡导,助我军渡河。"

杨侃和高道穆先说大道理,元子攸又有船渡河,众将本就不想撤兵,脸上都有喜色。尔朱荣走到地图旁边研判许久,回身令道:"骠骑将军尔朱兆、大都督贺拔胜!"

"在!"尔朱兆和贺拔胜出列听令。

"你两军缚木材为筏,自马渚西硖石夜渡黄河,不得有误!"尔朱荣继续下令,其余诸将在北中城佯攻吸引梁军,确保尔朱兆和贺拔胜渡河成功。

元子攸见大事已定,心中畅快,向尔朱兆和贺拔胜拱手:"天下安危尽托两位将军,请受朕一拜!"

尔朱兆嗤之以鼻,贺拔胜跪下深深施礼:"陛下,贺拔破胡绝不辱命!"

第四章 结阵东返

天下,
是天下人的天下

24 泄露退路

元颢目送几十辆马车离开南城向黑暗中驶去，心中惊疑，这些受伤士卒去哪里？梁军是不是另有退路？我的江山社稷谁来护佑？早知今日就应该让陈庆之大举扩军，或许就能击败尔朱荣，如今还有什么办法？他今天阵前得胜，心情不错，因为梁军伤兵撤退抹上阴影，只是当作看不见，更不会宣扬出去坏了士气。他正要回营，明月身着戎装，前来辞行："姐夫，我护送杨忠撤退去太谷关。"

元颢要收揽军心，一直用明月吊着杨忠，现在杨忠受重伤，元颢便要变卦，阻止道："你留下来，不要去。"

明月心意坚决："我与长乐王婚约已断，我愿以身相报杨忠。"

元颢掀开车帘去看昏迷不醒的杨忠，灵机一动，陈庆之在太谷关留了后路？说道："你既然要去，我派人马护送。"他不由分说召来六百亲信骑兵，叮嘱几句，护送马车向南而去。

陈庆之将高敖曹唤来，询问呼延族伤势，得知没有大碍，略为放心，高敖曹今天在战场上立了大功，重挫尔朱荣士气，又有阿阇梨推荐，当可信赖，在军帐中踱了几步："你说，大丈夫当横行天下，救天下黎民于水火，故此要学习兵法？"

"正是如此。"高敖曹经历两军大战，更觉得武功如同幼儿嬉戏。

"兵危战险，战场是死生之地，你可清楚？"陈庆之提醒道。

"置生死于度外。"高敖曹决心坚定，"在乱世，强大才能存活，退缩只能任人宰割。"

"希望你护佑百姓，如果胡人欺侮汉人，便起兵相助，如果胡汉相安无事，就不要打扰。"陈庆之决心传授兵法，叮嘱道。

高敖曹却没有答应道："此事不好办啊！"

陈庆之怒火上冲，帐中烛火陡然一跃，自己看错了人？阿阇梨也错了？高敖曹连忙解释："关中侯，我常分不清楚胡人和汉人，呼延族是我好兄弟，祖上是匈奴人，不会胡语只会汉话，穿衣吃饭与我等无异，他是胡人还是汉人？我行事不以胡汉而论，谁无理，我就打谁。"

"如此甚好。"陈庆之释然，他到北方才明白，经过几百年的战乱，胡汉已经融为一体，难以分割，只求胡汉一家不再残杀，"《太白阴经》是否看完，可有疑问？"

《太白阴经》内容颇细，高敖曹读不下去："书已收好，待回到河北再按图索骥，照着练兵即可。"《太白阴经》是兵法基础，讲授旗帜号令和庙算，高敖曹练武功之时从不背那武功秘诀，遇到疑问才翻书，"阵而后战，兵法之常，用兵之妙，存乎一心，这是关中侯教我的。"

陈庆之本为梁帝萧衍主书，兵书战策烂熟于心，是先读书再练兵，高敖曹却大大不同，偏要先练兵，遇到疑难再看书，也不

第四章·结阵东返　129

知道谁对谁错。军机紧急,陈庆之只好长叹一声:"顺其自然吧。"心中暗暗叹息,高敖曹一介武夫,懒得背诵兵法,如此修炼闻所未闻。忽然马佛念在帐外通报一声,掀帘而入:"皇帝派遣六百骑兵,护送北海郡主和杨忠去太谷关了。"

　　糟糕!出了纰漏,宋景休冒充枋头坞百姓,就是为了避免元颢得知退路,他的六百骑兵向南奔驰,肯定得知退兵路线,就大大不妙。只是自己派遣了宋景休和小猴子两路向南,斥候穿梭,很难不被元颢知道,只能听天由命了。

25 夜渡黄河

尔朱兆和贺拔胜傍晚拔营,在杨㯿带领下向西奔驰三十里,黄河渐渐收窄,水声隆隆不绝。杨㯿在一匹荒石前停住战马:"前面便是马渚西侧碛石,已为将军备好舟筏。"

巨石内沟壑纵横,如果堵住退路,伏兵四起,逃无可逃,尔朱兆策马来到高处,树林中排满木筏,间杂着约十艘小船。黄河对岸隐藏在黑暗中极为安静,如果敌军埋伏那边,截杀木筏和船只,就大难临头。他正在犹豫之际,荒土岗上奔驰出一队骑兵,为首正是宇文泰和独孤如愿,贺拔胜策马会合两人向尔朱兆说道:"黑獭和如愿已经探明敌情。"

宇文泰翻身下马,用树枝在地上画出一幅地图,他昨晚渡过黄河探明军情,对岸并无敌军,舟桥南城东西各有一道壁垒,分别由安丰王元延明和元颢世子元冠受统领,五千人马。尔朱兆信得过宇文泰,向杨㯿拱手:"请伏波将军带路。"人马在巨石之间穿行到树林间,杨㯿族人备好战饭。贺拔胜下了战马,抓起肉饼吃得满嘴冒油:"吃饱这一顿,晚上杀过去,明天到洛阳吃晚饭。"

杨㯿指着舟船方向:"两位将军,我在船上备好一日三餐,驮在战马上,饿不着肚子。"

尔朱兆疑虑全消，与士卒下马吃饭，与贺拔胜分成两路来到河边，小舟十艘，木筏满百，往返多次才能将五千人马渡过，尔朱兆牵着战马载上两名亲兵，小舟晃晃悠悠吃不了水，带领第一批木筏向对岸驶去。贺拔胜任由战马吃草喝水，时不时抬头去看，舟筏也不知去了哪里。一顿饭时间，木筏从黄河中划来，乘船士卒浑身是水，跳上岸来："尔朱将军到达对岸，请将军过河。"

月影如钩，黄河波光粼粼，四处全是河水之声，大半夜时间才渡过一半，尔朱兆极为烦躁，一旦天亮，敌军就能发现河面上的木筏。于是他走到贺拔胜身边："不等了，我先破了元冠受。"

宇文泰也渡过黄河，拱手问道："车骑将军，怎么打？"尔朱兆白了一眼宇文泰，不屑讲出战法。宇文泰画出黄河、南城和敌军营垒，军情一目了然，让人眼前一亮，"可直接切入南城和营垒之间，后背突袭，敌军必然大乱。"

尔朱兆口中逞强："元延明黄口小儿，何须如此费力？"

宇文泰用脚抹去地图："将军正面出击也可，三千铁骑足以击溃敌军，冲入黄河喂鲤鱼。"尔朱兆听了十分高兴。宇文泰又说下去，"只怕元延明逃回去，通风报信，如果像大将军那样从背后突击，擒之不难，他可是元颢的世子。"

宇文泰劝得十分巧妙，这是尔朱荣的表里合击战法，又能擒获元颢世子，一下子说到尔朱兆心窝里去，连连拱手："黑獭足智多谋，带路，咱们一起抢了这个大功！"

三千骑兵摸黑出发，战马衔枚向南潜行。三十里路挥鞭即至，到了敌军背后，远处营垒挑着几盏灯火，依稀可辨。士卒下马歇息吃饭，战马饮水吃草，扫去一夜行军的困顿，尔朱兆翻身上马，向空中举起长槊:"结阵!"

东方泛出白光,悄无声息逼近,没有守军发觉。尔朱兆挺起长槊,喊道:"儿郎们,破敌在此一举,冲!"黄河滚滚,流水轰鸣压住马蹄声响,一道黑色闪电从黄河岸边掠过,直向守军背后突击。"骑兵出于敌后,主将必擒!"

26 气功疗伤

马车颠簸,杨忠昏迷不醒,全身滚烫,额头汗珠滚滚,包扎之处渗出血迹。明月连让马夫暂时停车,在河边取来清水,将杨忠抱在怀中擦拭,仍不能降下体温,只好缓慢行进。第二天,马车终于到达巍峨险峻的太谷关,杨闵、宋景休、刘离和小猴子一起跑来,见到杨忠伤势都心情沉重。军医查看之后,奉劝众人听天由命,明月立即垂泪。小猴子一拍明月,他向来没大没小,众人已经习惯,他大声嚷嚷:"我倒是有个办法。"

"什么?"明月一天吃不下饭,神情一振。

小猴子向城墙上一指,阿阇梨白衣飘飘,目光如水:"请她出手救治。"

宋景休不知道阿阇梨的神通,不以为然:"她又不是医士。"

明月如同抓到救命稻草,奔向城墙,跪在阿阇梨面前:"请救杨忠一命。"

天下大乱,英雄逐一殒命,谁能一统天下带来盛世太平?阿阇梨毫无头绪。最大的收获是这个脚踩芒星的吕桃儿,她本应嫁给元子攸成为皇后,诞下太子,可是尔朱歌入宫,元颢阵前取消婚约,一切都与预期不同,连她也不知何处下手,低头问道:"明月,你当真不嫁元子攸?"

明月哪有心思细说,断然说道:"我已与长乐王取消婚约,只嫁杨忠,他不活,我就随他而去。"

阿阇梨困惑至极,若论夺取天下,元颢和元子攸同为献文帝之孙,与梁国太子萧统是第一等人选。尔朱荣、陈庆之、高欢、贺拔胜这些英雄豪杰只能排在第二等,杨忠只是一个直阁将军,根本不入流,明月执意嫁给杨忠,如何能够诞下未来一统天下的帝王?她排开众人,只留下明月一人。宋景休视力极佳,远远看见阿阇梨背后升起一道柔光,就像佛像头顶的光环,渐渐而下笼罩杨忠,忽然炸裂,光芒尽皆被杨忠身体吸收。明月抚摸杨忠额头,温度已降下来,再回头时,阿阇梨缓缓离去,从虚空飘浮来一瓶丸药,远远传来她的声音:"每日三服,当可痊愈。"

"这是哪里?"杨忠的声音从明月背后升起,他已经睁开眼睛。

杨闵和刘离见到阿阇梨的神通,一起向她消失的方向跪拜,偏偏小猴子不以为然,轻轻说道:"哼,偷学我们茅山气功,装神弄鬼。"

27 洛阳坐

梁军渡河而战，凭借地利，储存粮草和兵器，将北中城守得如铁桶一般，任凭数十万敌军连番撞击，三天十一战皆捷，岿然不动。梁军心情却不那么畅快，这里哪里比得上洛阳？那时三天一小宴，五天一大宴，封赏在朝堂，钟鼓自相和，美人当窗舞，胡姬掩扇歌。一名梁兵将胡饼向地上一扔，抓起弓箭在垛口喊道："呔，这北中城你们一年也打不下来，何不早日休兵，爷爷们回洛阳快活！"

迎面一波弓箭射来，梁军打熟了地形，也不躲闪，箭雨纷纷在脚下掉落，他张弓射翻一名敌军，兴致大起，还想开弓，敌军早藏在冲车后，城墙上爆发出一阵哄笑声。梁军嘻嘻哈哈比起射术，陈庆之走上城墙，士卒们围拢，询问何时返回洛阳。陈庆之手指城外："他们退了，自然返回。"

"不如打开城门冲一下！"那名在垛口射箭的小头目挤进来喊道。

陈庆之手扶垛口指着敌营，众人看不出所以然："炊烟！"此时是埋锅造饭时分，敌军大营冉冉升起烟雾，西边却有一片冷冷清清。那里昨夜还有人烟，一晚就消失不见？梁军士卒如梦初醒，大喊："敌军要偷渡黄河！"

"大战就在眼前，需节省弓箭和粮草。"陈庆之说了实话，让梁军士卒有心理准备。一匹战马从中潬城奔驰而来，马佛念飞奔上城，急急禀报："敌军偷渡黄河，阵擒元冠受，元延明军队溃散。"

一夜之间形势逆转，尔朱荣跑到黄河南岸，五千梁军孤悬北岸，被断了后路。只怪元颢担心梁军夺了江山，不补充兵源，还拦下到达边境的十几万援兵，如今他儿子被阵擒，士卒溃散。梁军与元颢称兄道弟，喝酒吃肉，一时也不知道该骂元颢还是该同情他。马佛念问道："我军腹背受敌，如何是好？"

陈庆之就等待此时，白袍素铠，手扶剑柄："你统领六百骑兵披轻甲为离阵，渡过黄河向南，逢山开路，遇水搭桥，断敌粮道，不得与敌军决战，胜则追，败则逃，如附骨之疽，形影不离。"

马佛念拱手应诺。陈庆之下令集合，七千白袍至洛阳时只有五千，宋景休和小猴子率领数百人前往太谷关，除去杨忠等伤兵，现在只有四千余人，得知后路被断，交头接耳。陈庆之待军队齐集，安抚士气："我军横行三千里直捣洛阳，当年刘裕金戈铁马不过如此，为千古未有之壮举。敌军百倍于我，有人处处掣肘，后路断绝，深陷重围，可是我们既要回去，谁能拦得住？诸位遵令而行，斩关夺隘，结阵东返，不得有误，随我回家！"梁军燃起回家的念头，一起应诺，陈庆之指挥人马，用武刚车押运辎重，立即沿着浮桥向南渡过黄河。

马佛念率领六百骑兵直奔南城，见军士汹涌，旗帜散乱，营门大开。马佛念策马入营，来到中军大帐，元颢与亲信正在商议

第四章·结阵东返　137

对策,如见救星,简述军情:尔朱兆和贺拔胜从马渚西硖石渡过黄河,连夜攻破元冠受军营,安丰王元延明的军队溃散,丘大千和辛纂等魏国降将一哄而散。"可否退守洛阳?"元颢将梁军当作救命稻草。

"不可。"马佛念知道大势已去,当初如果元颢肯补充兵源,或许守得住。

"那当如何?"元颢心神大乱,儿子元冠受生死不知,让他深受重击。

"结阵东返。"马佛念安抚几句,留下元颢,率领六百骑兵扬鞭向南,直奔洛阳垒。

"报,我军渡过黄河,擒获元冠受。"斥候冲入军帐禀报,众将弹冠相庆,高道穆和杨侃更是喜笑颜开。

贺拔岳从黄河岸边观察军情回来,出来禀报:"梁军退入中潬城,正通过舟桥返回黄河南岸。"

尔朱荣大笑向元子攸拱手:"克复洛阳指日可待,请陛下观战。"

元子攸亦是大喜,回礼道:"天柱大将军,请!"

尔朱荣起身发出军令:"出战,夺取北中城!"

尔朱荣大军再次兵临北中城,城内寂静无声,黄河雾霾散去,中潬城营栅撤除,大队梁军从舟桥返回南城。尔朱荣一声令下,攻城步卒保护云梯接近城墙,忽然一阵阴风,城内洞开,空无一人。士卒们相顾愕然,迟疑片刻,呐喊拥入。忽然铁门滑落,黑黝黝的飞石机在城墙竖起,铁臂画个圆弧,巨石飞落,贴地飞行,血肉飞溅,滚出三十多步才停在尔朱荣战马下。城墙上升起几十架飞石机,片刻不停,也不吝惜巨石,劈头盖脸飞来。攻城士卒散开,云梯遍地,合围北中城。梁军带不走巨石和床弩,陈庆之哪肯浪费,一股脑全数抛射,砸得攻城士卒露不出脑袋,尔朱荣待梁军发射完毕,挥师攻城。此时北中城浓烟升起,梁军烧毁辎重和飞石机,最后一队梁军登上舟桥,宣告北中城的陷落。

元颢不等陈庆之到达,扔掉皇帝衮服,混杂梁军之中翻越北邙向南奔逃,三座小城墙垣相连,北靠邙山,南依大城,宽厚坚实,地势险要,名为洛阳垒,与河阳三桥形成守卫洛阳的要塞,洛阳垒已经被梁军占了,没人开门。他的世子元冠受被擒,大臣逃亡,只有几百亲信相随,兵败如山倒,拦都拦不住,只求逃到梁国,众人正在商议。滚滚白袍向前,陈庆之到了,元颢暗暗松口气,拱手:"当初不听关中侯之言,才有今日!"

陈庆之无心多说:"陛下,撤退吧。"

元颢苦笑:"不要称陛下了,元颢苟全性命,全赖关中侯。"

陈庆之没有因为元颢失利冷落:"有我在,必保大王万全。"

两人来到洛阳垒关门,城门大开,马佛念在城门迎接,陈庆之率领梁军进入洛阳垒,道边备好吃食,只顾吃饭休息。不多时斥候带来消息,魏国领军大将军杨津向南进入洛阳,入宿殿中,扫洒宫廷,封闭府库,出迎魏主元子攸。前后都有敌兵,被合围便凶多吉少,此时断后骑兵奔驰追来,向陈庆之禀报:"尔朱荣进入北中城,正在灭火,很快尾随而至。"

第四章·结阵东返　139

马佛念先期到达广布游骑,也有消息:"尔朱兆前往南城与尔朱荣会合,贺拔胜率领两千骑兵,正在寻找我军主力。"

梁军主力吃饭休整,陈庆之命令马佛念:"你为离阵先导,向南绕开洛阳,不要恋战,沿着行军路线先行出发。"

马佛念士卒早已休息完毕,将洛阳垒防守交接,傍晚出城向南而去。陈庆之安置士卒休息过夜,向元颢说道:"陛下与我为主阵,结阵东返。"

祖莹、元延明、元彧等王公大臣早已逃散,元颢收拢五六百残兵加入梁军,休整一夜后离开洛阳垒,向东南而去。路途之中,魏军游骑在高处眺望,打马奔驰,传达军情,估计不用半日,追兵就会赶到。

28 东逃南奔

大火映红天空，尔朱荣进入北中城，辎重、飞石机和房舍都被烧成灰烬，舟桥仍在。尔朱荣皱起眉头，梁军为何不烧毁舟桥阻碍追击？士卒作战一天，极为疲惫，南城还有梁军旗帜，从舟桥攻打城池不易，驻扎在北中城过夜。第二天，南城没了梁军踪影，竖起魏军旗帜，尔朱荣骑兵从舟桥过河，尔朱兆已经占领南城。尔朱荣渡过黄河，尔朱兆在道边禀报："我军击败元冠受，元颢军队溃散，陈庆之结阵东返，昨晚在洛阳垒。"

尔朱荣下马鼓励尔朱兆："你击败敌军，功莫大焉！"尔朱兆很是兴奋，拉着尔朱荣的战马缰绳，细讲军情，贺拔胜南下搜寻敌军，元颢是首逆，尔朱荣志在必得。

过不多时，元子攸步辇过河，极为兴奋夸赞尔朱兆："将军深夜渡河，击败敌军，为首功，加封为车骑大将军，仪同三司。"

这是仅次于尔朱荣的天柱大将军的职务，尔朱兆伏地叩拜。元子攸踌躇起来，尔朱荣已是大丞相、太原王、天柱大将军，加无可加："大将军率军赴洛，有匡扶社稷之功，朕如何加封？"

"但听陛下。"尔朱荣微微一笑，不愿自讨封赏。

君臣谈话之际，又有斥候送来捷报："敌军不战而溃，洛阳开门以降！"

元子攸连连得到好消息，急不可待要前往洛阳。尔朱荣劝道："元颢僭越称帝，不共戴天，臣请率领全军追击。"

元颢是漏网之鱼，元子攸不放在心上："大将军何不同返京师？"

"陛下可忘了陈庆之？"尔朱荣早有计较，只要擒杀陈庆之，除去心腹之患，拆掉了梁国的顶梁柱，未来攻伐南朝就不费吹灰之力。

元子攸哪里想这么远？返回洛阳，祭拜祖先，安定社稷才是要事："敌军已溃，何须大将军亲自出马？"

元颢挛杀尔朱世承，这是必报的血仇，陈庆之在北中城三日十一战击败自己，需找他讨个说法。尔朱荣还在两军阵前承诺，若让陈庆之逃回梁国，自己就不能南侵，有此三个理由，尔朱荣绝不能放过元颢和陈庆之："梁军横行三千里，如入无人之境，如果不擒杀陈庆之，何以向天下交代？"

元子攸默然一阵："可有元颢和陈庆之下落？"

尔朱兆派出的游骑斥候还没有找到梁军，东出虎牢或者南出太谷关都能返回梁国，追错方向就极为不妙。众将莫衷一是，毫无头绪。元子攸见机再劝："不如先去洛阳，一旦找到元颢下落，再出兵不迟。"

尔朱荣跳下战马席地而坐，向元子攸施礼："陛下回洛阳吧，我就在这里等下去。"

洛阳八关四塞，地势绝佳，陈庆之返回梁国有东南两条路线，东线沿着黄河到达虎牢和荥阳,这是陈庆之进攻洛阳的路线,返回涡阳。第二条路线向南穿越嵩高山和龙门之间的太谷关,进入平原,就可以从荆州回到梁国。梁军选择南线,倒拖旗帜,散乱不成阵线,盔歪甲斜,马车、牛车、骡车载着辎重,漫山遍野溃散,一日行军三十里,跑不过尔朱荣骑兵,元颢只想逃脱,心急如火要加速行军,干脆提议分散成小股潜逃。陈庆之断然拒绝,如果按照这种撤法,就不是撤退而是溃散,洛阳距离边境三千里,沿途数十座大城,能够逃回去的顶多十之一二,这支千锤百炼的军队就毁了。被元颢催急了,陈庆之只好说道:"须击败敌军,才能全军而退。"

元颢大惊,尔朱荣不会坐视自己大摇大摆从洛阳退回边境,如果被几十万人马包围在平地,没有城池倚靠,陈庆之这几千人马插翅难飞。果然离开洛阳垒半日,敌军游骑越来越多,或在高岗瞭望,或驰驱到梁军数百步,呼啸往返,上过战场的人都知道,敌军将至。陈庆之不与元颢啰唆,在追锋车上传授高敖曹兵法:"你我师徒一场,我以此战教你兵法,不懂便问。"

"多谢关中侯。"高敖曹就喜欢这种学法,边打边学,立竿见影,他看不懂眼前的景象,梁军简直就是溃兵,"我军为何行军散乱,不成阵形?"

"散为奇,聚为正,能而示之不能,诱敌击之。"梁军旗帜散乱,车马夹行,行不成伍,道不成行,其实将领都在队中,阵乱而神不乱,就等敌军追击。

高敖曹还是不解:"关中侯,尔朱荣能找到我们的退兵路线吗?"陈庆之叹息,宋景休潜伏到太谷关,勘察地形,储备粮草

第四章·结阵东返 143

和兵器，本是绝密。元颢派出六百骑兵护送明月，声势极大，暴露退兵路线，尔朱荣很快就能发现。高敖曹突然悟道："明为正，暗为奇，学了一招。"

陈庆之本不看好高敖曹，此人连兵书战策懒得背诵，谁知他善于举一反三，急用先学，活学活用，他能够修炼成江湖上数一数二的高手，必有过人之处，只是将兵法教他又能怎么样？

明月衣不解带照顾杨忠，身躯更显瘦弱，见他醒来，唤来宋景休等人。杨忠坐直身体，先问军情，得知元冠受兵败碛石被擒，元颢军队溃散，四方崩溃，丘大千和祖莹等人易帜投降，唯独太谷关暗暗戒备，堵塞关口，禁绝通行，筹集粮草和辎重。杨忠大忧，听说元颢六百亲兵来到太谷关，在洛阳城强都能看到烟尘，摆明告诉尔朱荣撤退之路："糟糕，行军路线泄露了。"

宋景休猛砸桌案，元颢不懂兵又急于逃生才有此错。杨忠摊开地图，洛阳垒和太谷关之间有一个标注出来的山包："此处必有一战，这里可有水源？"

小猴子啧啧称奇，这是阿阇梨标注："水井打好，派了三十个兄弟隐蔽在那里。"

宋景休带来一百梁军，与杨忠带来的一百伤兵，元颢派遣的六百亲兵，还有杨岊从枋头坞带来的两百精壮，合计一千能战士卒，但元颢亲兵不听军令，怕是指望不上。杨忠在诸人中军职最高，派兵遣将："太谷关是我军退路，不容有失，大眼，你率领咱们的兄弟驻守，我带领六百元颢人马向北接应关中侯。"

小猴子摆手："不妥，这处必有硬战，他们怕是不行。"

明月也不同意，杨忠不能上马，一旦伤口崩裂，谁都救不了。众人最后商定，杨忠和明月率领元颢亲兵和两百枋头坞青壮驻守太谷关，宋景休率领一百梁军接应陈庆之，杨闵和刘离全力治疗伤员。刘离与宋景休新婚首别，依依不舍，在这乱世，聚散无常。枋头坞送亲队伍中有不少老幼，杨忠极不放心："叔父，您和乡亲们从隘口退走吧。"杨闵哪儿舍得留下重伤的杨忠，众人一起劝说，他只好留下枋头坞青壮留下协助守城，自己率领妇孺老幼离开太谷关。

杨闵答应离开，刘离不肯离开，可是宋景休要去前线接应陈庆之，不肯让她留在太谷关，杨闵板下脸强行命令撤离，宋景休软语相劝，刘离依依不舍答应和枋头坞百姓返回枋头坞。杨闵在心中已经把明月当作一家人，兵凶战危，也要她先撤走。明月惦记杨忠伤势，又担心撤军途中的姐夫，坚决不肯离去，众人只好答应。

第二天天亮，杨闵离开太谷关，临别之时叮嘱杨忠："我不放心明月，你要好好保护。"

杨忠仍然重伤在床，脸上盈满笑意："叔父，关中侯已向皇帝提亲，他都答应了。"杨闵由衷开心，率领老幼进入峡谷，临走念念不忘："我们这几日在太谷关没闲着，用葱花和牛肉烙了几千张胡饼，够你们吃三四天，也算心意。"

枋头坞百姓退出，杨忠担子轻了许多，在明月搀扶下去见阿阇梨，拜谢救命之恩。阿阇梨打量杨忠，他能和明月诞下未来的雄主吗？正好试探他的心意："当今乱世，百姓流离失所，直阁将军有何打算？"

杨忠被明月照料，疼在身体甜在心里："只求退回境内，归隐山林，不问世事。"

天下大乱，英雄布武，都怀猎取天下之心，可是杨忠却与众不同。阿阇梨问道："你为何如此没有雄心壮志？"

杨忠看了一眼明月，缓缓说道："我生长在武川，贺拔胜和贺拔岳是我们的大哥，与宇文泰和李虎从小在一起打闹，我们的祖先来自不同的地方，我和李虎是汉人，贺拔大哥他们是胡人，可是我们光屁股的时候就在一起，从没有隔阂。六镇反叛，我们逃到河北定州，只想与世无争，可是葛荣把我们打入这个乱世，其实在我看来，天下是天下人的天下，无论男女老少，无论南人北人，无论胡人汉人，都可以好好在一起，不用打打杀杀。"

阿阇梨听了这番话沉思起来，她见过太多的英雄豪杰，陈庆之曾经矢志北伐，收复故土，尔朱荣和高欢有猎取天下的雄心，贺拔兄弟对朝廷忠心耿耿，以匡扶社稷为己任，元颢和元子攸担负着祖先无上的荣耀，都要平灭叛乱，恢复王朝的强盛，唯独杨忠想法不同，却与自己的想法极其一致。阿阇梨想到这里，明月认准杨忠，杨忠无意猎取天下，这一年多寻访天下英雄，竟徒劳无功，不由仰天叹息，饶是她智绝当时，也茫然不知方向。阿阇梨问道："你求自己安生，不管其他人吗？而且你能够独存于世吗？如果天下纷乱，互相残杀，你能躲得过去吗？"

杨忠低头无语，六镇叛军在河北无衣无食，攻打左人城，杀死自己的父亲，葛荣为了渡过黄河，夺取洛阳，攻打枋头坞，在这个乱世，谁能与世无争？明月忽然说道："我想，我们应该结束这个乱世，让每个人过上平安的日子，不受杀戮，不受欺侮。"

杨忠第一次与明月产生了分歧，反诘道："可是我们能够做到吗？"

明月扶着重伤未愈的杨忠，从来没有人问过这么大的事情，她却有自己的想法："如果我们做不到，就让下一代去做，世世代代，天下总能太平。"

阿阇梨寻访天下英雄，志在抚养他们的后代，其实是要匡扶天下，想法与明月相似，忽然问道："如果你有了下一代，你可愿意让他为天下舍生忘死？"

明月抬头想想，仿佛这是一个巨大的难题，终于说道："如果我有了一个女儿，我要给她找到一生只爱她一人的男人，如果是男孩子，我希望他能够游历天下，增长见识，如果他有命数，为何不能匡扶天下？"

天下是天下人的天下，阿阇梨轻轻念着杨忠的这句话，若有所悟，点点头离去。在她寻访的英雄之中，杨忠和明月与她理念最为接近，也最为纯正，他们真的能够创建一个辉煌的盛世吗？

29 四路大军

斥候不断把消息送到黄河南城，其中就包括数百骑兵护送大量马车前往太谷关，这定是陈庆之退兵之路。尔朱荣招来众将，展开地图。

洛阳垒向南百里便是太谷关，这是嵩高山和龙门间的峡谷，纵深三十里，两侧沟壑纵横，溪水潺潺，群峰削立，灌木丛生，为洛阳南方门户，东汉末孙坚曾占据此关，击败董卓进军洛阳。尔朱荣在图上找到嵩高山，绵延向北直插黄河，与北邙相接，共七十二峰，北瞰黄河洛水，南临颍水和箕山，东通郑汴。尔朱荣在北中城下与陈庆之三天十一战，碍于地形，连战亏输，如今梁军四五千残兵逃亡太谷关，绝不容他们在眼皮底下全军而撤。尔朱荣走回大帐正中发布军令："贺拔胜不用前来此处，直扑太谷关，断其后路。尔朱兆和贺拔岳兵分两路，一左一右，务必将陈庆之拦截在太谷关前。"

传令兵策马出营，向贺拔胜传达将令，尔朱兆和贺拔岳率领本部骑兵疾驰而出。尔朱荣点齐十万人马离开河桥南城，不入洛阳向南追踪。元天穆率领二十万步兵携带辎重，向南进发。军营号角冲天，旌旗蔽日，城门洞开，四路大军同时开拔。

宋景休率领骑兵冲出太谷关向北奔驰，只用半日便找到那个无名山包，高不及百步，南边缓坡，东西北三处极陡，中间有一处低洼，树木茂盛，确是平原之中狙击的好位置。他策马进了树林，迎面遇到几个被小猴子派来打井的军士和工匠，他们端出一桶甘泉。宋景休在太阳底下奔驰，口干舌燥，他将水桶传给士卒们，让他们一一大口牛饮，最后拎起大口喝起来，清冽甘甜入口，心情舒爽。陈庆之军中，无论吃食还是休息都是士卒先于将领，规矩与其余梁军不同。

宋景休广布斥候，吃饱喝足，树林之下草地极厚，枕戈而眠。傍晚时梁军转醒，宋景休发布军令，一队梁军前往太谷关运粮和弓矢，余者抡起胳膊干活，挖掘壕沟和陷马坑，用树枝覆盖铺上黄土，让人看不出来。

第二天天方亮，烟尘冲天，一队骑兵奔驰向南，数量在五千左右，是魏军铠甲和旗帜，定是尔朱荣人马去夺太谷关。那里只有梁军伤兵和枋头坞士卒，杨忠身受重伤，元颢的六百亲兵大都来自洛阳，十分危险。宋景休兵力不足，无可奈何地看着这队骑兵向南奔去。

烟尘腾起，敌军骑兵从两侧包抄，陈庆之分出人马交给宋景休和马佛念，还有一些伤兵送到太谷关，兵力只有四千，阵形散乱，装载辎重的武刚车凌乱不堪，拉出极长的行军队伍，不急不躁行军一天，绕开洛阳向南，敌军没有攻击，而是向前兜去。高敖曹仍是车夫，回头问道："要不要加速？"

"不用，退兵时号令不能乱，用旌旗战鼓和金锣聚合，辎重绝不可丢弃，否则就是溃败而非退兵。"陈庆之好整以暇地传授兵法。

高敖曹应了一声，梁军这样散乱而行，缓慢退却，敌军不止十倍，野地决战，根本没有胜算："关中侯真要打？"

陈庆之悟出离合之阵，正要与尔朱荣大战，反问："你在北中城以一敌十，不也胜了？"

若论武功，高敖曹自信远超陈庆之："江湖决斗，四处游走，永远不会以一打十，全凭速度，一旦被合围就大事不妙。"

陈庆之让高敖曹去悟，大笑："难道你怕了吗？"

高敖曹武功盖世，一拍胸脯哈哈笑道："即便被千军万马合围，我打不过，逃却不难，我只为关中侯这四千人马担忧。"说话间背后烟尘遮天蔽日，大地跳动，仿佛天崩地裂，大队追兵终于来了。陈庆之回头张望，看不到敌军边际，跳下追锋车伏地倾听，震动阵阵冲入耳鼓，他拍去掌中尘土，让高敖曹照样倾听地面："感觉一下，十万骑兵才会如此震动，你独立领兵时，一定要学会听地知兵。"

高敖曹有样学样，听了地面，跃上追锋车，前方也腾起两道烟尘，先前的两路骑兵向后包抄。敌军松辔缓行，就像狼群包围羊群，在进攻之前查看有没有猎人的圈套，见到梁军散乱，忽然号角响起，三面合围向梁军杀来，敌军士卒面目可见。陈庆之一声令下："抛弃辎重！"

元颢在洛阳时赏赐极厚，武刚车上除了兵器和粮草，装满奇珍异宝，绫罗绸缎、黄金和赏赐的美女。梁军得到命令，快速抛弃财物，呼延族舍不得这些宝贝，眼巴巴看见梁军将黄金、绸缎和美女一股脑踹下战车。

"啊,我的黄金!"东方老呜咽。

"美丽的胡姬!"呼延族满脸不舍,向一名绝美的西域胡姬伸出手来。

梁军将士大笑,呼延族跳起来叫嚷:"你们还是男人吗?美女也扔吗?"他看着掉落一地的财宝和美女,万念俱灰。

"若论军纪,我们江湖中人拍马不及啊!"东方老叹气,梁军得到军令,毫不迟疑地抛弃黄金和美女,自己这些江湖豪侠万万做不到。

梁军抛弃财物,行军速度加快。黄金、绫罗绸缎和绝色美女沿路堆积,挡住道路,追兵中难免有人眼红,偷拿偷取。尔朱荣的军司马奔驰出阵,只要有人犯禁抢夺财物,一刀挥落,头颅落地,血喷三丈,连杀几人,追兵恢复阵形,加速追赶。

"军令如山,我今天才明白。"高敖曹连连叹气,江湖中人不知道输给军队多少,梁军毫不贪财,尔朱荣的军队不遑多让,队列丝毫不乱。

尔朱荣策马踏上高地向前望去,梁军如同沙子一样撒在旷野,梁军并无败绩,怎会如此不堪?陈庆之不能约束军队了吗?抑或其中有诈?尔朱兆、贺拔胜和贺拔岳分三路出击。侯景还未立功,挥起马鞭:"大将军,何不击之?"

财物和绫罗绸缎遍地,夹杂着美女,梁军却未抛弃兵器和粮草。尔朱荣转身问高欢:"贺六浑,你是何意?"

高欢仍然不想放元子攸回到洛阳,再次提醒:"大将军,陈庆之已败,皇帝才是心腹之患。"夏州刺史义士李缅占据沙洲,高道穆和杨前出谋划策，杨剽献出舟船，从马渚西硖石渡河，都是元子攸从中安排，高欢小心翼翼地劝："皇帝看似仓皇逃出洛阳，却安插眼线，元徽和祖莹都是内应，劝说元颢断绝梁国援兵，我军才能偷袭成功，皇帝功劳不小。"

"夺回帝位本就是他的事情。"尔朱荣并不担心，尔朱歌嫁给皇帝就算一家人，一旦生出皇子更是亲上加亲。

"皇帝在洛阳大行封赏，收揽人心，不可不防。"高欢没能劝说尔朱荣在黄河以北退兵，现在还来得及，趁着没有其他人，再次建议，"趁大军出动，将迁都办了。"

尔朱荣沉思不已，朝廷大臣必拼死反对，元天穆和武川镇的贺拔胜兄弟也不会赞同："此事牵连甚大，稍晚再议。"

"皇帝恨你入骨！"高欢说了狠话。

"何以见得？"尔朱荣扶立元子攸登基之后，屡立战功，应能弥补屠兄杀弟的血仇。

"大将军可问小歌。"高欢与尔朱歌常见面缠绵，得知不少内情。

"打赢此战，再议迁都。"尔朱荣转头去看战场，旷野深处是无尽山脉，尔朱兆和贺拔岳穿插到梁军前方，正在包抄迂回。

梁军辎重车居中，逶迤前行，竟将追兵当作无物。尔朱荣勃然大怒，陈庆之竟敢在洛阳腹心大模大样地结阵东返，实在瞧不起自己："传令，尔朱兆在前，贺拔岳在后，将梁军辎重分割。"只要将梁军切成三段，陈庆之便插翅难飞。

胡角争鸣，烟尘大起，前方两路骑兵高速冲来，后面追兵排列整齐,伺机待命。陈庆之待敌军骑兵奔到近前,势难退却,一声令下,辎重车环行成阵,挡板竖起,散乱的梁军回到阵中,战车紧密扣合,车阵合拢,再无缝隙,四千梁军如同鱼入江河,潜伏不见。"这是什么?"高敖曹极为惊讶,梁军变阵太快,敌军正好冲进两百步,如同无法回头的出弓之箭。

"武刚车,当年卫青攻伐匈奴多用此车,平时运送辎重,战时结阵防御,后来李陵领军出塞,也靠武刚车为阵。"陈庆之极耐心,担心高敖曹不明白,详细讲了李陵出塞之战。

天汉二年,李陵率领五千步兵北行三十天,深入匈奴腹地,在浚稽山扎营,遭遇匈奴主力,他驻扎在两山之间,以武刚车为营垒,前排士卒持戟和盾,后排用弓和弩,挥师搏击,千弩齐发,敌军应弦而倒,依托车阵且战且走,连日苦战,三处受伤的士卒用车载,二处受伤者驾车,一处受伤者战斗。匈奴骑兵包抄攻击。李陵依仗武刚车杀敌数千,匈奴不能获胜,便想撤兵。一名汉军投降士卒说:汉军箭矢已尽,只有李陵和成安侯韩延年率领八百人排在阵前,以黄白二色作旗帜,派精兵射杀旗手即可破阵。匈奴单于大喜,合力攻打,李陵处在谷底,匈奴从山坡上矢如雨下。汉军五十万支箭全部射光,只好丢弃战车突围。李陵还有三千士卒,弓箭手没有弓箭,于是斩断车轮辐条当兵器,拼死搏杀。李陵砍断旌旗,埋藏财物,每名士卒携带二升干粮和一大块冰,约定边塞会合。李陵与韩延年率领十多名壮士冲出,匈奴骑兵紧追不放,韩延年战死,李陵投降。汉军溃散,仅四百余人逃回,兵败之处离边塞只有百余里。

高敖曹神驰意往,更觉得江湖如同孩童过家家,战阵上才是大展手脚的所在，只是今日陈庆之局面还不如李陵，尔朱荣骑兵十万，步兵二十万正在赶来，陈庆之也有五千士兵，深入三千里，远超过李陵的几百里，真不知他如何逃脱。高敖曹问道："李陵投降，士卒溃散，今日将如何？"

陈庆之热血沸腾，大喊一声："鸣金！"

车阵聚拢，密密重重围成圆阵，士卒撑起挡板，长矛探出，自环为营，弩机入箭的"咔嗒咔嗒"的声音如同滚雷。高敖曹问道："李陵一天射空五十万支弓箭，不知关中侯有多少？"

"亦有五十万。"陈庆之并不担心。

"可堪一日。"高敖曹幼时学术数，每名士卒摊得上一百，弩机射速极快，也就能发射十次，短期无虞，长期作战却嫌不足。

"杀到太谷关可够？"陈庆之答应阿阇梨传授兵法，便尽心尽力，将在太谷关囤积兵器和粮草，详细讲述了离合之阵的奥秘。

当年李陵如果在回归道路上储存粮草和弩箭，绝不会兵败。高敖曹真心佩服，觉得李陵远远比不上陈庆之，忽见梁军向车阵外抛掷，"那是铁蒺藜吗？却有不同。"拒马和铁蒺藜一旦布好就无法移动，所以李陵不能用拒马和铁蒺藜抵挡匈奴，导致被骑兵反复冲击。陈庆之军中的铁蒺藜与寻常不同，十几只被绳索牵连成一串，士卒全力抛出可达五六十步，将绳索系在武刚车上，极易回收，循环使用。高敖曹惊喜万分："铁蒺藜打制一个小孔，便可以收回再用，奇思妙想，阵形便由死变活。"

高敖曹悟性不错，看兵器而知战法。陈庆之暗暗点头："这是侯先生所造，此次北伐中原，他出力甚大。"

练武之人无不渴求倚天剑、屠龙刀，一刀一刃便可快意江湖，军中兵器和辎重种类繁多，功用无穷，与阵形相辅变化莫测。到哪里才能找到打制兵器的高手？高敖曹正在沉思，抬头一看，陈庆之手持鼓槌，战鼓声"咚咚"震天！

尔朱兆战马狂奔，他渡过马渚西硖石，阵擒元冠受，夺得首功，如果击败陈庆之，便是天大的功劳，必让尔朱荣欣慰。而且他在北中城被杨忠一锤砸下战马，在千军万马前出丑，他引为毕生之耻，只有将他杀死，才能一雪前仇。前面的梁军阵形突变，士卒如同水银泻地消失，战车连接为阵，敌军竟有准备，尔朱兆有了一丝担忧，转念一想，敌军只有四千，己方数十万人马源源不断包围而来，有何可虑？他反身摘下弓箭，大声下令："放箭！"

箭雨飘泼，乌云蔽日，梁军车阵的挡板竖起，盾牌在头顶连接成篷，将弓箭挡去。尔朱兆耳边响起令人恐怖的声音，正是弩机吃弩箭的声音。尔朱兆缰绳一抖，战马盘旋，寻找薄弱之处，忽见梁军五六辆战车还在阵外几十步，露出缺口。尔朱兆向前一指："冲！"

尔朱兆骑兵聚成锋矢向阵内冲入，忽然缰绳一松，战马前栽，身体重重跌落马下。他翻身坐起，腿上被铁蒺藜刺入，创口深可见骨。战马全是鲜血，肚腹被刺穿，咴儿悲鸣，难以活命，战马眼中滴出泪水，浑身战栗。这战马陪着尔朱兆南征北战，情感非同一般。尔朱兆轻轻在战马耳边说道："马儿，你随我东征西讨，我必将你带回秀容草原，葬在祖先墓地之侧，我战死之日也来陪你，好不好？"

战马似通人意，缓缓闭上眼睛，心脏停止跳动。尔朱兆站起观望,当前骑兵无一幸免,齐齐倒在缺口四周。尔朱兆抓起几颗铁蒺藜,斩断锁链,抓来战马,翻身而上,命令士卒掉头急返。

"车阵微径,张铁蒺藜,芒高四寸,广八寸,以阻敌军。"尔朱荣惊心,梁军散乱阵形是诱兵之计,瞬间结成车阵,在缺口布下陷阱,引诱自己破阵。梁军车阵辚辚,不下一座小城,只用铁蒺藜便破去一轮强攻。幸好尔朱兆当先发现,绕车阵奔驰,与贺拔岳的军队会合。他奔回尔朱荣阵前,将铁蒺藜双手奉上:"梁军车阵四周遍布此物。"

尔朱荣接来一看,一根铁丝穿着铁蒺藜,不由叹气:"陈庆之真是当世良将,将铁蒺藜开个小孔,往复循环,死阵成活,尔朱荣得此对手,还有何憾?但是他们只能缩在阵中挨打,又有何忧?追!"

梁军阵形又变,挡板收回,战车向南缓行,梁军身处车阵,速度大减,难以攻击。尔朱荣将铁蒺藜交给军司马保管,催促元天穆的步军快速进军,打开地图,向南不远处便是太古关,梁军去那里会合守军,无论向东还是向南,都可以在自己眼皮底下退回梁国。唯有在太谷关前拦截,断绝饮水和食物,不需七日,敌军必然崩溃。尔朱荣主意已定,传令围而不攻,迟滞梁军,不得浪战,等待元天穆步军。

众将应诺返回本军,数路骑兵飞速奔驰,四面八方将梁军车阵团团围住。梁军毫不畏惧,战车上密布盾牌,士卒持矛,如同铁刺猬一般。"报,陈庆之要与大将军阵前说话。"一名令兵奔来禀报。

30 御林内讧

太谷关中的梁军受伤士卒渐渐恢复,大多能下地,杨忠伤口愈合,可抛开拐杖行走,只不能用力,否则伤口破裂涌出鲜血。枋头坞的精壮是一年前宋景休和马佛念训练出来的,与梁军极为亲近,身披粗铠,手持重斧,与梁军的明光铠、战锤和环首刀不同。元颢亲兵与梁军来往极少,闭营不出,也不知在想些什么,好在明月与他们相熟,倒还相安无事。到达太谷关第三天,元颢兵败消息传来,大家议论纷纷,军心动摇。杨忠早上起来,听见元颢亲兵营中喧嚣,连忙披甲做好布置,带了几个梁兵,刚进门就看见明月惊慌站在中间,元颢亲兵分成了两部。

左首一名将官大喊:"皇帝待你等不薄,岂能背恩忘义?"元颢亲兵中,五六十人曾随同他在长安三辅与万俟丑奴作战,又在邺城抵御葛荣,跟随陈庆之攻入洛阳,这些人对元颢忠心耿耿,绝无二心。

右边将校的服色是御林军装扮,扣着环首刀:"咱们是京城御林军,一家好几口都在洛阳,不明不白跑到梁国,算怎么回事儿?"右边军士数量远超过左边,是元颢在洛阳收降的御林军,都是勋贵子弟,父祖都曾与梁国交战,不想南投。左边那个将官是元颢亲信,脾气暴躁,拔出环首刀,大喝:"你等要谋反吗?"

右边御林军人多势众,并不害怕,一拨将明月和忠于元颢的亲卫包围,另一拨气势汹汹向门口的杨忠杀来。杨忠哪容他们碰明月,向前冲去:"谁敢动?"房顶现出梁军士卒,霹雳弩密布,枋头坞士卒各执战斧,气势逼人。

对峙之时,一名梁军斥候冲进来,在杨忠耳边说道:"城外烟尘冲天,敌军到了。"杨忠的梁军和两百枋头坞精锐全部被调来压制元颢亲兵,城墙上只有十几名士卒瞭望,敌军如果攻城,绝难守住。

尔朱荣策马绕开车阵,直奔南边,梁军阵线中开,一千骑兵冲出与追兵对峙,正前方一辆追锋车,驭者是头戴兜鍪铁面的高敖曹,车中正是银铠白袍的关中侯陈庆之。

"北中城一别,关中侯可好?"尔朱荣偷渡黄河,抄了元颢老巢,将陈庆之团团包围,占了绝对上风,挽回了北中城前三天十一战皆败的颜面。

"大将军出奇制胜,让人佩服。"陈庆之拱手施礼。

"胜之不武,见笑了。"尔朱荣三十万大军,陈庆之只有四五千人马,实在不能引以为傲,"关中侯结阵东返,想安然回去吗?"

"难如登天。"陈庆之坦然回答。

"何不归降,你我携手共猎天下,如果不想南下,不妨提兵北上,横扫大漠,效法卫青、霍去病,不亦悦乎!"尔朱荣并非一味残忍好杀,无论葛荣还是邢杲都解送到京城洛阳,让元子攸发落。

"志不在此,恕难从命。"陈庆之断然回绝。

"既如此,便不强求,我领大军围堵只为一人,关中侯何不交出元颢,我放你全军回家。"尔朱荣退了一步,梁军阵形严整,强攻必然损失极大,河北还有葛荣余孽,万俟丑奴和萧宝夤祸乱关中,舍不得精兵与陈庆之硬拼,只要抓住元颢即可。

"陛下令我护送魏王归洛阳,如今丢了洛阳,岂能再丢魏王?"陈庆之早料到此战,离合之阵未展,岂能罢兵?元颢在马渚兵败,全军溃散,将他交出换取全军平安,不少梁军将士存着此种想法。陈庆之却不上当,兵不厌诈,交出元颢,尔朱荣不见得撤兵,元颢肯定不会束手就擒,他还有几百亲信人马,一旦火并死期不远,这未必不是尔朱荣的分化之计,大敌当前还要和元颢内讧。陈庆之不想多说,向尔朱荣答谢:"多谢大将军好意。"说完退入军中,结阵开拔,速度极慢,却十分扎实。

元颢躲在阵中听到尔朱荣提议,吓出一身冷汗,拱手致谢。陈庆之并不以元颢溃败而改变态度,全礼回拜,指挥全军继续向南。梁军武刚车结阵,四周遍布铁蒺藜,士卒持盾据守,硬打损失巨大,此处距离太谷关还有几十里。尔朱荣抬头瞭望,前方有两座极矮小山包,正在行军道路之上,命令道:"抢占高地!"

太谷关内杨忠双臂用力,肌肉骨骼痛入心扉,竟举不起战锤,他拐刀提着霹雳弩,护住明月与元颢叛乱士卒对峙,如果此时火并,城外敌军攻城,形势大为不妙。明月握着杨忠手臂:"不要杀。"

小猴子最喜欢热闹,也来观看,太谷关守军极少,如果走漏消息，魏军猛攻夺取太谷关不难："别放走一人。"

杨忠左右为难，虽然人数相仿，自己占据地利，这些御林军花拳绣腿，击杀不难，可是看着明月，心里软了下来，向御林军喊道："我们曾为袍泽，你们要返回洛阳，愿礼送各位出关。"

小猴子猛地跺脚，指着明月说："杨忠，这是战场，你偏要听女人的。"

明月倚靠在杨忠身边，笑着向小猴子说："你有那么多机巧布置，我们还用害怕？"

元颢亲兵中随同元颢南征北战的故旧有一百多人，其余全是京城御林，梁军和枋头坞精壮数量也有两三百人，占据优势地形。京城御林作战不行，判断形势却是一等一的高手，哪会吃这种眼前亏，立即赞同："此言不错，打开城门让我们出去，不用动刀动枪。"

杨忠下令打开营门，命令御林军五人成伍从城门出关。小猴子指着杨忠说："你呀，一心一意只有明月，也不知道是祸是福。"

明月心情轻松拍着手向小猴子说："越是顶天立地的男人，越对自己的女人好才会长命百岁，连自家女人都不照顾，会众叛亲离，一事无成。父母恩情山高海深，妻子之情海枯石烂，如果对父母不孝，对妻子不好，就不配是男人。"

小猴子嘻嘻笑着说："小姑娘真聪明，把妻子和父母搞到一起，我还怎么和你争辩？"接着又脸色一变，"大丈夫除了父母、妻子还有兄弟，还有天下，杨忠的五千兄弟就在太谷关外，这是他们的退路，他放走敌军，走漏消息，就是置他的兄弟们于死地！"

天色渐黑，马佛念率领六百骑兵充作先锋，脱离梁军车阵向南急奔，时不时展开地图观看地形。不多久，两座山包在视野中出现，那是陈庆之选好的战场，他打了一个呼哨，谷底密林响起同样声音。宋景休从密林出来见到马佛念，哼了一声躲进林中。马佛念擅闯宋景休大婚，要挟持元颢逃出洛阳，结下芥蒂，宋景休仍不谅解。马佛念胸怀广阔，他确实打乱了宋景休和刘离的共牢合卺之礼，追上道歉："三弟，在北海王府是我的不对。"

"哼，北海王当我们是好兄弟，咱们怎能乘人不备？"宋景休气鼓鼓的，把后背对着马佛念。梁军都是并肩作战的战友，各自拍肩搂背，亲密无间，宋景休没有吵架的气氛，只好与梁军士卒抬出几担干粮。马佛念也不客气，左手抓饼右手持肉，走到宋景休身边，咬了一口肉饼，拍拍他肩膀："好兄弟，没忘记给大哥准备吃的。"

宋景休离开洛阳来到太谷关防守，挂念渡河作战的兄弟们，见到马佛念心里很宽慰，只碍着当初的过节，板脸不理人，终于绷不住了："就知道吃，不是我做的，刘离和老坞主做给你吃的。"婚礼之后，刘离和杨闶常常开导宋景休，让他别与马佛念闹别扭。

马佛念匆匆吃完，他和宋景休生死与共，放低身段和好，然后与宋景休观看地形，山包正面极陡，背后趋缓，只有正面峡谷密林和背后的缓坡可以攻打。马佛念斩断树枝，画出一幅防御地图。宋景休仔细看了，与马佛念双掌一击，安排士卒通宵准备战线。

贺拔胜率领武川镇骑兵马不停蹄绕开梁军主力直奔太谷关，关口紧闭，这里已经被梁军占领，早有戒备，攻之不易。贺拔胜少时在洛阳太学时曾经游历洛阳的三川八关,知道太谷关极难攻取,先派遣斥候向尔朱荣报信。宇文泰和独孤如愿策马过来,三人都不赞同强行攻打,正要安营扎寨,忽然关门大开,一队士卒正在出城。三人登高眺望,看得更清晰,出城军队战马高大,铠甲有金色绣饰,兵器中还有早已过时的长戟。宇文泰一眼看出:"京城御林,元颢兵溃,应是逃亡出来。"

御林军出了关门,猛然看到城外军队,认出贺拔胜大旗,心思浮动,交头接耳。梁军看出形势不妙,驱赶御林军出门。夺了太谷关便是大功一件,正好将功折罪,御林军头目突然大喊:"掉头,杀!"

变故突发,如果丢失太谷关,梁军将失去退路,杨忠哪敢犹豫,也不管明月,下令开弓放箭。刹那间,弩箭如蝗,将御林军一一钉在地面,跑散的也被砍翻在地。唯有数十御林军冲进瓮城,守住内门,城外御林军掉头回来,将拒马和盾牌竖起,打开城门。贺拔胜哪会浪费天赐良机?纵马大喊:"冲!破了太谷关。"便带领骑兵策马冲关,想夺取太谷关以断去梁军退路。

梁军伤兵在太谷关将养数日,受到枋头坞百姓照料,恢复极快,一半都能上阵,射杀御林军之后,带着枋头坞精壮冲向城门。杨忠聚集梁军,挽起盾牌:"向下杀,夺回城门!"

御林军只有百余人守在城门,只盼望援兵赶紧入城,他们都是京师勋贵子弟,平常耀武扬威,大都没有上过战场,良莠不齐,哪比得上百战梁军?枋头坞精壮也对抗过葛荣,作战经验也在御林军之上。事发仓促,双方来不及布阵,弓箭和长矛混杂,全凭胆略和经验，御林军死守城门，杀在一团。梁军重铠士卒举着盾牌从城墙上掩杀下来，弩箭平射，结阵逼近关门。御林叛军大呼小叫，弓箭齐发，挺起长槊拦截出来，两支队伍撞在一起，血光闪落之间倒下几具尸体。援兵将至，御林军鼓起勇气，精神振奋，不落下风，龟缩在城门内坚守。

贺拔胜速度极快，还有几百步就到关门，冲进去守军就绝不是对手。猛然间，太谷关城头升起一只巨大铁臂，如同怪兽一般。他们曾在北中城前见过此物，不禁大惊失色，梁军竟在太谷关布置了投石机？如此看来，这里才是梁军决战之地，巨石从空中翻滚，砸在队列几百步之外，军中爆发出哄笑声。贺拔胜却知道，梁军飞石机三射调校，越来越准。果然又冲出十几步，城墙上升起十几支铁臂，飞石密集，越来越精准，一块大石落入队列，所幸没砸伤人马。众人刚喘口气，那巨石如同小山一样在地面滚动跳跃，尸横马翻。

"散开！"贺拔胜骑兵分散，城墙上的飞石机能挡住千军万马，却拦不住几千人的分散冲击。城墙上的梁军全部向城门冲杀，连弓箭都停了下来，贺拔胜大喜猛冲，距离城门百步，他抽出长槊直指城门，忽然身下一软，轰然倒塌，地面裂开一道长壕，贺拔胜来不及掉头，连人带马跌入陷马坑。战马前腿断裂，身体被五六根削尖的木桩刺入，悲鸣数声，尽是凄惨之声。地面断裂成一道长壕，人仰马翻，烟尘滚滚，战马哀鸣。

31 附骨之疽

"那便是决战之处。"陈庆之说给高敖曹听,两座山包相距约两百步,弓箭不能互射,中间洼地是大片浓密树林,四边都是旷野。当年李陵从小山间通过,被匈奴居高临下射杀,折损极大,陈庆之占了山包,形势便大大不同,高敖曹即便不懂兵法,也能看出地利。

"痛击尔朱荣才能安然返回。"陈庆之注意力全在战场,如果任由敌军合围,多少弓箭和粮草都不够,无法返回梁国。与其在旷野相逢,不如在选好的战场决战,尔朱荣一定会抢占这处山包,就掉入挖好的陷阱。

"抢占高处。"陈庆之发令,梁军战鼓声声全速前进,又向高敖曹说道,"你以为我只想退回梁国?错!我要在此与尔朱荣决战,打得他再也不敢有南侵之意。"战鼓爆响,车阵中分,白袍奔涌,直奔山包,谁夺取山包谁就占据地利,处于主动。

突然出现的地形将战局搅乱,两军一起发力,打马狂奔。尔朱荣在秀容草原饲养战马,数量用山谷衡量,千挑万选的战马速度惊人,很快就将梁军车阵落出几百步距离。呼延族和东方老跃上追锋车观望,当年匈奴抢占高处截杀李陵,与今日情形何其相似。尔朱荣骑兵极快,超越梁军车阵,一旦率先夺取山包,陈庆之亲口说出李陵的故事,偏偏重蹈覆辙。梁军见夺不下山包,停息战鼓,速度减缓,车轮滚滚向山包而去。

烟尘大起直指山包,尔朱兆骑兵无法登上正面陡坡,向两座山包间的谷地冲去。贺拔岳绕到山包背后,右侧极陡,另一侧驱马可攀。只要占领山包,梁军必然绕路,元天穆率领的二十万步军就可尽快赶上,合围梁军。尔朱兆刚到密林,忽见白袍一闪,林中竟有敌军？战鼓声声,出现数百梁军,连珠弩居高临下,弩箭狂泻,刹那间已经有几十名士卒被射落战马。微风吹拂,密林中白袍无数,似有成千上万。尔朱兆大惊失色,梁军埋伏重兵,强攻必吃大亏,一拨战马喊道："掉头！"

宋景休嘿嘿一笑,白袍挂在树林间还挺管用,几十梁军吓走尔朱兆。他们穿越密林,来到后面缓坡,马佛念率领一百多梁军隐藏在石块和杂草之间,山下一队骑兵正在冲来,他们视线被遮挡,不知道梁军埋伏,拼命抢占高处,截击陈庆之。正是贺拔岳率领的人马,他兜到山包背后,左侧有缓坡,石块和杂草密布,战马勉强攀登。士卒牵马上山,忽然头顶阴风四起,掉头一看,旗帜招展,两队梁军占据左右山顶,中间几百人严阵以待。弩箭平射而至,贺拔岳三面受敌,他久经战阵,知道不可以在这种地方交战,连忙挥鞭喊道："撤！"

尔朱兆逃出弩箭射程,仓皇回首,梁军实在可恶,抢先占领高处，两边山包和中间密林之中弓弩俱下，无法抵挡。再向前看，梁军车阵雷霆万钧，碾压当前敌军，向两山的缺口而来。尔朱兆犯难，攻击山包不易，拦截车阵更不可能，又不甘心退回尔朱荣大军。此时侧翼出现一队骑兵，正是贺拔岳的武川镇骑兵，两军合在一处。贺拔岳问道："骠骑将军，怎么打？"

尔朱兆不想仰攻山包，掉转马头面对梁军车阵："拦住梁军。"催动战马，反身杀回。

"出击！"马佛念击退尔朱兆和贺拔胜，将山包交给宋景休防守，率领六百轻骑从密林中策马冒出。这些梁军战马不具装，士卒披轻铠，双手持槊，背挎弩机，沿着缓坡跟着尔朱兆和贺拔岳追踪而来。马佛念从箭囊中掏出弩箭压入射槽，梁军效法装满弩箭，咔嚓咔嚓的声音再次响起。尔朱兆蒙了，没想到山包上的梁军竟敢追出来，而且发出恐怖的声音。他回头一看，梁军只有五六百人，如果拦截梁军车阵，背后梁军射出弩箭，就要吃大亏。既然你敢出来，我就敢打，尔朱兆一声令下，三千契胡铁骑掉转马头，长槊抬起，像一道铁墙向五六百梁军压去。

马佛念吃透离合之阵的妙义，轻拨战马转弯而去，掉头跑路，连梁军都想不明白，这是什么打法？一箭未放就退了！尔朱兆更不明白，这算怎么回事儿？追不追？梁军车阵加速向山包冲去。尔朱兆一咬牙，命令停止追击，重新向梁军车阵奔驰。马佛念"嘿嘿"一笑将战马兜回来，五六百梁军再次冲去。尔朱兆七窍生烟，梁军如同附骨之疽，缠着自己不放，反复折腾也不作战。哼，梁军只有弩机，射空就难以添加。尔朱兆心一横，掉转马头，先杀退这股梁军再说。

32 武川豪杰

太谷关城门尸身横七竖八，遍地血迹，除了一百多名元颢亲兵，京城的御林军其余都被格杀。梁军聚集枋头坞青壮和元颢亲信，占据城墙地利，并不惧怕城外的大军。杨忠来到壕沟前向下望去，战马骨断筋折，陷马坑内鲜血淋漓。梁军士卒举起弩箭，就要一一射杀，壕沟对面冲出两匹战马，喊道："杨忠！"

杨忠认出独孤如愿，两人义结金兰，今天在战场相遇，独孤如愿翻身下马，来到陷马坑前："别射，下面是贺拔胜大哥。"

贺拔破胡！杨忠少时在武川镇就认识这个威震六镇的英雄，果然看见贺拔胜浑身鲜血在坑里挣扎，说道："贺拔大哥，我是杨忠！"

贺拔胜呼唤他小名："奴奴，你为何在此？"转念一想，杨忠在梁军，早晚都会遇到。

杨忠分开梁军，撩开甲胄跃入陷马坑，拱手道："贺拔大哥，好久不见。"

"当年在武川，我们都是呼啸少年，却在战场相见。"贺拔胜十分感慨，朝廷勋贵被贬斥六镇，子女们亲如一家，后来各走各路，有人跟着葛荣和鲜于修礼造反，也有人对朝廷忠心耿耿，杨忠散落到梁国,天南地北。

一杆长槊指向杨忠,一名掉落陷马坑的魏军士卒喊道:"将军,擒他冲出去。"贺拔胜将长槊拨开,"滚!"杨忠向上一指:"贺拔大哥出去吧,不要攻打太谷关,这里十分坚固,会损兵折将。"

如今御林军被围剿,贺拔胜在陷马坑吃了大亏,根本没有余力,当即答应:"好,我这就退兵。"想想又说,"奴奴,咱们武川镇的兄弟又聚在一起,唯独缺你,何不回来看看?"

"贺拔大哥,都有哪些兄弟?"杨忠的记忆深处还有模糊的少年情形。

贺拔胜扳着指头一一数出:"独孤郎、黑獭、李虎、赵贵、侯莫陈崇,我们常说起你。"

杨忠加入梁军五年,与马佛念和宋景休生死相依,又与陈庆之亲若父子,更与明月情投意合,双方已成死敌,哪有回旋余地:"贺拔大哥先回去,后会有期。"

这里不是说话的地方,贺拔胜爬出长壕,与独孤如愿和宇文泰向杨忠拱手道别,放弃太谷关,掉头北返拦截陈庆之去了。

33 轻骑缠绕

尔朱兆去拦截车阵,马佛念骑兵就用弩箭在背后射杀,当尔朱兆掉头攻击,马佛念拍马就走,梁军都是轻骑,很快拉出距离,在远处填压弩箭,爆发出恐怖的声响。重铠具装骑兵气喘吁吁,尔朱兆勃然大怒,放弃拦截梁军车阵,将骑兵分成几支,尾随猛追,马佛念毫不迟疑,掉头就跑,脱离战场。尔朱兆战马热汗滚滚,这么奔驰下去,马力耗尽,也追不上梁军,不禁长吁一声止住人马。反头去看,梁军车阵接近山包,掉头回去也拦不住,再向前看,梁军轻骑停下战马,远远射出零星弩箭,又再次填满。尔朱兆大惊,如果让弩箭再满,自己就要变成标靶,大喊:"追!"

尔朱兆策马狂追,梁军掉头绕着山包狂奔,这哪里是打仗?分明是赛马,他转念一想,只要咬住这股敌军,己方人马众多,总能分兵占领地势。谁知梁军又绕回前方,向着贺拔岳的骑兵放出一轮弩箭,惹得贺拔岳策马追击,马佛念的轻骑却又改了方向,滑溜而去。马佛念发离阵将追兵阵形搅乱,掩护车阵滚滚向前。

车阵没了拦截,披荆斩棘向山谷奔驰,高敖曹猛然惊醒,马佛念的轻骑游走不停,极像自己的江湖打法,自己要放弃轻功结阵攻伐，马佛念却偷学自己轻功，四处缠绕游击。高敖曹扭头问陈庆之："关中侯，马军副偷学我武功。"今天形势就像在北中城下打斗一般，车阵如同军阵，提供侧后掩护和源源不绝的支援，马佛念的骑兵就像自己，游走决战。

陈庆之从高敖曹武功中悟出的离合之阵，利用速度与敌军游斗，除非有绝对优势，否则绝不接战。这便是阿阇梨所说的破骑之术，她才智高绝，通兵法懂武功，幸好是友非敌，大概能够看出高敖曹武功中蕴藏兵法的人只有阿阇梨、尔朱荣和自己。说话间，车阵向前，距离山包只有数百步。

尔朱荣大惊，不出所料陈庆之从高敖曹的武功中悟出不世兵法，车阵滚滚直奔山包，那里一定隐藏着一支接应军队，尔朱兆被梁军轻骑吸引，无法专心拦截车阵。绝不能让他们会合，尔朱荣一声令下，胡角冲天，骑兵加速，四面八方向山包拥去，必须夺占地利，否则等同于敌军再造一城，又要重蹈北中城的狼狈。胡角是进攻之令，尔朱荣军令森严，贺拔岳掉转战马向两谷之间冲去，拒马后只有几十梁军。贺拔岳取下弓箭，大喊："兄弟们，放箭！"

对面发出霹雳之声，贺拔岳在北中城与梁军接战，对飞石机甚为恐惧，却不怕稀稀落落的弩箭，快马加鞭向谷口密林冲去。忽然战马踏空，地面陷落，贺拔岳猛拉缰绳，仍然止不住战马，向后一跃，翻落马背，战马兀自前冲，带着兵器坠落陷马坑。贺拔岳翻身起来，弓还在手，失去了箭囊。一道壕沟出现在眼前，骑兵噼里啪啦陷了进去，背后又响起弩机声音，梁军车阵到达，贺拔胜腹背受敌，哪敢迎战？大喊"撤退"，他一天两次落入陷马坑，实为平生仅见，可见梁军准备充裕，此战绝不像想象中那么容易。

  尔朱兆正在追击马佛念的轻骑，听到号角声音，西部小山陡峭无法攀登，东边的山包有缓坡，可以牵马而上，那里只有零零星星的几十个梁军，连拒马都没有。于是掉转马头向缓坡冲去，当他正在牵马登山时，背后梁军轻骑掉头回来，弩箭持续射来。尔朱兆发了狠劲儿，再也不管骚扰，大喊："冲，攻占高处！"

34 驱马北邙

驱马北邙原,踟蹰重踟蹰,千年富贵人,零落此山隅。邙山为陇山之尾,连横众山,沿黄河连绵四百里。郦道元《水经注》记载:北对芒阜,连岭修亘,苞总众山,始自洛口,西逾平阴,悉芒陇也。洛阳自古帝王都,北邙山头少闲土,尽是帝王旧墓,秦丞相吕不韦、汉光武帝刘秀、西晋司马诸帝都安葬在此。

战车辚辚入夏花,元子攸车驾离开黄河舟桥,登上北邙,面前就是巍峨的洛阳城,背后是无尽黄河。曾经投降元颢的王公大臣在重重御林军护卫下跪伏于元子攸脚下,他们心怀不安,一年前,文武百官出城迎接元子攸,旋即是河阴的大肆屠杀,旦夕祸福,难以分辨,如今他们曾经投降元颢,罪过更大。

元子攸当作没有看见一般,跟车向洛阳城驶去,他当然不会杀掉这些大臣,也不会轻易放过他们。在这一年之间,元子攸已经成为一个真正的帝王,擒葛荣,降邢杲,击败陈庆之,驱逐元颢,只有函谷关之西的万俟丑奴和萧宝夤还在举旗造反,只待王师西向,天下大定,道武帝和太武帝的辉煌就将再现。

公元529年,北魏永安二年六月二十日,元子攸入华林苑大赦天下，发布诏令，任命尔朱兆为车骑大将军、仪同三司，晋阳出兵的将士和追随皇帝的官员连升五级，河北通报军情和河南未降元颢的官员加官二级。六月二十二日，加封大丞相尔朱荣为天柱大将军，增加封邑至二十万户，并追夺元颢先前的全部册封。

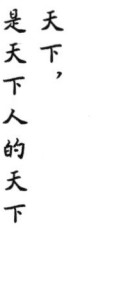

第五章

河洛白袍

天下，
是天下人的天下

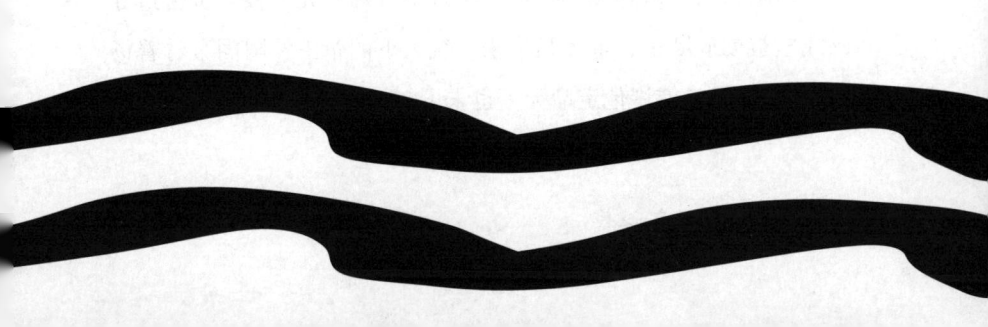

35 平凡生活

　　杨忠放了贺拔胜,返回太谷关清点士卒,还有一百梁军伤兵,枋头坞士卒两百人,元颢的亲兵不到一百人,合计三百九十多人。太谷关囤积粮草、兵器和辎重,是梁军退路,不容有失。杨忠请明月挑选出信得过的士卒,独立一军,仅剩不多的御林军被挑出来,编排进枋头坞和梁军士卒中,确保不会阵前反水。他卸去铠甲,身体困顿,看见明月明眸,伤痛全部化去,两人倚靠城墙,无语胜过千言万语。明月历经磨难认准了杨忠,全身心地靠在他怀里,时间不再流逝,天地间只有二人。杨忠仍怕明月跑掉,紧紧搂着她,与她一起,此生何求?

　　明月抚摸着他伤口的绷带,都是所受的箭伤:"那日在舟桥上害怕极了,怕再见不到你。"

　　杨忠俯视明月的无瑕容颜,托起她的下巴,抚摸她的脸颊:"你要小心一些,再不要乱跑。"明月点头被杨忠拥入怀中,忽然两人心头有感,一起抬头,阿阇梨缓缓登上城墙。

　　杨忠和明月情感突飞猛进,明月不会嫁给元子攸,苦苦追寻的线索被彻底断去,谁才是未来一统天下的帝王?阿阇梨看着杨忠,世事无常,或许他定鼎天下也未可知:"苍生不幸,百姓流亡,中原萧条，千里无人烟，饥寒流殒，饿殍相继于沟壑，自天地开辟、书籍所载，大乱之极未有若此者也。"

杨忠没有并吞天下的志向，将明月搂得更紧："天下自有天意，岂是人力可为？我只望为挚爱之人保住一片安宁，无忧无虑地活下去。"

明月也这般想法，元颢当初称帝，现在仓皇奔逃，更觉功名利禄都是浮云："您是神仙般的人物，我们却是凡人，只愿过平凡的日子。"

阿阇梨沉思，杨忠简单、善良，尚可战场征伐，没有心机和城府，更无帝王霸气，自己大错特错了。元颢兵溃，最好的结局是在梁国做个王爷，未来一统天下的将会是元子攸？尔朱荣会不会效法司马昭和刘裕，加九锡夺取天下？他心刚如铁，绝非苍生之福。三人各有心事，沉默不知多久，战鼓声声，北边烟尘腾起，看不见旌旗和人马，杨忠明白："关中侯快到了。"

明月牵挂着元颢，战鼓声响说明要爆发大战，陈庆之只有四千人，为何还要进攻？阿阇梨深通兵法，知道陈庆之的打算："关中侯要击溃敌军，再脱身东返。"

太谷关囤积粮草、兵器和辎重，地形险要，为何不在这里决战？陈庆之偏要和尔朱荣野战对决？阿阇梨笑了，明月不懂战事，与协助刘邦夺取天下的吕雉不同，也没有郭圣通辅助光武帝刘秀的夫家实力，却越来越喜欢这个无心机的小姑娘，耐心答道："太谷关为正，那处山包为奇，尔朱荣不愿意攻正，关中侯便在那里守奇。"

36 决战之地

尔朱兆的三千契胡铁骑为了夺取山包，被马佛念的六百轻骑追得狼狈，他心里苦闷。不管这么多，先击溃前面这股梁军，夺占山包地利。他抬头去看山顶，情形不对，旌旗招展，人数越来越多，再看前面，缓坡上出现一道车阵，士卒投掷铁蒺藜，梁军布下铜墙铁壁，他不敢再战，策马狂奔，返回主阵。

马佛念射杀落在后面的契胡骑兵，率领轻骑回到山包，此时梁军建立两道战车防线，正面山谷密林由宋景休防守，元颢驻守山后缓坡，陈庆之驻守山顶，马佛念向元颢略一施礼直奔山包，翻身下马。宋景休登上山包，三人久别重逢，欣喜异常。宋景休将太谷关的情形讲了一遍，带陈庆之查看粮草、辎重和兵器，哈哈笑着说："小猴子，哦，侯先生还在山顶装了飞石车，要是时间来得及，十架八架都可以。"

梁军上至陈庆之下至普通士卒，都对小猴子无比敬服，口口声声侯先生，宋景休也变了称呼。陈庆之问道："有多少粮草和弓箭？"

宋景休蚂蚁搬家运来辎重："能吃十日八日，胡饼用牛肉大葱烙出来，香极了。"梁军布好防御阵形，开始休整，宋景休士卒送来井水，梁军将士行军多时，得到枋头坞百姓精心烹制的食物和甘甜井水，无不开怀。高敖曹跟在陈庆之身后，琢磨出来一些兵法，练兵固然重要，选将也不可忽略。如果没有杨忠、马佛念和宋景休这些百战老将，陈庆之便不能横行三千里。可是千军易得一将难求，到哪里找到当世良将？高敖曹问："关中侯，哪里可以找到马佛念、杨忠和宋景休这样的将才？"

这十分关键，可是战场上哪容细说，陈庆之回答："欲治兵者，必先选将，《六韬》有八征，即辞、变、诚、德、廉、贞、勇、态，八征皆备为将也！"

八征？这可不容易，时间仓促，高敖曹在陈庆之身边不到十日，只能勉强记住。高敖曹又去问宋景休军情："有多少弓箭？"

"弓箭？没有！"宋景休看高敖曹是一个车夫，没见过他在北中城的身手，爱搭不理。

"没有弓箭怎么守？"高敖曹放下燕赵大侠的面子，虚心请教。

宋景休打开木箱，里面是满满的簇头："都在这儿。"

高敖曹发愣，梁军储藏了无数簇头，却没有一支弓箭，不禁与东方老和呼延族面面相觑："大战在即，你不带弓箭，簇头怎么发射？"

宋景休和马佛念也面面相觑："你要学兵法？"高敖曹点头，宋景休又说，"这都不知道，还学什么兵法？"

每支弓箭都包含箭羽、箭杆和簇头，箭杆常用竹或木，南方用楛竹，河北用萑柳，西北多用桦木杆。箭羽也极为紧要，羽毛太多飞行缓慢，羽毛太少飞行不稳，箭羽以雕为上，鹰次之，鹅羽最差。簇头由东冶铁炉堡打制,又在洛阳武库收集许多,作为辎重携带,箭杆和箭羽取自天然,小猴子每到一处便到处寻找,战前制作成弓箭。高敖曹以为弓箭一体,殊不知簇头、箭羽和箭杆来源和制作不同,储存和运输大不相同。宋景休将高敖曹带到林间:"这是上好桦木,都可造箭。"

陈庆之将斧子交给高敖曹,让他砍伐桦树,切割箭杆,再将簇头和箭羽装上。东方老和呼延族是江湖大侠,哪里做过这些苦活,看见梁军士卒都在造箭,放入各自箭囊,不动手就没有弓箭用。呼延族苦着脸说:"兵法当真不好练,还要砍木头,还是纵横江湖痛快。"

高敖曹拎起斧头,奔着一棵最粗桦木去了,运足全身气力,一斧下去,大树中崩,向下栽倒,飞鸟惊起,"扑哧"一声,鸟屎落在脸庞。呼延族和东方老大笑,响当当的燕赵大侠如此窝囊,先当车夫又来砍树,说出去匪夷所思。宋景休笑不出来,这么粗的桦树,他要几十次才能砍断,这高敖曹竟然一斧断树,非同小可。

陈庆之将强弩调到两处山顶,压制平地的敌军,重整兵力,宋景休率领五百人固守两山之间,元颢领兵防守缓坡车阵,自己守在山头,马佛念看着远处的元颢,极为担心:"杨忠从太谷关派来斥候,元颢亲兵反叛,大多数被杀了。"

宋景休见过那些士卒:"他们都是京城御林,不想逃到南边。"

元颢身边的亲兵都是亲信,才没有四散,陈庆之仍然担心,可是梁军兵力捉襟见肘,陈庆之不得不启用元颢亲兵,只好让宋景休和马佛念盯紧元颢。他吃了口胡饼,拍拍铠甲上的面屑:"刘离厨艺非凡,大眼你有福了。"三人相聚极短,尔朱荣追兵从四面八方拥来,就要合围,马佛念的轻骑将弩箭装满,上马下令:"遇敌即走,弓弩说话,不得恋战。"又向陈庆之和宋景休拱手道别,"关中侯,保重!"带着轻骑消失在夜色中。

贺拔胜从太谷关退兵北返,远远望见大军云集,旌旗招展,都是尔朱荣的人马,将一处山包团团围拢。梁军占据山包,在小山前后各建立一道车阵,贺拔胜扼腕叹气:"阵形严整,名不虚传。"

独孤如愿不解:"守在这里又能怎么样?"

宇文泰很钦佩陈庆之的用兵之法:"梁军有万全之策,退入太谷关不难。"

只要数百人在太谷关断后,将追兵拦在嵩高山和龙门山之北,梁军便能扬长而去,进入平原,海阔天空。贺拔胜不再多想,一拍战马:"去见大将军,他必有计较。"

尔朱荣正在观看梁军阵地,看见贺拔胜、宇文泰和独孤如愿远远驰来,问道:"太谷关如何?"

贺拔胜将太谷关被梁军占领以及元颢亲兵内讧被格杀的经过讲述一遍,尔朱荣印证了怀疑。陈庆之占据太谷关,又在这里用壕沟、拒马和铁蒺藜结成防线,备足辎重决战,撤军途中步步接应,处处设防,这一仗绝不好打。但是自己断然不能眼睁睁看着陈庆之保护元颢归国,只能围攻,这里比北中城好打吗?想到这里不禁发出军令:"全军扎营,埋锅做饭!"

"大将军,何不强攻?"贺拔胜问道。

"等大都督。"尔朱荣下了决心,元天穆正在率领二十万步兵赶来,明日必到,那时才可决战。忽然山坡上骑兵滚滚,梁军轻骑冲出,这支轻骑就像前几日在北中城下镇阵前的高敖曹,抓也抓不住,追也追不上,他们会不会把包围捅几个窟窿?尔朱荣命令空出南边道路,在东西北三个方向结营。尔朱兆大惊:"这不是让梁军出逃吗?"

"围师必阙。"尔朱荣给梁军可逃之机,不愿意强攻梁军阵线。

"元天穆率领二十万大军,距此十里。"斥候从缺口奔驰而来,向陈庆之禀报。

尔朱荣一夜之间在东西北三个方向构筑防线,在南边留出口,想必就等元天穆合围。还好马佛念的轻骑已经奔出,整夜骚扰,等到魏军追赶就逃之夭夭,填满弩箭又回来纠缠,疲惫敌军,却不能将尔朱荣的大军击溃。元颢攀上山顶:"为何不冲出包围,前往太谷关?"

"在这里重创尔朱荣,洛阳未必不能夺回来。"陈庆之这般说法才能重燃元颢斗志。

元颢果然眼芒一闪:"关中侯有把握吗?"

"未必不能。"尔朱荣骑兵没有辎重,不能挖掘壕沟,设立营栅,极难拦截梁军车阵,如果他昨晚强攻山包,陈庆之有把握击溃,一旦他们与元天穆二十万大军合围,别提反攻洛阳,能否逃出去就是一个问题。北边旌旗连天蔽日,阵列滚滚,元天穆大军就要到达,他无心和元颢争辩,叫来宋景休:"你带一半兄弟结阵退出,前往太谷关。"

宋景休踟蹰问道:"关中侯,你怎么办?"杨忠在太谷关养伤,马佛念不在阵中,如果自己走了,陈庆之无将可派,必须亲自上阵搏杀。

"看尔朱荣如何应对。"陈庆之看似退兵，其实要引尔朱荣大战。

尔朱荣不慌不忙等候元天穆，派人叫来高欢，待四周清静无人："护送小歌去洛阳。"

高欢一怔，尔朱荣早知他和尔朱歌的纠葛，为什么偏要派自己？尔朱荣指指胡床让高欢坐下："贺六浑，我把小歌嫁给皇帝，你怪我吗？"

尔朱歌成为尔朱荣和元子攸之间的纽带，高欢坦然摇头，他和尔朱歌几次要逃出洛阳，两人各有顾虑才有今日局面，自己都不坚决，哪里会怪罪尔朱荣？尔朱荣说出心里话："贺六浑，你是对的，皇帝那边不得不防，但不是现在！"他仰望天空想了一阵儿，"我是小歌的父亲，可是我统领全族和六镇军民，必须为他们考虑。"尔朱荣贴近高欢，怕四周警戒的士卒听到，又悄声问，"我为何将小歌嫁给皇帝？"

尔朱歌嫁给元子攸化解河阴之变的仇恨，这是天下都知道的事情，难道他还有动机？尔朱荣冷笑："一旦皇后诞下太子，天子如果有异心，便可杀之！"高欢顿时明白，尔朱荣不但是兵法大家，也深通宫廷斗争，暗中杀死元子攸，扶植外孙称帝，效法王莽以外戚身份篡汉，天下就是尔朱荣的了。

尔朱荣拍拍高欢肩膀："那时我把小歌托付给你，会嫌弃吗？"

高欢心里骂了尔朱荣无数遍，把女儿当作产子工具，杀死皇帝，扶植外孙称帝，再将尔朱歌交给自己，这一连串谋划缺德至极，可是自己怎敢不答应，连忙俯身跪拜："我和小歌情投意合，岂会嫌弃？"

"你转告小歌，快为我生出外孙，不管是谁的。"尔朱荣大笑。

高欢呆在当场，尔朱荣暗示十分清晰，护送尔朱歌进入洛阳，其实是让自己赶快和尔朱歌缠绵，未来的皇帝便不会怪罪尔朱荣杀死亲生父亲，真不知道他是怎么想出这种方法。尔朱荣当真算无遗策，只是太过缺德，忽然战鼓冲天，梁军开始突围。

"怎么办？"高欢站起来瞭望，大队梁军向外冲出，难以判断人数。

"突围？"尔朱荣被梁军挡在北中城，拖了一天时间，梁军会不会故技重演，断后突围？他大声下令："截断梁军！"

37 车阵中分

就在元天穆大军还没到达战场之前，梁军车阵分成两截，宋景休率领军队从南边缺口突围。魏军行动极快，骑兵穿插断将梁军分割猛攻。宋景休车阵停下，抛出铁蒺藜，压满弩箭，在武刚车之后严阵以待，与山包形成掎角之势。北边铠甲耀日，阵列分明，敌军步兵就要到达战场。高敖曹问道："宋景休为何不冲出去？"

"绞杀！"陈庆之诱使尔朱荣来攻，敌军密集山包之下隔断了梁军。他召集军队，指着四面来的敌兵："兄弟们，我们要回家，陪伴父母，照顾妻子。尔朱荣从北中城追到洛阳垒，又在这里把我们包围，却中了我们的计谋，我们有粮草和弓矢，挖好壕沟布好车阵，我们在这里把他们化为齑粉。兄弟们，我要把你们带回家乡，送还给你们的父母和妻子，兄弟们，拿起兵器，回到战线，击败敌军，回家！"

飞石机铁臂盘旋，飞石从山顶飞出，砸入敌军，人仰马翻。"战鼓！"陈庆之从不消极防御，来到缓坡防线看见元颢躲在武刚车后。元颢一怔："关中侯，你要亲自上阵？"

马佛念、杨忠和宋景休都不在身边，陈庆之只能亲自带兵："请陛下守好战线，在此破敌。"陈庆之率领五百梁军返回另一侧山谷。

"敌军竟有飞石机！"尔朱荣大惊，陈庆之布置精奇，连飞石机都弄到山上，把自己的大军砸得风雨飘摇，一轮发射带出一道血痕，十几人被碾轧成肉酱。可是一旦退兵，战局就会急转直下，只有等到元天穆到达战场，才可逆转战局。

元天穆督促步军拼力前行，二十万大军从邙山出发，疾行两天两夜，听到喊杀声音，更加心急如火。天气炎热，将士身披重铠手持兵器，汗流浃背，速度到达极限，不时有士卒摔倒在地面，晕厥过去。战场在眼前展现，骑兵往返奔驰，将梁军围拢在一座山包。飞石机不断发射，山包后烟尘滚滚，正在大战。元天穆喘匀呼吸，拔出腰刀向空中一指："梁军已经被包围，杀！"

二十万大军一字排开，铺天盖地向山包杀来。

决战时刻，元天穆出现在战场，梁军第一道车阵冲出包围，缓缓向南，尔朱荣骑兵四处游走，惧怕飞石机不敢再攻，梁军车阵越走越远，山下躺了上千具尸体。尔朱荣飞身上马，喝道："全军出击，将他们拦截在太谷关前！"

众将惊疑，贺拔胜问："大将军，这里的敌军怎么办？"

"交给大都督。"尔朱荣催动战马，亲领骑兵追踪，烟尘大起，向梁军车阵拦截。

贺拔胜拉住尔朱荣战马："大将军，元颢和陈庆之在哪里？"

梁军车阵分成两路，谁也不知道元颢和陈庆之留在哪边。尔朱荣哼了一声，依仗人多势众："两边都围！"

马佛念潜伏在暗中填满弩箭，偷偷观看敌军，元天穆结阵前行,加快速度冲锋,二十万大军散落,正是骑兵冲击的最佳时机。他扣上兜鍪,指着一处突出敌军,聚成锋矢,纵马冲出,弩箭射开缺口,将敌军分割,纵马驱赶,收割敌军的性命。扫过一茬,马佛念将骑兵聚集,压满弩箭,等战马恢复体力,虎跃羊群一般切割绞杀。

"结阵!"元天穆大骇,被梁军骑兵反复冲杀,步兵如同待宰羔羊。胡角婉转贴地传声,二十万步军列阵向山包压去。马佛念观看许久,呼啸一声,掉头而去。元天穆忽然听到后面喊杀阵阵,登时大惊,辎重营!

敌军步兵从四面八方拥来,梁军构筑了稳固的防线,与宋景休的车阵互为掎角,绞杀敌军,飞石机不吝惜石块,居高发射,魏军损失惨重。尔朱荣心痛不已,下令停止攻击,环绕山包扎营,只要修筑营栅,挖掘壕沟,就能将梁军困死,无论存储多少粮草和兵器,都会消耗殆尽。

天亮时分,战鼓再起,滚滚车阵从山包撤出,陈庆之见尔朱荣不再进攻,大声下令:"烧毁飞石机,全军撤出!"山包升起火焰,飞石机燃烧,车阵追赶前面的梁军。尔朱兆要分割梁军,又担心被两边车阵夹击:"叔父,追吗?"

尔朱荣绕开壕沟,终于登上那处山包,见到灶坑、水井和大量没有发射的巨石,暗暗心惊,他纵军猛攻伤亡极大。向北望去,元天穆步军被梁军轻骑骚扰,缓慢而行,不知何时才能追上梁军,南边梁军两处车阵合拢,追兵时不时突入,都被强弩射退,梁军没什么折损。尔朱荣招来尔朱兆和贺拔胜:"你们各率骑兵,护住两翼,防止梁军骑兵骚扰,请大都督全力冲锋,务必将梁军拦截在太谷关前。"

陈庆之和元颢领军汇入,声势更大,车阵且战且退,弩箭和粮草充足,追兵不敢拦截,结阵向南。元颢十分开心:"何时到太谷关?"

宋景休往返多次,对道路极熟:"今晚便能到达。"

元颢将胡饼放入口中,又饮一口盛在囊中的井水,心情畅快,要是当初为陈庆之补充人马,自己也不能失了皇帝宝座,可惜听信那些王公大臣的谗言,如今他们都留在洛阳向元子攸三拜九叩,自己变成孤家寡人,不禁后悔不迭,豪情壮志凭空消失,只求退回梁国,平安此生。

马佛念骚扰了元天穆的辎重营,在尔朱荣和元天穆周围缠绕,忽前忽后,与车阵接应,魏军无法全力合围梁军,经过这番折腾,他弩箭射空,吃完胡饼,喝干清水。元天穆步军被骑兵护住两翼,自己讨不了好处,马佛念率领轻骑直向车阵追去。

马佛念回归本阵便被团团合围,难以杀出去,陈庆之当机立断:"朱雀!"梁军辚辚车阵之中升起朱雀战旗,二十八宿中南方七宿属火色赤,总称朱雀,这面战旗便是让马佛念绕开车阵直奔南方。马佛念向南眺望,太谷关隐隐露出雄伟的身躯,他掉转马头向尔朱荣侧翼奔出,将弩箭射空,搞得尔朱荣阵形大乱,再打出旗帜,掉头向南:"兄弟们,去太谷关。"

高敖曹在车阵中颠簸前行,如果在北冀州训练出一支步兵,结成阵线,再集合数千江湖高手策马游战,可如陈庆之一般决胜疆场,越想越兴奋,恨不得立即返回河北训练军队。他父亲是北翼州刺史,兄长高乾是员外散骑侍郎,要人有人,要粮有粮,不出一年便能练出精兵。

胡角狰狞,元天穆步军到达战场,围攻即将开始,元颢项上头颅是尔朱荣必得之物,他看见马佛念的骑兵远去,惊慌失措:"马军副去了哪里?"

"太谷关。"陈庆之说道,到达太谷关的这段路程将是最为凶险的旅程。

38 步军冲车

太谷关守军在城墙观看战局，梁军车阵缓缓退来，敌军千重万骑，弓箭如雨，从天空坠落。敌军步兵在更远处拼命向前，尖头铲向前猛冲。杨忠暗叫不好，尔朱荣要用尖头铲冲撞梁军车阵！忽然一队骑兵奔来，为首之人向上喊道："二弟，开门！"

正是马佛念率领的六百轻骑，杨忠开门让他们进入城门，他们见到备好的胡饼和清水，个个下马痛饮猛吃。马佛念抓着胡饼上了城墙，来不及与杨忠说话，瞭望城下敌情。大量攻城器械正在马车牵引下，超越梁军车阵，追兵纷纷下马，在地面挖掘壕沟阻拦梁军车阵。

"击鼓，青龙战旗！"马佛念一声令下，鼓声震天，告知陈庆之绕开土墙。果然陈庆之得到信号，打出青龙战旗回应，车阵掉转方向，向嵩高山方向而去。

胡角骤起，追兵变换阵形，遍地冲车向车阵压去。马佛念心急火燎召集全守军，会合一千多人，杨忠知道他要救援陈庆之："大哥，把这些兄弟们都带去。"

马佛念给杨忠留下一百多人，补充生力军，带足弩箭，队伍已经有九百人："二弟，那天在北海王府多有冒犯，哥哥抱歉。"

杨忠不是记仇之人："你要带兄弟们回家，不怪你。"

马佛念用拳重击杨忠明光铠："守好太谷关，这是我们的退路。"打开城门，沿着嵩高山向敌军杀去。

尔朱荣策马狂奔要将梁军拦截在太谷关前，从侧翼追上梁军车阵，竖起大旗，聚集人马。他翻身下马，抽出战刀指向车阵："结阵！"

士卒们摘下弓箭，举起圆盾，严阵以待。侯景策马上来："我们只有五百人，拦不住！"

尔朱荣手下都是骑兵，挽着圆盾，连阵线都不齐。他大声吼道："就在这里，一步不退！"

武刚车连成一道车阵，士卒在后拼力推动，层层叠叠推进，前面出现一道防线，陈庆之向前一指："冲！"战车急剧撞在防线，几名梁兵撞出战车，被车轮碾在脚下，敌军被武刚车长矛挑起，横七竖八的尸体拦住轮毂，速度大减。

"冲！"宋景休挡在最前，数十支长槊刺入，宋景休左背一痛，迸出鲜血。他摇摇晃晃站起，无数骑兵呼啸而至，兜头拦在前方，沿着车阵的缝隙向内掩杀，后面的步军正在接近，遍地辒辌车和尖头铲，一旦冲车撞击车阵，就大事不妙。

宋景休举起战锤向阵中的梁军喊道："兄弟们，我杀出去。"

陈庆之跳下追锋车，向宋景休喊道："且慢！"冲入敌军之间太过危险。"关中侯，若我有事，照顾刘离！"宋景休冲出车阵，迎头将一名敌将砸成血葫芦，呐喊一声，纵身杀入敌军之中。

第五章·河洛白袍

陈庆之跃上武刚车："弩箭！"梁军弩箭疾射，避开梁军向两翼射去，抢先赶来拦截的都是骑兵，没有大型盾牌，被射倒一片。宋景休杀出两百步，停住脚步，等待车阵加速来到身边，举起战锤大喊："兄弟们，再杀！"

梁军车阵滚滚突破防线，距离太谷关越来越近，如入无人之境。尔朱荣杀红了眼，从北中城到洛阳垒再到太谷关下，隐忍不发就为此时，輂辒车来到战场，正好克制武刚车，每次撞击都带来巨大杀伤，拦住此处，梁军将全军覆没。太谷关方向烟尘升腾，梁军轻骑又杀了回来，十几骑一组，在旷野中来回冲杀，射散敌军，用战锤砸烂冲车，杀死士卒，再聚成锋矢向薄弱之处反复冲击，弩箭飞射，战锤轰鸣。车阵梁军士气大振，武刚车轮滚滚，士卒奋力推动，横冲直撞，捆扎车上的长矛无人敢挡。

"杀！"尔朱荣顾不上行动缓慢的冲车，指挥步兵向前拥去，试图截断两路梁军，这是消灭梁军的最后时刻，他摘下圆盾挽在胸前："上！"侯景呼啸一声，骑兵围拢在尔朱荣四周，向梁军冲出，武刚车三五相连，从身前身后冲过，弩箭侧袭。侯景大喊："大将军，冲出去吧！"

尔朱荣满脸是血，铠甲上插了一支弩箭，只见他怒目圆睁："死守！"侯景抓来战旗，冲上一辆翻倒的武刚车，招展大旗，吹响号角。"呜，呜，呜"，声音如泣，尔朱兆正在猛冲，听见号角，立马观望，尔朱荣大旗拦在阵前，凌乱不堪，如火攻心："大将军被围，杀！"

梁军抛弃十几辆被砸烂的武刚车，自环结阵向前方挤压，继续向太谷关撤退。宋景休战锤挥落，冲车断裂，敌兵刚爬出来，已经被刀枪屠戮，他率领士卒捣毁十几辆尖头铲，扫清前进道路。金锣响起，正要回归车阵，一名敌军将领被众人保护，竖起战旗召唤援兵，敌军尖头铲为先导，正在高速冲来，砸在车阵，梁军士卒纷纷坠落。宋景休认得尔朱荣的黑色大纛，如果被拦截在这里，车阵必然破碎，他大喊一声："兄弟们，跟我来。"

侯景铠甲被弓箭射满，车阵密集从四周碾过，突然一队梁军向自己杀来，为首一员将领双眼如环直取尔朱荣。宋景休战锤不讲究招数，大辟猛砸，一手砸开长槊，另一手砸烂盾牌，到了尔朱荣面前，大喝一声："去死！"

侯景长槊被战锤荡开，盾牌向宋景休撞出，侯景眼前冒出一朵木花，盾牌粉碎，冲出五六步才站稳，若不是宋景休直攻尔朱荣，一锤就要了侯景性命。梁军士卒杀散敌兵，宋景休双锤一交凶神恶煞一般，左手战锤掷出，旋即抄起一支长槊，恶狠狠刺去。宋景休仗着人多，一味猛冲，将尔朱荣打得手忙脚乱。宋景休逼到近前，半截长槊向尔朱荣胸口刺出。尔朱荣战刀挡不住战锤，仓促倒退，身体一斜，被长槊刺穿肩膀，宋景休举起战锤："拿命来！"

一只弓箭从后而至，贯入宋景休后背，胳膊一软，侯景拧身而上，长槊再刺，尔朱荣反身杀来。宋景休格开长槊，倒退几步，一支敌军骑兵冲到阵前，梁军士卒已被杀散，领头将领跃马而入，滚鞍落马跪在尔朱荣身边："叔父，我来迟了。"

尔朱兆看见尔朱荣大旗被围，率领三千铁骑泼命冲来，在他眼中，三千契胡铁骑都不如尔朱荣的一根手指，尔朱荣就是天就是地,即便为他牺牲性命,也绝不会皱眉。尔朱荣擦去尔朱兆脸上鲜血,若论运筹帷幄,他不如高欢,忠心耿耿无人能及,拍拍他的肩膀:"兆儿,你舍生忘死,让我如何待你?"

"赴汤蹈火,绝无求报之心!"尔朱兆救下尔朱荣,横起长槊回到战场。梁军大半卧倒血泊,那员梁军将领左支右绌,仍在搏杀。

陈庆之一路杀到现在,小半武刚车被撞毁,士卒大半带伤,随着宋景休冲出车阵的士卒大都没有活着回来。陈庆之抛弃毁坏的战车,命令重伤士卒上车休息,轻伤者推动武刚车,其余士兵登战车射杀敌军。元颢惊慌失措来到陈庆之身边,车阵扭曲失去形状,就像在惊涛骇浪中的漏水船只,沉没只是早晚:"关中侯,突围吧。"

此处距离太谷关不远,前面有大量敌军,如果抛弃车阵,大多数人都无法逃回关隘。陈庆之站在追锋车上,大喊:"鸣金结阵!"

"关中侯,撤退还来得及。"元颢没经过这般血战,只想早些前往太谷关。

"我把他们带到洛阳,就要把他们带回家。"陈庆之断然拒绝,指挥车阵继续向前。

元颢回到亲兵当中,马佛念正在驱赶敌军,眼前正有一条通路。再向后看,敌军步兵无边无际从两侧包抄过来,一旦合围又有血战。元颢翻身上马,大喊:"关中侯有令,突围!"

梁军一阵骚动,没有看到旗帜号令,也无战鼓声音,可元颢言之确凿,正在犹豫时,元颢几百亲兵打开车阵,一股脑向外冲出,车阵顿时出现了一个大缺口。

"杀!"围攻的魏军看到有人突围,抛下冲车,一股脑向车阵汹涌冲去。

元颢趁着宋景休出击时候冲出的缺口,率领自己的亲兵猛然奔出,如同决堤之水,带来了毁灭性的打击。宋景休正要回阵,看见敌军蜂拥而入,车阵已破,如果不能堵住这个缺口,梁军就要被割裂,一口口被蚕食,任谁都逃不出这个天罗地网。宋景休身边的梁军折损过半,如果冲进去就很难回来,他咬咬牙,心里想起刘离,难过得心疼,战场上无暇分心。他举起战锤:"兄弟们,拦在缺口!"数十名梁军排成一道小小的长蛇阵,挡在缺口之前。

"结阵!"陈庆之看到形势危急,元颢已经向太谷关方向奔出了数百步,车阵被扯开一道五十步左右的缺口,敌军就向尖刀一样插进来,中间都是辎重和粮草,梁军都在外围作战,一旦被骑兵冲入,便是尔朱荣最擅长的表里合击,可是四面八方都是敌军,陈庆之只能调集几百伤兵。他踏上追锋车大喊,"随我杀!"

马佛念正在率领骑兵在外策应,立即看见这边的危局,他外线作战,逃到太谷关不难,可是陈庆之的主力就会全军覆没。他猛然举起战刀:"兄弟们,保护关中侯,杀!"率领骑兵向缺口奔去。

元颢随即逃出,敌军拥进宋景休背后,必须挡住眼前的敌军,不让他们冲入车阵,才能逃出这千军万马的包围。他大吼一声:"兄弟们,不许退,挡住!"

数十名梁军连阵形都无法齐整,敌军数量太多,螳臂当车,可是如果不阻拦,车阵就会崩溃,他们紧紧合拢,挡在阵前,为陈庆之争取哪怕一盏茶的时间。

"破阵!"尔朱兆抽出战刀绕到背后,瞅准空当,一跃而入猛劈。宋景休听到风声,身体来不及躲避,刀光带出一道血光,右臂冰凉,一只断臂在空中旋转,他再也支撑不住,摇摇晃晃向地下摔倒。

尔朱兆击倒宋景休,战靴踏在他肩膀,袖棒瞄准宋景休后脑举起,霹雳之声爆响,他肝胆俱裂,知道梁军霹雳弩将要到来,回头一看,一队骑兵从太谷关方向杀来,地面草丛掠过疾风,霹雳弩射到,举起盾牌挡住弩箭,前有敌军轻骑,后有车阵合拢,隆隆逼近。他恶狠狠看了一眼,悻悻转身向尔朱荣说道:"步军已经到了,撤!"

尔朱兆救出尔朱荣,不敢抵挡,他前后夹击,退出战线,眼睁睁看着梁军车阵隆隆驶过,直奔太古关。尔朱荣骑兵被大量杀伤,延缓了梁军速度,漫山遍野的步军从侧翼逼向梁军。

元天穆策马冲来,单膝跪倒:"兄弟,我来迟了。"

尔朱荣左手拉着尔朱兆,右手扶起元天穆:"兆儿如子,天穆为兄,能够得到你们,何幸!"收起战刀,跳上一辆破碎的武刚车向北望去,尖头铲剧烈撞向梁军车阵,每次都能撞出一个缺口,梁军士卒空中翻滚呼叫,车阵千疮百孔,步军拥向缺口,汹涌而入。

马佛念击溃迎面敌军,车阵压力骤然退去,看见宋景休倒在血泊中,身上压着一辆冲车,连忙将宋景休抬到武刚车上,他右臂从中断去,再也接不回来。陈庆之悲从中来,让军医赶紧包扎。

39 关隘陷落

元天穆指挥步军猛攻车阵，看见一队骑兵冲出，直奔太谷关，服色和铠甲与梁军银光灿灿的明光铠不同，奔到尔朱荣身边："敌军突围。"

梁军主力还在车阵中，陈庆之应不会独自逃亡，这队突围人马是谁？有人大声禀报："大将军，那是元颢！"如果元颢逃进太谷关留兵断后，穿越峡谷，向东南就可以逃回梁国。可是追击元颢，谁拦截陈庆之？尔朱世隆纵马冲出："我与元颢不共戴天，追！"他这次没有陪伴元子攸返回洛阳，一路追踪，就为尔朱世承复仇，哪肯放掉元颢？

"你去追击，务必抓住元颢！"尔朱荣恋恋不舍看了逃亡的元颢一眼。尔朱世隆不懂兵法，又叫来尔朱兆领军追击，再向梁军车阵的缺口一指："敌阵已破，杀！"

太谷关近在眼前，城墙上的战旗清晰可辨，元颢就要转危为安。忽然近千人迎面冲来，正是马佛念。元颢狰狞笑着说："马军副，随我冲！"通道已经扫清，太谷关有充足的粮草和辎重，派遣几百人断后，将追兵隔绝在关外，安然退到临颍，那里没有尔朱荣大军,逃回梁国不难,元颢一心逃亡,再向士卒们大喊:"车阵破了,退进太谷关!"

马佛念看出了破绽,突围士卒都穿着魏军铠甲,没有梁军,一定是元颢毁了陈庆之的结阵撤退的全盘打算。巨大缺口就像创口喷射着鲜血,如果不尽快堵上,梁军必会全军覆没。马佛念立马喊道:"如果撤入太谷关,关中侯和兄弟们就会在这里战死。"

"杀回去!"一名梁军士卒不假思索,向车阵一指。

"杀,死在一起!"马佛念向破碎的车阵一指,骑兵滚滚向前。

"哪位兄弟还能上阵,随我来。"杨忠进入虎牙将军府,这里是安置伤兵所在,明月正在照料受伤士卒,起身来到杨忠身边。

"我去!"一名士卒左眼被射穿,腿部受了刀伤,扔掉拐杖向外走出。梁军兵力衰竭到极限,几十名梁军跟随杨忠登上城墙,一队骑兵冲近关门,数里外车阵缓缓移动,四面八方是漫天遍野的追兵。

"飞石机!"杨忠一声令下,飞石机扬起铁臂,士卒调校过距离和精度,巨石呼啸腾空。

太谷关投出飞石,砸开包抄的追兵,元颢心头一松,城门隐约可见,那里还有自己的亲兵,便可以逃出生天。他回头望去,梁军车阵被重重包围,"别了,关中侯,别了,梁军将士们,我对不住你,蝼蚁尚有偷生之念,我想活下去而已。"他靠近城墙,上面只有几十名守军,他拉紧缰绳,战马腾空,看见杨忠和明月:"打开城门!"

杨忠俯视城下:"陛下,关中侯在哪里?"

追兵从弩箭和飞石中钻出，向城门杀来，元颢亲兵掉头截杀，他编了谎话："关中侯要从嵩高山撤军，开门！"

陈庆之筹备万全，太谷关是大路，宋景休还在嵩高山中标出一条小路，可是车阵没有打出撤退的旗帜。元颢身后是追兵，如果打开城门，敌军一拥而进，绝难抵抗，杨忠向下喊道："没有关中侯命令，恕不从命！"

追兵越来越多，守军大都被马佛念带走，弩箭和飞石无法压制，元颢亲兵哀号落马。元颢急喊："明月，你要看着姐夫被杀死在城门吗？"

明月哪有主意？望着杨忠："让姐夫进来吧。"

杨忠心一横，弩机射翻一名敌军追兵："这是全军退路，没有军令，绝不开门！"

"只让姐夫进来。"明月流出泪来。

杨忠大吼："放吊篮！"元颢急得团团转，这是他最后的亲信，如果自己乘吊篮逃生，连护卫都没有，怎么逃回千里之外的梁国？忽然城门洞开，元颢亲兵策马奔入城中。梁军和枋头坞青壮跟着马佛念冲出太谷关，除了十几名梁军伤兵，都是元颢亲兵，他们打开城门放元颢入城，杨忠怒极："胆敢如此！"他来不及找元颢亲兵算账，敌军千军万马开始冲城，大喊："砸！"

飞石和弩箭零星，一百多人哪挡得住如此多敌军？无数追兵拥入，如同奔腾的洪水。

40 永安五铢

高欢率领骑兵护送尔朱歌返回洛阳，心里落寞，他这一战寸功未立便被打发离开，尔朱荣大概也不想自己啰唆。车帘一开，尔朱歌招手："你劝父亲迁都，结果如何？"

尔朱荣不听自己建议，高欢只好说道："我劝大将军迁都，免得与皇帝冲突，他却说……"高欢看看四周的士卒，来到尔朱歌近前，为难至极，尔朱荣的谋划怎么说得出口？只得吞吞吐吐说道，"效法汉质帝和梁冀。"

汉质帝刘缵八岁时登基为帝，朝政控制在梁太后兄长梁冀手中。梁冀专横跋扈，气势凌人。汉质帝在朝会中当着群臣称呼梁冀为跋扈将军，梁冀衔恨在心，派人把毒药掺在煮饼中毒杀年仅九岁的汉质帝。尔朱歌渐渐明白："你们这些男人，为江山社稷连亲人都不顾！"

高欢不敢向尔朱歌辩解更多，如果说出自己和她生下孩子，再杀死元子攸，她更会愤怒。尔朱歌跃出车驾取来马鞭："贺六浑，我不去洛阳，去浪迹金山银水。"

高欢下马进入车驾："小歌，我们先去皇宫看看情况，要走也要等大将军回来。"

洛阳城门轰然大开，金根车疾驰，高道穆策马开道，文武百官迎于道边，他是品级不高的御史中尉，眼角都不看一眼这些待罪的大臣，忽然一辆画轮车横在道路。他大声呵斥："天子返京，还不让道！"

画轮车旁边的仆役不让："寿阳公主迎接皇帝陛下！"

寿阳公主是元子攸的长姊，嫁给了从梁国逃亡来的萧综，元子攸出逃时，也不知道奔向何方，如果停车与公主见面，王公大臣都来拜见，便是饶恕了他们投降元颢的罪过。高道穆回头看元子攸的金根车就要到来，说道："公主让开道路，前往华林苑参见陛下。"

寿阳公主不把高道穆放在眼中，鼻孔朝天哼了一声。她的仆役嚷嚷起来："你是何身份，竟敢阻拦公主？"

金根车停下来，元子攸没有现身，显然不想下车，高道穆竖起眼睛，寿阳公主肯定受人指使，向身边棒卒喝道："天子将到，谁敢挡在路上？捣烂此车！"

棒卒如狼似虎冲去，连拖带拉将公主车驾移出道外，棍棒交加，捣毁画轮车，再用车驾挡住，金根车轰隆隆驶过。寿阳公主魂飞魄散，悲从中来，掩面在仆役簇拥下向车驾追去。

元子攸入住华林苑，这是当初礼聘皇后所在，往事历历在目。明月与元颢逃往梁国，元子攸独坐龙椅惆怅片刻，召集群臣入殿觐见。朝中大臣在殿中跪倒，忽然宦官禀报："寿阳公主到。"元子攸自幼丧父，长兄和幼弟丧命于河阴之变，与长姊十分亲近，公主梨花带雨，绕开跪了一地的大臣："皇帝为我做主！"将高道穆捣毁画轮车的经过泣诉一遍。元子攸一拍几案："传高道穆！"

高道穆进入清凉殿，看见寿阳公主明白怎么回事儿，跪倒在地："微臣冲撞公主，请皇帝责罚。"

元子攸好整以暇，正好让脚下这些曾经投降元颢的大臣多跪一会儿，缓缓问道："你为何拦阻公主。"

高道穆其实是演戏给大臣们看："家有家规，国有国法，拦在天下驾前便是有罪，微臣捣毁公主车驾亦有罪。"

元子攸刚才没有下车，却知道是怎么回事儿，转向寿阳公主："天下不是你我之私，高中尉清直，所行公事，岂可以私责！"随即扶起高道穆，"你我虽为君臣，同甘苦共患难，家姊行路相犯，极以为愧！"高道穆深为感动，请罪道谢伏地不起，元子攸其实演戏给群臣看，起身又说道，"朕以愧卿，卿何谢也！天下大乱，百姓流离失所，朕心甚痛，要与卿携手平天下，上安祖宗社稷，下慰百姓父老，无论何人胆敢阻拦，杀之可也！"

王公大臣听到此处，感慨元子攸匡扶天下的志向，再次请罪，元子攸毫不理睬，向高道穆问道："起来，元颢已溃，天下初定，卿有何对策？"

高道穆起身说道："我朝多细钱，又薄又轻，斗米值千钱，市场上八十钱买一斤铜，私人铸造薄钱，每斤铜能铸造出二百多钱，私下偷铸钱币的人越来越多，五铢钱徒有其名，实际上不够二铢，放在水上都不会下沉。"王公大臣私铸钱币，日积月累发了大财，如今他们投靠元颢都是死罪，元子攸和高道穆一唱一和说起铸币之事，群臣伏地不敢多说。高道穆又说道，"朝廷应改铸足斤足两的大钱，刻上年号，看谁敢私自铸伪劣之币？"

元子攸微微一笑，向群臣问道："各位爱卿，高中尉所说，可有异议？"

王公大臣默不作声，明白元子攸筹划，竟要将铸币之权收回朝廷，断绝自己的财路，让百姓受益。要是平常，他们肯定群起反对，可是投奔元颢死罪在身，谁敢说话，一起怔怔不语。元子攸不给他们考虑时间，颁发指令，废黜劣币，铸造永安五铢钱，掌握财权。假以时日，日积月累，朝廷府库充盈，王公大臣断财路，釜底抽薪，断去奢侈之风。

41 破阵万重

尔朱兆纵马大笑，将袖棒指向前方："太谷关夺下来了。"千乘万骑向太古关门拥去。猛然间火苗一闪，太谷关燃起熊熊大火，守军正在做最后的抵抗。

"元颢逃了。"尔朱世隆停下战马，火焰拦住追兵，眼睁睁地看着元颢从山谷出逃。

众人都要擒获元颢，这是天大功劳，尔朱荣眼中只有陈庆之："元颢一根废柴，得之何益？失之何害？"他掉转战马向梁军车阵奔驰，元颢突围露出缺口，追兵拥入大砍大杀，梁军车阵就像狂风巨浪中的小舟。

破阵！是战场上最激动人心的时刻，运筹帷幄，排兵布阵，两军对垒，都为此时，蓄积全力于一点，狂飙猛进，雷霆万钧，汗水、血水和泪水交融，铁火刀剑的征服全在此时。尔朱荣的近卫举起战旗，他拉长声音大喊："破阵！"

"关中侯，破阵了！"高敖曹射翻几名敌兵来到陈庆之身边，敌军正在从元颢防守的区域拥进来，夺下小半车阵。

宋景休和杨忠重伤，马佛念率军突前，陈庆之竟无将领可用：

"高昂，你守在这里，我去夺回战线。"

陈庆之本是书生，射不穿札，马非所便，高敖曹哪肯让他出战："全军性命都系于关中侯一身，呼延，你左，我右！"说着抄起数杆长槊，提起战锤道："兄弟们跟我冲，夺回阵线！"

高敖曹在北中城大展神威，勇冠三军，军中最重勇士，无人不服，梁军聚拢在高敖曹和呼延族麾下，向缺口冲去。高敖曹施出绝顶武功，手里长槊流水般射出，每支都贯入敌军胸铠，转眼间杀散凌乱的敌兵，再向前冲，敌军密集成阵，长槊如林，盾牌如墙。呼延族用力举起尖头轳砸出，顿时人仰马翻，露出缺口。高敖曹大吼一声："兄弟们，杀进去！"

尖头轳是长一丈直径一尺五寸的包有铁锥的树干，三人才能推动，呼延族凌空抛出，梁军神威大振，拥入缺口搏杀，车阵内的梁军霹雳弩狂射。高敖曹双手各握五六杆长槊，在地面一弹，冲天而起，从上到下飞射，将敌军一一钉在地面。

"破阵，杀！"贺拔岳不管冲出来的梁军，指挥千军万马向车阵杀去。

杨忠双眼通红，太谷关一夫当关万夫莫开，是梁军退路，元颢亲兵竟然打开城门，追兵尾随而至，自己只有一百伤兵哪堪争夺？他拔出环首刀喊道："兄弟们，夺回太谷关！"

重伤士卒走路不稳，呐喊杀去，忽然元颢奔驰进来大喊："撤，关中侯战死了。"杨忠难以置信，梁军六神无主，他们都没想到陈庆之战死，一时也不知道要不要去夺城门。元颢又停马大喊，"点火，烧了太谷关。"

杨忠拉住元颢缰绳:"我大哥和三弟在哪里?"元颢甩开杨忠向明月奔来:"跟我走,守不住了。"

明月走到杨忠身边,向元颢答道:"关中侯真的死了?"

一名重伤士卒在城墙上失声大喊:"车阵还在!"

杨忠举起环首刀,命令身边梁军:"夺回关门,守住退路。"

元颢大急,如果追兵冲进来就逃不掉了,他猛地举起弓箭向亲兵喊道,"射!"元颢带来三百多亲兵,向梁军伤兵齐射,杨忠面向城门哪有防备?听到弓弦声音,背后中箭,梁军伤兵一一被射倒。他急火攻心,指着元颢喊道:"你这无耻之徒!"

元颢冷笑,举起弓箭瞄准杨忠:"你这寒门小子妄想迎娶北海郡主?今日便是你的死期!"

明月冲到杨忠面前扶住他:"姐夫,你连杨忠都要杀?"

元颢不忍下手,又有几十人挡在杨忠和明月身前,都是先前往太谷关的元颢亲兵。元颢惹了众怒,放下弓箭:"点火,不要让追兵进来。"

42 高道乡公

阊阖门大门，尔朱歌的车驾从巨大的铜驼间缓缓驶入，侧面是高耸入云的永宁寺塔，前面是她无法逃脱的皇宫。那里是天下英雄们梦想的巅峰，为了得到这个宝座不惜杀戮，晋室司马家族踏着曹操子孙的血迹踏上了皇位，开始又一轮的自相残杀，爆发八王之乱，他们禽兽不如，杀死至亲之人。这些事情又发生在自己身上，她闭上眼睛，泪眼模糊，我如果不逃离这里，将得到更为悲惨的命运，我的丈夫、孩子、父亲、兄弟都会在这里死去。

宫门正面大开，这是奉迎皇后的礼仪，嫔妃只能从掖门进入。太傅、太尉、司空、太常、光禄勋、太仆、廷尉、大行、大鸿胪、宗正、大司农、执金吾所谓九卿，百官匍匐于地，他们名满天下，却不惜阴谋诡计，只为求生。"停车！"尔朱歌在玉阶前停住车驾，众人以为她要换乘步辇返回皇宫，她高声说道："贺六浑！"

高欢扶着尔朱歌下来，这不是皇宫正礼，众臣惊愕只敢偷偷用眼角来瞄，如同他们的心思一般不可告人。尔朱歌问道："皇帝何在？"

城阳王元徽品级最高，跪爬几步："皇帝在华林苑。"

尔朱歌找到借口不回皇宫："皇帝不在，我为何在此？"众

第五章·河洛白袍

臣伏地不语。尔朱歌向高欢说道："去华林苑！"

高欢率领骑兵掉头，回到铜驼街，留下一地懵懂的大臣。车驾远去，元徽才敢站起，让众臣退走，找到依然跪在地面的祖莹，盘腿坐下："祖大人看见了吗？谁陪着皇后？"

祖莹看见高欢，叹气："汉人高欢，胡人贺六浑。"

不知内情的人会以为是两人，元徽知道高欢便是贺六浑："那日我逃出洛阳来到长子，在一轮圆月的山包听到了笛声，皇后在和一个男子幽会。"

祖莹在礼聘皇后时就发现高欢私会尔朱歌，差点儿丢了性命，苦笑一声："城阳王，我等又能如何？"

高欢在众人面前搀扶尔朱歌，绝非礼仪，是皇家奇耻大辱，元徽愤愤不平："告知皇帝。"

"即便他们在皇帝眼前亲热，又能怎样？"祖莹背叛元子攸投靠元颢，是待死之罪，根本不想多事。

"小不忍则乱大谋！"元徽咬牙切齿。

祖莹"嘿嘿"一笑："皇帝都能忍，你我为何不能忍？"

元徽将祖莹从地面拉起，四周无人："皇帝知道？"

祖莹苦笑："皇帝不傻。"

天渊池水面广阔，山泉流于地下，池中鳞甲异品，羽毛殊类，濯波浮浪，池中有岛，魏文帝曹丕在此建造九华台，孝文帝在九华台上造清凉殿，池中填土为蓬莱山，山上有仙人馆和钓台殿，并作虹霓阁，与清凉殿遥遥相望，那边便是元子攸暂居之处。尔朱歌梳洗已毕，一袭红衣步出虹霓阁，对面有人，正是自己的皇帝丈夫。尔朱歌遥遥施礼,不知道他能不能看见,唤来高欢:"贺六浑,我欲歌。"

对面清凉殿中便是元子攸,高欢与尔朱歌交往极深,当着皇帝抚笛?几个脑袋都不够杀,连忙拱手:"皇后,应先拜见皇帝。"

尔朱歌笑了:"我自当拜见皇帝,同去?"

高欢睡了皇后,哪里敢去见皇帝?鞠躬更深:"皇帝没有召见,我不能随意拜见。"

尔朱歌返回虹霓阁:"皇帝也未召见我。"高欢心想,你是皇后,我只是一名武将,哪能相提并论?不敢辩驳,只听尔朱歌又道,"你既不愿意随我浪迹金山银水,便在洛阳陪我。"

在这乱世,手握重兵才能生存,高欢好不容易掌控怀朔镇人马,哪有心思留在洛阳?连连拒绝:"大将军正在血战,我已护送皇后入京,便要早返疆场。"

"不管我了吗?"尔朱歌是真心话,皇宫中遍布阴谋陷阱,她需要高欢留在身边。

和女人讲道理永远讲不清,高欢只待尔朱歌歇息,便离开华林苑,前往太谷关作战。忽然,宦官喊道:"皇帝到。"

尔朱歌不慌不忙,双臂张开:"贺六浑,为我换衣。"

高欢有志于天下,现在变成了尔朱歌的内宠,传出去名声尽毁,被天下英雄耻笑,还争什么天下?外面脚步声响,元子攸到了门口,高欢躲无可躲,"扑通"向尔朱歌跪下。

元子攸缓缓走进虹霓阁,尔朱歌起身相迎,两人没有分别许久的喜悦,当初逃出洛阳的情感早已烟消云散。一名穿着筒袖铠的将领跪在地上,比尔朱歌吸引力更大,元子攸认了出来,问道:

"可是晋州刺史?"

高欢来不及躲藏,只好跪迎:"正是高欢。"

元子攸让高欢站起:"高将军,前方战事如何?"

高欢将陈庆之结阵东返,尔朱荣前去追杀的情形说了一遍,见元子攸神色正常,略为放心,又讲了梁军从太谷关退回梁国的计划,元子攸似乎不关心元颢和陈庆之的下落,反而问起河北军情。葛荣被灭之后,大部被收入尔朱荣军队,也有少部分向北逃出,聚拢在蓟州的韩楼旗下。"依你之见,平定河北需多久?"元子攸不想过问正在发生的太谷关之战。

"韩楼鼠聚蚁附,破之不难,旬月可下。"高欢据实回答。

元子攸脸上没有欣喜之色:"万俟丑奴和萧宝夤盘踞关中数年,多有悍兵,击之易乎?"

高欢没去过长安,更没有与万俟丑奴和萧宝夤交手,只能推算大概。元颢曾在关中击败万俟丑奴,在河北却不敢抵御葛荣,可见葛荣强于元颢,元颢强于万俟丑奴,拱手答道:"若大将军倾力进剿,万俟丑奴指日可灭,夺回长安易如反掌。"

元子攸想了一阵,似有话说,终于摇摇头,赠送高欢百斤黄金战马五十匹,嘱咐尔朱歌好好歇息,径自去了。尔朱歌和高欢相顾无言,皇帝就这样走了?他满心国家大事,对高欢的关心和收拢之意还在尔朱歌之上。当皇帝听说天下指日可平,脸上无丝毫欣喜之色,他在担心什么?他担心尔朱荣远过于万俟丑奴。高欢不想多留,向尔朱歌辞行:"容我告辞,追随大将军鞍前马后。"

尔朱歌取出一封信件,高欢接来一看,尔朱荣年轻时曾在洛阳太学,又在皇宫担任直阁将军,字迹浑雄,大意让高欢在洛阳休整人马，返回河北作战，不需前往太谷关。高欢叹气，尔朱歌偷偷笑了，这是她恳请父亲下的军令。

元子攸回到清凉殿，城阳王元徽正在等待："贺六浑可在？"元子攸挥退侍从，埋头向前走。元徽再问："采选之时，祖大人曾见贺六浑与皇后密会，我也见到贺六浑为皇后抚笛，此事确凿无疑。"

"确凿无疑？你还见到什么？可曾看见两人袒胸赤膊？见过两人苟且？"元子攸青筋暴起，怒气冲冲瞪着元徽，"你让我如何？杀了高欢，怀朔镇人马会不会造反？将皇后打入金墉城？尔朱荣数十万大军转手就灭了江山社稷！"元徽不敢抬头，元子攸又说道，"尔朱荣将平定天下，只有一年时间！"

元徽还是不明白："尔朱荣兵行天下，有胜无败，远过当年王莽、董卓、曹操，唯有刘裕可堪相提并论，我们又能如何？"

王莽、董卓、曹操和刘裕等人都是篡位奸臣，暗指皇位岌岌可危，元子攸低声说道："宁做高贵乡公死，不为常道乡公生。"

元徽听到此话心中一跳，高贵乡公曹髦是魏文帝曹丕之孙，司马昭专权，曹髦不胜愤恨，在陵云台召集甲士，拔剑登辇，率领殿中宿卫出宫讨伐司马昭。司马氏亲信贾充从外而入，战于南面宫阙，曹髦用剑拼杀。贾充向周围喊道，司马公养你们，就为今日。部将成济用长戈刺杀曹髦于车下，玉碎九重！曹髦死后，司马昭决定立曹操的孙子，常道乡公曹奂为皇帝，曹奂即位后拜司马昭为相国，封晋公，加九锡之礼。后来司马炎篡魏建晋，曹奂获封陈留王，宫室安排在邺城，使用天子旌旗，备五时副车，行

第五章·河洛白袍　211

魏国正朔，上书不称臣，受诏不拜，五十八岁在封国寿终正寝，结局是历代亡国之君中不错的。元子攸不计较尔朱歌与高欢的奸情，宁可像曹髦那样决绝，却没有他的鲁莽，也没有曹奂的柔弱，绝不效仿他将天下拱手相让。忽然，内侍禀报："祖大人和温大人到了。"

元子攸双眉一跳，在尔朱歌面前积累了巨大的怒火："乱臣贼子皆可诛之。"

元徽与祖莹关系不错，连忙求情："投奔元颢的大臣太多，杀了他们，其他人怎么办？"

元子攸让高道穆和杨侃立在侧面，唤来祖莹。他进殿跪倒，元子攸冷笑一声："祖大人可好？"

祖莹本极获元子攸信任，却投奔元颢，跪地认罪："陛下，臣罪该万死！"

元徽要保祖莹，跪倒说道："陛下可记得，河阴之变之后，尔朱荣要迁都平城，众人都不敢说话，唯有祖大人声震明光殿，阻止迁都。"

杨侃也与祖莹相善，为他说情："当时祖莹大人还说，我本应死于河阴，活着若对国家没有益处，死了有何损失？即便头颅粉碎、肚肠横流，也毫不畏惧！"

"那是元湛所说，祖莹适逢其会。"元子攸冷冷说道，心里还是感念祖莹，尔朱荣强迫自己迎娶尔朱歌，祖莹用反经合义相劝才有今日形势。他看着苍老的祖莹痛心说道，"你当初并不怕死，为什么偏偏投降元颢？"

祖莹跪地答道："臣不敢忘河阴之仇。"

元子攸勃然大怒："难道朕就忘记了吗？兄长和幼弟在眼前

被杀，流尽鲜血，辗转哀号！"元子攸看着祖莹苍老的身躯，"这是托词，你为何投奔元颢？"

祖莹不语，其实众臣都是一样想法，元颢和元子攸同为献文帝之孙，不管奉谁为帝，都是大魏的社稷忠臣。元子攸心里也明白，想起祖莹过去忠心耿耿，以后要对付尔朱荣，也是强援，拿出一封书信："流传千古的好文采，拿去自己看。"这正是元颢命令祖莹书写的檄文，这是元子攸恼怒的原因。

祖莹抱着檄文伏地不起，元子攸挥手："退下！"待他退出，元子攸说道，"传温子升！"

温子升进殿却不跪倒，躬身施礼。元徽、杨侃和高道穆紧张起来，忽然听见元子攸哈哈大笑拱手道："多谢先生。"元徽三人面面相觑，同是投降，祖莹和温子升的待遇大不相同。元子攸掏出一封信件，元徽接来一看，这是元天穆所写，大意是温子升劝他进攻虎牢，自己不听逃走，很是惭愧，并说他命令温子升投降元颢，入朝为内应。

温子升不欲多谈此事："葛荣邢杲授首，元颢逃亡，天下不日可定，皇帝危在旦夕！"几个人明白他所指，无论王莽、司马昭、曹操还是刘裕，都在威望达到最高时篡夺皇位，此言并非危言耸听。

此话正中元子攸内心深处："请先生教我。"

高道穆和杨侃新近加入，是否可以信赖？元子攸明白他的顾虑："先生无须多虑，杨尚书和高中尉与朕是患难之交，志同道合，先生但说无妨。"温子升十分感慨，这个年轻天子当真是眼睛里不揉沙子，祖莹已经被逐出核心，高道穆和杨侃加入进来。祖莹老到，高道穆和杨侃都年轻气盛，也不知是福是祸。

43 激励士气

高敖曹和呼延族带队奋力厮杀，忽然压力一松，马佛念率领一千骑兵冲开包围，杀回阵中。这次元颢趁着宋景休出击时出逃，为车阵带来致命的打击，一旦被攻入车阵，陈庆之便要全军覆没，幸好宋景休冒死阻拦敌军，马佛念率领骑兵杀回，补上缺口，他杀进杀出无数遍，如果没有这支骑兵，车阵早就破了。

"太谷关破了？"高敖曹心急火燎，生死存亡之际，太谷关近在咫尺却遥不可及。

"归阵。"马佛念没有回答，他为宋景休难过，他刚刚大婚就受如此重伤，怎么向刘离交代。回到阵中，他抛下十几辆破碎的武刚车重新结阵，梁军大半带伤，陈庆之胸铠露着半截箭杆靠着战车，刚才激战之际，他被一支弓箭坠落贯入，见到马佛念不禁眼神一亮，"有你在，我就放心了。"

"关中侯，我来拔箭。"马佛念大急，伤口必须包扎，否则颠簸就会撕裂血管，正要呼喊军医上来料理伤口，"等等，走嵩高山。"陈庆之阻止马佛念，从怀里掏出沾满血迹的地图交给马佛念，行军路线清晰可辨，一条细微路径从嵩高山中爬出，马佛念不由得大喜，陈庆之竟然留了小路。

"突围，带兄弟们回家。"陈庆之握住马佛念双手，大声叮嘱，这条山路才是真正的退兵之路，陈庆之向来都有两手准备。

"关中侯放心，粉身碎骨也把他们带回家。"马佛念唤来军医为陈庆之拔箭，再去查看宋景休伤势，他右臂整齐断去，身上无数伤口，昏迷不醒。

梁军还有三千多人，伤员包扎伤口，其余都在吃饭和休息。梁军没受过这种打击，士气低落，好在车阵内弩箭、饮水和干粮充足，战马体力充沛，足可再战。马佛念跳上武刚车向外观看，追兵没有围攻车阵，向南飞奔，似乎去夺太谷关，断去退路让梁军插翅难飞。马佛念转身回来，大声喊道："兄弟们！"

梁军见到马佛念有了主心骨，他本来的军阶不高，若说运筹帷幄，决胜千里，马佛念远远超过杨忠和宋景休等将领，攻入洛阳后成为陈庆之副将，指挥军队无人不服。马佛念指向南边说道："太谷关陷落，那是我们的退路，辎重和兵器都在那里，尔朱荣以为夺下来，我们没了退路，就跑不掉！"马佛念喝了一口水，全体梁军鸦雀无声，又说道，"但是，尔朱荣用兵一辈子也追不上关中侯！兄弟们信不信？"

梁军听到希望一起大喊，连呼延族和东方老也一起应和，高敖曹更是哈哈大笑。马佛念说道："我们纵横三千里，在魏国境内打进打出，尔朱荣在哪里？我们在北中城十一战，打得尔朱荣屁滚尿流，是不是？这位兄弟单人匹马，千军万马阵前横扫敌军，有人敢在他面前放肆吗？"马佛念拉起高敖曹，他武功出神入化，成为梁军将士的楷模。高敖曹第一次当着这么多士卒说话，局促不安，脸色腼腆："诸位，我那个匹夫之勇，算不得什么。"

他冷不丁当着众人说话，紧张得脑子转过来，马佛念气结，将高敖曹拉出鼓舞士气，哪知道他却在谦虚，轻声说道："大战在即，要提升士气！"

高敖曹顿时清醒，鼓舞士气也是兵法，急切间不知道说些什么，翻身跃上武刚车，引来梁军鼓噪之声，他指着四周："这些追兵仗着人多势众，其实狗屁不是，看我高昂杀进杀出，如履平地！"高敖曹双臂一振，如同大鸟般跃出车阵，赤手空拳冲入敌军，晃开弓矢和刀枪，胡乱抓起一名敌兵，砸开盾墙，冲天而起，脚下敌兵脑浆崩裂，箭一般向尔朱荣战旗而去。旗下一名将领长槊直刺，被高敖曹一把握住，双臂用力，他用长槊将那名将领挑在空中。高敖曹轻舒猿臂夺过战旗，翻身上马，驱驰回阵。片刻工夫深入敌阵，生擒敌将，夺了战旗，在空中一举，喊道："兄弟们，是不是易如反掌！"

以往陈庆之激励士气都是用言语鼓励，高敖曹斩将夺旗，梁军士卒目瞪口呆，将高敖曹视作神人，爆发出一阵阵喝彩声。马佛念风头被高敖曹压住，连军令都发不出，用力压下众人喧嚣，想不出比高敖曹更高明的激励士气之法，举起地图说道："尔朱荣以为我们要从太谷关退兵？哼！关中侯早有退路，我带大家回家！"

高敖曹热血沸腾，以往那些江湖争斗简直是小孩子游戏，振臂大呼："兄弟们，咱们横扫洛阳，皇帝赏赐你们金银财宝和美女，爽够了吗？"

"够了！"梁军士卒一起叫喊，却有几名梁军士卒喊道，"不够！"

"妈的，有了胡姬美女就不要亲娘吗？"高敖曹踢了面前士卒一脚，大声喊道，"爽够了，咱们就各找各妈，谁敢拦着！"高敖曹找对感觉，还要说下去。

追兵拥来，高敖曹还在话痨，马佛念气急，将他拉下武刚车，学着高敖曹语气："兄弟们，上马回家，各找各妈！"梁军士卒带足弩箭、兵器、胡饼和饮水，将重伤士卒驮在战马上，泼洒火油点燃车阵，向嵩高山突围而去。

"我再说几句。"高敖曹还要说，被呼延族和东方老夹到一边，准备战马弓箭去了。高敖曹被倒拖双腿，眼神流露神采，这感觉太棒了，所谓江湖门派顶多数百门徒，武林大会顶多千人，哪里比得上战阵上数十万人搏杀？江湖就是小鱼塘，战场才是大江大河。

陈庆之躺在战车上，喊来马佛念："我忘记一事，杨忠还带着伤兵在太谷关，如今关城陷落，想办法把他们救回来。"

明月挡住元颢弓箭："你答应关中侯提亲，杨忠便是我夫君，让我们死在一起！"

一名亲兵跪倒大喊："皇帝，我们与梁军同生共死，不忍杀害。"元颢亲兵从涡阳出发直捣河洛，战睢阳，连克考城、大梁、荥阳、虎牢和洛阳，很多人结为生死之交。他们是元颢最后的家底，还要依赖他们逃回梁国，元颢只好放下弓箭。

杨忠与梁军伤兵并肩作战，共抗强敌，如今被元颢杀死一半，悲伤万分。他扶着明月支撑着身体勉力说道："元颢，如果你为关中侯补充兵员，肯让我军入境为援，哪有今天？你宠信的那些大臣又在哪里？有一个人跟你逃亡吗？你利欲熏心，我真是眼睛瞎了。"杨忠话音未落，一名元颢亲兵倒转剑柄砸向杨忠兜鍪，将他踹倒在地。元颢下令点燃火油和干草枯枝，大火冲天而起，放弃太谷关，率领三百多骑兵沿着山谷向临颍退却。

  明月拖着他的身体走出大火，元颢策马过来："跟我走。"

  明月看透了元颢的真面目，他自私自利到了极点，先为江山社稷，后为自己逃命，什么都可以出卖。明月抬头面向元颢："你走吧，我陪着杨忠。"

  元颢仓皇后顾，再劝："陈庆之兵败，杨忠逃不回去，跟我走，要来不及了。"

  明月不再搭理元颢，抱着杨忠要将他唤醒，忽然两眼一黑，被元颢亲兵扔到马车上，剧烈颠簸，马车冲出，她掀开帘子，杨忠孤零零地躺在地上，越来越远。

44 玉碎九重

祖莹离开明光殿，自知失去元子攸信任，仰天长叹，与元徽道别离去。殿内只有温子升、杨侃、高道穆三人，元子攸宽心："你们都是朕心腹之人，尔朱荣即将平灭叛乱，手握重兵，罗织党羽，早晚要行废立之事，我绝不做汉献帝和常道乡公，你们有何计谋？"

"不为常道乡公，也不做高贵乡公！"杨侃出自弘农杨氏，数代在大魏为官，不齿尔朱荣所为，他悠然说道，"前世之事，今日之师，曹髦为何失败？"

元子攸要行曹髦之事，对这段典故当然上心："曹髦要诛杀司马昭，却不务养晦，愤郁之气见于言辞而不能自掩，胸无城府怎能成事？"

杨侃点头说道："曹髦出兵前曾与侍中王沈、尚书王经和散骑常侍王业相商，王经认为宫中宿卫兵力弱小，无法杀死司马昭，拒绝起事，王沈和王业偷偷告诉司马昭，故此泄露机密。"

元子攸立即明白："我不为曹髦，你们可是三王？"

温子升、高道穆和杨侃拜倒起誓："愿与陛下一心一意，绝不辜负。"元子攸起身向三人跪拜："江山社稷和朕的身家性命全赖三位!"

四人心潮起伏,约定暗中准备。温子升问道:"皇帝还需与皇后相亲相爱,不要让她有疑虑。"元子攸决心忍辱负重,温子升却不满意,"皇后在尔朱荣面前曾说,皇帝恨之入骨,必除之而后快,可有此事?"

元子攸冷汗涔涔,他过去确实不加掩饰对尔朱荣的痛恨,举手起誓:"皇天在上,我元子攸必韬光养晦,绝不泄露谋划,绝不让尔朱荣起疑。"元子攸走到殿门俯视皇宫,心情渐渐平复,"如何筹备?何时起事?"

温子升、杨侃和高道穆互相看一眼,答道:"尔朱荣灭天下之时,就是他授首之日!"

尔朱荣一路大军抢占太谷关,另一路拦在车阵之前,刚布好战线,却看到梁军放弃车阵,进入嵩高山中。他急忙策马来到梁军阵前,阵中空无一人,他仰望高耸的山脉,梁军烧毁武刚车,再不能结阵防守,已经被击垮溃退。雨点掉落,尔朱荣抹抹额头,他进入梁军车阵,火花正在被雨水踩躏,"扑哧"一声冒出青烟,向空中飘散。阵中还有来不及带走的粮草和兵器,物资充裕,如果不是元颢突围奔逃,自己绝对不能拦住,尔朱荣暗称侥幸,环顾众将:"元颢当真猪脑,陈庆之是不世战将,辅佐了一头猪,自寻其败。"

众将查看梁军遗留的军械,心惊不已,如果强行攻打,不知道要损失多少士卒,即便将梁军全部杀死,也得不偿失。尔朱荣来到梁军退却的山路,崎岖的羊肠小道向深山延伸,这条道路通往哪里？梁军溃散还是有备而去？一名信使策马奔来，尔朱荣接来细看，扬起密信问道："皇帝到了华林苑，猜他在做什么？"

众将心思都在作战，哪想到皇帝在干吗，尔朱兆猜测："打扫皇宫，准备登基吧。"他话中有挑衅意味，元子攸已经称帝，不需再次登基。

尔朱荣这封信来自高欢，他把寿阳公主车驾被砸和铸永安五铢的经过讲得清清楚楚，众将面面相觑，一起嘲笑元子攸。众人之中唯独宇文泰叹气，尔朱荣看了出来："你有何见解？"

宇文泰只是统军，军职极低，拱手说道："高道穆捣毁公主车驾，肃正法令，让王公贵戚不敢胡作非为，绝非寻常。"宇文泰虽然年轻，在众将之前毫不畏缩："皇帝铸永安五铢，将造币之权收回朝廷，打击豪强，既利于百姓又为朝廷开源，一改胡太后骄纵权贵之风。皇帝返回洛阳便肃正法令，铸造钱币，实在让人惊讶。"

他娓娓道来，众将才看透天子的深意，如果放任元子攸在洛阳坐大，尔朱荣这个权倾天下的天柱大将军感觉不好，真的要挟持皇帝迁都，可是千军万马在握，皇帝能奈我何？眼前当务之急是追踪陈庆之。他放下此事，策马进了小道，派遣人马进山，搜寻梁军。

云层凝结雾气，吸纳水珠，砸落战场，砸在兜鍪之上，尔朱兆猛一抬头，大喜过望："老天帮忙，下雨了！"元颢命令烧毁太谷用来阻断追兵，夏雨骤至，把无数的雨点向火花抛砸。尔朱世隆抱着尔朱世承的头颅木匣跪在地面，满身泥浆仰天大喊："世承,苍天有眼,让我追上元颢,为你复仇!"

尔朱世隆爬起,脸上分不清泪水还是雨水,埋头向城门冲去。尔朱兆大喊:"等等,火还没灭。"尔朱世隆毫不理睬,尔朱兆本看不上尔朱世隆,此刻却被感动,率领骑兵冲入太谷关,天降大雨,浇灭元颢逃生的希望。

梁军沿着羊肠小道行了半日,雨越来越大,道路泥泞。宋景休缓缓睁开眼睛,他右臂彻底断去,再也接不回来,他忍住伤痛,从车上坐起辨认地形。当初他和刘离在嵩高山探路,画下这牧羊小径。一块油毡被盖在宋景休身上,抬眼一看,正是马佛念,心中大定:"大哥,你回来了?"两人并肩作战多年,舍命相救不是一次二次。宋景休指着前方说道:"前面有个山岗,战马过不去,我在那边准备了辎重和担架。"

梁军伤兵都驮在马车上,如果放弃战马,轻伤者还可以翻越,重伤者难以回家,马佛念正在为此发愁,听了宋景休安排,十分宽慰。梁军身披重铠,马蹄歪斜在雨中行军缓慢,一旦被追上难堪一战。宋景休又说:"翻越山岗前有一座村落,可将重伤者安置下来,其余人马可退到临颍。"

如果抛弃伤兵,绝难生还,马佛念默然不语,陈庆之在战车上昏睡,幸好军中还有马佛念做主。又行数里,果然一处山岗横在面前,马佛念剥下铠甲扔到一边,将梁军聚集在一起,约有三千人,在雨中喊道:"兄弟们,翻越嵩高山就能到达临颍,那里没有敌军阻拦,下马吧,铠甲和战锤沉重扔在此处,翻过这处山岗。"

一名伤兵挣扎起来："受伤的兄弟们，能走的就走，走不了就在这儿干一架，这么好的兵器，扔了可惜。"

三四百名伤兵艰难排列成阵，还有几十名爬不起来的梁军抓起弓弩，那名带头士卒喊道："兄弟们，代为我等照顾父母，在此谢过！"

"不许费话，关中侯将令，一起回家！"马佛念打断众人。一队士卒已经从树林中找出担架，摆成一列，马佛念抽出环首刀指着地上的担架和食物，"尔朱荣以为我们从太谷关退兵，哈哈，其实关中侯真正的退兵之路是这里，为啥，你们明白吗？因为尔朱荣是骑兵，但是到了这里，面前这道山岗，他的骑兵能爬上来吗？"说完他擦去脸上雨水，"我等生死与共，一起回家！谁敢违抗将令？我依军法，踹他几脚。"猛踢那带头士卒一脚，众人大笑。稍事歇息，五百梁军为先导，伤兵居中，马佛念率领数百士卒断后，抛弃战马、重铠和战锤，翻越山岗，泥泞的道路通向天际。

受禅台

第六章

天下，
是天下人的天下

45 东南奔

沟壑如刀直插天空,阴云密布压谷底,瓢泼大雨贴地扫,两侧山峰猿猴悲啼,虎狼嘶吼。一队骑兵在龙门和嵩高山间的山谷星夜逃遁,元颢苍茫北顾,天降大雨浇灭火焰,追兵就能极速追来,他叹气而悔,当初调集梁国援兵进入洛阳,哪会狼狈至此?或者我不该从车阵中奔出,随陈庆之杀到太谷关,这里地势比北中城还要险要,辎重充足,可守可退,击败尔朱荣也有可能。

"大王,慢些。"一名士卒挥鞭追来,几十名伤兵在马车上颠簸前行,被落在后面。

"不管了,各安天命,走!"元颢快马加鞭,一溜烟向前奔出,明月在马车哭干泪水,昏昏睡去。一个妇人声音轻轻响起:"明月,元颢心里只有天下,连妻子都没有,怎么还会有兄弟和袍泽?"

杨忠悠悠转醒,身上还有明月身上淡淡的体香,人却不在了。陈庆之率领的梁军被合围在几十万敌军中,有没有逃脱?马佛念和宋景休还好吗?自己因为元颢和马佛念差点儿大打出手,悔之不已,马车放缓。一名士卒掀开车帘:"杨将军,大王抛下我们逃了。"

另一名元颢亲兵哼了一声："皇帝心里只有自己，哪管咱们？"

"还顾着他的小妾。"一名梁兵大喊，元颢队列中护送着几名女子。

这支队伍混杂了不满元颢的亲兵和几十名梁军伤兵，他们救了杨忠，沿着山谷奔驰，四周树枝颤动，这是追兵的信号。一名梁兵卧地倾听："追兵只有半里，至少五千人马。"

"杨将军，怎么办？"这些元颢亲兵恨元颢无情，以杨忠马首是瞻。

"皇帝待我不薄，生是皇帝的人，死是皇帝的鬼，兄弟们，拦住敌军，保护皇帝！"一名亲兵拔出环首刀掉头杀回去。众人哄堂大笑没人跟随，一名梁兵想起什么："宋将军在嵩高山勘察地形，找到退路。"

杨忠知道此事，陈庆之还有退路，只是嵩高山横亘在洛阳和伊水之间，南北上百里，到哪里去寻找梁军？忽然有人挑开车帘，小猴子捂着屁股出来，向那名拦截追兵的士卒喊道："你跑错了，追兵在这边。"紧接着又低声说道，"还忠于元颢，脑子肯定残了。"

那士卒勒住战马，挥舞环首刀掉头回奔，又惹众人大笑。杨忠挣扎扶着马车说道："诸位，若有人追随元颢或者留下等死，我绝不阻拦。"

一名士卒喊道："狗屁皇帝，丧家之犬都不如。"他们被元颢抛弃，追也追不上，没人愿意留下等死，一起喊道："杨大哥，我们听你的。"

小猴子跳起来："还有一条道路。"他没有随同枋头坞百姓逃亡，佯装负伤留在太谷关，举起一张地图道，"愿意找关中侯的跟着我，愿意追随元颢的，沿山谷跑吧。"

士卒们不肯追随元颢，大喊去找关中侯，梁军伤兵更是义无反顾，小猴子在地图上仔细辨认："沿山谷奔驰，快到谷口时再折北方，在这处小溪可以会合关中侯。"

地图上有一条小溪，从山脚下盘旋向北，汇入黄河，众人略为歇息，能骑马的骑马，伤兵坐入马车，顺着山谷向东南奔出。

尔朱荣带领军队进入嵩高山，来到一处陡峭高岗，地面到处都是梁军抛弃的战马、铠甲和兵器，继续追踪就必须抛弃战马。元天穆劝道："兄弟，回去吧。"

尔朱荣指着地面的辎重："陈庆之有极多伤兵，怎么可能逃掉？"说完脱下铠甲，率领精锐士卒紧追不舍。

太谷关峡谷中，尔朱世隆怀抱木匣狂追，木匣里是尔朱世承的首级，我要复仇！弟弟幼稚，不懂兵法，却是手拉手长大的亲弟弟，温软的小手，奶香的味道是童年的你，尔朱世隆抹了眼泪，他来到洛阳为官，把幼弟带在身边。可恨元颢为何如此残忍杀他，我对大魏社稷忠心耿耿，毫无篡夺之心，常在尔朱荣面前斡旋，没有对不起你元颢！他拼命抽打战马，回头催促："快，不要让元颢逃出太谷关。"

尔朱兆浑身散架，这般不顾战马死活让他很是不爽，元颢哪有心爱的战马重要？他干脆停下命令道："打尖！"

这几千人马唯尔朱兆马首是瞻，驻马歇息。尔朱世隆兜马回来，瞪眼睛质问，尔朱兆撇撇嘴翻身下马，让战马啃食嫩草，掏出干粮大嚼:"战马没冲劲,士卒没气力,怎么打仗?"

尔朱世隆气得直吹胡子,元颢只有几百亲兵,如惊弓之鸟,没有一战之力。他用木匣向尔朱兆砸去:"世承也是你叔父,若放走元颢,绝不饶你。"

尔朱兆目光一闪,走到道路旁边,树丛倒地,杂草凌乱,显然有一队人马从这里进入山林。他再回到峡谷,查看地面马蹄印记,元颢为何分成两支队伍?回头向尔朱世隆说道:"别喊了,这两边都有马蹄,元颢向哪边跑了?"

元颢放弃伤兵辎重,仍觉太慢,不管掉队亲兵,埋头狂奔。忽然眼前一亮,层峦叠嶂的山峰消失在背后,田野广阔,豁然开朗,终于穿越太谷关来到临颍地界,一马平川,向东向南都可以到达梁国。他清点亲兵,只剩两百人,叹气一声,连这些追随自己南征北战的亲兵都逃亡一半,还有什么本钱争夺天下,返回梁国做个太平王爷即可。他歇歇战马,吃些东西,又翻身上马:"我们冲出了重围,前方是临颍,歇息一晚,便能回到梁国。"亲兵们默然上马向东南而去,如同丧家之犬。

汩汩水响,梁军披荆斩棘翻越嵩高山,地势减缓,马佛念打开地图,按照宋景休绘制的路线,应可涉水而过。忽然"砰"的一声,一名士卒应弦倒地,追兵到了。很快喊杀声平息,这应是敌军零星的斥候,打不过梁军向后退去。马佛念大急,担架缓慢,大队追兵很快就到,绝不能停留。他来到前军,听见水声轰隆,脸色剧变,一道磅礴巨河挡在面前。不多时宋景休的担架到了河边,他前几日探路,这里还是一道小溪,天降大雨,嵩高山仿佛捅破了天,瀑布飞溅,山水汇聚,小溪涨成汹涌巨河。一名断后士卒仓皇奔来:"敌军出了山口,据此半里,首尾看不到尽头。"

梁军抛弃重铠和战锤,把长槊当作拐杖,连盾牌都没有,挡不住弓箭,逃也不行,战也不行,如果沿河逃亡,伤兵难以逃脱。马佛念沉思许久,断然下令:"砍伐树木!"

"无妨,这里有兵器。"宋景休勉力撑起身体,指向一颗最高的大树。

梁兵奔过去,抛开浮土,里面果然埋着十几个麻袋,打开之后全是弩箭、明光铠、战锤和斧子。为了翻越山梁,尔朱荣的军队肯定也抛弃了铠甲和重兵器,自己这里却有储备,一起向陈庆之欢呼。宋景休却不罢休:"再挖。"

梁兵疑惑地继续向下挖掘泥土,下面竟是烙好的用油布包好的干粮,虽然早已凉透,却是鲜软可口,"再挖,再挖。"宋景休咳嗽几声,梁兵就如同挖宝一般,第三层竟是美酒和牛肉,还有一大捆绳索,一阵欢呼起来。宋景休用单臂向昏迷不醒的陈庆之拱手:"关中侯,老马,军中禁酒,可是我实在舍不得元颢赐给咱们的美酒,一直舍不得喝,就埋这里了。"

马佛念看着重伤断臂的宋景休,眼泪就要夺眶而出:"好兄弟,来来来,赶紧吃东西,歇歇身子赶紧过河。"梁兵们又累又乏,坐在地面开始猛吃起来,不长时间便沟满壕平。马佛念打开酒坛,将酒分给梁兵,每人都有一大兜鍪,"兄弟们,咱们七千人杀到这里只有三千多人,折损了一半,我心里十分难过,来,咱们先祭奠那些不在了的兄弟们,还有受伤的兄弟们。"梁兵默默举杯喝了。马佛念又说道,"第二杯给咱们自己,咱们干了一件了不起的大事儿,七千人从涡阳出发一直打到洛阳,一拳从屁股打到心脏,然后大摇大摆地回家,你们说说,从古至今有谁能做到?"梁兵一起哈哈大笑,马佛念将最后一口喝完,"尔朱荣还在咱们身后,咱们有话回家说,来,干了,结木筏。"

"怪我,应该准备些筏子,可是那天就是一条小溪。"宋景休低声后悔。马佛念拍拍他的肩膀,"兄弟,这是天意,哪儿能怪你?"

梁军士卒跃入林中,用斧子放倒树木,拖到河边砍去枝叶,用绳索将五六根树干捆绑在一起,上中下各用一根长槊系紧,木筏已成。马佛念抹一把雨水,陈庆之仍在担架上昏迷不醒,全靠自己主持撤退。树林间又出现追兵身影,数量已有几十,射出弓箭骚扰,虽不敢进攻,却也开始骚扰梁兵。马佛念大喊:"敌军将至,树木结栅。"

梁军撤回河边,用粗壮的树木作为桩子,横向搭成木栅。追兵越聚越多,冲出山林东张西望,显然还没有主将到达。马佛念命令:"受伤的兄弟们先渡河,这是军令!"随即走到宋景休的担架,"大眼,你先过河。"

宋景休看着几个木筏,每次只能渡过十人,照这速度,半天也渡不完:"大哥,让关中侯先过河!"

一支队伍披荆斩棘,在嵩高山下向北跋涉,他们的服色和兵器极为奇怪,既有精良的明光铠,也有寻常的两当铠和筒袖铠,甚至还有粗铁铠。兵器五花八门:环首刀、骑兵圆盾、步兵大佰、战锤、战斧、弓箭、弩机，不一而足，最前一人蹦蹦跳跳，手搭凉棚勘察方向，正是以前的小猴子，现在的侯先生："要不要扔掉？"小猴子抢在杨忠身前，队伍中还有几十辆马车，遇到陡坡放慢速度，影响了行军速度。

马车上装有兵器、铠甲和辎重，陈庆之抛弃车阵穿行嵩高山，追兵肯定也是一样，这些铠甲和弓箭都是救命的，只要交给陈庆之，人数虽少，仍可一战。杨忠宁可辛苦也要带上，他担心的是时间，也不知道陈庆之他们到了哪里？小猴子曾在太谷关和嵩高山探路，路线极熟："我们在太谷关奔行，比翻越嵩高山快许多，必能及时赶到会合地点。"

"我们后面还有追兵吗？"杨忠临战思虑很细。

"追元颢去了。"小猴子答道，元颢杀死费穆和尔朱世承，追兵一定得之而后快。杨忠不禁为明月担忧，两人乍聚又分，明月跟着元颢不知道逃到了哪里，挥手从兹去，何时再相聚？小猴子知道他心思，安慰道："元颢战马极快，他们追不上。"

"好，去和关中侯会合"杨忠不再顾虑，清点人数，还有一百多人，驾驶装满铠甲、弓箭和兵器的马车，加速前行。

漫天遍野的军队出现，旌旗招展，散布弓箭手，后排士卒挽盾持矛。尔朱荣出密林极目瞭望，一条大河拦在面前，梁军砍伐树木造筏，两三只木筏正在摆渡伤兵，为了快速追击，他抛弃重铠和战马，军不成列，士卒散布，到达河边的数量不如梁军。他回手抓来一名令兵："吹响号角，聚集人马！"号角连天，天摧地塌一般在山林深处飘荡，越来越多的士卒冒出，不可胜计，组成阵线。

46 命丧受禅台

月色苍茫，蛙虫啼鸣如潮，尔朱兆冲到平原，找到元颢如同大海捞针，再向远处眺望，还有一支队伍从向嵩高山东侧而去，估计是接应陈庆之的梁军。尔朱兆犹豫起来，若追不上元颢，又放弃陈庆之，便两头不讨好，决定截击陈庆之，于是下马提着缰绳往山林中行走，忽然被双眼通红的尔朱世隆拉住，他的战马上还挂着那个装着头颅的木匣。尔朱兆一向看不起尔朱世隆，推开吼道："元颢星夜逃遁，追不上了。"

尔朱世隆发出怒吼，如同野兽一般，肥胖的身体全力一冲，将尔朱兆扑倒，狠狠压在他身上："他上天入地，也要追下去。"

尔朱兆将尔朱世隆摔倒："歇息一晚，明日出发。"

尔朱世隆"扑通"向将士们跪倒，涕泪横流："我兄弟被元颢切成碎片，头颅挂在战旗上遍传洛阳，他与元颢何怨何仇？元颢竟如此心狠手辣？诸位不少人与我幼弟交好，你们就眼睁睁看着元颢跑掉？"

众人感念他兄弟情深，各自黯然，尔朱兆指着尔朱世隆斥责："你放弃虎牢关逃跑，连你弟弟都不告诉一声，要不然他能死吗？"

尔朱世隆猛然拔出宝剑冲来，尔朱兆身体灵活，出剑格挡，身体交错，用肩膀将尔朱世隆再度掀翻，宝剑横在他脖颈。忽然士卒一起跪倒大喊："仆射大人，尔朱世承也是我们的兄弟，愿随你上天入地，绝不放过元颢！"

"元颢是丧家之犬，陈庆之才是大敌！"尔朱兆不敢真把尔朱世隆砍了，自己的亲近骑兵都要为尔朱世承报仇，也没了主意，终于想到了说法，"天柱就在那边和陈庆之大战，咱们从背后给梁兵来一下，哈哈，我们这支骑兵出现在陈庆之那些丢盔卸甲的步兵屁股后面，谅他插翅难飞！"说到这里，他忍不住哈哈大笑起来。

梁兵们听到尔朱荣的名字，精神一振，尔朱世隆放声痛哭，团团跪拜："诸位，尔朱世隆无以为报，只要追上元颢，我必将诸位恩情禀报大将军，散尽家财以报。"

尔朱世隆家财巨万，谁不动心？他上马喊道："擒斩元颢者，割宅以谢！"军士们感慨尔朱世隆与幼弟情深，又有重谢，向尔朱兆请求："车骑将军！追元颢吧。"

众情难违，尔朱兆只好顺水推舟："叔父，你兄弟情深，我陪你万水千山追下去！"

尔朱世隆抹去泪水，仰面大喊："世承兄弟，大伙儿誓死为你复仇！你在天保佑，让我斩下元颢头颅为你祭奠！"说罢驱驰战马，连夜追踪。尔朱兆不能独自去截杀陈庆之，叹气一声，跟着队伍向平原冲去。

月色凄凉，天渊池蛙声如潮，高欢前来辞行，尔朱歌感受到他的坚决去意，将后背对着高欢："你曾经答应带我离开皇宫，如果做不到，你便留在这里。"

高欢不理解尔朱歌："大将军灭元颢，天下指日可定，你是皇后，何须如此担忧？"

尔朱歌经历太多的宫廷阴谋，元诩在她怀中被亲母鸩杀，不祥的预感越来越强烈，却没人相信："贺六浑，我的话别人听不进去，你却听得懂，皇帝忘记不了血仇，一定会对付父亲。"高欢必须离开洛阳，却不能带走尔朱歌。尔朱歌渐渐心凉，"你要逃，却留下我。"

高欢取出信件递给尔朱歌："大将军命我平定河北，军令难违。"

"天下太平之日，就是图穷匕见之时。"尔朱歌仍然继续劝说。

高欢点头："我知道，我会转告大将军，让他提防。"

尔朱歌劝不动高欢，只好问道："父亲给你多少人马？"

"只有七百。"高欢忐忑不安，韩楼是六镇骁将，聚众数万，十分善战。

"为何这么少？"尔朱歌意外，看来高欢这场仗不好打。

"大将军还给我派来一人。"高欢想在晋阳招募六镇余众，在河北与当地豪强合作，再训练士卒平灭葛荣余部，培植势力，讨伐韩楼正是好时机。他向尔朱歌说道，"大将军还派来侯渊同行，临机应变是他所长，统领太多人马，他未必能够运用，七百人必能取之。"

"走吧，追逐你的江山，猎取天下去吧。"尔朱歌劝无可劝，挥手斥退高欢。

森林尽头是平原，大河从山中盘旋而出，一夜大雨，草淡花香,杨忠穿行山路,顺着河流向上便是会合地点。小猴子向上游望去不禁惊叫一声,云雾蒸腾看不到尽头:"我探路时还是小溪,一夜之间河水暴涨,关中侯如何过河?"

河岸对面响起鼓角声音,杨忠忍着伤痛上了战马,向上游奔驰,对面渐渐出现零星梁军士卒,正在被敌军射杀,杨忠向对岸大喊:"快,游过来!"

河水出了山坳,速度减缓,南边士卒都能游水,跃入水中游来。追兵冲到岸边,张弓开射,梁军士卒后背暴露,哪里逃得过?几人中箭沉入水中,冒出一团血水,只有一人奋力渡过河来。杨忠下马扶起来:"关中侯在哪里?"

这几名士卒是梁军探路的斥候,指向上游说道:"都在那边,快去!"

元颢曾说陈庆之战死,杨忠半信半疑,现在放下心来,留下小猴子押运辎重和马车,率领骑兵向下游飞奔,接应陈庆之。

银鞍白鼻騧,绿地障泥锦,细雨夏风花落时,洛阳已陷休回顾,挥鞭直就临颍城,元颢抱着马脖子赶路,进入梁国才能保住性命,江山社稷哪有这颗头颅重要?中午时分,视线尽头出现一座高台,他的亲兵护卫沿途逃亡,只有一百多人跟在身后。元颢来到田间,看见一耕作的老者,拱手问道:"老丈,此处为何地?"

老者放下锄头遥指高台:"受禅台。"

东汉末年,曹操挟天子以令诸侯,汉献帝刘协不甘心交出社稷,一次次抗争,内兄董承被夷灭三族,伏皇后和两个皇子都被杀戮。刘协回天无力,只好禅让帝位。四次禅位诏书之后,曹丕装模作样地接受，当即筑起高台。当日受禅台红毡铺地，罗幔遮天，三十万士卒肃穆而立，满朝文武官员数千，匈奴南单于、东夷、南蛮、西戎、北狄各部族首领云集。寅时大麾飘摆，绍音响起，钟磬齐鸣，曹丕端坐受禅台，接受八般大礼称帝，汉献帝奉上传国玉玺，受封山阳公。

元颢泪如雨下，自己如同汉献帝，复兴江山社稷的梦想飘零散去，只求活命而已。他翻身下马登上受禅台，脚下是江山故土，此去一别再无相见之日。他正在痛哭流涕，西方升起骑兵烟尘！台下的亲兵又有打马溃散。元颢是惊弓之鸟，忽然四周大喊，房舍中冲出一队杂役，元颢并不惧怕："冲散他们！"杂役们手持木棍短刀，只有一百多人，估计是临颍县衙的杂兵捕头。元颢亲兵装备精良，驱散十分容易，却纷纷回头张望追兵，迟疑不前。元颢大急，抽出环首刀："快，追兵要到了。"

没有人动手，战马向后退却，元颢大骇，最后这一百多人也要抛弃自己吗？他张开双臂高喊："这么多年生死与共，你们难道不管朕了吗？"

一名亲兵拱手答道："大王抛弃伤兵，何尝管过他们？"

另一名士卒早对元颢不满："大王若不出逃，与梁军结阵东返，怎会有今日？"

元颢亲兵互相知道心意，下马向元颢拜倒："大王，我等商量过了，返回嵩高山救援梁军，东返梁国，在此别过，后会有期！"众人翻身上马驱散杂役，将兵器、干粮和清水挂在元颢马鞍，向元颢拱手再拜，策马绕开追兵往嵩高山而去，只为元颢留下一辆追锋车。

47 最后一战

陈庆之悠悠睁开双眼向四周望去,身边是七八百伤兵,前方是用树干结成的阵线,背后是一条又深又宽的大河。士卒重新披挂重铠,兵器庞杂,箭囊满满,马佛念正在指挥,宋景休右臂空空,他的目光越过木栅向前望去,敌军正在聚集,铠甲和兵器正在源源不断送来,披甲整军待战。在他的地图中,背后仅是小溪,现在却涨成巨河。自己千算万算,安排周密,却算不到天意,退路竟被断去。马佛念满脸喜色奔行过来:"关中侯,身体如何?"

陈庆之喝了一口水:"我还好,大眼怎样?"

宋景休见陈庆之清醒,有了主心骨:"右臂断了,左边胳膊仍然可以杀敌。"

"有杨忠消息吗?"陈庆之十分挂念杨忠,太谷关显然有了极大的变故。

"还没有。"马佛念进入嵩高山后,便与太谷关断了联络。

"请高敖曹三人过来。"陈庆之让马佛念主持战事,十分放心。高敖曹过来拜倒,陈庆之说道:"趁着没有合围,你们冲出去吧。"

高敖曹三人武功高强,突围不难,他拱手而答:"高昂不是临阵脱逃的人。"

追兵正在布阵，弓箭手压住两边，防止梁军逃散，重铠士卒居中，就要开始攻击。陈庆之喘口气说："我以前在南方，以为北方是夷狄之乡，如今发现英雄豪杰尽在中原。渤海高氏是汉人望族，你学会奇正兵法，留在北方训练士卒，向他们讲述我领兵北伐的经过，告诉他们，不要懦弱，不要怕死，不要屈服，用性命守卫父母和妻儿。"

马佛念出来劝道："木筏已成，渡河吧，有您在，胡马不能渡江。"

陈庆之推开马佛念，抽出环首刀向士卒喊道："今天是最后一战，死得其所也！"命令士卒收集弓箭，用木筏运送伤兵渡河，严阵以待。

元颢下了受禅台，翻身上马，行囊中还有干粮、清水和些许金银，足够返回梁国。他拉开追锋车，他的王妃脸上挂着泪水，因挂念作战被擒的儿子元冠受，忍不住询问。元颢默然牵来一匹战马："上来吧，我们要自己行路了。"

元颢生来便是皇家贵胄，哪有如此凄凉？正要驱驰，一杆长槊刺来，战马咆哮倒地。一名杂兵从矮墙后走出来："你是元颢？"

元颢抽出环首刀，拉着王妃向受禅台退去："你是何人？"

那人抹去黄土大笑："我是临颍县吏卒，江丰！"昨日临颍县收到洛阳文书，说皇帝回到洛阳，元颢兵溃逃散，令沿途州郡截杀。临颍县溃兵极多，县令带着杂役登上受禅台瞭望，发现元颢。这江丰颇为机灵，元颢亲兵驱散杂役时，他偷偷躲在矮墙下，盯住元颢不放，刺倒战马，一摆长矛："扔下刀，我把你送到洛阳，未必就死。"

元颢举刀向下砍去,喊道:"还敢诳我?你一个杂役胆敢挡在我面前?"

尔朱荣来到阵前:"关中侯何在?"梁军不答话,零零落落射出弓箭。尔朱荣叹气,自己重兵堵截,扑向太谷关,却没想到梁军真正的退路在嵩高山中,利用山势迫使自己放弃战马和重铠,梁军却在这里埋藏了兵器和食物,若非河水暴涨,早就翻越了嵩高山。他向梁军阵前喊道:"关中侯,你们都是英雄豪杰,我十分敬佩,只要投降,我必然保你一条生路,一旦大军出动,刀刃无眼,便救不了你了。"对面无人答话,射出几支弓箭。

尔朱荣退了几步,舍不得杀死陈庆之:"名师大将莫自牢,千军万马避白袍!关中侯何须以死明志?你七千人马四十七战皆捷,克三十二城,足以彪炳千古!"尔朱荣的劝说仍然无效,退回阵中准备决战。梁军的木筏越来越多,将几十名伤兵渡过,拖延时间越长,就有越多梁军逃脱。

尔朱荣的援兵渐渐聚集,带来辎重和铠甲,他发出军令,重铠士卒缓缓向前,在阵前停住脚步,两翼弓箭手分散,接近梁军河边战阵,抛射弓箭,梁军毫无反应。"进攻!"尔朱荣下了军令,步军铠甲极重,又有盾牌护体,队列森严,逼近梁军。尔朱荣忽然停住脚步,止住大军喊道:"驸马都尉,你为何偏偏要南投梁国?"

竹竿入河,一只覆满刀茧的大手紧紧握住,这是梁军的一名斥候,他从河水中冒出头来,被竹竿拖到岸边。梁军溃兵或被杀死,或在河中被射死,只有小半能够逃到这边,他被压住胸口,呛出几口水,递来胡饼,这名斥候狼吞虎咽吃完,气力恢复。一个瘦小如猴子般的人拉着战马蹦来蹿去,拿着铠甲和兵刃奔过来问道:"能动了吗?"这名斥候头晕脑涨,小猴子将兵器和弩机送到他手中:"关中侯被围,速去!"

这名士卒晃晃脑袋甩掉河水,摇摇晃晃上马,啃着胡饼向上游奔驰,河边零散梁军不断加入,汇成阵形大喊:"兄弟们,会合关中侯!"马蹄震天,虎虎生威,梁军在河边略为休整,会集一起怒吼:"杀!"向上游狂奔。

小猴子收拢梁军溃兵重新武装,向上游增加人手,忽然背后烟尘大起,大约两百名骑兵高速奔来,正在心惊,骑兵到了眼前,都是元颢亲兵。小猴子问道:"你们皇上在哪儿?"

这些元颢亲兵从铚城出发,与梁军并肩作战,早有袍泽之情,向小猴子作揖:"将大王送至临颍,特来驰援关中侯。"

小猴子拍掌大喜,打开箱子,将食物、兵器和强弩一股脑儿拿出来:"各位好兄弟临危救难,都是大英雄,吃饱喝足,援救关中侯!"这批援军出发后,小猴子催马车疾行,陈庆之应该在河边和尔朱荣对峙,谁能够抢先得到支援,谁就会占据上风。

河边两军相对,"撤!"陈庆之不想恋战,命令伤兵登上木筏。

宋景休挣扎着在担架上抬起身体:"请关中侯渡河!"梁军只有七八只木筏,每次只能运送二十几人,伤兵便有七八百,一上午都未必能运过河去。敌军一旦开始围攻,断后士卒绝难幸免。

陈庆之指着木筏:"宋景休!这是军令,乘筏过河,勿复多言!"

马佛念走到伤兵前跪在地上:"受伤的兄弟们留在这里只有死路一条,军情紧急,恳求兄弟们赶紧过河,让木筏往返,多接些兄弟回家,不要耽搁了。"

梁军伤兵洒泪登筏,对面号角响起开始进攻,陈庆之来到木栅前:"弩箭还有多少?"

"够射几轮。"宋景休埋藏了重铠,弩箭仍然是簇头,梁军根本来不及制作弓箭,马佛念将弩箭集中起来配备给强弩士卒,人数不到一百。

两人说话间,敌军加速向木栅冲来,两翼纷纷开弓,不断有梁军中箭。"挺槊!"陈庆之断喝,数十支长槊从木栅后挑出将敌军钉死,喷溅出汩汩鲜血。"射!"陈庆之再下军令,强弩向两翼展开,没有盾牌保护的敌军弓箭手被层层割倒。

"冲!"马佛念率领梁军破阵而出,向中间敌军夹击。如果被挤压在河边,射空强弩,必然全军覆没,马佛念心一横:"今日只有死战,兄弟们,杀!"抛下空空的弩机杀入敌军之中,这是拼死的打法,只希望轰轰烈烈大战一场,将敌军全数击退,渡过更多伤兵。陈庆之举起定国刀:"杀!"率领全部梁军从木栅中冲出,大举反击。

杨忠策马急奔,渐渐有更多士卒纵马汇入,既有溃散的梁军,也有枋头坞精壮,还有元颢亲兵,军情紧急来不及详谈,点头传达慰问之情,他们曾并肩作战,千言万语都在眼神一碰,这支装备精良的队伍越来越大,号角声音越来越响。忽然对岸出现一座战阵,只有胡角而无战鼓,两千多梁军被数倍敌军包围,血战搏杀,木筏往返,河岸这边躺着几百伤兵。

杨忠急火攻心大吼:"擂鼓!"他辎重俱全,战马两侧悬挂战鼓和金锣,梁军士卒用尽全力,震响两岸,胡角如丝散去,气势全消。

48 坠高台

尔朱世隆怀抱木匣催动战马,契胡士卒感念他复仇心切,紧紧跟随,尔朱兆只好跟在后面。眼前出现一座高台,四周出现溃散士卒,看样子是元颢亲兵,尔朱兆分兵拦截几人,得知元颢就在受禅台,尔朱世隆二话不说继续狂追。尔朱兆掏出千牛刀,向俘虏脖颈一抹,鲜血淋漓,他在鞋底擦擦血迹,策马去追。

尔朱世隆来到受禅台前,上面站着一人,高举一颗人头,向大队人马喊道:"临颍县吏卒江丰,于受禅台斩杀乱臣贼子元颢!"

战鼓震天撼地,两军正在岸边搏杀,尔朱荣熟知梁军鼓角军令,听出梁军援兵,一支骑兵队伍在对岸奔驰而来,明光铠熠熠生辉,大惊失色,陈庆之真是不世良将,这里竟有一处伏兵。忽然一队士卒斩棘而出,正是贺拔岳的人马,尔朱荣大喊:"快,杀!"

杨忠来到岸边看见宋景休,下马查看他的伤势,刀剑之伤没有大碍,只是右臂断去,再也不能上战场,不由悲伤难过。宋景休猛地推开他,吼道:"什么时候,还像女人一样哭泣?过河!"

对岸鏖战正酣,杨忠踏上木筏:"运送铠甲和弩箭过河。"

载了几名梁兵悠悠过河,杨忠喊道,"关中侯,我来了!"

马佛念听见战鼓,看见援兵精神一振:"兄弟们,杀回去!"于是向木栅杀回,利用仅剩弩箭将敌军逼走,并整理阵线。看见尔朱荣亲自上阵,挺刀走出向尔朱荣拱手:"大将军,一向可好!"

尔朱荣来到阵前:"当年在琅琊郡王府谈兵论战,何等开心快活,今日却成对手,只有一事不明,向驸马都尉请教。"

马佛念本名司马朏,曾祖父是琅琊康王司马楚之出自晋室贵胄,少有英气,善待属下,刘裕即将篡晋时诛夷司马家族,司马楚之的父兄都被杀死,他占据长社拥有上万人马。刘裕很忌惮,派遣刺客去杀他。沐谦夜间诈称疾病,打算趁机刺杀,司马楚之准备汤药前来探望,亲自喂服。沐谦极为感动,从席下取出匕首说出刘裕阴谋,投奔司马楚之。司马楚之打不过刘裕,投奔北魏,被封为安南大将军,琅琊王,多次抗拒宋军。后来跟随北魏太武帝出征柔然立下大功,被赐婚河内公主,生下司马金龙,此人便是马佛念的祖父。司马金龙有乃父之风,被拜为侍中、镇西大将军、朔州刺史、吏部尚书,去世后赠司空公。司马金龙娶了河西王沮渠牧犍的女儿,生了四个儿子,第三子司马悦迎娶华阳公主,育有两女两子,其中一女嫁给宣武帝元恪,一子名为司马朏。

孝文帝迁都之时,王宫亲贵大都前往洛阳,司马悦为朔州刺史,留镇平城,与尔朱荣家族的秀容为邻,走动频繁,尔朱荣曾在琅琊王府遇见马佛念,两人酷爱兵法,谈兵论道,各自钦佩。尔朱荣在阵前笑出眼泪:"任何人都可投奔梁国,唯独你不应该。南朝刘裕称帝,杀你全家,你父祖逃亡魏国,身受国恩,岂能反叛?陈庆之北伐驱除索虏,你祖父河内公主,你母为北凉沮渠牧犍之女,是匈奴卢水胡人,你驱除什么索虏?连你母亲也要驱除吗?华阳公主也是鲜卑之后,你拜驸马都尉,连老婆儿子都要驱除吗?当真笑死人了。"

马佛念对尔朱荣避而不见,就是怕被他揭穿:"大将军见笑,今日战场,当真要与我谈论身世吗?"

军队源源不绝翻越嵩高山而来,双方都在积蓄战力。尔朱荣答道:"司马肚,你投降之后不失为驸马都尉,何必枉死阵前?"

马佛念不理不睬,带着几十名梁军拦在阵前。尔朱荣动了怒气发令:"退下!这是战场,别怪我不讲交情,将你格杀。"

魏军弓箭手后退,重铠士卒层层杀来。梁军耗尽强弩,无法开弓,在木栅后眼睁睁看着敌军逼近。马佛念冷笑说道:"今日战场就该厮杀,啰唆什么?有本事就来取我人头。"

一颗人头被放置在受禅台上,元颢尸身平躺地面,鲜血泼洒黄土,变成乌黑颜色。尔朱世隆拎起元颢头颅,仰天大笑,旋即变成悲声:"兄弟,元颢在此,你在天之灵看见了吗?"

尔朱兆一声令下,高台血光冲天,几名被抓获的元颢亲兵被齐齐斩去首级,尸身扑倒。两名女子被押上来,扑倒在元颢尸身前放声痛哭,尔朱兆喝道:"你们何人?"

年长些的女子答道:"我是皇后。"

"什么狗屁皇后,你是北海王妃?"尔朱兆上下打量,这女子极为养眼,将亲信叫来,"赐给你了。"尔朱兆与三千契胡骑兵亲若手足,不吝封赏,又来到另一人身边,她容貌更佳,"你是?"

明月与杨忠分别后与元颢仓皇逃到此处:"直阁将军杨忠之

妻，吕桃儿。"

尔朱兆拨开明月头发，露出惊世容颜，对亲信将领说道："天香国色了，谁要？"

众将谁不想要？连先前那得了元颢宠妃的头目也吆喝起来。尔朱兆指着他们笑着说："夸夸自己的功劳，我和仆射大人为中正，谁功劳大就给谁。"

一名将领功劳不大，自知没有机会，拱手说道："我先来说。"

众将哄笑，此人清清嗓子说道："众位兄弟，我来说，你们可不能打断。"众将一起点头，他手指向四周指了一圈，"我们这些人中，他攻陷河内郡，渡过马渚，擒元冠受，击溃元延明，追击祸首元颢至受禅台，获其首级，居功至伟，何人不服？"

众将听出来是尔朱兆，他功劳极大又是主将，没人和他争功，一起拱手说道："此女归您，才众望所归。"

尔朱兆推辞不领："众位兄弟随我出生入死，我恨不得拿出妻子与你共享，若还要取此女，便猪狗不如。"

众人见尔朱兆态度坚决，各自夸耀战功，争夺明月。明月悲哀到极处，元颢死在眼前，自己免不了受辱，已有必死之心："杨忠，你的恩情，来世再报！"猛冲几步，一头向高台下栽落。

49 丁督护歌

胡角响起,这是攻击之令,木栅开合,马佛念归阵,魏军长槊猛刺。"翻!"也不知道谁下了军令,士卒们攀爬木栅,木桩摇动,松松垮垮,竟可以推开。魏军向内拥入,却看不见敌兵,而是由树木搭成的小径,弯弯曲曲,绕来绕去,一时出不来。

尔朱荣越看越心惊,阵形回转千折,别有洞天。明光铠在树木间闪现,在阳光下反射,梁军还在阵中,自己的士卒却找不到?刀光一闪,一名士卒从腰部中断,尔朱荣渐渐看出了蹊跷,梁军士卒隐藏在树干间,突然偷袭。长矛突刺,又有士卒被刺中倒地,鲜血迸流,魏军士卒左冲右突,连梁兵影子都摸不到,已经有一半倒在阵中。

尔朱荣猛然醒悟,诸葛武侯的八卦阵!阵形中间有个圆坛,马佛念居中指挥,梁军砍伐树木,匆匆结阵,追兵都以为是座寻常木栅,内部竟有玄虚,守军隐藏木栅之间,耗尽敌军锐气,伺机杀敌。尔朱荣不敢再攻,大喝:"撤!"

号角响起,魏军停下脚步,木栅骤合,入阵士卒全部被兜进去,阵内流出汩汩鲜血,入阵士卒一个都没有活着出来。木筏从对岸返回,接走几十名伤兵,梁军就像蚂蚁运粮,想要全师渡过去。

尔朱荣找不到破八卦阵的方法，只好下令，"拆！"数千士卒提着大斧来到阵前，砍翻木栅，果然看见背后的几名梁兵，抢起大斧，血如泉涌。如果双方势均力敌，梁军可以守住木栅，现在人数相差悬殊，空当极多，魏军顷刻间将第一层木栅砍倒，八卦阵漏洞百出。尔朱荣还不罢休，号角不止，有几层树木被拔走，梁军仓促构建的八卦阵神形俱灭。魏军张弓搭箭向阵内抛射。阵中一片死寂，木栅被拔出，伤兵渡过大半，马佛念率领梁军守在一道木栅之后。

尔朱荣走到近前再劝："司马朏，你我有旧，不忍你死于此地！"

马佛念一挥钢刀，指着尔朱荣："我小时候曾与父亲谈论魏晋之事，父亲叙说祖先开创帝业的往事，诛灭名门，残杀高贵乡公曹髦，又说及八王之乱，精兵良将自相残杀，我听到这些往事，掩面伏在床说上：晋室有大罪于天下，怎能长久？四百年大乱，遍地饿殍，尸横遍野，追根溯源，起自我们司马家，我从此立志，绝不做一个锦衣玉食的王爷，而要匡扶天下，这才加入梁军。"马佛念拖延时间，强渡伤兵，说出心迹，"大将军，可记得我为何与你绝交？"

那是十几年前的往事，尔朱荣随父亲来到平城的琅琊康王府做客，与马佛念聊起孝文帝汉化，尔朱荣咬牙切齿，马佛念对孝文帝极为推崇，这是两人分道扬镳之始。马佛念说道："孝文帝之后，胡汉一家，天下一统已有雏形，劝大将军不要倒行逆施，浩浩潮流，汤汤大势，岂是人力可为？"

尔朱荣指指马佛念："我以为，你身上流淌着河内公主和沮渠牧犍的血脉,没想到你内心里还是一个彻头彻尾的汉人!被我杀于河阴的那些王公大臣,脑满肠肥,行尸走肉,哪里还能跃马扬鞭,叱咤沙场?任人宰割的肥狗豕耳!"

马佛念答道:"大将军错了,看看我的这些兄弟,七千铁血男儿,从涡阳出兵,白马啸西风,四十七战夺三十二城,名师大将莫自牢,千军万马避白袍,谁不闻之丧胆!我们的赫赫战功将流传千古,激励世世代代的英雄豪杰,即便死去,热血如同黄河长江,永远滚滚流动!"

追兵全数到达,贺拔胜、贺拔岳、元天穆率领数万大军,披挂重铠,排列整齐,梁军只有千人,弩箭射空,兵器不足。尔朱荣举起旌节,向前一指:"一个不留,杀!"

瞬间大军杀入木栅,鲜血奔流,梁军断后士卒拼命掩护大军渡河。马佛念看见陈庆之还没有过河,正在指挥伤兵渡河:"关中侯,你撤。"

"老马,你过河,我断后!"陈庆之知道,断后极为危险,坚持让部下先过河。

马佛念跪倒拒绝:"关中侯,你是一军之主,兄弟们不能没有你。"

敌军已经压到河边,木筏数量极少,都在对岸和河中,凶险万分。陈庆之大声命令:"这是军令,即刻渡河。"

马佛念猛然站起,向陈庆之拱手:"马佛念无礼了。"又向身边几名亲兵吼道,"愣着干什么?送关中侯过河。"他抬起担架,不由分说将陈庆之送到最后一个木筏上,他身边只有一百左右梁兵，敌军已经从四面而至，其余木筏还在河中带着杨忠等援兵返回，于是向后一转道，"兄弟们，杀！"

"摔死了？把头颅割下来。"尔朱兆愤愤不平，指挥士卒砍下首级，盛入木匣。

尔朱世隆还不解恨，提起元颢头颅，发誓要把头骨刷漆当作便壶。传首京师能换到巨大的封赏，尔朱兆不肯让他乱来，抢来元颢头颅封入木匣，挂在战马一侧，命令士卒将尸身埋了，对契胡骑兵喊道："擒斩元颢是天大的功劳，但是梁军还没有斩尽杀绝，随我驰援大将军，杀了陈庆之才算全功。"尔朱兆率领契胡骑兵掉头奔回，夹击梁军。

夕阳血红，受禅台八荒，唯有两处封土，昭示乱臣贼子的下场。

杨忠渡过河流，八卦阵已被捣毁，梁军横七竖八倒在阵中，只有少数还在抵抗。"射！"杨忠带领的梁军弩机爆响，结成阵线向前杀去。尔朱荣追兵大都丢掉重铠和盾牌，哪里受得了弓箭，杨忠一鼓作气杀退敌军。木筏往返过河，断后士卒守住木栅搏杀挡住敌军，陈庆之已经到了对岸喊道："杨忠，快找老马。"杨忠遍地寻找，终于在一棵原木下找到马佛念，他身上只有一件犀牛皮甲，身上有七八支弓箭，一根长槊洞穿胸口。他立即拔箭包扎，但不敢动那支长槊，当初他父亲就是因为拔箭喷血而亡，马佛念被送上木筏，杨忠半跪喊道："大哥！"

马佛念看见杨忠十分欣慰："二弟，你没事儿，太好了。"马佛念吩咐道，"边境太远，三弟你身受重伤，前往枋头坞疗养，保护百姓,不要再上战场。"宋景休坚决不走,杨忠喝道:"这是大哥嘱托,不要违逆。"

在元颢拉拢下,杨忠与马佛念渐生嫌隙,冲突频繁,杨忠在虎牢关不顾军令去洛阳解救明月,在宋景休同牢合卺之礼上阻止马佛念挟持元颢返回梁国,直到元颢出逃,杨忠才理解马佛念的苦心,惭愧万分:"大哥,当初不听你言才有今日。"

一边是兄弟一边是挚爱的女人,谁都会犹豫,马佛念并不责备:"明月在哪里?"

杨忠将元颢放弃太谷关带着明月逃走的经过讲了一遍,马佛念从怀中掏出一柄匕首:"二弟,我有一事相托。"杨忠应承,河水不宽,但是雨后浪急,木筏在水中上下颠簸。马佛念捂着伤口说道,"五年前我的妻子华阳公主逝去,我万念俱灰大病一场,差点儿离世,膏肓之中想起平生之志,向上苍祈祷,只要能活过来便投奔梁军,洗刷祖先耻辱。我渐渐康复,将两个儿子送往平城,向南投入梁军,你若有机会,把这千牛刀交给我的儿子,把我的事情告诉他们。"

杨忠很不理解:"你是魏国的驸马都尉,为何跑到南边?"

若论血统,马佛念与元颢差不多,都是身兼胡汉,妻子和祖母为鲜卑拓跋皇室,母亲是匈奴族裔,他驱除索虏的决心超过陈庆之。马佛念说道:"晋室永嘉之乱,胡汉既有残杀,也有相亲相爱,难道我们放弃亲情和兄弟之情,只会互相杀戮?"

"为何要北伐中原,这么多好兄弟葬身沙场?"杨忠泪流满面,剩余梁军不到一千,其余都已战死失散各处,让他无比痛心。

"没有错！"马佛念挣扎坐起来，握着胸口长槊，"不能任人宰割，自强不息才能创造出辉煌伟大的时代，胡汉成为一家，汉人拥有挺拔的鼻梁和雪白的肌肤，胡人也可以学习汉人的智慧和礼仪。"马佛念受伤极重，气息越来越弱，"后人将会记得我们，曾经有七千人勇敢出击，不屈服于强大的敌人。"马佛念脸上渐渐失去血色，腹部涌出黑红的浆水，断断续续说道，"二弟，你将关中侯送回梁国，有他在，尔朱荣便不敢渡江。"杨忠重重点头，马佛念又说，"找到明月将她留在北方，你们要抚育出那个伟大的帝王，他将一统天下，带来佛法和辉煌的时代。"

"伟大的帝王？"杨忠第一次听到这样的说法。

"阿阇梨说，明月将诞下那个人，阿阇梨为这个孩子起了名字：那罗延，平定天下的金刚力士，或许我们七千人是因，那罗延才是果。"马佛念缓缓闭上眼睛，胸口起伏，仿佛用尽了全部的气力。木筏终于到了对岸，陈庆之、马佛念和宋景休都受了伤，各自在担架上团聚，杨忠心里充满悔意。在枋头坞时，他和明月去了邺城，没有在坞壁中与宋景休和马佛念抵御葛荣，这次他和明月到了太谷关，也没有赶上决战，自己毫发无损。

陈庆之拍拍杨忠肩膀，他抛下明月赶到战场就已经足够："赶紧指挥全军撤退吧。"尔朱荣就在背后，正在结筏准备渡河，梁军还在魏国境内，向南数百里才能到达边境。

宋景休向四周看去，梁军大半重伤，只有一千多人轻伤能战："咱们向南走，那边有战马。"尔朱荣的战马都在嵩高山另外一侧，梁军只要跨上战马，不出数日就能安全返回。

忽然头顶一黑，四人抬头望去，竟是箭雨倾盆，纷纷坠地，一支弓箭从马佛念肩膀贯入，直入胸肺。胡角大作，烟尘大起，一队骑兵从不远处的树林中奔来，尔朱兆和尔朱世隆两骑当先，骑兵散开，三面合围。他们在受禅台得到了元颢的头颅，急速赶赴战场，出其不意泼出箭雨，然后策马奔出，此处是魏国腹心，梁军又陷包围，逃无可逃，环绕结阵做最后一战。

尔朱兆策马军前，认出杨忠，他在北中城被他砸落马下，丢人现眼，催马靠近说道："杨忠，可敢较量一番。"

杨忠搂着马佛念，这支箭极为要命，他口中喷出一大口鲜血，话音已经不连贯："杨忠，这里就你还能打，带着关中侯他们杀出去，快！"

"我杀了那个尔朱兆！"杨忠放下马佛念，今日必死，赚尔朱兆一命也算值得，碍于伤势只能弃锤用槊，独自出阵。尔朱兆却不动手，嘿嘿一笑，从马鞍上提起一颗人头："你们的皇帝在此，还不跪下？"

杨忠大惊，元颢怎会被尔朱兆追上？尔朱兆又提起一颗头颅叫嚣："听说元颢要将北海郡主嫁给你，给你！"头颅飞出，杨忠眼前一黑，明月死了？天旋地转从战马栽倒，尔朱兆催马上前，槊尖直刺杨忠胸铠，三千胡骑纵马杀去。

"住手！"一道阳光刺破乌云，从天空直插苍茫大地，如同神迹。两岸士卒被骇异的景象惊住，停止搏杀，一艘乌壳船顺流而下，几十名桨手击打浪花，同声唱道：

云阳上征去，两岸饶商贾。

吴牛喘月时，拖船一何苦。

水浊不可饮，壶浆半成土。

一唱督护歌，心摧泪如雨。

万人凿磐石，无由达江浒。

君看石芒砀，掩泪悲千古。

南朝初期，刘裕的女儿嫁给彭城内史徐逵，徐逵被仇人所杀，刘裕派遣都护丁旿用船收殓殡埋，时人传唱这首悲伤的歌谣，名为《丁督护歌》，丁旿后来跟随刘裕北伐，率领白直七百人战车百乘，在黄河北岸用却月阵击败魏军，水军船工常常哼唱此歌，流传北方。歌声传遍两岸，梁军解甲环立，想起阵亡兄弟，流涕扼腕。舟船到近前，阿阇梨白衣金环束发站立船头，面色慈悲，右手下伸，指端下垂，手掌向外，仰掌舒五指而下，正是如来地藏菩萨与愿印，超度众生之意。船只停靠岸边，阿阇梨上岸看到马佛念气息断绝，泪水不止，见陈庆之口鼻间还有呼吸，命令船工将他移到船上。尔朱兆哪肯放走陈庆之，大声喊道："你是何人？"

阿阇梨并不搭理，盘膝而坐，为战死的士卒超度，咏唱破地狱真言，传递悲声。尔朱兆怒从中起，扬起马鞭喊道："冲！一个不留！"

"流血还不够吗？还要杀戮吗？看看从北中城到受禅台的尸身！你们有什么仇恨要这般残杀？让你们的亲人半夜哭泣！"阿阇梨前臂举在胸前，略成直角，手指向上舒展，手心向外施出无畏印，尔朱兆的士卒大都信佛，有人认出阿阇梨，双手合十，口念佛音。阿阇梨转身来到河边，与尔朱荣相对："大将军如此杀戮，不怕坠入阿鼻地狱吗？"

尔朱荣看着遍地的尸身，不由感慨道："阿阇梨，这是战场。"

阿阇梨指着元颢的头颅："你要杀的已经死了，何须再造罪孽？"

尔朱荣不欲放陈庆之南归，拱手说道："梁军杀死多少我们士卒？他们在荥阳吃心挖肺，他们在轘辕关脔杀尔朱世承，我岂能放他们归国？此事与你无关，让开。"紧接着举起旌节下令，"渡河！"

魏军用梁军木筏过河向对岸划去。阿阇梨怒气凛然，跏趺坐于地面，右手下垂膝前，掌心向内，食指指地，传说释迦牟尼成佛时施出触地印，群魔望而退去，不敢侵扰。猛然抬头，一道闪电从天空划过，大风四起，河水奔流而下。波浪如同利刃击中当先木筏，将士卒打落河中，他们身有铠甲，极为沉重，"扑通"几下沉在水中。阿阇梨施出与愿印为双方战死士卒超度，又用无畏印压制尔朱兆骑兵，再用触地伏魔印掀起滔天波澜，阻住渡河的魏军。南北朝之际，上至王室公卿下至普罗大众，礼佛极恭，见阿阇梨连连施出法印，宝相庄严，既有大慈大悲又有佛魔的威严，士卒们一起跪倒，双手合十祷告，尔朱世隆也翻身落马，连称阿弥陀佛。

尔朱荣跨坐战马，看着跪地的士卒，不知道如何是好，他不惧当世战将，无论葛荣、邢杲还是元颢都被他擒杀，连陈庆之也受了重伤，却不能对抗佛法。如果驱动士卒作战，必失军心，他踏上木筏拱手说道："阿阇梨，佛法无边，今日亲眼见到，但有吩咐，不敢违逆。"

阿阇梨走到梁军中间："你等从梁国出发，杀戮无数，难道没有罪过？当初你们攻入荥阳，将守军挖心剖腹，鲜血盈齿，可想到今日？"梁军默然不语，如今主将或死或伤，众人都没有了主意。阿阇梨又道，"放下屠刀，解甲环列！"梁军只剩八百多人，敌军四面包围，绝无逃生之路，抛下兵器，解除铠甲。

阿阇梨回到岸边向尔朱荣说："我若将梁军交给你，你当如何？"

如果阿阇梨要带走梁军，尔朱荣左右为难，如果梁军阵前投降，保全自己颜面，尔朱荣在河阴之变雷霆立威后，不再滥杀，击败葛荣和邢杲后，解散部众，仅将两人送到洛阳让元子攸处置，当即答道："梁军解甲，我绝不杀降。"

阿阇梨双手合十："我要带走一人，不知可否？"

"陈庆之我一定要留下。"尔朱荣对陈庆之恨之入骨，绝不允许他逃回。忽然陈庆之的担架腾空，在地面打个转直驱河面，落在舟船之上，阿阇梨要将陈庆之强行带走。众人看见神迹，全身匍匐，尔朱荣却不罢休，踏上一步："阿阇梨，陈庆之杀我无数士卒，你要带走，必须答应我一个条件。"

陈庆之的担架已经上船，尔朱荣的木筏根本拦不住，阿阇梨不想得罪尔朱荣："天柱大将军请讲。"

尔朱荣没有水军，抢不回陈庆之，只想在两军阵前留些面子："关中侯返回梁国，此生再不领兵进犯中土！"

阿阇梨望向昏迷不醒的陈庆之，替他应道："我禀报梁王萧衍，绝不再派遣关中侯北伐。"

尔朱荣策马返回军阵，向士卒喊道："诸位，梁军临阵投降！"数万大军一起高呼威武，掩盖了尔朱荣心中的怅然。阿阇梨走回梁军，向高敖曹问道："你还不走，还想在驼牛署吃一年鸡肉吗？"

在刚才搏杀中，高敖曹、呼延族和东方老紧紧护住陈庆之，都没受伤，从军中走出懒洋洋地来到阿阇梨身边。高敖曹突然双掌在胸前画个圆圈，直向阿阇梨胸口："摧龙八式！"

东方老和呼延族大吃一惊，阿阇梨对自己有恩无怨，高敖曹昏头吗？他们距离尚远，来不及救援，只见高敖曹双掌劈山裂石，击在阿阇梨胸口！

50 河北关中

黄河烟波微澜，河桥顺畅，高欢风驰电掣，经过河内郡到达上党，向北是晋阳，东边是河北。他正要转向东边，斥候禀报前方有一队骑兵，高欢策马去迎，遇到肆州刺史尔朱天光，他和尔朱兆都是尔朱荣从子，勇敢果毅，善于弓马，却不像尔朱兆骄横跋扈。尔朱荣这次出征，命令尔朱天光留在太原，担任并肆云恒燕蔚显汾九州行台，镇守根本。高欢策马前行向尔朱天光拱手："大行台！"

尔朱天光对高欢十分谦逊，回礼道："你随大将军鞍前马后，平灭元颢，居功至伟。"

这次讨伐元颢，高欢屡次劝说尔朱荣退兵，尔朱兆和贺拔胜充当先锋立下大功，尔朱荣不想听高欢絮叨，将他打发到河北。侍从搭起帷帐，高欢将陈庆之结阵东返，尔朱荣亲自追杀的经过讲述一遍。尔朱天光笑着说："我在晋阳沾了你们的光，被迁为骠骑将军，加散骑常侍，封广宗郡公，增邑千户。"

"去洛阳不是为受封吧？"高欢猜测尔朱荣的布局。

尔朱天光反问高欢："猜猜我为何去洛阳？"

高欢去河北平定韩楼，只剩万俟丑奴和萧宝夤还在负隅顽抗，却不愿意饶舌说出尔朱荣谋划："西边最后一处叛乱，不知大将军留给谁。"

尔朱天光立即明白，哈哈大笑，两人都要赶路，起身拜别。尔朱天光翻身上马："祝你马到成功，生擒韩楼！"

高欢向尔朱天光拱手："祝天柱大将军踏平关中，光复长安！"他不能明说，尔朱天光明白这是恭贺自己取胜，拱手告辞，拍马向西南而去。

高敖曹双掌击在阿阇梨胸口，忽然空气凝结，速度越来越慢，如同在推壮牛，他额头进汗，两人只有一步距离，他拼尽全力的攻击停在一掌之遥，再不能向前。高敖曹双手被控制，右腿横扫，这一招如同无赖使绊。阿阇梨向下施出无畏伏魔印，一道晶莹的气流直贯而下击中他的膝盖，高敖曹如遇鬼怪，双腿一蹬，翻出几个跟头化去力道，跌落地面。当世能够与高敖曹战成平手的江湖高手不超过十人，更没人能够一招将高敖曹击退，东方老和呼延族心惊肉跳，阿阇梨到底用的是佛法还是武功？拍拍身体，膝盖没有受伤："这是什么功夫？"

"不要再试探我！"阿阇梨一击之下，知道高敖曹蓄了力道，不是全力出击，明白他的用意。

一山更比一山高，高敖曹这个燕赵大侠的武功与阿阇梨有云泥之别。东方老和呼延族过来按住高敖曹："疯了吗？"

高敖曹揉揉膝盖，不觉得疼痛："你这是武功还是魔法？"

"不是魔法，是仙术。"东方老看得清楚，滔天巨浪绝非人力可为。

"高深至极的武功。"高敖曹出手试探阿阇梨的底细,"我出掌之时,感觉到一股至强又至为柔和的力道,必是内功。"

"至强便不能至柔,至柔岂可至强?"呼延族外家功夫强劲,不相信高敖曹所说。

"何以百炼钢,化为绕指柔,至强可为至柔。"高敖曹念了东晋刺史刘琨的诗句,却不知道如何做到,"我要拜阿阇梨为师,学习武功。"

东方老和呼延族长笑,高敖曹口口声声要放弃武功,修炼兵法,这么快就改了主意。高敖曹走到船边:"谁说兵法和武功不可兼得?鱼我所欲也,熊掌亦我所欲也,武功兵法相辅相成才可纵横沙场,克成大功!"他走到阵前向尔朱荣拱手,"我三人返回河北,不知道大将军可否放行?"

尔朱荣见识过高敖曹的身手,逃出不难,当务之急是抓获陈庆之。尔朱荣将手一举:"走吧,请转告高乾,天下已平,勿要生事。"

高敖曹的长兄高乾在河北收拢流民,实力不下于邢杲,只是没有反叛之心。高敖曹耍了滑头说:"大将军,我们守土抗拒葛荣,绝不反叛朝廷!"他心里暗暗说,你又不是朝廷,想反就反。

阿阇梨双脚踏空直入舟船,高敖曹自忖不能这般洒脱自如,右脚在木筏一踏,身体如同大鸟飘到船上。呼延族和东方老有船坐,总比打打杀杀突围漂亮,各自施展功夫跃入船只。乌壳船向下游驶去,渐渐脱离视野,战阵依旧,却没有了杀气。虽然陈庆之被救走,好在七千白袍全军覆没,最后八百人束手而降。尔朱荣翻身上马,说道:"班师!"

"且慢！"宋景休站起来，马佛念被弓箭射中，杨忠猛然看到明月的头颅晕倒，陈庆之被阿阇梨接走，这里只有他能够主事，"请让我们安葬死去的兄弟们。"

尔朱兆在荥阳、虎牢、北中城和嵩高山与梁军多次交战，极为尊重这些战场上的勇士，点点头，率先走到马佛念身边："马将军，你虽死于我的箭下，这是战场，大家各为其主，你不要怪我，我给你叩头。"说完毕恭毕敬跪下磕头，起身走掉，眼角还有泪水。

梁军围住马佛念尸体，放声痛哭，掩埋阵亡士卒，尔朱荣听到哭声，得知马佛念战死，下马向对岸三拜。这场追击之战从北中城算起，梁军溃散，陈庆之生死不知，只有对岸的几百人马。尔朱荣沿用旧法，将梁军打散，宋景休右臂断掉，将这些重伤士兵一律释放，将剩余梁军拆散，各自统领，编入军中。

梁军解甲环立，握手惜别。

51 悬头槀街

北魏永安二年，公元529年六月二十三日，元子攸仍在华林苑清凉殿料理朝政。

"元颢南逃临颍，随从溃散，为临颍县吏卒江丰所杀！"军情送到清凉殿，宦官用尖鸭嗓子念出来，王公大臣相顾骇然。元颢篡夺帝位，死有余辜，只是当朝大臣十有七八曾向他称臣，恩怨情仇牵扯难分，众人皆无语。元子攸心情更加复杂，元颢被灭固然是喜事，可是尔朱荣接连灭葛荣、邢杲和元颢，武功赫赫，将元子攸踢下皇位的日子，指日可待。

御林士卒手捧木匣登殿，将头颅一溜排开，为首正是元颢头颅，龇牙咧嘴，犹有愤恨和不甘。御林中郎一一报出人头姓名，念出吕桃儿的名字时，元子攸心如刀割，袍袖掩面，大喊一声："清凉殿岂是验首之处？撤下！"

尔朱世隆返回洛阳，走出朝班："元颢篡夺皇位，罪大恶极，请悬首阊阖门，以示天下！"

元子攸与明月青梅竹马，情投意合，已行六礼，她是明媒正娶的正妻，若非河阴之变已经大婚，或许此时连孩子都有了。今日阴阳两隔，再无相见之日，元子攸悲伤至极，痛声说："元颢是宗室，朕又与北海郡主曾有婚约，不忍如此。"

尔朱世隆拎起元颢头颅，转向朝臣："诸位意下如何？"

如今尔朱荣灭元颢，声势正隆，当初在河阴之变一口气屠杀两千大臣，今日更加易如反掌，王公大臣纷纷启奏，说元颢罪过还在葛荣和邢杲之上，绝无怜悯之理，请将头颅悬挂阊阖门。元子攸坐归龙椅，悲不自胜，掩面挥手："退朝。"

王公大臣退去，元子攸掩面痛哭，明月不畏艰险，从三千里外辗转来到洛阳成亲，一往情深却如此下场，悲不自胜。太极殿空空荡荡，他大喊一声："拿酒来。"这里皇宫正殿，哪里有酒，宦官匆匆跑回后宫将清酒拿来。元子攸跪倒大殿，双手举杯："明月，不求你原谅，只求你在天之灵安息。"说罢痛哭失声，将杯中酒灌入口中。

元子攸拎着酒觥推开寝宫看见尔朱歌背影，我是太武帝的子孙，不甘于汉献帝的命运，当年他的皇后被杀也是我这般心境吗？又痛饮一口，步履踉跄，双眼含雾，眼前人比花娇，你父亲觊觎我的皇位，杀死我心爱的女人，你是我的皇后，却和贺六浑偷偷往来，撕破了我的最后一道遮羞布。

"皇上。"尔朱歌见到醉醺醺的元子攸，盈盈一拜，侍女为他更衣。

元子攸推开侍女，捧住尔朱歌绝美的容颜，泪如雨下："明月不在，我唯有歌。"

"明月可怜。"尔朱歌不想做这个皇后，没有存心与明月争。

元子攸大口饮酒，尔朱歌夺取了明月的皇后，她父亲还要夺走江山社稷，他将酒觥向空中一抛，将尔朱歌拦腰抱起直入寝帐，撕开她的裙子。

"皇上，不要。"尔朱歌躲避，她不想。

"朕为何不能要？"元子攸想着明月，将尔朱歌掀翻大喊，"明月，给我。"将尔朱歌背后的纱衣扯去。

"我是皇后，不是别人。"尔朱歌执拗地挣扎。

元子攸撕开她的胸衣，一团雪白玉兔跳跃出来，他用手拧住："她死得那么惨，从受禅台跳下来，被割下首级挂在闾阖门，你天天都能看到她的头颅，开心了吗？"

"皇上，好好安葬明月。"尔朱歌流出泪水，她能理解元子攸的锥心之痛。

北魏永安二年，公元529年六月二十五日，元子攸在都亭设宴慰劳众将。尔朱兆功劳最大，加封车骑大将军、仪同三司，加封尔朱荣为大丞相，天柱大将军，增封二十万户。封元天穆为太宰，城阳王徽为大司马兼太尉。救援洛阳的军士和随驾文武大臣加五级，没有投降元颢的官员加二级，从皇宫内府中取出绫罗锦缎数万匹，大行赏赐，释放宫女三百人出宫，凡受元颢赏赐者悉数追夺。七月初二，元子攸离开华林苑，返回皇宫，大赦天下。

梁军双手镣铐，步履蹒跚，再次来到雄伟的洛阳。号角凄厉，高大巍峨的闾阖门轰然打开，在千乘万骑押送之下，杨忠当先走入城门，瓮城内左右各堆一座用一颗颗人头堆砌起来的小塔。左侧为梁军，顶端是马佛念，面目安详自若，右边是面目狰狞的元颢人头。他头颅下方又有三颗，其中之一是元颢世子元冠受，兵败被擒也被杀死,旁边还有一颗女人头颅,面目污秽,辨不清样貌,长发坠地。为首几人的发髻之间插着一块木板,上写姓名,杨忠跪在甬道中间跪拜。

一名御林军大怒,用马鞭狂抽,杨忠已有死心,哪会在意皮鞭加身？以膝点地,来到右侧,跪在人头观之下,看见明月的名字,陈庆之向元颢阵前提亲,将她嫁给自己,旋即自己被夏州士卒所伤,明月照料身边,两人懂憬退出战场,返回梁国找个山清水秀的地方过日子,明月却喜欢枋头坞,十分坚持,杨忠只好让步。这仅仅是几天前的事情,如今她的头颅却被堆砌在面前。御林士卒挥起长鞭击打杨忠,狞笑着说:"从受禅台上跳下来,脑袋朝下,脑浆溅出三十多步,惨啊,哈哈。"

杨忠双手镣铐一挥,将这御林军士卒脖颈套住,双臂用力,"咔嚓"一声,脖骨断裂,此人命丧当场。御林军士卒向前拥来,将杨忠踹倒在地,就要刀剑相加,杨忠早不想活,却等不到刀光,见御林士兵跪倒口称大将军。尔朱荣领军返回洛阳,御林军押运战俘为先导,他见起了纠纷,策马过来认出杨忠,他在北中城下一锤将尔朱兆砸落战马。他看这两侧的人头,问道:"谁的主意？"

尔朱世隆从内门中迎出:"乱臣贼子,应将其下场示之天下。"

尔朱荣指着梁军的人头:"他们都是勇士,战场争锋,马革裹尸,死得其所！"又指着左边元颢说,"这些人才是乱臣,岂能等同？"尔朱世隆最恨元颢,不恨梁军士卒,不敢顶撞尔朱荣,默然不语。尔朱荣命令,"摆起香炉,我亲自祭奠。"

尔朱荣佩服这些英勇的梁军,先为马佛念洗净头颅,恭恭敬敬三拜,再焚香祭拜,青烟缥缈,直上云霄,仿佛要将梁军的灵魂带入天堂。契胡军队最重勇士，强敌授首，不禁悲悯，一起跪拜。永宁寺钟声响亮，余音渺渺，万物肃静，尔朱荣直身说："我与关中侯有约，无论谁死于战阵，都不得侮辱对方尸体，应当归还。他们都是勇士，将他们好生埋葬，勿要猥亵。"尔朱世隆敢跟元子攸当朝争辩，却不敢在尔朱荣面前多说半句。尔朱荣又说，"夏日酷暑，臭气冲天，将元颢和首恶叛逆头颅悬挂城门，其他人也都掩埋了吧。"

一叶扁舟汇入伊水，东南而去，又行数日汇入黄河。东方老、呼延族和高敖曹三人在船头高谈阔论，打算返回河北，广招江湖豪侠，按照兵法训练军队。乌篷下草席上，平躺陈庆之，他数日未动，泪水滑落，哀悼自己的七千白袍。阿阇梨盘膝坐在他身边，一道柔和无比的光团注入陈庆之额头。他缓缓睁开眼睛，战场厮杀情景再现，他五年前训练七千白袍，初战于涡阳，如今在嵩高山全军覆没，马佛念战死，宋景休右臂折断，再不能上战场，杨忠被擒，生死不知，一张张鲜活的面孔失去颜色，唯有自己孤身逃出。陈庆之万念俱灰："阿阇梨，佛家说六道轮回，可有此事？"

"法生则生，法灭则灭，皆由因缘合会生苦。若无因缘，诸苦便灭。众生因缘会相连续则生诸法。如来见众生相连续生已，便作是说，有生有死。"阿阇梨念出《中阿含经》中的一段，大意是佛祖与六道轮回之事。

高敖曹似懂非懂，陈庆之深思其中含义，缓缓点头，他经此一役，看透生死，向阿阇梨合十道："我请皈依佛门。"

高敖曹跳起来阻止："关中侯，你若皈依佛门，谁抵挡胡虏？"

"佛陀传法时，梵天、帝释天、四天王、十二神将、二十八部众等善神听闻后，皆誓愿护持佛法，诸神总称为护法神，守护佛门众生，谁说皈依佛门便不能抵挡邪门歪道？"阿阇梨取出剃刀摆在陈庆之面前，"关中侯可想好了？"陈庆之点头，阿阇梨双手合十祷告，举起剃刀，头发和胡须飘散，陈庆之四大皆空，杂念不在。

小船过了延津渡口，高敖曹、呼延族和东方老前来和阿阇梨道别，下了乌壳船，到渡口买了战马，直向北方燕赵之地。五年前葛荣造反，汉人百姓躲入山林，再向前三百年，五胡十六国肆虐河北，屠城杀人，百姓流离失所，燕赵故地曾经养育出无数英雄豪杰，慷慨悲歌赴死的荆轲和名将李牧。名师大将莫自牢，千军万马避白袍！高敖曹热血沸腾，陈庆之以七千人马横行中原，我为何不能训练出一支军队匡扶天下！河北五族的实力不容小觑，渤海封氏祖先在东晋担任东夷校尉，在前燕、后燕和南燕中，多为入主中枢的重臣。封氏历经劫难，绵延不绝，宗族根基庞大，族长封回曾为安瀛二州刺史，官至御史中尉，在河阴之变中被尔朱荣所杀，其子封隆之为开府中兵参军，性情宽和，极有度量，聚众自守，葛荣不敢攻略，可见其实力。赵郡李氏人口繁衍，土地贫狭，李显甫开拓李鱼川，人口茂盛，以十万计。范阳卢文伟借修筑督亢陂之力，凭借大量人口，确立宗族中领袖地位。清河崔氏在崔浩被诛杀后一度沉寂，百足之虫死而不僵，崔氏兄弟四人迁居青州，积蓄实力，枝繁叶茂。再加上实力最为强悍的渤海高氏，五大汉人名门望族尽集河北，各拥数十万户汉人百姓，结成坞壁，时叛时降，暗蓄实力，未露峥嵘。当此乱世岂为鱼肉？一年之内，我必训出五族大军，再不受欺压！高敖曹怀揣陈庆之赠送的兵书战策，迎着初升的太阳，大吼一声，三人策马向北奔驰而去。

52 守护家园

秋风长空，正值收割季节。去年葛荣叛乱平定，风调雨顺，枋头坞迎来丰收季节，百姓已将耕地扩展至山下，麦浪滚滚，粟谷丰盛，一片金黄。一支车队在田间行驶，刘离奔到车前，掀开车帘："夫君，到家啦。"

宋景休被斩断右臂，再也不能上战场，尔朱荣按照草原规矩将他释放，枋头坞精壮将他找到，渡过黄河返回枋头坞。刘离一路相伴，她的医术从父亲学来，采摘草药，精心照料，宋景休身体康复，只是手臂再也接不回来。他从车上下来，两百多枋头坞精壮和十几名梁军兴奋不已，有人牵来战马，宋景休左手挽缰绳，跃身而上，向众人喊道："兄弟们，收起兵器，咱们回家！"

枋头坞城门大开，百姓站在城墙向下欢呼。车队进了城门，瓮城内营房整齐，兵器林立。向里便是内城，百姓箪食壶浆寻找自家子弟，围拢上来。杨闶失去杨忠，心情极为不好，安置好梁军，带着宋景休和刘离，不去打扰众人欢聚，径直来到自家院落，百感交集。他率领枋头坞百姓奉旨送亲，短短两个月，元颢被斩，陈庆之兵败，杨忠被俘，马佛念战死，明月头颅被悬挂在洛阳城头。

"摆设灵位！"杨闶闷声说道。

不多时正堂摆设元颢、明月和马佛念的灵位,杨闵点燃香火,跪地拜倒:"皇上,你为刘离和宋景休主婚,我不能救你,心中有愧!"

杨闵拜了三拜,又向明月灵位说道:"北海郡主,关中侯亲自提亲,皇上应允,虽然没有行夫妻之礼,我杨家仍将你算作一家人,希望你在天之灵能够保佑杨忠无恙。"

宋景休向马佛念跪倒:"大哥,我必找到你的儿子,好生照料!"

三人含泪祭奠元颢和明月,宋景休请杨闵坐在正中,和刘离一起跪倒。宋景休说道:"我与杨忠义结金兰,刘离又是您的女儿,岳父大人,受我三拜。"

"贤婿起来。"杨闵泪水婆娑,刘离是自己养女,宋景休又是杨忠兄弟,亲上加亲,两人归来算是大悲中的喜事。他向宋景休和刘离问道,"我们既已回家,下步如何?"

宋景休经历了洛阳的大风大浪,又和刘离成亲,早已变得沉稳:"岳父大人,我想派人去打探二哥的消息。"

此事最牵挂杨闵,他点头:"尽如你言,速去打探。"

宋景休又说:"魏王兵败,枋头坞或受牵连,应该储备粮草兵器,练兵御敌。"

杨闵先后两次与葛荣作战,深知乱世自保的重要:"有你练兵,我还有什么担忧?"

宋景休还有顾虑:"岳父大人,我们从洛阳带回不少赏赐,不能随意使用,如果有人披金带银,彩衣招摇,枋头坞就要大祸临头。"

"封于库府,不许使用。"杨闵知道这个道理,如果枋头坞百姓行商访友,使用洛阳御赐的金银财物,很可能引来不测之灾。

他自知年纪渐老,应该有所安排,"景休,我还有两事。"

宋景休躬身答道:"岳父请讲。"

杨闵打开房门,指着后屋空地:"我想在这里再造一进房舍,给你们。"杨闵开拓枋头坞,预留了一大片空地可以盖房。刘离舍不得离开:"院子这么大,我们一起住。"

"你们成家了,不能像小的时候。"杨闵叹一声气,"枋头坞数万百姓,我心灰意冷不想料理那些事情,景休,你是杨忠的好兄弟,替我接过这副担子。等新院子修好,你这里是处理坞壁事务之所,你在这里主持训练大计。"他的本意是将大宅让给宋景休和刘离,自己居住小院落。

宋景休见多识广,是主持防务的最佳人选,跪倒在杨闵面前:"岳父大人,您这是何意?"

杨闵心里有小小盘算:"你既成家,便应该守卫家园,不能再上阵厮杀!"杨闵执意将坞主之位传给宋景休,就是希望以此牵绊住他,不让他重返战场。

宋景休看看断臂,洛阳一战,袍泽四散,自己身受重伤,难以弯弓策马,答应杨闵:"岳父大人,从此之后,宋景休解甲归田,心中只有家园,再无天下!"

杨闵十分开心:"当初你击杀任褒保住坞壁,坞壁百姓没人不服,只望你护佑百姓,在乱世中活下去。"

宋景休和刘离拜谢杨闵,去安顿梁军伤兵,七八名父母健在的梁军士卒向他告辞,枋头坞备好盘缠和粮食,洒泪告别,其余梁兵都愿意留下。宋景休安排好他们,再派遣坞壁精壮分成数路前往洛阳和嵩高山,寻找梁军溃散士兵,打探杨忠消息。

53 无遮大会

南梁大通三年，北魏永安二年，公元529年九月。

晋室丢失洛阳，社稷东迁建康，悉照洛阳形制建起宫殿，连宫殿名称都一模一样，萧衍处理朝政的大殿也被称为太极殿。"让他进来！"萧衍听到陈庆之回来，怒气勃发。陈庆之全军覆没，连元颢都被斩了首级，传遍洛阳，消息已传回建康。

太子萧统担心陈庆之受到重罚，出班奏道："父皇，关中侯七千人马直捣河洛，夺三十二城，四十七战皆捷，已是不世之功。"萧衍哼了一声，不管过程多精彩，最终仍是损兵折将，也未开疆拓土。朝中大臣多出自名门望族，不肯为寒族的陈庆之说话，朝堂肃穆。

陈庆之身披袈裟步入太极殿，他下乌壳船辞别阿阇梨，避开向东的路线，向南从小路逃出汝阴回到建康，熟悉的景象却是生死两重天。他来到丹陛下掀起袈裟，双手合十："参见陛下。"

萧统见到陈庆之如此打扮，大吃一惊，轻声提醒："子云，跪下。"

陈庆之再不是身边的小书童，杀戮磨去他面孔上的书生之气，饱尝风霜，目含威仪。平心而论，陈庆之七千人马在数十万人马包围中，能够逃回来就算不错，但毕竟丧师辱国，不能不责罚，故此萧衍沉吟难定。他走到陈庆之身边仔细辨认，正是自己托人送到洛阳的袈裟，怒气烟消云散。

"关中侯夺下洛阳，曾请陛下发兵驰援。元颢说尔朱荣指日可擒，我们的十几万大军已到边境不进，实在是由于元颢存有私心，从中作梗。关中侯兵微将寡，虽败犹荣！"萧统急急为陈庆之辩解。

梁国大臣在南方定居，没有恢复故都志向，都不赞同派遣援兵占领洛阳，当日朝议的情形历历在目，众人都说不出话来。陈庆之恍若未闻，合十弓腰等候萧衍发话。鸿胪卿朱异见气氛紧张，指着陈庆之的靴子问道："你为何穿着胡靴，难道竟心向胡虏？"

陈庆之皈依佛门之后内心宁静："吾始以为大江以北皆戎狄之乡，比至洛阳，乃知衣冠人物尽在中原，非江东所及，奈何轻之？"

萧衍叹息，陈庆之是他最为信任的将领，这次攻入洛阳已是百年间的奇迹，援兵断绝，失败不是他的过错。何况陈庆之剃度，皈依佛门，他的苦和痛又有谁知？想到这里，缓缓念出一首小诗。

谁言生离久，适意与君别。
衣上芳犹在，握里书未灭。
腰中双绮带，梦为同心结。
常恐所思露，瑶华未忍折。

这是他年轻时写给情人的小诗，分别越长思念越久，忆起衣上芳香，书信字迹尚未磨灭，腰中绮带在梦中变作同心结，恐怕心思被人看出，不敢折瑶华相赠。反诘巧妙，刻画精细，婉曲幽微。此诗一出，众臣都明白萧衍的深意，不再计较陈庆之兵败。萧衍走下丹陛扶起陈庆之："你以七千之众横行河洛，桓温、刘裕何曾如此？胜败无常，白袍勇士们埋骨河洛，只求英魂不散，往生人间！朕亲往同泰寺为他们祈福。"桓温和刘裕都是南北朝时期南朝北伐的大将，举全国之兵曾攻入洛阳。

　　九月十五日，萧衍举行四部无遮大会，脱御服换法衣，行清净大舍，不用皇帝御驾，乘坐小车入寺，居住陋舍，室内只有素床和泥罐瓦盆，随后升法座，开讲《涅槃经》，为阵亡梁军将士祷告祈福。梁帝萧衍回宫后颁发圣旨，升陈庆之为右卫将军，封永兴县侯，常驻边境。第二年，陈庆之都督南北司、西豫、豫四州诸军事，南北司二州刺史，包围悬瓠，击败北魏颍州刺史娄起和扬州刺史是云宝，打败行台孙腾，大都督侯进、豫州刺史尧雄、梁州刺史司马恭于楚城。战后陈庆之减免兵役，开田六千顷，使粮食充实，停止水运补给，休养生息。南梁大同二年，公元536年十月，定州刺史侯景率七万进攻梁国，写信劝降，援军未至，陈庆之已击破侯景，收其辎重而还。同年豫州饥荒，陈庆之开仓放粮济灾民，百姓渡过饥荒，豫州百姓为他树碑颂德。梁国大同五年，公元539年十月，陈庆之去世，时年五十六岁。梁武帝以其忠于职守，战功卓著，政绩斐然，追赠为散骑常侍、左卫将军，赐鼓吹一部，谥号"武"，诏令义兴郡发五百人为其会丧，陈庆之长子陈昭继承爵位。

54 那罗延

杨忠身披镣铐,迈开沉重步伐踏上黄河舟桥,前后左右都是来回奔驰的契胡骑兵。这是他熟悉的战场,梁军曾在这里三天十一战,他在北中城下一锤击倒尔朱兆,也在这里跃入沙洲救回明月,自己身负重伤。他仰望灰沉沉的天空,她不在了,大哥也不在了,好兄弟们战死沙场,此生还有什么留恋之处?一拨拨的梁军被绳索捆绑,面无人色被牵向前方。对岸便是北中城,然后是河内郡,这是前往晋阳的道路,生死由人不由己,他只想早死,以求解脱。

阿阇梨跏趺坐姿,右手置左手上,拇指相接,施出禅定印安定心神,仍压不住心中的波澜起伏,难以抑制。我错了吗?我鼓励陈庆之出兵北伐,七千白袍鲜血洒满嵩高山,我寻访未来猎取天下之人,教导他们皈依佛门,他们却带来更多的残杀。我曾定明月能够诞下未来一统江山的英雄,可是她的头颅正悬挂在阊阖门城头。

阿阇梨心头剧痛,除了等待还能如何?

我错了,大错特错,我的使命不是寻找那个人,他还没有诞生。

阿阇梨佛定，灵台清明，一个小男孩蹦蹦跳跳，如同我的儿子，我锤炼你的身体和意志，教授你天文、地理、术数、经学，让你充满智慧，拥有渊博知识。十三岁之后，带你游历天下，南方烟雨、北方草原、西方戈壁、东边大海都不是边界，我带你去更远的地方，翻越葱岭，沿着那些西域商人的脚步到达而甘英不曾到达的土地，教授你梵语，让你与世界各个角落的人交谈。我还要传授你兵法，让你成为无敌统帅，你麾下的千军万马一往无前，杀伐惊天地泣鬼神，吞并六合八荒。但你绝不可以滥杀，我将用佛法塑造你，你将有一颗慈悲的佛门之心。你将在佛法末世之时拯救厄运，将佛法带入辉煌灿烂的时代。啊，我知道你的名字，那罗延，佛门末法时代的金刚护法，你何时才能来到这个世界？为众生带来和平和辉煌？

阿阇梨恍然入梦，般若寺内紫气充庭，一个婴儿呱呱坠地，额头五柱入顶，目光外射，掌纹曰王，头上角出，遍体鳞起，那罗延！孕育你的妇人是谁？阿阇梨凝神聚力，她为了将你生出而筋疲力尽，双手抓住床单，看不清她的面孔，在雪白的足下，黑痣连成芒星之状！

明月！

阿阇梨惊叫，飞鸟仓皇惊起，熊罴、虎狼、山兔、刍狗梦醒，狂奔四散。

第六章·受禅台

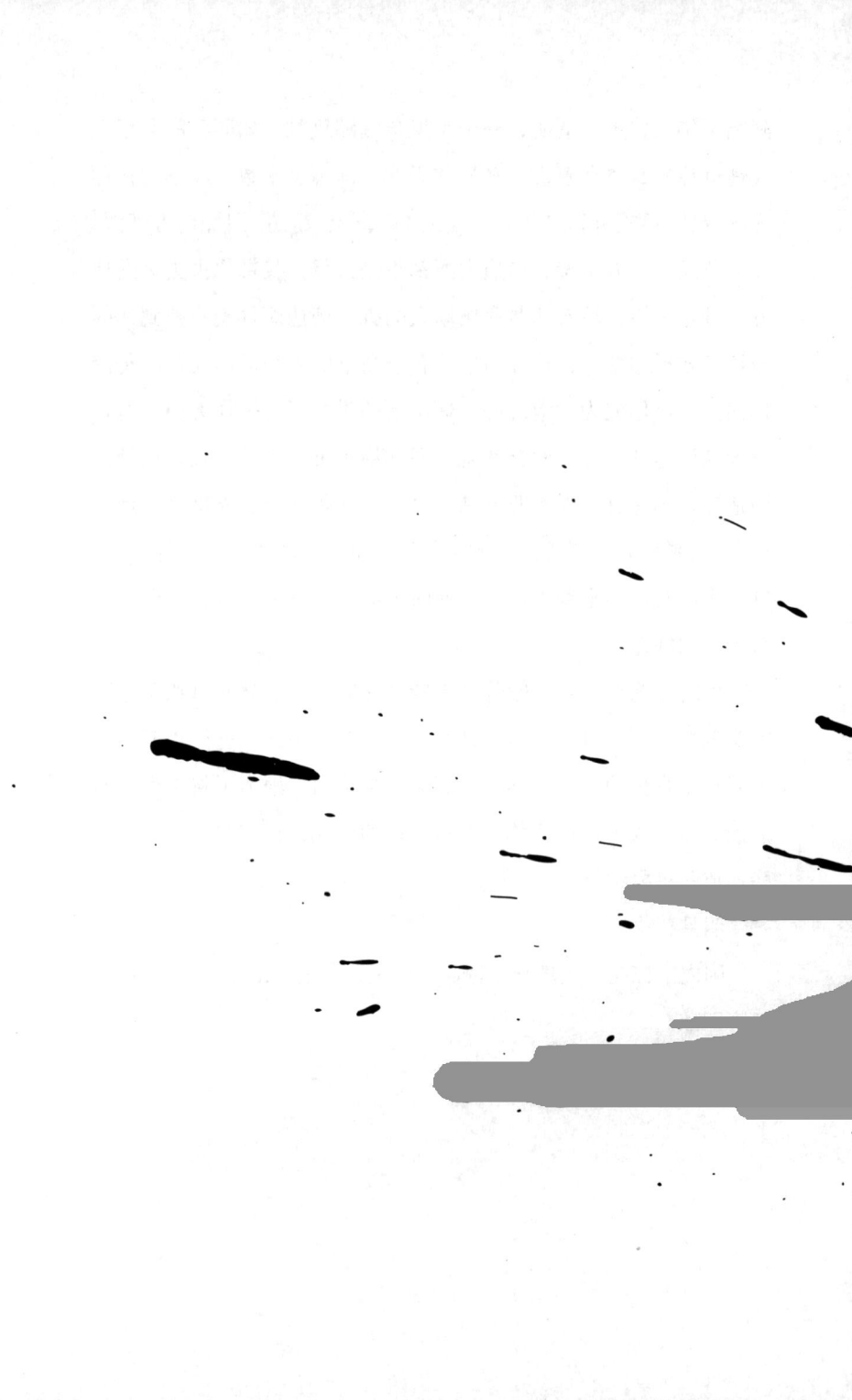

第七章 万俟丑奴

天下，
是天下人的天下

55 军械之精

杨忠全身披挂铠甲,连环首刀和战锤都交还手中,这是做什么?释放绝无可能。尔朱兆策马狠狠看向自己,他要报荥阳和北中城之仇?那正是死得其所。想起战死沙场的马佛念和坠落高台的桃儿,椎心之痛让杨忠早无偷生之念。队列停在一个巨大的穹顶帐篷前,尔朱兆将他推搡而入。帐中松子油香弥漫,尔朱荣和一个粗壮肩膀、圆圆头颅的异族人坐在正中,那人溜光头顶上只留一束头发,发辫披在脑后,唇下长着黑硬的月牙形胡须,右耳穿孔,佩戴一只金色的耳环。尔朱荣走到杨忠身边:"你叫杨忠,元颢的直阁将军?"

杨忠腰间挎着环首刀,仇敌便在眼前,杀了他为梁军兄弟们报仇?自嘲一笑,尔朱荣亲卫众多,还没拔刀,就会被砍成血葫芦,不卑不亢答道:"正是杨忠。"

尔朱荣拍拍杨忠肩膀:"你父亲是建远将军?"杨忠点头,尔朱荣感慨道,"我与他见过几次,你也算故人之子,贺拔胜求我饶恕你。"

杨忠不想偷生,尔朱兆过来一脚将杨忠踹倒:"见到大王,还不跪下?"

此番尔朱荣取回洛阳,众人在不知不觉中改口,将尔朱荣称为大王,而不再是以往的大将军,尔朱荣欣然笑纳。这件事在朝中传开,心怀叵测的人说他野心又大了,尔朱荣却不动声色,让人猜不到他的心思。他面无表情向杨忠说道:"拔刀。"

杨忠不知道他用意,缓缓拔出环首刀。亲卫呼啦拥到尔朱荣身边,尔朱兆也紧紧握住刀柄。尔朱荣笑了:"你环首刀在手,为何不动手?"

杨忠刀尖指向地面:"那是沙场,大丈夫死得其所。"

两军交兵,士兵互不相识,无仇恨可言,你不杀他,他就杀你。尔朱荣回身说道:"綦母先生,看看这刀和铠甲。"

圆脑袋的突厥人正是綦母怀文,走过来夺去环首刀仔细打量,再拔出自己的千牛刀在杨忠的明光铠上切割,向尔朱荣说道:"河出于湖而入于海。"

这是青出于蓝而胜于蓝的意思,尔朱兆曾和尔朱荣赶赴西域接回綦母怀文,对他的尊崇还在元天穆之上,恭敬问道:"小子不懂,请綦母先生详说。"

綦母怀文问道:"我离开西域之时,听说一个汉人小孩儿也在学习锻造。"

尔朱荣回想四年前去金山银水寻找女儿,也为寻找能够打造宿铁兵器的綦母怀文,陪伴尔朱歌远走西域的还有高欢和一个汉人小孩儿,向杨忠问道:"这兵器是何人打造?"

杨忠知道小猴子在西域学习锻造的事情,他们在嵩高山中四散,他会不会回了枋头坞?他不想殃及坞壁百姓:"我军匠作在嵩高山溃散,生死不知。"

"将嵩高山围了,全军搜索。"尔朱荣与陈庆之连番交战,深知梁军军械之精,对小猴子有必得之志。

押走杨忠,尔朱荣与綦母怀文说了会儿话,入宫见了尔朱歌,侧面询问小猴子。尔朱歌和他在塞外流浪一年,有不一般的情感,她来到洛阳之后,小猴子应该还在学习冶炼,难道后来加入了梁军?她叮嘱父亲无论如何不要伤害他。梁军在嵩高山溃散,梁军工匠一定还在山中,尔朱荣在洛阳稍一停留,率领大军以围猎之名重返嵩高山。他喜好打猎,不畏寒暑,围狩时整齐划一,行动一致,遇险不得逃避,曾有一名士卒遇到老虎逃开,被尔朱荣当场斩杀,此后每次打猎如同上战场。

元天穆策马来到尔朱荣身边:"兄弟你已经建立丰功伟业,现在四方安定,应该兴修德政,休养生息,按季节行围打猎,为何要在盛夏狩猎,伤害自然和气?"

尔朱荣哈哈大笑,他其实要寻找梁军工匠,却不直接回答,挽起袖子说道:"胡灵太后行为不正,我推奉天子,是臣子分内之事。葛荣这奴才乘时叛乱,好比奴婢逃跑,我擒来就是了。我受国家大恩,未能统一海内,怎能说建立功勋?朝廷松松垮垮,我这次整顿兵马到嵩高山围猎,让贪官显贵入围与虎搏斗,振朝廷士气。然后咱们出兵鲁阳,扫平三荆,将南方蛮贼一并擒获,向北安抚六镇,回军时铲除汾州的胡匪。明年挑选精锐骑兵,分道出兵长江和淮河,萧衍如果投降可封万户侯,如果不降,率数千骑兵直渡江淮,将其擒缚。然后你我侍奉天子巡视四方,如果不频频围猎,士兵懈怠,怎么能够上阵打仗?"

元天穆很满意尔朱荣的态度，大笑道："就依兄弟之言。"说话间嵩高山越来越近，前几日的大雨早被阳光射透，郁郁葱葱近在眼前。

56 荒冢七星

乌云闭月,夏蛙如潮,新土犹香,受禅台下,七八个人影在黑暗中挥舞锄头挖掘。孤零零的土丘埋葬着曾经占据洛阳六十五天的短命帝王元颢,另一座土丘是北海郡主吕桃儿的坟墓。挖坟不是好事儿,但价码实在无法拒绝,村民们深更半夜来到古老的受禅台下举起锄头挖掘。墓穴土质松软,坑越挖越深,叮当一声脆响,锄头砸到铁器。胆大之人跳下墓穴,撬开棺木,一股腐臭之气散开,他掩鼻躲避:"有个女人,都烂了。"

两人被杀十几日,肉体正在溃烂,阿阇梨双手合十默默祈祷:"挖出来,让我看。"几人极不情愿地跳下墓穴,将棺木移到平地,打开棺椁,众人呕吐散开。阿阇梨上前仔细观看,这是一具无头女尸,身材与桃儿相仿,服饰相差不多。她缓缓褪去女尸绣鞋,仔细查看,绿油油的尸斑爬上脚掌,脚底有没有七星之状?阿阇梨查看完毕,为女尸穿上绣鞋,让那几人将尸体装回棺椁填埋入土。她到河边洗净双手,登上受禅台,跏趺而坐吟诵《大般涅槃经》,上天仿佛听到佛音,云开雾散,皎洁明月从乌云中移出,透亮清澈,东方欲将破晓,暗藏万千红光,与清冷的暮色结成紫气,磅礴东来,辉煌万丈的时刻就要来临。

57 嵩高山围猎

小猴子本可以随着枋头坞百姓逃离,看到梁军伤兵改了主意,找到一处山洞藏身,等尔朱荣军队渐渐退走,开始四处搜索,将重伤梁兵拖入休养,几天下来,洞中有了几十人。好在夏季的瓜果到处都是,轻伤士卒打来野兔、山猪烤食,伤兵渐渐恢复行动能力,准备向东南而去,返回梁国。

山林外号角争鸣,无数魏军将山封了,包围圈越来越小,他们只好躲回,用树藤遮住洞口。小猴子趴在枝叶间张望,野兽也被惊出,到处奔走,魏军士卒也不格杀,遥遥驱赶,将野兽渐渐聚拢。围猎?仗刚打完,魏国应该大肆封赏,怎么跑回来和野兽格斗?小猴子所处的山洞在半高悬崖之下,下面是一片平坦草地,野兔、山猪、草蟒、苍狼、猛虎被士卒驱赶向这里汇聚。小猴子拍手叫好,哈哈,这个位置正好观赏围猎。

低沉的号角从密林处扫过,猎物躁动,苍狼聚集在高处,猛虎散开游走,野兔拼命向灌木丛中奔走。军阵不同于战场上密集的战线,士卒们间隔数步,后面是将官,绝不许跑了猎物,他们渐渐将猎物包围在平地。苍狼看出形势不妙,数十只聚集起来,发出狼嚎,猛然突围。

号角响起，魏军结成阵线，用盾牌将狼群撞开，一只巨狼跃入阵线，扑倒一名士兵，被七八杆长槊压住，驱回围场。小猴子瞠目，不伤分毫地将狼群赶回围场要比杀死困难许多，尔朱荣军队令行禁止，军纪严明，恐怕都是在围场中练出来的。乌黑大纛缓缓来到围场，数十名将领两侧排开，正中央一人手持赤金节杖，小猴子眼尖，慌张喊道："尔朱荣！"士兵驱赶猎物，是为了这几十员将领围猎。魏军将领弯弓射箭，箭无虚发，野兔和山猪纷纷倒地，士兵用钩枪取回。魏军清点猎物，一名年轻的将领跃马在围中驰骋，箭法和样貌都极为出众，士兵欢呼雀跃，此人应该是射杀最多之人，小猴子一眼认出："独孤郎！"正是曾在枋头坞中一起抵御葛荣的独孤如愿。他白马银铠，侧帽风流，驱马来尔朱荣面前，得到几匹战马和金银赏赐，他归队之后将金银分与士兵，又引来一阵欢呼。

围中只剩盘踞高处的苍狼，魏军将狼群驱到低处，尔朱荣又要搞什么花样，难道不用弓箭了吗？五六十只巨狼被驱赶，早已怒极，不敢向前军万马扑去，纷纷发出嚎叫，压下鼓角声音。猛然间，军队合拢到十几步距离，长槊齐出，铜墙铁壁步步逼近，狼群被逼到绝境，为首狼王发出凄厉的嚎叫向盾牌冲去，刹那间血光四溅，狼群哀嚎，过不多时遍地鲜血，竟没有苍狼可以站立。魏军似乎对狼没有兴趣，就地挖坑掩埋，围中只剩二十多只猛虎。越来越多的梁军伤兵聚集在洞口观看，小猴子回身说道："不要命了吗？都回去。"

身边发出一声惊呼，小猴子分开树枝看去，二十几名手无寸铁的梁军俘虏被一根长索串起来押到围场，为首之人身材高大，正是杨忠。

杨忠徒步数十里来到嵩高山中,前几天还是厮杀的战场,偶然还能看到梁军尸体,便用锹挖土掩埋。四周都是全神戒备的魏军,今天尔朱荣出动围猎,魏军哪敢大意找死?鼓角此起彼伏,想必是猎物围拢。杨忠身边是二十几名梁军将校。梁军横行三千里,掠夺烧杀,仇敌无数,尔朱世承惨被脔杀,年仅十八岁的尔朱袭先被囚禁后被杀死,更别提自己在荥阳和北中城两次击伤尔朱兆,仇恨数不胜数,今天绝不只是掩埋尸体。

魏军队伍一分,杨忠等人到了围场,对面是一座不高的悬崖,树木旺盛,平地极广,间杂不少血迹。尔朱荣策马出阵,用狼首旌节指着梁军俘虏说道:"诸位,我的幼弟尔朱袭君承风弈叶,禀气降神。图城起于戏竹,画陈发自游蒲,故邑里号曰神童,在世言其可大。司空以君机警特甚,偏所钟爱,尝谓人曰:此儿,乃是家门之千里,但恐其勇于授命,终不得卒其天年。"

尔朱荣语气沉重,追思过往,尔朱袭随同尔朱世承驻守轘辕关,尔朱世承被元颢当场脔杀祭旗,尔朱袭被押回洛阳,不肯投降,被元颢杀死在囚狱之中。他愤恨不已:"暨元颢肆逆,毒流神甸。涓涓不拥,蔓蔓将及。主上方欲危冠练服,跨兹骥騄,亲御六军,躬行九罚。以君雄才不世,神武自天,推毂所归,注意斯在。乃起家拜君中坚将军、员外散骑常侍、右军都督。君于是受厘庙堂,拥麾遄迈,径自轘辕,趣贼右股。丑徒望风,深相畏惮。敛师回避,莫敢前进。属荥阳不守,人情骇动。军士逃散,莫有固心。君乃顾谓左右曰:今朝之事,义在必死。遂自率部曲数百骑,径越贼所,与之格战。而贼众我寡，强弱势殊。事穷力屈，方见羁执。君虽身处囚房，而壮志愈厉。未能见容，淫辟遂加。春秋十八，永安二年六月廿三日薨于京师。天子哀悼，百僚痛惜，赗赠之礼，有隆常准。追赠使持节、车骑大将军、仪同三司、都督雍州诸军事、雍州刺史。犹以声望未裹，转赠定州刺史、万年县开国伯，食邑三百户。考德立行，谥曰武恭，礼也。永安二年十一月七日，迁葬于司空公之茔。悲天地之长久，痛陵谷之迁从。缀遗芳于泉石，觊千载之犹是。"

尔朱荣讲述了那个英姿勃发的十八岁少年，率领数百骑兵冲击梁军，战败被俘，不屈而死的经过，杨忠都听呆了。马佛念和明月因尔朱荣而死，可是尔朱袭不也死在梁军手中？尔朱荣声音悲切，当日杨忠攻下轘辕关，擒获了尔朱世承和尔朱袭交给元颢，便行军夺取洛阳，他内心中不赞成元颢脔杀尔朱世承祭旗，更不赞同杀死被囚禁的尔朱袭，可是自己何曾劝过元颢半句？

魏军众将纷纷述说对梁军的仇恨，三十七名魏军将领在荥阳被剖心挖腹而分食，以及费穆临阵投降在朝堂惨死，声势汹汹，更有沾亲带故的士卒放声悲哭，心肠欲摧，梁军战俘无颜抬头。尔朱荣举手停住悲声，指向那些猛虎："今天让他们入围与猛虎搏杀，听天由命。"他在战场上只杀魁首，选拔俘虏首脑分队统领编入军中，如今梁军与魏军结下深仇，尔朱荣破例让梁军将校入围，只要他们被虎狼吞噬，梁军俘虏再也没有主心骨，难以反叛。

人为刀俎，我为鱼肉，梁军还有什么好说。魏军解开绳索，杨忠活动手脚，向梁军被俘的将校说道："当日在荥阳城下，关中侯曾说，我军屠城略地实为不少，战场上杀人父兄，掠人子女，亦无算矣。死于此地算不得冤屈,横竖都是死,咱们打出威风,给他们看看!"

梁军俘虏哄然应好,杨忠向尔朱荣说道:"兵器。"

尔朱兆怒目说道:"没有兵器,没有铠甲。"尔朱荣为增强士兵勇气,常让犯了军纪的士卒徒手格杀猛兽,活则赦免,死则活该,何况这些深仇大恨的梁兵。

梁军将校走出队列,阳光刺眼,肚腹空空,心虚脚浮,踉踉跄跄。一人策马向尔朱荣请求:"大王,我曾与杨忠结拜,他此番有死无生,求大王允我用酒肉饯行。"

他正是独孤如愿,贺拔胜、贺拔岳和宇文泰等人也一起求情。尔朱荣知道杨忠出自武川,独孤如愿在枋头坞拖住葛荣,使他不能渡过黄河进军洛阳,才有自己出滏口阵擒葛荣,同情六镇军民遭遇,抬头看看日头:"已到午时,先开伙。"

魏军早有准备,搭起帐篷,运来干粮,独孤如愿搬来酒肉和杨忠席地而坐,梁军俘虏猛吃海喝,把这顿当作最后一餐。独孤如愿端起酒杯:"奴奴,当年在武川,你善刀剑,我善弓箭,还曾赌过,记得吗?"

奴奴是杨忠幼时小名,乍一听到倍感亲切:"期弥头,我那时觉得刀剑更好,弓箭只是奇兵,哪能正面搏杀?"

期弥头是独孤如愿的胡名,拓跋氏鲜卑之初有三十六个部落,他的先祖伏留屯任部落大人,和拓跋氏一同兴起。独孤如愿祖父独孤俟尼以良家子身份从云中郡镇守武川,安家于此。他的父亲独孤库者为领民酋长,雄武豪迈,深受北地敬重。独孤如愿哈哈一笑:"现在才明白,那都是小孩子的想法。"

杨忠端起酒杯，释怀悲愤："是啊，这就好像手重要还是脚重要。"

独孤如愿回忆起幼时天真烂漫："无论手还是足，都缺一不可。"

杨忠不禁想起了马佛念："马大哥一直默默照顾着手足兄弟，我被元颢蒙蔽双眼，和他绝交，唯有到九泉之下向他告罪。"杨忠被元颢拉拢，拼命阻挠马佛念的计划，不然梁军就能挟持元颢退出洛阳，不至于全军覆没。

独孤如愿叹气："杨大叔还在枋头坞，大眼也去了那里，你要活下来和他们团聚。"

杨忠又想起桃儿，他从涡阳护送她北返，一路挡剑避箭，好不容易在河桥定亲，却不能保护她："桃儿也不在了，独活在这世上还有什么意思？"

独孤如愿指着他身边的几十个兄弟："如果你死了，他们都活不了。"这些人都是杨忠生死与共的同袍，杨忠生命中背负了无法推卸的情义。独孤如愿看向围场，"没有刀剑，里面却有不少弓箭。"取下一截铁铠护腕交给杨忠。

杨忠满满喝了一杯，向独孤如愿道谢，向梁兵将校喊道："吃饱了吗？有力气了就去杀敌！"

58 七者神识坠

尔朱荣军纪严明，围猎也不例外，将领和士卒都食用干粮，唯有即将入围的梁军有酒有肉。众人不以为意，那是断头饭，一会儿就要做了猛虎的腹中餐。尔朱荣在草地上躺了一会儿，养足精神翻身上马，士卒和将领归队。"侯渊！"尔朱荣的心思已经飘到千里之外。

"在！"侯渊在战马上拱手施了军礼。

"即刻前往河北，灭韩楼！"尔朱荣击败元颢，开始平灭河北的葛荣余孽。河北势力错综复杂，既有韩楼在蓟州继续反叛，各地还有流民。高敖曹返回河北，这是尔朱荣最为忌惮的对手。渤海封氏族长封回官至御史中尉，在河阴之变被杀，其子封隆之聚众自守，葛荣不敢攻略，可见实力。赵郡李氏人口繁衍，土地贫狭，李显甫开拓李鱼川，人口滋盛，以十万计，部众超过高氏和封氏。他的儿子李元忠整日酗酒，看似无为，葛荣在河北起兵时，他率领宗族结垒自保，坐在大槲树下斩首三百多名违令士卒，从此军纪森严，多次击败葛荣。葛荣说："我自中山起兵到此，多次被李元忠击败，何以成大事！"率领全部人马攻打，擒获李元忠。葛荣被击败后，李元忠被元子攸封为赵郡太守，又成日喝酒，并无政绩，此人胸有天下，不可小觑。范阳卢氏卢文伟借修筑督亢陂之力，人口大量依附，确立宗族中的领袖地位。清河崔氏本是北方一等门阀，名望还在高氏、封氏和李氏之上，崔彦珍为永昌太守崔稚之子，门荫入仕，授秘书郎，迁员外散骑侍郎。河北五大名门望族在北方首屈一指，尽集河北、冀州、幽州和殷州之地，各拥数十万户百姓，暗蓄实力，未露峥嵘，是河北最大的隐患。尔朱荣看向侯渊："你曾跟随杜洛周，他被葛荣杀死，也算与你有仇。"

几年前六镇饥乱，侯渊随杜洛周南寇，途中被击败，全身衣物都被抢走，身披苦褐。尔朱荣在乱兵中遇见侯渊，给他衣帽，并慧眼识人，知道此人非同一般："平定韩楼，你要多少人？"

侯渊对尔朱荣感恩戴德："但听大王吩咐。"

尔朱荣看了看身边："你挑选七百精骑，前往蓟州，韩楼就交给你了。"

七百骑兵？当初尔朱荣率领七千精锐击败葛荣，韩楼聚众数万，都是葛荣的精锐，虽然是败军之师，死守蓟州，这点儿人马哪里打得下来？侯渊毫不犹豫向尔朱荣告辞："既有军令，我整顿人马，出征去了。"尔朱荣点头。侯渊就要打马返回军营集结人马，尔朱兆连忙上前："韩楼不好打，是不是多派些人马，或者让我去？"

侯渊曾跟随尔朱荣在滏口击败葛荣，尔朱荣十分看好："临机应变是其所长，若总大众，未必能用，今击此贼，不足定也。"众将无语，谁也不信侯渊的七百骑兵能够击败韩楼。此时围场喧嚣，梁军入围了。

杨忠突入围场捡起几支箭，箭杆握在手中，右手抓起一块石头,向前一跃。围场中的猛虎早被逼急,双爪奋力扑来。杨忠身体一侧,猛虎去势不止,落入阵中。梁兵抢起石块,劈头盖脸砸下。杨忠压在猛虎脖颈,将簇头刺入眼中,随即翻滚离开。猛虎狂啸一声,尾巴如同钢鞭扫来,正中一名梁军胳膊,"咔嚓"一声从中折断。猛虎冲出包围,梁兵没有盾牌,根本拦不住。七八头体态雄伟的猛虎从四面八方围拢,这些大虫头圆吻宽,颈部粗短,与肩同宽,腹部和臀部收窄,犬齿锋利,虎须又长又硬,全身橙黄,唯有腹面和四肢内侧雪白,背部双行黑色纵纹,尾上有八九圈环状黑毛。这些梁军必死无疑,魏军士卒更好奇南人如何围猎,伸长脖子向内望去。

杨忠沿石堆移动,被一只猛虎拦在中间,无可绕行。杨忠独身上前,石块飞出,猛虎被石块激起怒火,向前猛蹿,再次跃入梁军围中。

"看,他们还有兵法。"尔朱荣以几十万大军围攻梁军疲惫的五千白袍,胜之不武,对梁军战法十分留心,"杨忠将猛虎引入围中,梁兵隐隐成阵。"

奇正兵法变化非常,二十几名梁军将校运用纯熟,可惜没有刀枪,石块木棍伤不了分毫。猛虎又要逃脱,忽然人影一闪,杨忠用胳膊扭住虎首,簇头从猛虎下颚刺入。猛虎张开巨口向他猛噬,幸好杨忠佩戴了独孤如愿的纯钢护腕,另一手顶住虎首。猛虎全力挣扎,挣不脱杨忠臂膀,一人一虎在地面翻腾。梁兵阵线散乱,数只老虎逼近,一名梁兵被拖出阵线,顿时鲜血四溅,被老虎分食。杨忠用护腕挡住猛虎牙齿,探入虎口,抓住软滑的肉条,那正是猛虎的舌头,使尽全身气力向外一扯,鲜血从虎口飞溅出来。他越握越紧，将老虎喉管和胃腔扯了出来，身上泼红，猛虎才倒地断气。杨忠擦了一把血迹，带梁兵冲上石堆，将猛虎舌头连着一大片器官高高举起。

"掩于之勇！"北方鲜卑把猛兽称为掩于，尔朱荣围猎多年，知道格杀猛虎的难度，第一次见到把猛虎舌头拔出来的勇士，不禁惊叹，闻所未闻，连尔朱兆都自愧不如。

侯景在旁边说道："兆将军，你败在此人手下，虽败犹荣。"尔朱兆平常只佩服尔朱荣，这次对杨忠心服口服。侯景还不罢休，"你两次交战都没战死，说出去很厉害了。"尔朱兆想踹他一脚，可是侯景已是独当一面的大将，当着尔朱荣不敢放肆，闭口不言。

杨忠劈手扳断一根碗口粗细的树枝，直向血盆虎口。猛虎皮厚爪利，只有几处薄弱，杨忠置生死于度外，眼中只有马佛念和明月、陈庆之和宋景休的面容，看透生死："迷之则生死始，悟之则轮回息。"杨忠状如疯魔，全是拼命打法，猛虎有畏死之心，稍稍退缩。杨忠再折断树枝，两手相交逼近猛虎，"生死即涅槃！"

梁兵们有样学样，揭竿为兵跟在身后，杨忠心中悲伤消失，心中只有佛法："万物随因缘聚散生灭，地水火风空识，生死无常！"

杨忠冲入虎群，不管兵法将连根树枝格挡和盘舞，寻机刺入猛虎的眼眶、虎口和后脑致命处，浑然不顾身上的血痕爪印，大悲无痛："情是执，义为障，三界六道流转死，受诸苦恼不解脱！"一只猛虎凌空将他扑倒，树枝刺入猛虎腹部，一顿乱刺之后，猛虎不再动弹，他从虎身下爬起，"吾是神识也！吾是形体之具也！何悲亦何伤？"杨忠怒吼，猛虎在这群疯魔的战士前失去了勇气，不敢靠近,"猛火十方界,亡者神识坠,乘烟入地狱!"杨忠失去马佛念和桃儿之后,早没有存活之念,整日不语,今天忽然参透了佛法,人生百般苦,何人能解脱?反而进入了无悲无喜的状态。

"猛火十方界,亡者神识坠,乘烟入地狱!"梁军将校早将生死置之度外,都有入地狱赴死的勇气,抡动石块和断箭向猛虎杀去,求死的打法中隐含阵法。尔朱荣众将目瞪口呆,围猎哪见过这种情形,战场上也没见过,梁兵转眼杀死五六只猛虎,状作疯魔。尔朱兆问道:"他嘴里说什么?"

"佛经。"元天穆也呆了,他读过佛经:"最后一句是《楞严经》中的一段。"

"我只知道梁兵阵法出奇,没想到还有这种拼命的打法,如果当日围攻梁军,他们用这种战法,我当如何?"尔朱荣喃喃自语,如果梁军抱着必死之心,恐怕要把自己几十万大军杀得灰飞烟灭。

一名将领出列,此人名叫尔朱度律,是尔朱荣外甥,平常鄙朴少言,一直跟随尔朱荣身边作战,军职是安西将军:"大王,天下未定,勇士不应死于虎口!"

梁兵将老虎逼到岩石下,又有一只猛虎肚破肠流,其余猛虎绝难幸免。尔朱荣弓箭瞄准围场,手指一松,羽箭射中一只猛虎额头:"辛辛苦苦围的野兽,岂能便宜了他们。"

乱箭齐发将猛虎射杀,尔朱度律来到梁兵面前:"当初两军交兵,你们为元颢卖命,可是元颢烧了太谷关,让你们没有退路,流落至此。你们都是勇士,与我无冤无仇,如果你们愿意跟着我,从今往后就是一家,谁也不能欺负你们,你们也必须对大王忠心耿耿。我这人鄙朴,卑鄙的鄙,朴实的朴,要有异心,别怪我卑鄙;

如果一心一意，咱们就朴朴实实。给我一句话，成不成？"

梁兵都看向杨忠，尔朱度律直言直语，看起来不错。杨忠全身鲜血，沉浸在佛经中："情是执，义为障，三界六道流转死，受诸苦恼不解脱！吾是神识也！吾是形体之具也！何悲亦何伤？"尔朱度律上来搂在杨忠耳边："嘿嘿，独孤如愿是你朋友？他托我救你出来，你是他兄弟，咱们就是兄弟！叫我拂律归。"见杨忠仍然喃喃念着佛经，板脸说道，"你自己想死，这些梁军兄弟也要陪死吗？"拂律归是尔朱度律的胡名，独孤如愿要救杨忠，想出这么一个主意，找到尔朱度律帮忙。

尔朱荣抬头向悬崖喊道："小猴子，你看够了吗？以为我真的在此打猎吗？"

众将吃了一惊，大嗓门士卒到洞口传达口信，小猴子看得清楚，如今杨忠等人归了尔朱度律，自己这伙人不会有事儿，从洞中跳出来举着双手喊道："大王，好久不见。"

尔朱荣极重军械，对小猴子梦寐以求，想起数年前在金山银水的那段经历："你就是在突厥打铁的侯先生。"

陈庆之口口声声侯先生，如今连尔朱荣也这样称呼，小猴子向梁军伤兵炫耀："学好本事，走遍天下都不怕，别成天打打杀杀，不如跟我学打铁。"又大摇大摆走下悬崖，"大王，我和皇后在沙漠迷路，您送我一袋水，是我救命恩人，受我一拜。"小猴子心思都在冶炼上，没有华夷之别，遭到梁兵的鄙视——投降就算了，跪拜实在丢人现眼。

当年尔朱歌、高欢和一个小孩儿游历大漠，看来就是此人，女儿多次谈到他的趣事儿，梁军的冶炼大师竟是故人，尔朱荣更加开心:"上马,带你去见皇后。"

小猴子指着身后的梁军伤兵:"大王,他们是我的好兄弟,您看?"

尔朱荣杀了元颢已经满足,指着杨忠说道:"给他,你放心吗?"

小猴子蹦蹦跳跳走到杨忠身边,低声说:"好死不如赖活着,他们都是你兄弟,照顾好。"

杨忠本无求生之念,但是几百梁军的性命压在肩头,无法推卸。小猴子看到一匹战马,翻身上去,刚才尔朱度律下马收留梁军,战马被小猴子骑了,急了:"你这梁军猴子,敢骑我战马?"

尔朱荣策马过来:"侯先生骑了你的战马,你来骑我的?"

尔朱度律吓坏了,连忙跪地:"大王,我自己走,走回去。"

小猴子加鞭向前冲去,口中大喊:"老马,你拿了我的千牛刀,要带我去秦淮河看美女,如今你先去了,我此生再不踏入秦淮河!"小猴子放任泪水,"大眼贼,你抢了刘离,虽断了胳膊,我不会饶过你,定然找一个更美的女子,让你心服口服。"边笑边哭策马离去。

杨忠泪眼朦胧,当初马佛念发现小猴子,带他去建康,音容宛在,人却不在,悲伤逆流。小猴子凭着手艺被高看一眼,马佛念、陈庆之、元颢甚至那个如幻似仙的阿阇梨都十分礼遇。如果马佛念和宋景休在此,得知小猴子和魏国皇后也是好朋友,可能要惊掉下巴。

59 进军长安

元子攸夺回帝位,三日一小宴五日一大宴,大行封赏。尔朱荣不喜洛阳宫深墙厚,从来都不多留,这次却例外,在洛阳过了一个夏秋。他手下将领们渐渐受不了京城的乏味和繁复的礼节,都有返回晋阳之心。尔朱世隆平常挟持朝廷,嚣张跋扈,尔朱荣在此却也不敢造次。尔朱荣赖在洛阳,却不上朝,在尔朱世隆的仆射府邸握槊饮酒。京城中谣言滔滔,都说尔朱荣久居京城,必然有所谋划,元子攸表面毫无反应,内心频频猜测。

"韩楼平了!"尔朱荣召集众将来仆射府议事,突然宣布。
除了侯渊进军河北讨伐韩楼,尔朱兆返回晋阳,替代尔朱天光坐镇根本,跟随尔朱荣南征北战的将领全部到齐。众人惊诧,短短数月,侯渊的捷报到了洛阳。"侯渊广张军声,多设辎重,率领七百骑兵深入敌境,探听虚实。在蓟州百里外遇到敌军上万人马,侯渊从背后偷袭,击败敌军,俘虏五千多人,不杀不擒,归还战马和辎重将他们放归。"尔朱荣拿着战报,心情大好,详细说出战事经过。

"敌军众多,侯渊为何放归俘虏?"尔朱世隆坐在身侧,与有荣焉。

"兵少不可力战,这是反间计。"尔朱荣手指弹着军情急报,"侯渊在黑夜中跟随其后,降军叩城而入时,侯渊占据城门,韩楼只好遁走,被追上擒获!"

众将心生向往,固然侯渊用兵如神,尔朱荣训练士卒,调兵遣将,更加高人一筹。旬月间河北平定,猎取天下指日可待。尔朱荣命随从摆开地图,一指西边:"六镇兵起,江山破碎,如今只剩一隅之地未平了。"

"万俟丑奴!"尔朱世隆说道。六镇叛乱时,高平镇酋长胡琛率部起义,万俟丑奴为其部将,次年胡琛死,万俟丑奴成为统帅。去年七月,波斯国向北魏进献狮子路过高平,万俟丑奴将其截留,以为祥瑞,定年号为神兽,自称天子,设置文武百官。

"萧宝夤!"元天穆又说出一个传奇的名字,此人是南齐明帝萧鸾第六子,东昏侯萧宝卷的同母兄弟。梁武帝萧衍代齐建梁,杀害南齐宗室,萧宝夤逃往北魏,迎娶孝文帝元宏之女南阳公主为妻,屡次与梁国交战,被封齐王。萧宝夤一心恢复南齐,领军进攻万俟丑奴获胜,突然反叛,杀死关右大使郦道元和南平王元仲冏,控制长安,自称齐帝,改元隆绪。此人眼高手低,随即被朝廷人马击败,便投奔万俟丑奴,共同对抗魏国。

"何人愿往?"尔朱荣看不上万俟丑奴,当然不会亲自出马。尔朱荣灭元颢,击败葛荣余孽,士气正旺,众将纷纷请命。尔朱荣突然指向贺拔岳:"阿斗泥,你来。"

万俟丑奴声势浩大,远超韩楼,败了便是大罪,即便胜了,自己并非尔朱荣嫡系,不见得有好处,可是军令不能违反,贺拔岳拱手说道:"领令!"

尔朱荣不置可否,沉吟许久,换了称呼:"给你一千人马,武卫将军可有把握?"

一千?万俟丑奴数十万大军,战力不下葛荣,贺拔胜更震惊于尔朱荣改了称呼,武卫将军是朝廷官职,那便是元子攸的人马,贺拔岳不知如何是好,自己哪里得罪尔朱荣?元天穆和尔朱世隆摸不着头脑,忽然末席一人拱手答道:"大王,我等愿意追随骠骑大将军前往长安平叛!"

此人正是宇文泰,他在众将中官职最低,没有说话的资格。贺拔岳顿时清醒,万俟丑奴占据长安,这里是秦汉故都,绝非蓟州可比,自己如果击败敌军占据长安,尔朱荣绝不放心。骠骑将军是尔朱天光,他被调来洛阳,就在席上,自己竟然蠢笨如此,差点儿走上绝路,向尔朱荣跪倒:"大王,愿以骠骑将军为帅而佐之。"

尔朱荣哈哈大笑,这才是他本意,赢了固然是尔朱天光的功劳,输了也有贺拔岳等人垫背:"骠骑大将军尔朱天光持节、都督雍岐诸军事、雍州刺史,贺拔岳为左大都督,征西将军侯莫陈崇为右大都督,同为天光之副,共讨万俟丑奴!"尔朱荣出言便是圣旨,贺拔岳惊出一身冷汗,幸亏宇文泰看出了他的图谋,否则便大大不妙。

元子攸在太极殿收到韩楼就擒,蓟州收复的奏报,心里没有欣喜。尔朱荣赫赫武功绝不亚于曹操和董卓,仅仅一年间,强兵横扫天下,葛荣、邢杲、元颢、韩楼这些曾经的英雄豪杰都被砍下脑袋挂在阊阖门下。元子攸正在沉思,尔朱天光、贺拔岳和侯莫陈悦三人请旨出征关中,进军长安,元子攸只能照章全收,这是尔朱荣的军令,哪容自己多言?朝堂上没有异议,谁都不怀疑,万俟丑奴和萧宝夤的末日将至,血淋淋的头颅将被悬挂起来,成为洛阳百姓围观的景点。万俟丑奴和萧宝夤之后会是谁?我将被踢下皇帝宝座,取而代之。元子攸看着群臣:"准奏,令尔朱天光出兵长安!"

元子攸下朝,心里万般滋味,尔朱荣如同砍瓜切菜般,将葛荣、邢杲、元颢和韩楼一个个消灭,只剩盘踞在关陇的万俟丑奴。他甚至希望万俟丑奴击败尔朱荣,两虎相争,自己得利,可他绝非尔朱荣对手。他向外喊道:"宣元徽、杨侃和高道穆。"

元子攸返回洛阳之后冷落祖莹和温子升,与高道穆和杨侃走动密切,加上后来逃亡带来洛阳军情的元徽,构成了他新的心腹。元徽、杨侃和高道穆离开太极殿,转入洗月亭,这已是几人的习惯,笼起火来。三人见元子攸过来,躬身施礼,这是元子攸的嘱咐,不用跪拜,免得引人注意。时值冬日,匠人们在亭子四周搭起帷帐,遮挡风寒,元子攸不放心,视野被遮挡,万一有人在帷帐后偷听,大大不妙。杨侃看出了元子攸心事:"陛下所谋者大,我在外面值守,陛下但可放心。"

看见杨侃出去,元子攸放下心来:"尔朱天光出兵关陇,胜算如何?"

尔朱天光只有一千人马,万万打不过万俟丑奴,可尔朱荣岂是等闲,绝不会坐视亲信的尔朱天光战败。高道穆答道:"万俟丑奴怕不是大将军对手。"

万一尔朱荣平定天下，元子攸就成了汉献帝，偏偏还不能阻止尔朱荣出兵："请杨侍中回来吧，喝口热酒，早些回家。"杨侃进来喝闷酒。一名宦官进来跪奏："恭喜陛下，大喜！"

"说。"元子攸无动于衷，喜讯未必就是好消息。宦官禀报："皇后有喜！"元徽、高道穆和杨侃一起贺喜，元子攸猛然站起，快步向徽音宫走去。

徽音宫灯火通明，远远听到笑声，尔朱歌还有客人？他进了正堂，发现一个猴模猴样的年轻人举着酒，跷脚坐在几案上痛饮。尔朱歌挂着掩饰不住的笑意，见到元子攸立即站起："夫君，这是我的旧交，他故事可多呢，来喝一杯，听他讲故事。"

小猴子甩了酒杯，在狭小的几案上向元子攸拜倒，姿势不伦不类。元子攸夺下尔朱歌的酒杯："不许喝酒。"尔朱歌乖乖放下，元子攸打量小猴子，手舞足蹈倒也有趣，可是一个半大孩子能有什么故事？"皇后让你讲故事，你就说说。"

小猴子从四年前的左人城之战说起，讲到和尔朱歌游历大漠，在突厥学习锻造，这是元子攸从来没去过的地方。小猴子隐去高欢，讲到在怀朔镇遇到昆仑，回到枋头坞，协助梁军抵御葛荣三十万人马，元子攸叹为观止。小猴子亲历尔朱荣击败葛荣，和梁军来到建康，在铁炉堡打造兵器，丝毫不隐瞒，七千白袍席卷千军，攻陷洛阳，元子攸唏嘘不已。他第一次这么详细听说梁军战绩，想起"名师大将莫自牢，千军万马避白袍"的洛阳童谣，元子攸叹气："平定天下须有强兵。"

尔朱歌心里一动，尔朱荣击败陈庆之，兵力之强百年未有，元子攸语气中似乎不把父亲的军队算作自己人。元子攸失言，挽着尔朱歌腰肢，她怀了自己的孩子，还能怎样？他听说尔朱荣借着围猎寻找小猴子的经过："为何大将军要辛辛苦苦把你找到？"

尔朱歌知道一些内情："欲善其工，先利其器，欲举强兵，必炼其锋。爹爹说，綦母怀文和侯先生可以顶上朝廷的十万大军。"尔朱歌暗含贬义，在尔朱荣眼中，这些军队就是酒囊饭袋，哪里比得上兵器大师。

元子攸动了心思，自己整顿朝廷人马，小猴子可堪大用："侯先生，你和皇后是故人，常来宫里坐坐，见到朕也无须多礼。"

小猴子在几案上喝酒，没有特别尊敬这个皇帝，忽然爬起跪下："有一事求皇帝做主。"元子攸得知尔朱歌怀孕，心情大好，小猴子郑重其事三拜，"梁军听命进军，在战场搏杀，与魏国无冤无仇，如今他们流落四散，我想将他们收拢起来，好好安置。"

梁军战俘都在尔朱荣手中，元子攸不能做主，尔朱歌替他答应："我去和爹爹说，但是他们绝不能反叛。"

小猴子见机极快，立即替梁军答应，他见尔朱歌一来叙旧，二来也为解救军中同袍，饮了酒浆，起身告辞："皇上，皇后，告辞了。"

元子攸有心收揽，问道："侯先生且慢，你姓字名谁？"

小猴子在坞壁被叫作小猴子，后来受到马佛念、陈庆之、尔朱荣和元子攸礼遇，被称为侯先生，自己的名字极少提及，想想说："我本是燕郡上谷人，名叫侯植。"上谷郡始建于战国，燕昭王曾派遣大将秦开击败东胡，将燕国疆土拓展至辽东，后来在北部边界修筑长城，置上谷、渔阳、辽东、辽西和右北平五郡。上谷郡为燕国长城的起点，北以燕山屏障沙漠，南拥军都俯视中原，东扼居庸锁钥之险，汇桑干、洋河、永定、妫河四河之水，踞桑洋盆地之川。六镇反叛之后，小猴子便随着父亲向南逃亡，来到定州。

"你的父亲可叫侯欣？"元子攸忽然问道。

小猴子大吃一惊，元子攸如何知道父亲的名字？这连杨忠都不知道。元子攸为政天下，自然知道燕郡侯氏："你出身官宦世家，八世祖侯龛曾在后燕为官，高祖侯恕官至北地郡守，子孙在北地安家，对不对？你父本来是朝廷官员，官至秦州刺史，封爵奉义县公，六镇反叛之后消失不见，原来竟到枋头坞当了一个铁匠！"

小猴子拜服不起："我父常说，当官不如打铁，刺史不如酿酒，朝廷应效法文景，清静无为便是造福一方，官员喜欢折腾，偏偏激起六镇之叛。"文景便是汉文帝和汉景帝，垂拱而治天下。

元子攸哈哈一笑，道家重天道，儒家重人伦，辩论了数百年也没有结果："朕可以封你为河阳郡守，替朕守住黄河。"

小猴子无心为官，跪地固辞，元子攸也不强求，命尔朱歌将他送出徽音宫。小猴子一蹿三丈高，夸赞自己福大命大，立即返回军营，和杨忠商量收拢梁军战俘去了。

元子攸小心翼翼地扶着尔朱歌回到寝宫，替她脱了鞋袜，拉她睡下，百感交集，尔朱荣杀死自己的亲兄弟，奉立自己为帝，平息叛乱，有功有过，如今他女儿怀上了我的孩子，这笔账还能怎么算？这孩子既是魏国的血脉，也是尔朱荣的外孙，从此成为一家还有什么好说？想到这里从后搂住尔朱歌，呼呼睡去。

60 六道轮回

数百骑重铠士卒鱼贯而行，押送一辆云顶重甲的武刚战车从战场返回，绕开南边的平昌门，到达西侧后一路向北，沿着护城河，途经西明门和雍门，来到上西门。此时深夜，城外骑兵打出旗帜，城门轰然而开。尔朱世隆满脸霜肃，盯着这辆战车，这并非尔朱荣军中的无遮拦的追锋车，而是梁军的武刚车，只为遮人耳目。一名士卒正要拉开车门，尔朱世隆挥手打开，拉开门缝向里望去，一人四肢被铁锁重重缠绕，外面套着梁军重铠，裹以战袍，高矮胖瘦都看不清楚。再向上看，厚重兜鍪之下露着狰狞的铁面，更分不清楚是男是女。

尔朱世隆命令士卒交接，率领亲卫骑兵向金墉城而去，铁门次第而开，来到一座偏殿之前，冷冷说道："八王之乱时，贾南风和晋朝那几个皇子住在这里，后来魏文帝之妃甄宓被赐死前也曾在此。"尔朱世隆喜不掩悲，他两个亲弟被元颢所杀，悲苦难以解脱，若不是尔朱荣严令，他早已杀死这名囚徒。

士卒将那人推进大门，解开镣铐，取下兜鍪，吕桃儿面容露出，她嘴巴被封死，外衣罩上铠甲。当日在受禅台，元颢被县卒江丰杀死，王妃推下高台，面目全非。尔朱世隆将首级扮作吕桃儿送到京城，亲自押运她返回金墉城："我倒要看看，这次谁来救你。"吕桃儿的坟墓中埋着元颢王妃，前几日被人挖开，他想出这个计谋，傍晚带着她来金墉城转一圈，那人得知后或许前来救援。他悄悄埋伏一千多名精锐士兵，就等那人钻入圈套，一举抓获。到底什么人打开了吕桃儿的假坟？当初高敖曹被带到驼牛署，有人刺探消息。尔朱世隆四处打听，得知是东方老和呼延族等人，他们是燕赵豪杰。后来梁军攻入洛阳直奔金墉城，似乎冲着明月而来，尔朱世隆猜测是祖莹和温子升等人主使。如果推断为真，他们勾结元颢，这是多大的罪责，一举扳倒两人，剪去元子攸的羽翼，看他还能折腾出什么花样？还不老老实实做个笼中鸟！

"带走！"尔朱世隆下令，将吕桃儿混在军中，让人以为她还在金墉城，尔朱世隆带着军队出来，十分得意，不由得念起温子升写的那首《从驾幸金墉城诗》：

兹城实佳丽，飞甍自相并。胶葛拥行风，岧峣閟流景。
御沟属清洛，驰道通丹屏。湛淡水成文，参差树交影。
长门久已闭，离宫一何静。细草缘玉阶，高枝荫桐井。
微微夕渚暗，肃肃暮风冷。神行扬翠旗，天临肃清警。
伊臣从下列，逢恩信多幸。康衢虽已泰，弱力将安骋。

驼牛署和金墉城都羁押过明月，不能再用，还有什么地点可以关押？瑶光寺！这座寺庙是宣武帝元恪修建，距离皇宫二里。孝文废皇后冯氏是文明冯太后的侄女，太和十七年入宫被册封为皇后。第二年她的异母姐冯幽入宫得宠，冯氏被废后进入瑶光寺为尼。孝文帝去世之后,宣武帝元恪登基,册封渤海高氏为皇后,她为独占恩宠,迫害嫔妃。后来胡灵生下儿子,元恪怕出意外,命令高皇后和胡灵都不能靠近孩子半步。元诩五岁即位,胡氏太后临朝听政,立即把高皇后打入瑶光寺,三年后被害死。河阴之变时,胡太后曾逃入瑶光寺出家为尼,没多久被投入黄河。当时和胡太后逃往瑶光寺还有元诩的皇后,如此算来,共四位皇后曾在这里出家,这个差点儿成为元子攸皇后的吕桃儿,瑶光寺倒也符合身份。

时光如梭,尔朱世隆等啊等,金墉城毫无动静。他白天守在那边,晚上返回府邸,连根鸟毛都没抓到,心里懊丧。早晨起来看着床上的娇妾,抓了几块桌上的糕点,亲卫在门口禀报:"仆射大人,该去金墉城了。"

尔朱世隆早没有早先的热情,挥动袖子:"你们好好看着,我今日有事儿。"

阿阇梨走到瑶光寺山门前,惠成笑呵呵说道:"得来全不费工夫,我们到处寻找,她却在眼皮儿底下。"尔朱世隆提防祖莹和温子升,自以为隐秘地将明月送入瑶光寺中,寺里僧尼立即通报惠成。瑶光寺在阊阖门御道北,北有承明门和金墉城,东距千秋门二里,道北有西游园,园中有凌云台,是魏明帝曹睿所筑。台上有八角井,孝文帝在井北造凉风观,登临远望,目极洛川。台下有碧海曲池,台东去地十丈有宣慈观。观东有灵芝钓台,累木为之,出于湖中,去地二十丈。风生户牖,云起梁栋,丹楹刻桷,图写列仙。刻石为鲸鱼,背负钓台从地踊出,又似空中飞下。钓

第七章·万俟丑奴

台南有宣光殿，北有嘉福殿，西有九龙殿，殿前九龙吐水成一海，四殿皆有飞阁向灵芝台往来，三伏时，皇帝常住灵芝台避暑。

阿阇梨和惠成进入山门，瑶光寺有五层浮屠，高五十丈，仙掌凌虚，铎垂云表，做工之妙堪比永宁塔。讲殿尼房五百多间，绮疏连亘，户牖相通，珍木香草，不可胜言。牛筋狗骨之木，鸡头鸭脚之草，栽培其中。瑶光寺是椒房嫔御学道之所，掖庭美人也在其中，名门望族的少年落发辞亲来仪此寺，屏珍丽之饰，服修道之衣，投心八正，归诚一乘。阿阇梨对尔朱世隆的安排非常满意，笑着说道："这里甚好，都找不到比这个更好的所在。"

明月被羁押的院落在瑶光寺一角，由于是皇家寺院，尔朱世隆颇信佛法，不想惊扰佛陀，只将院门紧闭，不许她出门一步，衣食说不上奢华，却也不错。阿阇梨推门进来，看见佛像前摆放了几个灵位，中间是北海王元颢，没用皇帝称号，左侧是她长姊，右侧是后来元颢又娶的王妃。当时三教交融，儒臣在家里安放祖宗灵位又设佛堂，不是正宗佛门之举。吕桃儿匆匆从后院进来，见到阿阇梨放下惊慌的神色，将灵位收起。

"不要惊慌，我们和尔朱世隆不一样。"惠成连忙安慰明月。

明月将灵位藏到后院转回，请两人坐下，不知道该说什么。阿阇梨问了吃住，明月渐渐放心："大师，人死之后还有灵吗？"

惠成用六道轮回解释，阿阇梨见明月不懂佛理，反问："你如何想？"

明月经历生死，只有悲哀和难过："人身如同蜡烛，灵如火焰，烛灭则火熄，如同皮之不存毛将焉附？"

阿阇梨走到一处即将燃尽的蜡烛旁边，拿出一截沉香，蜡烛火光摇曳散乱,沉香刹那点燃放入香炉,发出淡淡的味道。明月看了她的动作,忽然明白了:"蜡烛虽残,火焰转到香木之上,如同身死却神灵不灭,便有六道轮回。"

阿阇梨对她的悟性极为满意,留下一本从梁国带回来的佛经说:"这里很安静,你就住在这里,我常来陪你聊天。"又低声问,"明月,你可还有其他的名字?你需要隐姓埋名,不能让人知道你在这里。"

"叫我桃儿吧,这是我的本名。"明月因为要嫁给当时还是长乐王的元子攸,被封为北海郡主,如今元颢已死,自己和元子攸恩断义绝,再也不想那些虚名。

61 关陇扬尘

尔朱荣本想驱使梁军将校与猛兽搏杀，惊叹于杨忠的勇猛，舍不得杀死，便将梁军俘虏分给亲信将领。梁军解甲相泣，握手成别，此生再难相见。契胡军队不敢大意，用铁锁牵引成列，前后骑兵相接向北进发。杨忠等人被划归尔朱度律，他和尔朱兆、尔朱天光同辈，平常鄙朴少言，不露锋芒，在平定葛荣、邢杲和元颢的征战中担任统军，以军功被封为安北将军、朔州刺史。

傍晚时分，尔朱度律下令埋锅做饭，搭设帐篷。契胡士卒在洛阳赏赐丰厚，酒肉更是不在话下，点燃篝火，烤肉香味儿便钻鼻而入。几名梁军重伤士卒倒地，杨忠掏出干粮，捧来清水，照顾几人吃好，靠着大树坐下。忽然一阵喧哗，契胡士卒酒后摔跤角力，众人押注，摔跤胜者自取两成，其余归押中者。欢呼阵阵，金银锦缎堆积如同小山一般。一名九尺壮汉赤膊辫发，连续摔倒数人，俨然是获胜者，绕着篝火来到奖品旁："谁还来？"见无人应答，呼喝随从，"给我搬到帐篷里。"

摔跤角力，赢者分出些许彩头，这赤膊壮汉吃独食，契胡士卒极为不满，一人指着梁军俘虏喊道："还有他们。"赤膊壮汉走入梁军俘虏间："谁敢？"杨忠埋头啃食干粮，马佛念和桃儿悬首洛阳城的情景常在眼前晃动,哪有心情摔跤?即便赢了,他们也不会将财物分给俘虏。那壮汉见无人应答,拉住一名梁军伤兵,扔在篝火旁边,猱身扑上,将伤兵举起向地面扔去,扬起一片尘土。此时一队骑兵从黑夜中奔驰而来,为首一人翻身下马,容仪俊美,服饰色彩与众不同。尔朱度律认出来人,大笑道:"独孤郎,怎么来了?"

独孤如愿在河北投奔尔朱荣,跟随他击败葛荣,被任命为别将,后来跟随贺拔胜征讨葛荣余孽,独孤信单骑挑战,擒获贼寇渔阳郡王袁肆周。元颢进入洛阳时,他为讨逆前锋,和梁军在北中城下鏖战,被拜为安南将军,封爰德县侯。"听闻安北将军返回晋阳,特来同行。"独孤如愿拱手,和尔朱度律坐下观看摔跤,他得知杨忠即将前往晋阳,立即追来赶上。

辫发壮汉又一次举起梁军伤兵,忽然脖颈一紧,难以呼吸,被那梁兵勒住脖颈,两人轰然倒地,滚在一起。梁兵腿脚受伤无力,又被压在身下,那壮汉举起拳头正要落下,手腕一紧,抬头时天旋地转,身体在空中如同飞轮一般,肋下生风,头晕目眩,被抛出十几步。杨忠扶起伤兵,向壮汉招手:"来,陪你摔跤。"

契胡士卒有人认出杨忠便是杀死猛虎的勇士,叫好呐喊。那壮汉当日并没有参加围猎,不知杨忠身手,拍拍尘土弯腰冲来。独孤如愿并不担忧杨忠,向尔朱度律说道:"我有位好友,想请将军照料。"

尔朱度律勇猛无匹,却没有什么头脑:"这有何难,是杨忠吗?"围猎之时,独孤如愿为杨忠求情,他看在眼中。

杨忠脚步急退,绕着篝火打转,那壮汉始终碰不到他的身体,又急又气:"南蛮,会不会摔跤?有本事咱们实打实来一场。"

杨忠双手一伸与那壮汉胳膊相交,用力压去,杨忠善于用锤,气力极大,压得那壮汉胳膊肘狠狠落地,摔了个狗吃屎,又被拦腰夹住,向地面一扔。契胡士卒们敬重英雄,哄然叫好。那壮汉翻身起来,右手抚胸深施一礼:"佩服!这彩头是你的了。"说完坐回篝火旁喝酒吃肉,浑然不觉得什么。杨忠暗暗吃惊,他本是俘虏,出手护住梁兵,本以为赢了契胡勇士总会吃些苦头,没想到对方毫不计较。原来契胡士卒经常摔跤,输了便是输了,如果不认输再去打过,反而会被耻笑。杨忠不看金银财宝,走回梁军中啃着干饼。

"黑獭和阿斗泥都为他说话,到底怎么回事儿?"尔朱度律曾在北中城,杨忠跃马扬锤击败尔朱兆,沙场留名,契胡军中不少人都认得他。

"他出自武川,曾在河北抵御葛荣。"独孤如愿将杨忠身份大略说了一遍。

尔朱度律略为思索,独孤如愿征讨葛荣和元颢立下大功,贺拔兄弟在军中地位极高,犯不着和他们过不去,命令士卒将酒肉分给梁军。独孤如愿来到篝火旁,给了杨忠一个结结实实的拥抱:"我已经找到大哥,将他安葬在先祖身边。"独孤如愿递给杨忠一皮囊酒,杨忠喝了一口,自己沦为俘虏,独孤如愿不弃不离,情深意长,举酒又道,"天下就要太平了,以后不用打打杀杀了。"

杨忠暂时放下心中悲凉:"何以见得?"

独孤如愿露出神往的神情:"大王命令尔朱天光都督雍岐诸军事、骠骑大将军、雍州刺史,贺拔二哥为左大都督,侯莫陈悦为右大都督，征讨万俟丑奴。"杨忠点头，他相信尔朱荣定能击败万俟丑奴。独孤如愿又道，"知道大王给了多少人马吗？只有一千，连战马都没有。"尔朱荣在秀容草原蓄养的战马名震天下，为何连马也不给？尔朱荣用兵当真出人预料。独孤如愿说道："他们征发沿途百姓的马匹，在潼关时被赤水蜀贼切断道路，尔朱天光不敢前进。贺拔二哥说，蜀贼是鸡鸣鼠窃之辈，尚且迟疑不决，如遇大敌如何应对！贺拔二哥渡过渭水大破贼军，缴获战马二千匹，挑选健壮士卒充实军队。"独孤如愿说起前方战事，心情舒畅，"尔朱天光担心兵力不多，停下来等待援军，消息传到洛阳，你猜大王做了什么？"

"为他补充人马？"杨忠猜测，魏国全境都平定了，军力充沛。

独孤如愿摇头苦笑："大王听说尔朱天光不敢前进，派遣骑兵参军刘贵乘驿马赶至军中，斥责尔朱天光，打他一百杖，增兵二千人。"

杨忠佩服尔朱荣的手段，先打一顿又给他两千人马，可是凭借三千人马讨伐万俟丑奴实在匪夷所思。当年关陇扬尘，魏国派遣名将崔延伯为使持节、征西将军和行台萧宝夤讨伐，两人结垒马嵬，南北相去百余步。崔延伯选精兵下渡黑水，列阵西向贼营，萧宝夤率众在后。叛军营营连接，开栅接战。崔延伯亲自殿后抽众东渡，看清敌军形势，三天后勒众而出，身先士卒，陷其前锋，大破敌军，俘斩十余万。崔延伯和萧宝夤在安定会师，甲卒十二万，铁马八千匹，军威甚盛。万俟丑奴在泾州西北扎营，轻骑挑战，大兵未交便向北奔逃。崔延伯伐木造大排，内为锁柱，教习强兵，负而趋走，号为排城，战士在外，辎重居中，北上追逐。万俟丑奴诈降，萧宝夤和崔延伯中计，被叛军前后夹击攻入排城，死伤二万人，退保泾州。崔延伯为雪前耻，购募骁勇独出袭贼，被流矢射杀，战死万人。萧宝夤惊惧，认为魏国大势已去，称帝后被击败便投降万俟丑奴，长安沦陷。万俟丑奴的声势不亚于葛荣，魏国派遣大军征讨，主帅萧宝夤投降，名将崔延伯战死，如今尔朱天光和贺拔岳只有三千人马，在天下人看来简直是找死。可是尔朱荣战功赫赫，天下无敌，谁也不敢怀疑他用兵之神。杨忠不想为这些战事分心，低头喝酒去了。

无论杨忠和独孤如愿还是那一千人马都不会想到，这支以武川镇人马为主力的小小军队不但没有覆灭，还创造出了不可思议的奇迹。宇文泰、李虎、李弼、于谨、赵贵和侯莫陈崇，加上独孤如愿和杨忠，成为后来西魏北周的八柱国，经过几十年奋战，通过婚姻血脉相连形成关陇集团，建立了西魏、北周、隋、唐四个朝代，宇文泰子孙为北周皇族，李虎子孙为唐朝皇族，大将军杨忠子孙为隋朝皇族，隋文帝杨坚的皇后与唐高祖李渊之母都是独孤如愿的女儿。

独孤如愿和杨忠哪里知道这些？独孤如愿在雪夜中喝酒，为西去的好兄弟们担忧。虽然马佛念和桃儿不在了，为了这些兄弟，也得在这个乱世活下去，这是杨忠仅存的心思。

渭水之战

整整一个冬天,小猴子都在洛阳和嵩高山寻找梁军士卒,送到晋阳交给杨忠安置,如果不愿意留在北方,则偷偷送往枋头坞。陈庆之出发时整整七千人,沿途有折损,攻入洛阳时还有五千人,后来在北中城三天十一战,在撤退途中溃散,有人向东南返回梁国,重伤的躲藏山中或流落民间。一个冬天过去,杨忠营中有了近千名梁兵,尔朱度律也不担心,这些梁兵大都是逃奔南方的北方流民,早已没了根基,留在帐下让自己实力大增,何乐而不为?

魏国境内只有西边的万俟丑奴还在叛乱,贺拔胜和独孤如愿留在晋阳,常来喝酒,带来西边的军情:"今年三月,万俟丑奴包围岐州,派遣大行台尉迟菩萨渡过渭水进攻。"杨忠仔细听着,他自从被俘之后变得沉默寡言。独孤如愿又道,"贺拔二哥带领一千骑兵救援,可是尉迟菩萨已经收兵返回渭水北岸。"这是尔朱天光与万俟丑奴的第一次交战,杨忠好奇心起来:"贺拔二哥追了?会不会是敌军圈套?"独孤如愿见杨忠说话,十分开心:"贺拔二哥将俘虏抓来,无论男女老幼,隔着渭河问斩,激怒敌军。"杨忠点头,贺拔岳果然深通兵法,决不跑到渭河北岸。独孤如愿继续说,"尉迟菩萨见贺拔二哥杀戮部属,率领两万步骑来到渭水，与贺拔岳二哥隔河对话。"

尉迟菩萨真有菩萨心肠，见自己人被杀，忍不住露出行迹，看来万俟丑奴军队虽多，不一定能够打赢。"尉迟菩萨命令使者传话，贺拔二哥大怒，射杀使者，继续砍杀俘虏，激尉迟菩萨渡河。"杨忠听得入神，他久在梁军，并不了解尔朱荣的战法，极为好奇。"第二天，尉迟菩萨带领全部人马来到渭河边，贺拔二哥只带一百多骑兵斩杀俘虏，河面狭窄，涉水可过，尉迟菩萨渡河，贺拔岳二哥驰马向东跑去，敌军救了俘虏，抛下步兵，轻骑追击。"

"敌军落入圈套了。"杨忠被战局吸引，轻轻说道。

"贺拔二哥在一道土岗背后设下伏兵，尉迟菩萨刚到，伏兵骤起，贺拔二哥掉头反攻，大喊下马者不杀，俘获三千人，连尉迟菩萨都被抓住。贺拔二哥渡过渭水，敌军投降，连同辎重都被缴获。万俟丑奴放弃岐州逃至安定，在平亭设置营栅。尔朱天光从长安赶到，跟贺拔二哥会合。"

杨忠心情复杂，他父亲是魏国的镇远将军，被六镇叛军杀死，他逃亡梁国加入陈庆之军中只有三五年，只想驱除索虏，对梁国没有那么忠心耿耿。尔朱荣的军队杀死马佛念和明月，杨忠满心仇恨，听到贺拔岳等人在西边大胜，内心隐隐开心。独孤如愿见他心情不错："兄弟们需要什么就跟我说，这是咱们的地盘。"

杨忠去年六七月战败被俘，又在晋阳过了一个冬天："我有些不明白，我们在左人城和枋头坞收留百姓耕作，葛荣前来劫掠，我们当然要打回去。"独孤如愿很想打开杨忠心结，现在终于长谈，立即说是。杨忠缓缓说道："可是关中侯北伐，收复汉人故土，在阿阇梨劝说下改了主意，说孝文帝是千古一帝，比自己更高明，胡人汉人应该不分彼此，亲如兄弟。马大哥也非常佩服孝文帝，称赞他的胸怀和气度。关中侯打算把兄弟们带回南边，可是皇帝把桃儿嫁给我，在北中城和尔朱荣打了一架。按照关中侯的计划，我们本来可以撤回梁国，皇帝从阵中逃亡，害得兄弟们七零八落，他自己也在受禅台被砍了脑袋，连累大哥战死，二弟伤残。"杨忠想起桃儿万箭穿心，"我真不明白，打打杀杀为了什么？我都搞不清楚敌人是谁，为什么要杀他们？他们为什么杀我？"

独孤如愿并不纠结这些："这是乱世，保护好父母和妻子儿女，想那么多做什么？照顾好这些兄弟们吧。"

杨忠眼珠通红："我做不到，我每天脑海里都是马大哥和明月。"

晋阳位于太原盆地北端的晋水北岸，尔朱荣初时为并州刺史，经营晋阳作为大本营。他击败元颢后，调兵遣将击败韩楼，派遣尔朱天光进入关陇与万俟丑奴作战，自己坐镇晋阳根本，闲时来往于秀容草原，纵马骑射。一队骑兵策马奔来，奚毅面露喜色："大王，皇后有喜！"

尔朱荣有五子三女，长子尔朱菩提今年十四岁，大女儿便是尔朱歌，小女儿嫁给陈留王元宽，这将是第一个孙辈。尔朱荣大笑："召集众将，贺六浑一定要来。"奚毅略为意外，为什么偏偏要把高欢召来？尔朱荣上马道，"随我回晋阳住几日，再回洛阳。"

除了在关陇作战的众将之外，尔朱兆、贺拔胜、高欢和侯景等人全部到齐，奚毅宣布了皇后怀孕的消息。高欢待在一边，他和尔朱歌有好几次逃走的机会，高欢不肯放弃猎取天下的梦想，尔朱歌担心族人命运，蹉跎到今天，两人之间再不可能。尔朱荣也曾犹豫，高欢人才难得，尔朱歌嫁给他便是一家人，喜悦中掺杂了少许的惋惜："皇后怀孕，我当如何？"

贺拔胜幼时是太学生，对朝廷忠心耿耿："当然好好庆祝一番。"

尔朱荣又去试探高欢态度："贺六浑，你说。"

尔朱歌只是怀孕，庆祝应等到皇后分娩之时，哪儿有现在庆祝的道理？他不知道尔朱荣想法，不敢乱说："产子和产女大有不同。"

尔朱歌是正宗皇后，又有尔朱荣这个大靠山，一旦产子便会册封太子，社稷有嗣，如果只是皇女，便不会牵动天下。尔朱荣心情大好笑着说："皇子又如何？这是天命，不乱猜了，请大家回来，还有一个好消息。"高欢压力一松。尔朱荣起身走到正中，"万俟丑奴平了！"

尔朱天光刚在渭水击败万俟丑奴，这么快关陇就平定了？尔朱荣极为满意："万俟丑奴在阵中被生擒活捉，我军随即进逼高平，城中执送萧宝夤以降！"这一仗打得极为漂亮，魁首被擒，斩草除根。尔朱荣细说战况，"天光渡过渭水停军牧马，宣称天时将热，不可行师，等秋凉进军。万俟丑奴信以为真，分散部众耕种，只派遣侯伏侯元进领兵五千，据险扎下营栅。天光得知敌军分散，诸军相继俱发，黎明时攻拔敌军营寨，遣散俘虏，其余营栅闻之皆降。天光昼夜行军，进抵安定城下，守军投降。万俟丑奴放弃平亭，回归大本营高平，阿斗泥轻骑追击，四月二十四日到达平凉，敌军还没有布成战阵,侯莫陈崇单骑入阵,马上生擒丑奴,叛军披靡,无敢当者,我军骑兵大集,贼众崩溃。天光立即进逼高平,萧宝夤还在梦中,被城中士兵抓了,送到我军营中。"

高平是叛军大本营,当初破六韩拔陵造反时,高平匈奴人赫连恩起兵响应,推选胡琛为高平王,这里一直是关陇叛军老巢。尔朱天光擒获万俟丑奴和萧宝夤,夺取高平,可与尔朱荣阵擒葛荣相媲美。

尔朱荣对贺拔胜起疑,打发众人离开,只剩高欢一人:"我对小歌从小溺爱,将她嫁给先帝,又配给长乐王,心里其实十分难过。"高欢实在猜不透,尔朱歌即将娩乳,他说这些做什么?尔朱荣猛然抬头,"知女莫若父,她一直想和你浪迹金山银水,过自由自在的日子。"高欢一个脑袋三个大,尔朱荣到底想什么?女儿怀了皇帝的孩子还和自己说这些,这些话万一传扬出去,天下人知道自己给皇帝戴了绿帽子,自己固然死罪,尔朱歌也好不了,对尔朱荣一点儿益处都没有,尔朱荣面色冷峻,"你可去过洛阳?"

高欢心中一惊,直冒冷汗,那孩子会不会是自己的?这太匪夷所思了,连忙计算时日。尔朱荣去年六月底击败元颢,他曾与尔朱歌缠绵,随后和尔朱荣返回晋阳,现在四月,如果是自己的孩子便该生了,而不是刚刚受孕,起身跪倒:"大王,我去年六月离开洛阳,再没有去过。"

尔朱荣露出了失望的神情,让高欢坐下:"如果把小歌还给你,你还要吗?"

高欢被这句话震惊了,我的天啊,尔朱歌刚刚怀了皇帝的孩子，做父亲的却要把她交给自己。尔朱荣每逢大事常颠三倒四，河阴之变时便是如此，先立元子攸为帝，再将他囚禁，杀死他兄弟，四铸金像后重新奉元子攸为帝，再把女儿嫁给他，谁也不明白他的想法。一个想法突然进入高欢脑海，难道尔朱荣发动河阴之变时就想好整个计谋，将尔朱歌嫁给元子攸绝非仅仅为了联姻，而是为了产子！

"知我心者只有你。"尔朱荣又问，"把小歌还给你，还要吗？"

高欢六神无主，七窍冒烟，尔朱荣这是诛心之问，尔朱歌是当今皇后！把她还给自己，除非皇帝不在了，如果自己答应，便默许了尔朱荣的谋划，可是哪里轮得到自己不答应，尔朱荣两年间接连击败葛荣、邢杲、陈庆之的梁军、韩楼和万俟丑奴，汉高祖和曹操平定天下都没有这么干净利落。高欢跪倒："愿为大王肝脑涂地！"

尔朱荣要做惊天之事，武川镇的贺拔胜和贺拔岳忠诚于朝廷，高欢变得举足轻重，见他懂了自己的意思："我表奏你为晋州刺史，这里十分紧要，我九月前往洛阳，把小歌带回来。"

高欢早年担任信函使，对地理十分清楚，晋州处于晋阳和洛阳之间，上党之西，从这里出发便可以截断晋阳和洛阳之间的道路，自己手握重兵驻扎在这里，将成为尔朱荣的强援，他一旦行废立之事，自己便是先锋。而且晋州西边便是贺拔岳驻守的关陇，北边是晋阳，南边是京城洛阳，东边便是元天穆的上党郡，四面都是尔朱荣的核心力量，自己如同被困在牢笼之中，死死不得动弹。

63 悲落叶

河阴之变时洛阳十室九空，转眼间葛荣和邢杲被槛送京城，斩于阊阖门，后来和陈庆之在虎牢、荥阳激战，并未波及洛阳。如今关陇平定，万俟丑奴和萧宝夤被押送京城，铐在阊阖门外的街市，百姓围观三日。最后的反叛被扑灭，帝国涅槃重生，亲王百官和百姓无不欢欣，年轻的皇帝却没有兴奋，常常露出沉思的神态，与心腹大臣更加频繁见面。温子升进入明光殿稳稳施礼。元子攸冷冷坐着，温子升曾归降元颢，不再受到重视，失去了在洗月亭谋划参赞的机会，他在等待元徽、高道穆、杨侃和萧综四人，商议处置万俟丑奴和萧宝夤，随口问道："如何处置万俟丑奴和萧宝夤？"

温子升毫不犹豫："可斩！"

萧宝夤本是南齐明帝萧鸾的第六子，东昏侯萧宝卷和齐和帝萧宝融同母兄弟。后来萧衍篡位杀害南齐皇室，他逃亡北魏，拜扬州刺史，封丹阳郡公，迎娶孝文帝的女儿南阳公主为妻，屡次兴兵攻打南梁，晋为尚书令，封齐王。后来万俟丑奴造反，他心存复国，杀害郦道元和南平王元仲冏，自称大齐皇帝，年号隆绪，定都长安，兵败后投奔万俟丑奴。元子攸与萧宝夤还有一层拐弯的亲戚,二十九年前萧衍攻入建康皇宫,遇见萧宝卷的吴淑媛,收入后宫。吴淑媛怀有身孕,七个月后生下萧综,封为豫章王。萧衍毫不知情,十分宠爱这个前朝皇帝的遗腹子。萧综十四五岁时梦见一个肥壮少年提着脑袋看自己,向母亲询问。吴淑媛当时失宠,充满怨恨,询问儿子梦中所见少年的样貌,很像南齐东昏侯萧宝卷,就把怀孕七月生子的事情告诉儿子。萧综秘密建立齐朝的七庙,微服拜谒南齐陵墓,挖开萧宝卷坟墓,取出遗骨,割破手臂,将血滴到遗骨上,血渗入骨骸。他杀死一个亲生儿子,用同样的方法检验,确信自己是萧宝卷的遗腹子。他白天谈笑风生,夜晚号哭不止。为了磨砺意志,在屋内撒满沙子,赤足行走,脚下生有厚厚的老茧,如此日行三百里,希望逃离南梁。

恰在此时,魏国徐州刺史元法僧投降南梁,萧衍命令萧综为主帅,陈庆之为将,接应元法僧。魏国派遣两万军队反扑,构筑防线切断梁军进军路线,陈庆之进逼其垒,一鼓击溃魏军。陈庆之凯旋时,军营中传来噩耗,主帅萧综失踪了。魏军在城外大喊:"豫章王昨夜到我军中,汝尚何为!"原来萧综率领亲信连夜逃到魏军营中,梁军失去主帅,军心大乱。魏军追击夺取失地,陈庆之斩关夜退,所辖部队全部生还。这是他第一次出征,打了漂亮一仗,却弄丢主帅,灰头土脸逃回来。保全军队算是虽败犹荣,可圈可点。

话说萧综来到北魏,把名字改为萧赞,原因是梁武帝儿子的名字都是绞丝旁,而东昏侯太子萧诵是言字旁,刻意表明身份。萧衍盛怒之下废吴淑媛为庶人,除去萧综宗室属籍,改萧综的儿子萧直的姓氏为悖,不到十天心软,恢复萧直宗籍,封为永新侯,恢复吴淑媛的封号。萧综颇有才华，得到魏国皇帝元诩礼遇，被封为太尉，迎娶元子攸的姐姐寿阳公主元莒犁。公主容色美丽，萧综十分敬重，说话时自称下官，十分融洽。元子攸念及此处："萧宝夤也要斩吗？"

皇帝在明光殿召见，没有了洗月亭时的亲近，温子升知道自己的地位大不如前："不妨将丹阳王请来，当面讲清。"丹阳王便是萧综。

元子攸点头，不再说话，等待萧综等人。高道穆和杨侃都与萧宝夤亲近，萧综和萧宝夤是南齐宗室，元子攸跟这些人商议，显然要饶恕萧宝夤，但他是人人皆知的叛贼，如果传到尔朱荣耳中，必会惹出纷争。温子升问道："陛下，不妨猜猜侍中大人和高黄门如何说？"

高道穆和杨侃必为萧宝夤求情，但是总要有个理由，元子攸反问："请先生猜。"

温子升求来笔墨在几案前疾书几行字，恭恭敬敬呈上去。元子攸不看，将纸张折叠放在几案："先生，可否给朕讲讲历史？"元子攸亲近崇信高道穆和杨侃，排斥温子升，想想他们过去的功劳，心中常常不忍，便出言试探，"高贵乡公和常道乡公。"

温子升大惊，起身下跪："陛下千万不要做此想。"高贵乡公曹髦是魏文帝曹丕之孙，年幼聪明好学，被封为高贵乡公，司马师废除曹芳后被拥立为帝。曹髦不满司马氏专权秉政，亲自讨伐司马昭，被太子舍人成济杀死，年仅二十岁。曹髦面对路人皆知的司马昭篡位野心，没有软弱和退让，直面现实，一身傲骨，奋起抗争，视死如归，为帝王尊严不惜以生命为代价进行抗争，用壮烈的死亡赢得尊严。曹操的孙子曹奂早年被封为常道乡公，曹髦被杀后，被司马昭拥立为帝，实际上成为傀儡。曹奂当了五年皇帝，司马昭篡夺皇位，曹奂被降封为陈留王，食邑万户，宫室安排在邺城，使用天子旌旗，备五时副车，行魏国正朔，郊祀天地礼乐制度沿用魏国制度，上书不称臣，受诏不拜，一直活到五十八岁，寿终正寝。元子攸如此问，显然是有图谋尔朱荣之心。

温子升正要劝谏，内侍禀报城阳王元徽等人到。元颢攻入洛阳时，他留在城中，后来逃奔元子攸带来洛阳情报，赌注押对，更受重视。高道穆和杨侃都是随扈功臣，分别在元徽两侧进来，后面才是南齐遗腹子萧综。三人立场与温子升不同，齐整整坐在对面，对温子升心怀戒意。元子攸对萧综抚慰几句，询问如何处置萧宝夤。萧综起身下跪："陛下，臣想讲一段往事。"他有备而来，希望以情动人，"当初国破家亡，我认贼作父，直到十四岁那年才知道真相，逃亡过来。记得渠北有建阳里，内有土台高三丈，上作精舍，悬钟鼓计时，钟声五十里之外可闻。我听到钟声十分感慨，写了一首《听钟铭》。"元子攸的姐姐寿阳公主嫁与萧综，知道这些往事，萧综轻轻念出声来：

听钟鸣，当知在帝城。
参差定难数，历乱百愁生。
去声悬窈窕，来响急徘徊。
谁怜传漏子，辛苦建章台。
听钟鸣，听听非一所。

怀瑾握瑜空掷去,攀松折桂谁相许?
昔朋旧爱各东西,譬如落叶不更齐。
漂漂孤雁何所栖,依依别鹤夜半啼。
听钟鸣,听此何穷极?
二十有余年,淹留在京域。
窥明镜,罢容色,云悲海思徒掩抑。

萧综念完,泪流满面地叩拜:"昔朋旧爱各东西,譬如落叶不更齐。漂漂孤雁何所栖,依依别鹤夜半啼。求陛下为臣留下唯一还在世上的叔父。"他生于帝王家,偏是前朝遗腹子,投奔北国,满腹惆怅,元子攸不禁悲伤。

元子攸瞟了一眼温子升的手书,赦免萧宝夤需要一个理由向尔朱荣解释,看向元徽、高道穆和杨侃三人。高道穆与萧宝夤最为交好,跪在萧综旁边,他早已想好:"萧宝夤有可赦之由,他的叛逆,事在前朝。"

萧宝夤在北魏孝昌三年反叛,自称大齐皇帝,年号隆绪,定都长安,那时的皇帝还是先帝元诩,第二年元子攸称帝大赦天下,这个理由倒也成立。元子攸犹豫起来,打开温子升手书,上面写了几行字:"臣闻李尚书、高黄门与萧宝夤周欵,必能全之。二人谓萧宝夤叛逆在前朝,宝夤为丑奴太傅,岂非陛下时邪?"温子升猜到了高道穆的说辞。

元子攸放好文书:"萧宝夤给万俟丑奴当太傅,不是朕当皇帝的时候吗?贼臣不剪,法欲安施!"温子升的谋略还在高道穆等人之上,还需重用。萧综等人还要再为萧宝夤求情,元子攸哼了一声，退出了朝堂。他何尝不想留萧宝夤一条性命，只是尔朱荣将萧宝夤擒获交给自己，如果不杀，如何向他交代？

公元530年北魏永安三年四月二十九日，北魏平定关中，大赦天下。万俟丑奴和萧宝夤被押至洛阳，置于阊阖门外的大街，百姓围观三天。元子攸下旨在驼牛署赐死萧宝夤，将万俟丑奴于都市中斩首。临终前，亲朋好友提酒叙旧流泪，萧宝夤泰然自若："我听从天意安排，只是遗憾没有尽到人臣的节操。"

南阳公主为萧宝夤生了三个儿子，长子萧烈娶了宣武帝元恪的女儿建德公主，拜驸马都尉，与萧宝夤一同造反，也将处死。南阳公主带领两个幼子和父子诀别，痛哭不止，极尽哀伤，萧宝夤面不改色。萧综备酒与叔父同饮践行，深感生命如同飘零的落叶，写下一首诗篇《悲落叶》：

> 悲落叶，联翩下重叠，
> 重叠落且飞，从横去不归。
> 长枝交荫昔何密，黄鸟关关动相失。
> 夕蕊杂凝露，朝花翻乱日。
> 乱春日，起春风，
> 春风春日此时同，一霜两霜犹可当。
> 五晨六旦已飒黄，乍逐惊风举，高下任飘飏。
> 悲落叶，落叶何时还？
> 凤昔共根本，无复一相关。
> 各随灰土去，高枝难重攀。

第八章

明光殿

天下，
是天下人的天下

64 复仇之计

一匹战马驰入军营,无人拦截,众军士便知道是谁来了。尔朱荣军令极严,除了斥候之外没人敢在营中策马奔驰,唯有工匠营的那位身材矮小的大匠作例外。尔朱荣曾在酒宴上对众将说:工欲善其事,必先利其器,辎重营制造军械,难免在营中走马。他颁下这道军令,众将敢怒不敢言,出生入死都没资格在军营驰骋,一个梁军俘虏凭什么?后来传言流出,说那人是皇后旧交,故此对待不同。

小猴子亮了腰牌直奔后营,这里是梁军战俘所在。尔朱荣平灭元颢后在洛阳安排尔朱天光出征万俟丑奴,盘桓一阵时日,率领大军返回晋阳。小猴子央求尔朱歌将他留下,收容梁军俘虏运到杨忠营中,数月过去再没有收获,便向北进发。到了晋阳先拜见尔朱荣,给他展示新打制的铠甲和兵器,然后一溜烟离开尔朱荣大帐来找杨忠。

梁军战俘的营帐十分简陋,用椠杆作为横梁,下面架起四根树枝,上罩毡布,仅堪容纳一人。数百顶帐篷之外全是契胡军队,兵器都被收缴,他们每天做些粗活,名义是俘虏,却被尔朱度律当成了辎重兵。如今魏国内乱平息,并无战事,梁兵无事可做,闲散在营中。小猴子策马而入，毫无顾忌地大喊："杨忠何在？"

杨忠从帐篷里走出，小猴子蹿到眼前，跳起来和杨忠相拥。两人从小在枋头坞长大，一起抵御葛荣，从梁国横扫千军到达洛阳，情感自是非同寻常，陈庆之兵败后都有说不完的感慨，想起战死的马佛念和重伤的宋景休悲愤莫名，却无可奈何。杨忠父亲被葛荣军队杀死，尔朱荣擒获葛荣送到京城，这是恩；随即与之大战又有血仇，如今成了俘虏，报仇谈何容易。

小猴子坐进帐篷讲了枋头坞的情形，杨闶、宋景休、刘离和枋头坞百姓安全，杨忠心中悬着的大石总算落下。"你有何打算？"小猴子压低声音，即便帐外有人也听不到。

杨忠不知道何去何从，返回梁国？那边无亲无故，听说陈庆之镇守边境，可是杨忠当初为了北伐中原，如今兵败还有什么意义？小猴子俯首在杨忠耳边："魏国已经平定，尔朱荣早晚要攻打梁国，打打杀杀有什么意思？我想好了，抽机会咱们就跑。"杨忠也不想在尔朱荣军中，点点头。小猴子在洛阳行动自如，四面八方消息畅通，"大眼在枋头坞，刘离快生了，那边也有几百梁军兄弟，咱们回枋头坞逍遥自在。"一个人跑容易，外面还有近千名梁军兄弟，绝不能抛弃，即便一起跑出去，尔朱荣一定能够查到去向，必为枋头坞带来巨祸。小猴子随即明白这个道理，"唉，不能一股脑都去坞壁，树大招风，但总不能待在这里。"

杨忠绝对信任小猴子，终于说出了自己的想法："我要杀两个人。"

小猴子打了一个激灵："现在能活命就行，别想着报仇。"

杨忠常从噩梦中惊醒，被悲伤折磨得痛苦不堪："马大哥被尔朱荣军队所杀,这笔账必然算到他头上。"这是杨忠要杀的第一个人,接近尔朱荣便能动手。"明月和元子攸青梅竹马,千里迢迢来到洛阳,被置于驼牛署和金墉城,饱受折磨,元颢兵败,元子攸诏令截杀,这笔账要记在元子攸头上。"

小猴子咋舌,杨忠要杀的两人,一个是所向披靡的天柱大将军,另一个是魏国天子:"马大哥死得其所,临终时要你把兄弟们带出险地,不要复仇,你不听吗?如果桃儿活着,她会让你杀元子攸吗?"

杨忠指着自己心窝:"我过不去自己这一关,如果不能报仇,这辈子都过不去。"

小猴子指着外面说道:"你即便成了,外面这些兄弟都要死,马大哥把他们托付给你,忘了吗?"杨忠掀开帐帘向外走出,梁军三三两两聚集,他们都是生死好兄弟,可是自己怎么能忘记马佛念和桃儿的仇恨。忽然斥候骑兵穿营而过,大声宣示:"整备辎重,大军明日出发。"

梁军战俘议论起来,葛荣、邢杲、韩楼、元颢、万俟丑奴和萧宝寅纷纷授首,境内太平,军队要出征哪里?杨忠和小猴子目光一碰,不约而同地猜到:进攻梁国?陈庆之据守边境,决战又要爆发?

65 加九锡

万俟丑奴平灭后，潼关以西全部收复，唯有他的弟弟万俟道洛率领六千人逃走，拒不投降。当时高平大旱，尔朱天光战马缺乏草料，屯军城外五十里，派遣都督长孙邪利镇守原州。万俟道洛与城内勾结掩袭邪利，杀死城中军队。尔朱天光率领军队反击，万俟道洛被击败后逃入牵屯山，据险自守。尔朱荣派遣使者仗责尔朱天光一百，让元子攸下诏将其降为抚军将军、降爵为侯，命令他荡平万俟道洛。

除去在关陇作战的尔朱天光等人，大帐中人声鼎沸，战将云集，他们一起平灭葛荣、邢杲，击败元颢，许久未见纷纷攘攘，直到尔朱荣进账，众人噤声施礼拜见。尔朱荣心情极佳在中间坐了，尔朱世隆从京城赶来，坐在尔朱荣左首，后面依次是尔朱兆、尔朱仲远和尔朱度律。元天穆、贺拔胜、高欢、侯景和司马子如等人坐在右侧。如今天下大定，只有万俟道洛还在反叛，不需要尔朱荣亲自动手，他为何召集众将，难道要向梁国用兵？

唯有高欢心知肚明，尔朱歌年初传出怀孕的消息，即将分娩，尔朱荣要如约入京，把尔朱歌还给自己，可是尔朱歌是皇后，难道尔朱荣要篡夺皇位？尔朱仲远拱手说道："大王，如今关陇平定，

第八章·明光殿

如此大功,皇帝封赏了吗?"尔朱仲远是尔朱荣的族弟,深通文字和筹算,成年后被封车骑将军、建州刺史,加侍中,进爵为公,增邑五百户。他常在尔朱荣身边掌管印鉴,临摹尔朱荣字迹伪造奏表,私自授予官爵,换来钱财整日吃喝,尔朱荣也不责怪。

尔朱荣官职是太原王、天柱大将军、大丞相,高不可攀,众将都不知道该怎么加封。尔朱仲远哈哈笑着说:"唯有九锡才能酬赏大王。"此言一出,众将噤若寒蝉,锡即赐,分别是车马、衣服、乐县、朱户、纳陛、虎贲、斧钺、弓矢、秬鬯九种物品。车马是金车大辂和兵车戎辂,玄牡二驷即黑马八匹。衣服包括衮冕之服和赤舄鞋,乐县指定音和校音器具,朱户是红漆大门,纳陛是登殿时与众臣不同的专用陛级。虎贲是贴身卫士,弓矢为彤弓百矢和玄弓千矢。斧钺能诛有罪者。秬鬯为祭祀用的香酒,以黑黍和郁金草酿成。自从汉武帝创下九锡之后,这种对臣子的最高礼遇渐渐变味儿。王莽授九锡,废汉室建新朝。曹操授九锡,儿子曹丕建立曹魏。孙权授九锡,称帝建立东吴。司马懿诛灭曹爽后被授九锡,司马昭也被授九锡,司马炎建晋朝。晋惠帝加赵王司马伦九锡,司马伦矫诏晋惠帝禅位,自称皇帝。前赵刘曜拜石勒为大司马大将军,加九锡,次年石勒建立后赵。后赵石弘授石虎九锡,石虎篡位杀死石弘。桓玄被东晋授九锡,称帝建楚国。南朝宋、齐、梁的开国皇帝刘裕、萧道成和萧衍都曾受九锡,创立新朝。尔朱仲远这句话不经意冒出来,间接劝说尔朱荣称帝。贺拔胜对朝廷忠心,但是武川人马都在西北作战,身单势孤,不作声看向尔朱仲远。高欢料到尔朱荣做法,心中不大赞同,低下头去。尔朱荣看在眼中,自己部族众将眼中都有火花,高欢和贺拔胜等人都不接话，显然不支持尔朱仲远，唯有元天穆发声道："大王，此事是否可以再议？"

尔朱荣脸色冷峻，斥责尔朱仲远："竟说出这种话，退下！"众将不用在皇帝和尔朱荣之间选择，略为松了一口气。尔朱荣又说，"司马子如，将今日之事写成奏折，上奏皇帝陛下，就说有人劝我向皇帝索要九锡，被我怒斥。世隆，你带回洛阳。"

众将蒙了，尔朱荣这是哪一出？九锡近乎于谋反，尔朱荣偏要把尔朱仲远的提议写成奏折，这种委婉的暗示是试探也是逼宫。元子攸如果懦弱便会授出九锡，尔朱荣在篡位的道路上走出关键的一步。高欢联想到尔朱荣要把尔朱歌还给自己，看来元子攸命运堪忧。

"诸位莫疑，我收到西边战报，特请大家来。"尔朱荣将军情交给尔朱世隆，他打开看了一遍，眉飞色舞地讲起来，"万俟道洛投奔略阳的叛军，首领王庆云大喜，认为大事可济，在水洛城称帝置百官，任命万俟道洛为大将军。"众将一起哄笑，王庆云是井底之蛙，难道不知道中原大定，还敢称帝？尔朱世隆提高声音："天光领军进入陇地，到达水洛城，王庆云和万俟道洛出战，天光亲自上阵，一箭射中万俟道洛臂膀，攻下略阳东城。"众将齐声叫好，"叛军盘踞西城，城中无水，打算突围，尔朱天光担心他们跑掉，派人招降王庆云，给叛军一晚时间商量，第二天必须答复。"尔朱世隆似模似样地模仿尔朱天光，仿佛被他附身："天光又派人说，你们缺水，我军稍退，你们随便取用涧水，叛贼极为开心。"

侯景猜到尔朱天光的战法："兵不厌诈，王庆云定然以为我军在水边埋伏,他肯定要从另外的方向逃跑。"

尔朱世隆笑着说:"果然如此,咱们的军士使用七尺的拒马枪,绕城布阵,险要路口布置更多,派遣士兵埋伏在拒马枪周边,防止敌军冲出。当晚王庆云和万俟道洛果然没有取水,反而驰马突出,遇到拒马枪,战马负伤,伏兵四起,两人被擒,我军缘梯入城,叛军余部从城南奔出,遇到拒马枪,只好乞降。"

叛军首领都被擒获,关陇最后一股叛乱终于被平灭,从尔朱荣出滏口身自陷阵,生擒葛荣、平灭邢杲、元颢、陈庆之、韩楼、万俟丑奴和萧宝夤,战场从大海之滨的青州到瀚海陇地,仅用两年时间,自古猎取天下从未有如此速度。尔朱世隆改了语气,狠狠说道:"天光收缴他们的兵器,全部坑杀,死者一万七千人,将其家口分与士兵,三秦、河州、渭州、瓜州、凉州、鄯州皆降,关陇荡清!"

"司马子如,再写一份诏令,复天光官爵,加侍中、仪同三司,贺拔岳为泾州刺史,侯莫陈崇为渭州刺史。尔朱仲远改封清河郡公,加车骑大将军、左光禄大夫,持节、徐州刺史,兼任尚书左仆射、徐州大行台,都督徐州诸军事。"尔朱荣的权势凌驾皇帝之上,司马子如拟好诏令,元子攸盖上玉玺而已,众将都觉惊异,尔朱天光、贺拔岳和侯莫陈崇是平定万俟丑奴和萧宝夤的功臣,加封理所应当,尔朱仲远刚才提议加九锡被逐出大帐,寸功未立,凭什么获得这么大的封赏?再一想,这便是尔朱荣厉害之处,先启奏尔朱仲远的大逆,然后就要任性地给他加封,啪啪啪地打脸。尔朱荣站起宣布:"我将入朝视皇后娩乳,扶律归,点齐五千铁骑,随我入京。"

尔朱天光坐镇长安，尔朱仲远占据徐州防御梁国，尔朱世隆居于洛阳，高欢掌控晋州，尔朱兆驻守晋阳根本，天下全部落入尔朱荣掌中，他亲自率军入洛，难道要行废立之举？众将心脏一齐颤抖起来。

尔朱世隆携带尔朱荣诏令返回洛阳，元子攸一一照办，称赞尔朱荣的忠诚之心，实则拒绝加九锡，尔朱世隆二话没说退入朝班。元子攸外逼于尔朱荣，怏怏不以万乘为乐，只是希望叛乱未息与尔朱荣相持，现在关陇安定，听说尔朱荣要来洛阳，一点儿也高兴不起来，向群臣叹气："从今往后，天下再没有叛乱了。"

元徽没头没脑接了一句："臣恐贼平之后，方劳圣虑。"

尔朱世隆大为不满，尔朱荣暗示加九锡被皇帝置之不理，没有一丝高兴的口气，好像还为天下太平而惋惜。元子攸害怕尔朱世隆多疑，连忙搪塞："抚慰百姓，实在不容易。"

尔朱世隆听出了元徽的意思，哼了一声，心生不满。元子攸急于和心腹商议，宣布罢朝，闷头来到明光殿。过不多时元徽进来，元子攸怒气冲冲说道："你在殿上说些什么？什么叫贼平之后，方劳圣虑，这不是明摆着要对付尔朱荣吗？"

元徽走近几步："陛下还记得以虎驱狼吗？如今群狼扫荡一空，便是养虎为患。"天下精兵都在尔朱荣手中，部将分别驻守邺城、长安、晋阳和徐州，尔朱世隆在洛阳执掌中枢，让人毫无对策。元徽恶狠狠地又道，"尔朱荣有河阴之变的重罪，百死莫赎，趁他这次进京入洛，除之！"

"咣当"，大门推开，奚毅冲进来，跪在元子攸面前："陛下三思!"奚毅是尔朱荣派到元子攸身边的近卫,其实是侦探动向。他曾救过明月,元子攸期之甚重,却不敢吐露实情,今天心思不宁被他偷听,顿时惊悸不已。元徽走到奚毅身边:"天柱大将军率领铁骑进京夺取皇位,你到底忠于谁?"

奚毅俯首对答:"若有变,臣宁死陛下,不能事契胡。"

元子攸仍然不信任奚毅:"朕保天柱无异心,亦不忘卿忠款。"

奚毅三拜退出,元徽望着他的背影,手掌切下示意杀掉。元子攸无动于衷,待奚毅离开向元徽说:"奚毅忠心耿耿,不要伤他。"他在明光殿心惊肉跳,总怕被侍从偷听,命人去唤杨侃和高道穆,几人来到洗月亭,元子攸才敢说心里话,尔朱荣索要九锡,随即率领骑兵前往洛阳,没人相信他来探视皇后。杨侃缓缓说:"洛阳百姓心怀忧惧,很多人逃亡出城,中书侍郎邢子才等人避之东出。"

元徽老调重弹:"势成水火,你不杀他,他就废你。"

杨侃充满顾虑,不愿意与尔朱荣决裂:"尔朱荣若来,必当有备,恐不可图。"

"不如趁尔朱荣未到,杀掉他在洛阳党羽,驻守河桥抵御。"高道穆仓促说道。

"擒贼擒王,杀了尔朱世隆有什么用?"元徽坚决反对。

"让我想想。"元子攸右手撑着脸颊做出头疼欲裂的样子,待元徽等人退去,命人去召温子升。温子升从元颢那里得到的封赏全被褫夺,现在的职位是中书舍人,入值阁内,参与诏诰的起草,出宣诏命,陈奏都由他持人,参决于中,实权日重,可见元子攸仍念旧情。他匆匆来到明光殿,将一份奏折带来,原来是尔朱荣在途中听说朝士人心崩离，向元子攸上奏，请他们随意去留。元子攸本期望尔朱荣不要来京，听到这个消息神色不悦："大将军探视皇后产子，何须带领这么多人马？"

温子升猜到了尔朱荣的来意："如果皇后产子，或立皇子为帝，陛下为太上皇。"

朝廷军队在陈庆之面前望风披靡，更不是尔朱荣对手，元子攸感到了越来越严重的威胁，问："如果皇后产女又当如何？"

"想必退回晋阳，待皇后再产子。"温子升猜测道。

元子攸内心挣扎，问温子升："如果立皇子为帝，我当如何？"

"天下是皇子的天下，社稷仍是魏国的社稷，太庙里仍然供奉着道武帝和太武帝。"温子升对尔朱荣没有杀心，劝说元子攸接受命运的安排。

"胡说八道！这样的事情从古至今有吗？他废了我，就会自己称帝！"元子攸也读了不少史书，自古权臣虽然屡屡废立，却从来没有废了老子立儿子的。

66 谁敢生心

五千铁骑渡过黄河，穿行北邙，扬起漫漫黄沙，在洛阳城外扎下营盘。尔朱荣让尔朱度律留守，带着世子尔朱菩提和正妻北乡长公主，率领数百骑兵冲入洛阳城，不去面见皇帝，却来到仆射府邸。尔朱世隆迎出大门一脸惊慌，拿出一张纸交给尔朱荣："大王，今天早上有人贴在我大门上。"尔朱荣展开一看，上面有十几个字："天子与杨侃、高道穆等为计，欲杀天柱。"

尔朱荣击败天下英雄，自恃其强，不以为意，撕毁文书扔在地上："世隆无胆，谁敢生此心！"北乡长公主接来细看，她是景穆皇帝拓跋晃的孙女，南安惠王拓跋桢之女，北魏文成帝拓跋濬侄女。拓跋晃是太武帝拓跋焘的长子，笃信佛教。太武帝攻伐天下，把他留在京城署理尚书省事务，总理朝政，洞察细微。太武帝下诏灭佛时，拓跋晃屡谏不从，父子产生矛盾。拓跋晃二十四岁去世，追谥景穆太子，他儿子拓跋濬即位，又追封为景穆皇帝，庙号恭宗。长公主嫁与尔朱荣二十年，感情极睦："洛阳流言纷纷，不可不防。"

尔朱荣嘿嘿笑着进入大门，尔朱世隆再劝："大王，你不要住在城里，回军营妥当。"

尔朱荣命人去唤奚毅，抬头望着天空："世隆，你可知星象？"前几日彗星出中台，扫过天王座，恒州人高荣祖通晓天文历数，这是除旧布新的预兆，尔朱荣高兴地说了一遍。

尔朱世隆叹气："加九锡，何须大王亲自索要？天子太不懂事。"

尔朱荣摆手不在乎九锡："今年可作禅文，何须加九锡？"

"我不担心大王不应此征兆！"尔朱世隆毫无保留支持尔朱荣，见他野心昭然，再次劝说，"越是这种时刻，越须小心，防止天子狗急跳墙。"

这句话惹得尔朱荣大笑："无须担心，吐沫儿镇守晋阳，天光荡平关陇占据长安，仲远手握重兵镇守徐州，贺六浑驻守晋州，何忧之有？"他用完午膳，奚毅奔进参拜。尔朱荣脸色一变："奚毅，我待你如何？竟敢叛我？"

奚毅吓得跪倒："大王何出此言？"

尔朱世隆将被尔朱荣撕了的文书扔给奚毅："天子将谋害大王，为何不告知？"

奚毅低头看了一眼："绝无此事，书信有诈，天子亲口说绝不怀疑大王！"

尔朱荣低头看了许久，一拍桌子："世隆，这可是你写的？"

这确是尔朱世隆找人书写，夜间悄悄贴在门口，慌乱地跪倒："大王，是我找人代笔，洛阳传言大王将反，也有传说，天子必图大王，您派人到街市中问问，连文武百官都害怕河阴之事再起，逃亡的人络绎不绝，这决非无稽之谈！"

"明日入朝，看天子如何说。"尔朱荣并不生气，听了尔朱世隆劝告，站起身来，"我住在军营，走吧！"

杨忠归在尔朱度律部下来到洛阳，他们在尔朱荣军中一年，从俘虏变成辎重兵。只要投降便善待俘虏是魏国寻常做法，当初道武帝开国时，太武帝征伐天下，只要击败敌军后，便将其贵胄迁徙到平城，并不斩草除根，抚育孝文帝的冯太后便是北燕王室，籍没入宫反而成为大魏国的皇太后。尔朱荣也是如此，击败葛荣、邢杲、万俟丑奴和萧宝夤之后，只将首领押来洛阳，任由元子攸处置，自己概不过问。除了尔朱天光擅作主张，坑杀了王庆云降兵，其他人大都量才录用，并不过多杀戮和流血。在多次攻伐中，陈庆之是他最为强大也是最为敬重的对手，手下将领悉数参战，不禁产生惺惺相惜之感。而且梁国距离极远，这些梁兵没有根基，反而更好统领，便不再为难梁军降兵。杨忠等人的活动空间越来越大，采购各种杂物，只要报备便可以出入军营。他早上和几名梁军士卒驾着马车进了洛阳，其他人去采购牛羊米面，他一头扎进酒肆躲入角落，桌边坐了七八人，正是流落在洛阳的梁军。小猴子摘下斗笠，竖起一根手指，示意不要多说："兄弟们大难之后见面，痛饮三杯！"

众人举杯喝干，一切都在不言中。杨忠举起酒杯："还有天上的兄弟们，敬了！"几人遥向天空祭奠马佛念等人。梁军兵败后流落四方，少数辗转逃回梁国，其余被尔朱荣分割统领，近千人跟着杨忠在尔朱度律帐下，还有不少被京城的王公大臣瓜分，另有几百人翻过了嵩高山被宋景休接到枋头坞，还有上千人消失无踪，或许大战后心灰意冷，在乡下娶妻生子，再不愿意回到战场上厮杀。杨忠深埋仇恨,来到京城要刺杀尔朱荣和元子攸,为明月和马佛念复仇,这比登天还难,不敢轻易出口。一名梁兵听到不少消息:"杨大哥,尔朱荣进京要夺取皇位吗?"将尔朱荣在尔朱世隆府里的情形大概说了一遍。

杨忠脑中闪现出一个计划,尔朱荣和元子攸势成水火,截杀尔朱荣,嫁祸给元子攸,只要不走漏风声,便不会牵连梁兵。元颢兵败之后梁军四散,倒可以好好利用,但尔朱荣身边有数百铁骑,很难神不知鬼不觉地截杀,杨忠一边叙旧,心里不停盘算,始终没有说出口。梁兵不能久留,一顿酒肉之后告辞离去,眼中噙着热泪各自回去,这让杨忠怀疑自己,先不说杀掉尔朱荣和元子攸有多难,可以将他们再次带进血雨腥风中吗?小猴子将一张羊皮丢给杨忠:"这是京城中兄弟们的名单,已经有人娶妻生子了,你要为马大哥和桃儿复仇,也要为这些活着的兄弟们考虑。"元颢去年夏天兵败,一年多时间,梁兵重新找到了自己的生活。

67 晋州促狭

自从侯渊平定韩楼，尔朱天光擒获万俟丑奴和萧宝夤，天下初定。尔朱荣派遣亲信将领驻守天下，他亲自坐镇晋阳，尔朱世隆执掌洛阳中枢，尔朱天光屯兵于长安，尔朱仲远在徐州镇守，元天穆仍然留在上党郡，侯景被封为定州刺史驻扎河北，高欢统领怀朔镇人马担任晋州刺史。

自从平定元颢，高欢的怀朔镇人马一年多没有战事。晋州促狭，南边是洛阳，北边是晋阳，东边是上党郡，西边便是关中，高欢不敢有丝毫的冒失。而且天下渐渐平定，没有用兵之处，怀朔镇这两三万人马渐渐定居下来，不少人娶妻生子，乐享太平，可是高欢心中块垒郁结，我踏星而行的梦想就要终结了吗？可是他口中没有任何不平之意，每日与刘贵、段荣等人走马弯弓，晚上酩酊大醉，不亦乐乎。

平静的日子被一封信件打破，司马子如一直跟在尔朱荣身边，时不时将洛阳和晋阳的动态发来：尔朱荣率领五千铁骑入京探望皇后产子！高欢将酒杯"砰"的一声扔到一边，仆人赶紧弯腰拾起。刘贵、尉景和段荣等人看了信件，默不作声。

"大将军真的只是探望皇后产子？"连一向鲁莽的刘贵都不

相信。

"还记得咱们在秀容草原烤肉喝酒吗？真想那个时候啊！"高欢突然打断刘贵，这里不是说话之处，吩咐仆人准备酒肉，几人策马出城来到旷野。四周百步警戒，仆人烤好肉置好酒退到百步之外，高欢这才说道："这里只有咱们兄弟，不用顾忌，随便说。"尔朱荣曾经对高欢十分顾忌，自己和元子攸之间又有难以启齿的关联，高欢一向谨慎。

"尔朱仲远提议索要九锡时，大将军的态度十分奇怪。"段荣当时也在场，按理说尔朱荣如果没有封九锡之意，最轻也应该呵斥尔朱仲远，可是他向元子攸传达了尔朱仲远的提议，随即又让他镇守徐州，这分明是奖励而非惩罚。

"大将军这是要废了天子。"尉景说出自己的判断，刘贵和段荣都点头赞成。

"或许大将军要效法董卓，将京城迁回平城，那时皇帝就是笼中鸟，又不用承担废帝的骂名，这才是两全其美。"段荣继续说道，这个判断十分自洽。

"大将军为何要让尔朱仲远做那个徐州刺史？"高欢一直猜不透尔朱荣的想法，忽然问了一句，"除了葛荣和元颢之外，大将军亲自出马，尔朱兆平灭邢杲，尔朱天光击败万俟丑奴和萧宝夤，唯独尔朱仲远还没有出兵。"

"大将军要派尔朱仲远进攻梁国？"刘贵当即否定，"梁国实力远在葛荣和万俟丑奴之上，陈庆之只有七千人马便打到了洛阳。"

"陈庆之都督南北司、西豫、豫四州诸军事，南北司二州刺史，处于徐州和荆州之间。"高欢来到地图前，尔朱荣的一切都是为了掩人耳目，包括迁都、废帝，甚至探视皇后生子都是幌子，就是为了瞒过陈庆之，"我猜，大将军待皇后产子之后，就会突然赶赴徐州，从东线直驱建康，让陈庆之猝不及防。我猜测，大将军甚至不等皇后产子，便借围猎嵩高山，飞速前往徐州。"

"大将军不是答应陈庆之不入侵梁国吗？"刘贵当时就在军前，亲耳听到尔朱荣说这番话。众人一起笑刘贵天真，尔朱荣和陈庆之是百年不遇的统帅，岂能划江而治，两人必将决出雌雄。

"哦，那我们多虑了。"刘贵松了一口气又跳起来，难道他只身前往徐州作战，连尔朱兆等人都不带吗？高欢不能完全想到尔朱荣的战法，他或者如同滏口之战那样直驱建康？或者派遣另外一路大军在荆州吸引敌军？段荣的立场一直徘徊在尔朱荣和元子攸之间，担忧地问道："大将军如果真的平灭梁国，这天下还不是他的？"

"大将军突袭建康，葛荣或者万俟丑奴或许中计，陈庆之不是笨蛋，他坐镇司州，就是兼顾东边的徐州和西边的荆州，这一战十分难说。"高欢真的判断不清，虽然陈庆之败于尔朱荣，可那是在绝对劣势中，一旦主客颠倒，胜负仍在未知，"而且皇帝心里明白，一旦大将军吞并梁国，就再也无法阻止他篡位的脚步，所以大将军最危险的敌人不是陈庆之，而是皇帝陛下。"

"贺六浑，你想多了。"段荣根本看不起元子攸，尔朱荣接连击败葛荣、邢杲、元颢、万俟丑奴和萧宝夤，军功已在当年曹操之上，元子攸根本没有军队，也没有外援，还不如当年的汉献帝。

"皇帝有一利，大将军有一弊啊。孝文帝不愧为千古一帝，他推行汉化，得到北方豪门大族支持，皇帝自幼就读太学，与弘农杨氏、渤海高氏、范阳卢氏关系匪浅，他并非孤立无援。"刘贵等人并不看好这些北地汉人豪强的实力，高欢点头承认，这些豪门势力在尔朱荣的军力面前没有优势。"大将军武功赫赫，百年来未有，即便道武帝和太武帝当年也不见得有这样的实力，他却有一弊，非常致命。"

"哦，是什么？"刘贵三人听到紧要处，不禁四处张望，低声询问。

"骄狂！"高欢如同鹰犬一般服侍尔朱荣，从不敢私下议论，今天在晋州的旷野中，对着三个心腹终于说出了心里话。尔朱荣看不起葛荣，率领七千人马，身当矢石出于敌后，阵擒葛荣震古烁今，但也十分冒险。他派遣侯渊率领七百骑兵平灭韩楼，给尔朱天光一千人马出征万俟丑奴，根本没有把这些人放在眼中，大概只有陈庆之才是他心中唯一的敌人，元子攸更是予取予夺，不在眼中。"当今天子，绝不是任人宰割之辈。"高欢的脑海中浮现出一幕幕画面，自己和尔朱歌的事情没有传入他的耳中吗？他阴晴不定的目光中又透露出什么样的心思？

68 蝮蛇螫手

元子攸从噩梦中惊醒,我梦到了什么?持刀割落自己的十指,难道我杀尔朱荣是自断手指?尔朱荣固有大罪,何尝没有大功?扶立我称帝,灭天下,如果我杀他,天下人会怎么说我?何况他带五千铁骑入京,这支军队横扫天下,我凭什么能够杀他?我失败事小,祖宗社稷毁灭事大!可是不杀他,他必将走向篡位之路,没人可以阻止。尔朱荣将入朝觐见,会不会再提九锡之事?他犹豫不定登上太极殿,慌乱坐在龙床,身边只有几位亲信大臣。他不愿意在朝堂上讲心里话,与众人默默无言,仿佛当初天下大乱之愁眉不展。幸好这种压抑没有多久,就传来宦官通报声音:"天柱大将军到!"

尔朱荣被赐剑履上殿,赞拜不名,数百铁甲武士安排在宫门,直入太极殿向上参拜。他抬头之际眼中射出一道凌厉目光,走到丹陛之下看着元子攸,直接说道:"臣进京探望皇后,沿途群情纷纷,都说陛下要图谋于我。"回头示意,尔朱世隆将那份自写的文书递上,站在一边。

元子攸要图谋尔朱荣的消息传遍洛阳,并非他泄露机密,而是尔朱荣带兵入朝,引起大臣和百姓揣测,谣言随之而起。元子攸略为镇静:"我也听到谣言,说大将军率领铁骑入京,要谋害我。"

这话应对极佳。尔朱荣哈哈大笑:"外界谣言,岂可轻信,我去见皇后。"

元子攸松了一口气,破例走下丹陛,挎着尔朱荣胳膊装出兴高采烈的样子向大臣们说道:"我和大将军去看皇后,这是家事儿,不劳你们费心了。"大臣们退下,唯独尔朱世隆怏怏不乐,他怎么也算亲戚,被甩到一边,叹息一声下殿离去。

尔朱歌怀孕之后,将高欢安置在记忆的深处,草原自由自在的生活已经过去,再也不会回来,胎儿在腹中孕育,时不时肆无忌惮地向妈妈肚皮踹一脚,宣示自己的存在。元子攸来得更勤,脸上带着按捺不住的笑容,端来茶水。怎怪他初时对我不好?我父亲杀死了他同母的兄弟。如今天下平定,他将成为父亲,我们的孩子即将诞生,只盼着宝贝平平安安,未来他还要治理国家和黎民。

元子攸和尔朱荣挎着臂膀走进徽音宫,尔朱歌由衷开心,父亲曾经在河阴大肆杀戮犯下大错,平定天下又有大功,功过相抵,一个是孩子的父亲,另一个是孩子的外祖父,都是一家人,还有什么恩怨不能放下?尔朱歌托着肚子站起,被她生命中最重要的两个男人抢来扶起,两人互视一眼,一边一人将尔朱歌小心翼翼地送到床上,尔朱荣坐床头,元子攸靠床尾,问寒问暖。尔朱歌的心越来越温暖,拥有一个孩子多么美好。

尔朱荣沉浸在柔情中,甚至伸手去摸女儿的肚子,这是他的第一个孙辈，他在战场上杀伐果断，冷血无情，坑杀万俟道洛的一万七千叛军，对待家人却无比体贴，尤其钟爱世子尔朱菩提和尔朱歌，他的疼爱也分给了即将出生的外孙。元子攸的心也软了，我娶了他的女儿，即将生下孩子，我们都是一家人，不是战场的敌人，真的要铲除他吗？

尔朱荣没有在后宫停留太久，便告辞离去，率领铁甲前往陈留王府喝酒。元子攸回到明光殿，杨侃、元颢和高道穆迎出来施礼。元子攸闷闷不乐，坐下吩咐去请温子升，心中仍然在摇摆。元徽连忙说道："陛下，切不可妇人之仁啊！"

元子攸说了自己斩去十指的噩梦，元徽佯装会解梦："蝮蛇螫手，壮士解腕，割指亦是其类，此梦吉祥！"见元子攸不能痛下决心又说道，"前几日，尔朱荣指着陈留王说，吾终需此婿之助。"彭城王元勰共有四子，元子攸排行第三，他的二哥元劭和四弟元子正死于河阴之变，长兄元子直获封陈留王，在六年前病故，他的长子便是元宽。元徽哼了一声劝说："如果皇后产下太子，则立为皇帝；如果产女，就立陈留王。"元子攸动容，尔朱荣率领五千铁骑来到洛阳，必然图谋不轨，可是今天和尔朱荣父女一起十分开怀，他忍心杀死外孙的亲生父亲吗？

杨侃和元徽一心一意："今日在朝堂上，陛下应对极佳，尔朱荣不再起疑，下朝后将铁甲卫士打发回军营，住在尔朱世隆的仆射府了，随从不过数十，挺身不持兵器。"这是绝好机会，如果尔朱荣身边环卫数百铁骑，城外又有五千精兵，没人能够对付他。

元子攸心中天平摇摆，一旦尔朱歌分娩，尔朱荣要行废立之事，一切就来不及了，他可以将皇位让给儿子，却不能接受尔朱荣自立为帝。元徽加紧劝言："纵使他现在不谋反，势力已成，手下那帮人也会把他拱上去，谁能保证他以后不反？"

杨侃博通古今："世上可有废帝而立其子，而不篡位之人？"意思是说，从来没有权臣废了皇帝，立皇子而不篡位者，"怕就怕，陛下年长，尔朱荣绝不会放过，怕是要弑帝再立其子。"

元子攸心头一跳，这种可能性极大。"奚毅，你进来。"元子攸向外喊道。奚毅守在明光殿外听元子攸等人商议，矛盾万分，闻声走进殿内。元子攸到他身边问道："今日的议论，你都听见了，朕只想问你，天柱大将军会不会谋反？"

奚毅缓缓跪下："天柱有大功于社稷，陛下可否恕他一死？"

元子攸低头问道："大将军是否要废我？"

奚毅在尔朱荣身边长大，论亲是表兄弟，却情若父子，偏偏读书习字，懂得忠君报国的道理，在忠义之间不知如何抉择，故此在河阴救过明月，只因她单纯，不该被杀戮。后来在明光殿阻止元子攸刺杀尔朱荣，先保全尔朱荣，事后没有说出实情，再保全元子攸。他两边调和，绝无挑拨离间之举，如今这种情形无法处置，只好坦言相告："天柱大将军确有废立之谋，过几日大将军将劝皇帝围猎，趁机迁都，皇帝和大臣们离开洛阳，废立易如反掌。"

这句话一锤定音，元子攸让奚毅出去，四人闷坐无语，一场巨大的风暴将从这里掀起，后果难以预料。过不多时，温子升来到明光殿躬身参拜，元子攸神色不宁，元徽、高道穆和杨侃将刚才情形讲了，温子升叹息，五人谁也不说一句话。尔朱荣是无敌统帅，杀他千难万难，即便杀了他，尔朱兆驻守晋阳，尔朱天光坐镇长安，尔朱仲远在徐州，高欢抚镇晋州，元天穆悬兵上党，尔朱世隆在洛阳经营数年，都是尔朱荣忠心耿耿的死党，弄不好就要玉石俱焚。可是尔朱荣势力坐大，天下予取予夺，先不说他来到洛阳欲谋废立，即便不想篡位，任由他势力发展，天下早晚都会落入他囊中。温子升不再劝谏，开始出谋划策："即便尔朱荣死了，元天穆也会为他复仇。"

"一起做掉。"元徽恶狠狠说道。

"召元天穆入京，同贺皇后分娩。"元子攸下了决断说道，"寻找死士，功夫要好，不能和尔朱荣有任何牵连，防止走漏消息。"

尔朱荣将铁甲骑兵派回军营，身边仍有几十名随从，都是随他征战天下的勇士。杀了尔朱荣后还必须关闭城门，阻止尔朱度律大军入城。杨侃早有安排："去年元颢兵败，我收留了十名梁兵养在府中，就为今日。"元子攸觉得妥当，梁军战力他有耳闻，是唯一可以与尔朱荣匹敌的军队，他们曾与尔朱荣交战，只有仇恨没有关联，是最好的人选。

69 深宫之谋

小猴子将梁兵的联络网交给了杨忠,这几日唯独杨侃府中的梁兵再不能出门,联络不上,杨侃在密谋什么?杨忠借着进洛阳采买的时机,绕着侍中府好几圈,发现出入戒备严密,杨侃在密谋什么?杨忠狠狠心,让梁兵给小猴子捎口信,他决定今晚留在城内不回营。尔朱荣军纪森严,这是掉脑袋的死罪。杨忠顾不上这些,翻墙进了侍中府,按照梁兵描述的路线潜进后院,那是梁兵平常所住。梁兵战力非凡,一般看门护院的家丁哪里比得上?渐渐受到达官贵人的重用,以得到梁兵守院为荣。杨忠跃入院落,里面亮起油灯,杨忠轻轻敲门,两名梁兵开门,他钻进去熄灭灯光。他们从涡阳大战,一直攻入洛阳,并肩作战十分熟识,借着月亮光芒认出了几人:"天憨,黄老七。"

鱼天憨矮矮粗粗,墩壮结实,力气还在杨忠之上,在义兴招兵时入伍,当初和宋景休一同攻上荥阳城墙,扬名军中。黄老七精瘦高挑,是用弩的好手,都是杨忠军中旧交。几人大劫之后见面,心里热乎乎的,鱼天憨瓮声瓮气说道:"杨大哥,你来干吗?听说好几百兄弟都在尔朱荣军中,我们还想出去找你们。"

杨忠询问了侍中府动向,元子攸和尔朱荣互相图谋的事情传遍洛阳城,梁兵被限制在府中,酒肉管够,却不让出门。黄老七早已发觉异常:"你来做什么?"

杨忠不打算隐瞒:"为死去的兄弟们报仇。"梁兵们大惊,现在只有十个人,哪里杀得了尔朱荣?杨忠明白这些心思,"自然有人安排,我等不须费心,动手就行。"

黄老七心思缜密:"你偷偷进来,明天就会被发现。"

杨忠为报仇已将生死置之度外:"杨侃不敢拿我怎么样,我天亮就去见他。"

"好!就缺勇士!"杨忠话音未落,大门打开,杨侃进来,院内站着一群护卫,他进来迅速关门,"你可是在荥阳锤击尔朱兆,手无寸铁杀死猛虎的那位勇士?"

杨忠点头,看来自己的行踪早被发现,杨侃在门外偷听,这样正好,不须多做解释了:"我帮你杀人,做完之后,我们这些兄弟一起离开。"

杨侃正在物色人手,信心更足:"一言为定,需要什么尽管说来。"

"兵器、铠甲。"杨忠简简单单说了四个字,杨侃立即答应明天送来。

"女人可以有吗?"黄老七嘿嘿笑着,他本是江湖惯盗,一路杀掠到了洛阳,只过了不到六十天好日子。

"女人没有。"杨侃答道,黄老七正在怒目,杨侃又说有黄金,黄老七露出笑脸。杨侃不与他纠缠,开门招来家丁,将一担黄澄澄的黄金摆在面前,"做成此事,还有重谢。"

第二天杨侃将兵器、铠甲送来,让人怀疑他晚上是否睡觉,这是他的头等大事，绝不能疏忽，弘农杨氏根基极厚，这意味着他用全家数百口的命来赌。兵器极轻，铠甲只是普通的鱼鳞甲，与环首刀和明光铠差了很多。杨忠将盾牌扔在一边，再让杨侃准备弓弩和短刀。杨侃交代后进了内室，杨忠拿出小猴子画的地图："侍中大人，三个地方可以动手。"杨侃仔细查看，地图以洛阳城墙为轮廓，永宁寺、瑶光寺、皇宫、铜驼街、左卫府、司徒府、国子堂、太庙、虎贲军的护军府、御林军的右卫府、太尉府、小猴子的匠作曹、尔朱世隆的仆射府、陈留王元宽的陈留王府、元天穆的上党王府都在图中。"尔朱荣晚上宴饮大醉，常住在尔朱世隆的仆射府，可以直接攻打。"

曹髦就是这种做法，领兵攻打司马昭，途中被太子舍人成济所弑。杨侃摇摇头："尔朱世隆已经听到风声，府中戒备森严。"

杨忠指着铜驼街说出第二法："当街截杀，我们只有十人，尔朱荣随行三四十人，怕他跑了。"这是东汉司徒王允之谋，东汉初平三年四月二十三日清晨，董卓前往皇宫早朝，吕布随从护卫。董卓行至北掖门外，李肃等人持长戟将董卓刺下车来，他朝服内穿铠甲，未伤及要害，疾呼：吕布何在！吕布不慌不忙掏出诏书，喊道：有诏讨贼臣！董卓发现吕布背叛大骂：庸狗敢如是邪！吕布将董卓当场斩杀。太师府主簿田景及仆人抱住董卓的尸体痛哭，也被吕布杀死。随后王允发出赦令，董卓死讯传出，士兵们高呼万岁，百姓载歌载舞，很多人把珠宝换成酒肉庆祝。杨侃熟知这段历史，沉吟许久："必须连元天穆一起除了，他们上朝路线不同，到达时间不同，极难周全。"

杨忠心中的理想地方不是这两处，指着皇宫说道："只能在此动手!"

杨侃惊呆了,在皇宫内谋杀重臣前所未有:"随我去见天子,当面禀报。"

九月戊子,元天穆到达洛阳,元子攸亲自出迎,做足尊崇姿态。元天穆入城后送走皇帝才见到尔朱荣,稍微歇息,两人并骑入宫。元天穆满腹心事,洛阳城沸沸扬扬,都说尔朱荣要篡位,他是魏国宗室,不想看到此事:"兄弟,我这次进京,听到不少传闻。"

尔朱荣和元天穆情同手足,可是与元子攸势成水火,根本停不下来:"只要我活着,天下永远是你们拓跋氏的天下,我怎么能夺了外孙的皇位?"

尔朱荣继续奉立魏国社稷,却不保证皇帝是元子攸,元天穆可以接受:"如今洛阳流言蜚语很多,不要在城中招摇,速去速回。"

尔朱荣略一思索,说出打算:"必须快刀斩乱麻,皇后这几天就要生产,我打算请天子围猎,挟持王公大臣出城。"

迁都?事已至此,元天穆不再劝说。尔朱荣嘿嘿一笑:"还记得我去年嵩高山围猎说过的话吗?"元天穆忽然明白,别人都以为天下已经平定,尔朱荣却要平定南方,可是陈庆之驻守边境,两人又要爆发大战,不知道鹿死谁手。两人到达皇宫,元子攸在西林园宴射为元天穆接风,亲信大臣和嫔妃、公主聚集一起,其乐融融。城阳王元徽张弓,一箭落靶,将弓扔到一边,晦气摇摇头。尔朱荣捡起弓箭:"陛下,我朝道武帝和太武帝以弓马骑射开国,可是我朝迁都洛阳,不习战法,侍卫之臣都不习武,如何平定天下？"这话一出，众人脸上都有些过不去。尔朱荣说："陛下宜将五百骑出猎，不用成天处理那些朝政。"

元子攸大吃一惊，奚毅前几天说尔朱荣要借围猎迁都，看来是真的。他不敢当面拒绝，起身说："大将军说得对，六镇叛乱于前，葛荣、邢杲、万俟丑奴叛乱于后，元颢仅凭借七千梁军如入无人之境，洛阳百姓还传出歌谣，名师大将莫自牢，千军万马避白袍，官军望风披靡，实在愧对祖先。"王公大臣和侍卫们低头沉默，无言以对。元子攸提高声调，"幸得天柱大将军，一己之力扛起江山社稷，就按大将军所说，严加操练，朕亲自围猎，违反军纪者以军法处置，绝不许同往常那般沉迷游乐嬉戏！"

尔朱荣心头大快，举起酒杯："虽然叛乱全灭，但南北对峙，天下中分，岂能容岛夷萧衍老儿划江独存？我必提兵南下与陈庆之一战，若萧衍肯降，不失万户侯，若胆敢顽抗，必将他祖膊擒来献于宗庙。"没人敢异议，尔朱荣和元子攸得遂心愿，举杯痛饮，尽兴而归。

宴饮结束，元子攸独自走进洗月亭，杨侃带着一人来到亭外，压低声音："人已带到。"

杨忠抬头看着洗月亭，这是什么意思？难道元子攸在心中把明月洗去了吗？明月当初来过这里吗？正在愣神时，杨侃将他绘制的地图详细讲了一遍，元子攸看了许久，走出亭子上上下下打量杨忠："你叫什么？来自哪里？"

眼前这个年轻的皇帝面色苍白，身体单薄，嘴角和目光流露出坚强和不屈，就是他下令追杀元颢，导致明月摔落受禅台身亡。

杨侃提醒,杨忠无暇多看,避开在枋头坞抵御葛荣的经历,只说了加入梁军从铚城出发,一路攻入洛阳和撤退被俘的经过,以及矢志为战死沙场的梁兵复仇的决心。元子攸还算满意,详细询问陈庆之的战法,不禁神往:"名师大将莫自牢,千军万马避白袍,犹记白马啸西风。"他缺乏一支能够平定天下的军队,对陈庆之十分仰慕,"事成之后,可愿意为我训练军队?"

杨忠要杀的第二个人就是元子攸,留在他身边自然有很多机会,立即答应。元子攸详细询问细节,亲自带着杨忠在皇城看了一圈。皇宫正门被杨忠排除,西林园过于宽广,不适宜埋伏,最后来到明光殿,这里独门独院,可以在两厢伏兵,十分满意:"陛下,就在此处。"

杨侃觉得不妥:"明光殿是陛下宴请之所,在此动手,天子脱不了干系。"

元徽也不想元子攸犯险:"尔朱荣腰间有刀,狠戾伤人,临事愿陛下避之。"

"我要亲眼看着尔朱荣死在我面前。"元子攸伸手索要短刀,杨忠掏出千牛刀,这是小猴子在金山银水打制的第一把宿铁刀,在枋头坞被马佛念看见,惊异不已。马佛念得到这把千牛刀,十分珍爱,随身佩带,直到生命最后一刻才交给杨忠,用这把刀终结尔朱荣的性命才是用武之地。元子攸提起千牛刀,向海棠一刀削下,手腕粗细的树枝从中斩断。他将千牛刀横在膝下,长短正好合适。杨忠忽然问道:"陛下,可认识明月郡主?"

元子攸心中一颤,转身回来:"你认识桃儿?"

"我曾护送明月郡主北返与陛下团聚,不知她在何处?"杨忠难以按捺，但这是元子攸不想触碰的心中之痛，他当作没有听见，拂袖进了明光殿。

元子攸离开洗月亭前往明光殿，高道穆和温子升到了，如今元天穆到达洛阳，刺杀随时发动，众人十分紧张，元徽没了思路："尔朱世隆和司马子如等人都是尔朱荣的亲信，具知天下虚实，也不宜留。"

元子攸手扶前额想了一下："温先生，将王允杀董卓之后的事情说一遍。"

东汉初平三年四月，董卓被王允和吕布谋杀，部将李傕、郭汜和张济等人本想解散军队逃归凉州，怕得不到赦免，贾诩当时在李傕军中任职："听说王允要把凉州人赶尽杀绝，如果弃军单行，一个小亭长就能抓住我们。不如率军攻打长安，为董卓报仇，如果成功，则奉国家以正天下，若不成功，再走不迟。"李傕等人采纳贾诩的建议，向凉州士卒说："朝廷不赦免我们，只能拼死作战。如果攻克长安，则得到天下；攻不下，则抢夺妇女财物，西归故乡保命。"部下纷纷响应，日夜兼程攻向长安。王允派遣董卓旧部胡轸和徐荣迎击，徐荣战死，胡轸投降。叛军沿途收编军队，到达长安时已有十余万。五月，李傕等人会合董卓旧部樊稠等人围攻长安，八日后城陷，展开巷战，吕布败走，王允遇害。李傕挟持汉献帝纵兵劫掠，百姓和官员死伤不计其数。温子升讲到这里，几个人明白他的心意，元子攸说道："王允如果立即赦免凉州将领，一定不会落到那种地步。"

杨侃不愿意大肆杀戮："如果连尔朱世隆也杀掉，尔朱仲远和尔朱天光定不会归降。"

温子升讲明王允诛杀董卓的往事,众人都无异议,决定只杀尔朱荣和元天穆两人,其他人一律赦免。温子升心中惆怅,他先在元深军中与鲜于修礼作战,又随元天穆灭邢杲,尔朱荣虽在河阴铸成大错,却有大功于社稷,贸然刺杀,一旦失手社稷就要倾覆。即便得手,也不符合仁义礼智信的儒家五常。遂跪下说道:"臣请陛下三思,天柱折,社稷覆!"

元徽和温子升的分歧由来已久,大怒:"这种时候还犹豫?你要通风报信吗?"

温子升不语。"明日尔朱荣入宫,做好万全准备。"元子攸让元徽几人退下,想了许久走到温子升身边坐下,"朕的真心,先生都知道,我宁愿如高贵乡公死,也不愿像常道乡公活!"

元子攸多次提到刚烈的曹髦和懦弱的曹奂,看来他心意已决,温子升拱手:"既如此,誓与陛下同进退。"向元子攸三拜退出明光殿。

70 伏兵东厢

时隔一年多，杨忠再次披挂铠甲。鱼鳞甲用铁环编制，不如明光铠坚固，却可在外面披上寻常衣物，不显行迹。仪刀是宿卫武士所用，长度比不上环首刀，胜在灵活，不利于战场却适合突袭掩杀。尔朱荣入宫随行三十多人，加上元天穆的近卫达五六十人，他们守卫在明光殿外厢房，没有铠甲和重兵，身上只佩带短刃。梁兵只有十人，要在殿外将他们全部杀死，然后进入明光殿对付尔朱荣和元天穆，这是整个刺杀计划中最关键的环节。箭在弦上不得不发，杨侃心中没底儿，仍然让十名梁兵换上各色仆役的衣服，向宫中运送藏匿。杨忠到了明光殿，也不知道尔朱荣和元天穆何时到来，看来要在这里隐藏一段时间。抬头四顾，永宁寺塔高耸，近处是瑶光寺，塔分五层，那里是皇宫失宠后妃的去处，明月是否去过？皇宫本是她要来的地方，我来了，她却走了。没过多久，一群人拥进明光殿，杨侃压低声音："尔朱荣已到铜驼街，快埋伏起来。"

梁兵都是身经百战的老兵，不慌不忙躲进明光殿东厢，这里有一个密室，是早年孝文帝营建洛阳宫时修建，密室狭小，正好藏下梁兵。杨忠从缝隙看见明光殿正中的元子攸，他一动不动，如同佛像，有逢大事而不乱的镇静。竖着耳朵听明光殿内外动静，不多时笑声传来，脚步声纷杂，尔朱荣带着扈从到了。

尔朱荣不理睬应诏官，也不进殿参见元子攸，在殿外等候，不多时又有一阵人声，传来元天穆的声音："我今天带了新弓，一会儿再比三局。"两人一起进殿向元子攸施礼，径直坐下。

动手！杨忠提刀出来，干掉外面这些随从，尔朱荣就极难逃走。杨侃几步抢来，压低声音："且慢，天子没发令。"时机稍纵即逝，杨忠甩开杨侃，带梁兵出密室来到门边，已经能够从窗棂影影绰绰看见尔朱荣和元天穆。

"天下大定，皇后即将产子，朕与大将军和太宰共饮此杯以贺！"元子攸举起酒杯。元天穆本是京畿道大都督，平定元颢叛乱之后升迁为太宰、录尚书事、监修国史。

尔朱荣和元天穆喝了一杯，东边似乎有动静，目光一扫，把元子攸惊出一身冷汗："来，上菜。"

东边门帘一开，一溜侍从端着食盒进来。平常酒菜从明光殿外送入，难道东殿竟藏了上菜的侍从？尔朱荣正在怀疑，元子攸说："我今日让后宫为大将军和太宰做了吃食，大将军和我本就是一家，品尝一下后宫的手艺。"

尔朱荣放下酒杯："现在正是围猎好时节，嵩高山围场已经备好，陛下何时行猎？"

元子攸并不慌张，向左右问道："朕的弓马可准备好？"

元天穆将一张新弓取来，传到元子攸面前："这是新做良弓，陛下不妨试试。"

元子攸接过弯弓正要细看，尔朱荣忽然起身："陛下弓马已备好,三天后便去围猎。"说完起身向外,"臣不饿,告辞!"元子攸大惊,尔朱荣看出了破绽吗?起身相送,两人召集随从进入中庭,向正门走去。

杨忠抽出刀来,推开杨侃拥入正殿,正好看见尔朱荣背影,向身后说道:"杀!"

元子攸慌了,紧走几步不顾天子威仪拉住杨忠:"壮士,从长计议!"

此时只要一刀就可以杀掉元子攸,可是尔朱荣一旦发现异常,梁兵就死无葬身之地。杨忠甩开元子攸,被杨侃抱住:"陛下的话你都不听吗?"这么拖延片刻,尔朱荣和元天穆出了明光殿,十个人追杀三五十人,实无把握,杨忠只好收起刀,长叹一声。

元徽急急忙忙进来,见到十名披甲带刀的梁兵,难掩惊恐:"尔朱荣发现了吗?"

高道穆跟在元徽身后:"侍中大人,将他们带走藏好,如果被尔朱荣发现,就跳进黄河都洗不清了。"

元子攸回到座位想了许久:"朕意已决,必杀尔朱荣!杨侃,你的人留在明光殿,下次绝不犹豫。"

71 孰是孰非

杨忠的梁兵留在皇宫一座无人的宫殿，大门紧闭，不能外出，有人将三餐送来。第一天傍晚，杨侃来告诉杨忠，今天壬辰日是元子攸的家忌，不能接见大臣。第二天癸巳日是尔朱荣的忌日，他闭门不出。第三天尔朱荣进了皇宫，没来明光殿，只是敦促元子攸围猎，然后请旨去了陈留王府，饮酒极醉，上书称病，好几日不来宫中。

杨忠担心有变，自己都能发现杨侃的密谋，尔朱荣眼线更多，随时都可能发现，这十名梁兵兄弟首当其冲，绝对难以脱身，尔朱度律军营中的近千梁兵绝对活不了。想到这里走到门前，咚咚咚地砸起门来，许久没人应门。他推门出来，宫中一片慌乱，随手拦住一人，那人不待杨忠询问，急慌慌地说："明天围猎！天子迁都！"

尔朱荣和元子攸搞的什么名堂？把阴谋诡计搞成人人皆知的秘密，连宦官都知道尔朱荣要借围猎迁都。杨忠向明光殿走去，这离他们隐藏的地方只有几百步距离，里面空无一人。元子攸在哪里？杨忠穿着宫里仆役的服装，无人阻拦，洗月亭！杨忠脚步一转，果然元子攸等人正在亭中商议对策。杨侃猛然看见杨忠，吃惊不小，连忙走出问："你怎么来了？"

杨忠推开杨侃走到元子攸面前："陛下，速速动手！"

元子攸极为冷静，也不答话。元徽怒问杨侃："这是何人？"杨侃看看元子攸再看看元徽，杨忠是刺客，还是尽量少让人知道，杨忠大声说道："明日就要迁都，再也没有机会了。"

"他不上朝，难道要杀到仆射府吗？"元子攸端端正正坐着。

"你们怕不怕？"杨忠不答反问。

不怕是不可能的，尔朱荣借围猎，轻则迁都，重则搞出一个河阴之变，众人沉默。元子攸忽然说："不怕。"

杨忠点头："既然不怕，就以生太子为由，尔朱荣必入朝，杀之。"

这是一个看起来可行的计划，元子攸皱眉："皇后怀孕才九月，可乎？"

元徽生于孝文帝太和十五年，今年四十岁，有了儿子元延和女儿元长华，连忙说道："妇人不及期而产者多矣，彼必不疑。"

元子攸正在商议对策，犹豫不决，杨忠的法子是当下唯一对策。元子攸目光远望，仿佛灵魂出窍，许久才说："元徽，你去见尔朱荣，说皇后产子，引尔朱荣来明光殿！温先生为我书写赦令，赦免尔朱天光、尔朱仲远和高欢等人，一旦得手即刻发出。杨侃，你准备动手。"几人离开洗月亭分头行动，亭内只剩杨忠，元子攸端起茶杯，"听说桃儿在洛阳之时，元颢将她许配了一位梁军将领？"

杨忠大吃一惊，元子攸知道自己身份，竟还深藏不露，迎着他的目光："就是我。"

元子攸握着千牛刀走到杨忠身边:"你入宫到底为了杀谁?朕还是尔朱荣!"杨忠第一次见到元子攸就想杀他,最终仍然选择先对付尔朱荣。元子攸将刀递向杨忠,"这是刀,动手!"元子攸冷冷地又道,"我听说,元颢封你做直阁将军,你应该守在桃儿身边,对不对?你虽不能击败尔朱荣,却不至于让他死在那个县卒江丰的手里。"杨忠无言以对,他在太谷关没有追赶元颢和明月,选择了救援陈庆之,明月之死自己也并非毫无责任。元子攸寸步不让,"你责怪我不能保护明月,朕是一个傀儡天子,连兄弟都保护不了,怎么保护桃儿?你怎能让她被杀死?"杨忠无法驳斥,元子攸收回千牛刀,"杀了尔朱荣,他才是害死明月的正主儿。"说完将千牛刀横在膝下,静静等待尔朱荣。

杨侃带梁兵匆匆躲进厢房,元子攸是对的,如果自己去追桃儿,定能保护她逃走,可我能置陈庆之和马佛念不顾吗?她和兄弟之间,我选择了兄弟,元子攸在天下和桃儿之间选择了天下,我能好到哪里去?还有什么道理来杀死元子攸?

"我不怪子攸,我和他有婚约,来洛阳寻他,他不见我,是因为背负社稷和天下,宁可忍受兄弟被杀的仇恨,也必须那么做。"瑶光寺的五层浮屠之上,吕桃儿和阿阇梨眺望,却看不见身在皇宫的元子攸和杨忠。

"我也不怪杨忠,姐夫在太谷关对他下手,他的伤没好,中了箭无法追来,这不是他的错。"吕桃儿也不想责备元颢,心里却不认可他的所作所为,如果他不着急逃跑,守住太谷关,极有可能和陈庆之全军撤回梁国。

"所以？"阿阇梨想知道明月的心事，缓缓问道。

"在这乱世，人们妻离子散，互相残杀，他们本来没有仇恨。"明月无能为力，只能将杀戮归结于乱世，她想起了马佛念，他在枋头坞像大哥哥一样照顾自己。

"想终结乱世吗？"阿阇梨忽然问道。

"能吗？我只是一个女人。"明月改变不了什么，她无能为力。

阿阇梨不想说太多，没人相信眼前这个女人将哺育未来的辉煌盛世："有何想法？"

"打听杨忠的下落。"明月在这个世界上还放不下的就是杨忠。

"为何？"阿阇梨问道。

"和他回到枋头坞，安安静静地生活。"明月在瑶光寺住了一年，渐渐沉淀，斩断了对元子攸的情感，也清楚自己想要什么。

"杨忠没死，小猴子没有死，宋景休到了枋头坞，刘离给他生了个胖小子。"阿阇梨知道答案，这对她一点儿也不难，"但是你不能见杨忠。"

吕桃儿抬起头来，她不知道此时此刻杨忠就在脚下的皇宫："为何？"

在这一年里，阿阇梨花了不少工夫，对尔朱世隆用了手段，尔朱世隆答应不对付吕桃儿，阿阇梨也同意她不离开瑶光寺："杨忠被俘后在尔朱度律军中，现在是尔朱荣的天下，如果你们逃亡枋头坞，会给那里的百姓带来灭顶之灾，也会牵连他的兄弟。"

"可否让他来瑶光寺见我？"这个提议不违反阿阇梨和尔朱世隆的约定。

阿阇梨担心杨忠不顾一切带她离开："你要等一等，不仅为自己，也为枋头坞的百姓。"

桃儿早已心急如焚："等到什么时候？"

阿阇梨望着皇宫，尔朱荣和元子攸势成水火，磨刀霍霍，一定会有大变："尔朱荣以围猎为名，实际上要南征梁国。这次尔朱仲远出兵，杨忠归属尔朱度律的辎重营，或许会留在洛阳。"瑶光寺出家的都是宫中嫔妃，桃儿或多或少听到了传闻，都说尔朱荣借围猎迁都，出征梁国却是第一次听说。

72 喋血明光殿

尔朱荣并非生病，在尔朱世隆的仆射府商议围猎和南征，事情决定之后，尔朱世隆劝他离开洛阳返回军营。他一向轻视元子攸，不耐烦地说道："何匆匆！"说完带着几十名近卫策马直奔陈留王府。他在洛阳落脚的地方第一个是尔朱世隆的仆射府，第二个便是陈留王府，皇宫还要排在第三。他并非去看望嫁给元宽的小女儿，而是饮酒作乐，尤其迷上了握槊。

元天穆已备好棋盘，尔朱荣抓来骰子要扔，被元天穆按住："咱们兄弟说几句话。"

尔朱荣大概猜到元天穆要说什么，大概就是那么几件事，要是别人，他肯定不搭理，但他和元天穆极为投缘，笑着说："咱们掷骰子，赢了问，输了喝酒。"元天穆松手，尔朱荣抢来扔了出去，元天穆无奈扔出，尔朱荣赢了，棋子向前移一步。接着连赢三投，乐呵呵把一枚棋子逼近元天穆底线。这时元天穆才赢一次，绕开尔朱荣棋子前行一步："兄弟，明天围猎，是否迁都？"

尔朱荣摇头："不迁都。"

元天穆没心思握槊："你的军队整装待发，皇宫鸡飞狗跳，洛阳沸沸扬扬。"

尔朱荣摇头叹气："大哥，我跟您说的话，您怎么都忘记了？"

元天穆越发急了："你说过要迁都，没说是今天。"

尔朱荣继续投掷骰子挪动棋子，绕开元天穆的棋子向底盘攻去："不是这句话，是我一年前在嵩高山围猎时说的。"去年尔朱荣带着梁军俘虏在嵩高山围猎，元天穆劝阻，尔朱荣说了一段话，元天穆从此释怀，不拦着尔朱荣围猎，反而常常策马同去。当时尔朱荣说大臣们失去勇武，将他们送入围场与虎豹相搏才能在战场上厮杀，又说明年挑选精锐骑兵，分道出兵长江和淮河，萧衍如果投降，封他万户侯，如果不降，率数千骑兵直渡江淮，将其擒缚，然后侍奉天子巡视四方。尔朱荣笑得露出雪白的牙齿："你们以为我来洛阳探视皇后生产，以为我要借着围猎迁都，哈哈，你们都错了。"

元天穆大吃一惊："你要进攻梁国？"

尔朱荣点头："如果不攻打梁国，为何让仲远去做徐州刺史？"徐州是南北对峙的关键地点，魏国和梁国在此多次爆发大战。尔朱荣用兵如同握槊，从来不走空，绕开元天穆棋子获胜，将骰子向棋盘一扔，走到地图旁边："陈庆之都督南北司、西豫、豫四州诸军事，南北司二州刺史，正处于徐州和荆州之间。"

徐州和荆州是南北对峙的两大战场，梁武帝将陈庆之派到这里，显然让他居中接应。尔朱荣偷偷从东边入侵，直捣建康，让陈庆之来不及救援，瞒天过海掩人耳目：先派遣尔朱仲远担任徐州刺史，后声称探视皇后生产，携带五千骑兵来到洛阳，再借围猎，带着元子攸御驾亲征。元天穆自然十分开心，尔朱荣用兵入神，天下人都以为他要迁都废帝，原来另有图谋，连自己都骗了过去。

正说话间，传来一阵马蹄声，尔朱荣皱眉。他和元天穆握槊，没人敢来打扰，更没人可以策马冲入陈留王府后院。元徽冲进来，将尔朱荣的帽子摘下来欢舞盘旋，拜倒："恭喜大王，皇后产子！"

"当真！是小子吗？"尔朱荣看了元徽欣喜若狂的样子，信了七八分。一旦女儿生了儿子，外孙早晚是皇帝，猎取天下便不是替他人做嫁衣。元徽抢了一碗水喝了，将事先想好的谎话编圆，何时何地，几斤几两都有模有样，王公大臣的信使络绎不绝向尔朱荣道喜，连瑶光寺和永宁寺都传出钟声，为皇子祈福。尔朱荣不再起疑，和元天穆走出庭院翻身上马，带了随从向皇宫奔驰。

元子攸坐在明光殿正中，一遍遍回想兄长元劭和弟弟元子正在行宫被杀死的情形。河阴之变后，尔朱荣醉卧皇宫，元子攸曾想亲手杀他，奚毅、祖莹和温子升力劝，才让他暂时打消了主意。温子升是对的，如果当时杀了尔朱荣，葛荣、邢杲和万俟丑奴之流可能已经攻入洛阳，社稷倾覆，至少元颢占领洛阳，没有尔朱荣帮助，自己再夺不回皇位。想想也是奇迹，尔朱荣在短短两年时间，摧枯拉朽一般席卷天下，自古谁能做到？假以时日，四海一统也不是没有可能，要不要再等等？啊，不行，来不及了，信使已经将皇后产子的消息遍告天下，箭在弦上不得不发，我将亲手杀死你，尔朱荣！

"陛下色变。"温子升进门看到元子攸脸色铁青，不似正常。

元子攸接来酒浆连饮壮胆："赦文作好了吗？我看看。"接着轻轻念道，"尔朱荣缘将帅之列，藉部众之威，属天下暴虐，人神怨愤。遂有匡颓拯弊之志，援主逐恶之功。及夫擒葛荣，诛元颢，戮邢杲，翦韩楼、丑奴、宝夤，咸枭马市，荣之功烈亦已茂矣。而睥睨宸极，终乃灵后、少帝，沉流不反。河阴之下，衣冠涂地，其所以得罪人神者焉。宗属分方，作威跋扈，回天倒日；揃剥黎献，割裂神州，刑赏任心，征伐自己。天下之命，县于数胡，丧乱弘多，遂至于此。岂非天将去之，始以共定；终于恶稔，以至殄灭。此其所以得罪人神，而终于夷戮也。向使荣无奸忍之失，修德义之风，则彭、韦、伊、霍夫何足数？至于末迹见猜，地逼贻毙，斯则蒯通致说于韩王也。"

赦文述说尔朱荣在天下大乱之际平灭叛乱，有援主逐恶的功劳，后面责备他在河阴之变的罪过，所谓作威跋扈和回天倒日都是虚的，河阴之变的杀戮才是真凭实据。可是两年前早已大赦，不再追究，今天旧事重提，元子攸自己都说不过去。他想再改，杨侃进来禀报：尔朱荣到了。元子攸将赦文甩给温子升，正襟危坐："宣！"

温子升将赦文抓在手中向外走去，尔朱荣和元天穆到明光殿前，身后几十名随从。元天穆认出温子升停下脚步，尔朱荣看见他手中的赦文："是何文书？"

温子升心中惊恐，面色不变："赦文。"

尔朱荣急着要抱外孙，并没有去看赦文，向明光殿走去。他有赞拜不名的隆遇，向元子攸略一拱手，背东向西坐下，元天穆在御榻西北向南而坐，隐隐将元子攸夹在中间。温子升怀抱赦文，冷汗沾衫，杨侃使个眼色，两人走入明光殿东序，这是藏书之所，向杨忠说道："尔朱荣到了！"

杨忠拔出短刀，向梁兵挥手：杀！明光殿没有发出信号，杨侃拦住："皇帝还在，待我去看看。"

"看个屁！"杨忠说一句粗话，尔朱荣将去探望尔朱歌，不会在明光殿久留,一旦发现皇后产子是假,一切都来不及。他推开杨侃冲出东厢,与三十几名尔朱荣随从迎面相遇,扭头向杨侃喊道:"侍中,速去明光殿。"话音未落向前一跃,劈中一人肩膀,连同半个肩膀卸下。

杨侃顾不得这边厮杀,带着光禄少卿鲁安和典御李侃等抽刀从东厢进去。尔朱荣听见外面呼喊,见杨侃等人持刀而入,大惊失色,抓起狼首旄节:"陛下,你要做什么?"不待元子攸回答,直趋御座,只要将他控制便可挽回局面。明光殿外喊杀声响起,元天穆明白过来,从另一侧向元子攸逼去:"陛下,这是做甚?"

杨侃等人还有十几步距离,登时急了,迅速向元子攸奔去。尔朱荣和元天穆一左一右控制了皇帝,尔朱荣揪住元子攸胸口:"陛下竟敢刺杀我?"

尔朱荣随从被弓箭射倒一半,他们都是身经百战的勇士,拔出佩刀搏杀,浑身鲜血犹自不退,向明光殿大喊:有刺客!尔朱荣听到喊声,笃定元子攸图谋:"陛下相信了外面的传言?"

元子攸冷冷看着尔朱荣:"借围猎迁都?"

尔朱荣掏出一张地图:"我要进军梁国,给我一年,还你完整的天下!"元子攸看着头顶上的狼首旄节,丝毫不慌:"如此大事,为何不早些告我?"

尔朱荣将行军地图放在元子攸面前,一条黑线从洛阳出发,避开陈庆之的司州,经过徐州直指梁国都城建康,右手的旄节不离元子攸的额头:"就待陛下旨意。"明光殿外血流成河,一个年轻人全身鲜血,兀自不退,夺了一把短刀冲到殿门:"爹爹,快撤！"正是尔朱荣的世子尔朱菩提，今年只有十四岁。

杨忠一个箭步冲上，短刀透背而入，他涌出一口鲜血，发狂大喊："姐夫，我爹爹没有废你之心，围猎是为了攻打梁国，不要杀他！"说完倒地不起，身上十几处伤口，鲜血淋漓，眼见难以活命。

杨忠此时此刻哪有怜悯之心，短刀自上而下插入他脖颈，一道鲜血喷溅全身。尔朱荣见儿子死在眼前，狂吼一声，狼首旌节劈头砸下，忽然胸口凉透，千牛刀透心而入。元子攸面目狰狞："尔朱荣，即便你现在不废我，日后怎能保证不反叛！"他短刀反复刺入，鲜血从尔朱荣胸口和腹部流淌。元天穆怒极指着元子攸："狗天子，你两年前当面赦免大将军河阴之罪，你说胡氏毒杀先帝，朝臣狼狈为奸，哪个脱得干系？他们弑帝死罪也，大将军杀之，何罪之有？你说大军发动来不及阻挡，并非大将军之罪。你说费穆从中挑拨，火上浇油。你说大将军世代为国效力，娶北乡长公主，忠心耿耿，扶你称帝，功过相抵，恩怨就此勾销。誓言就在耳边，你竟然杀死大将军，祖宗神灵在上，大魏血脉怎么出了你这样一个无信无义之人！"

元天穆话音未落，一柄短刀从后而入，鲜红的血浆迸射，他爬向尔朱荣尸体，扑在他身上泪水纵横："兄弟，我害了你，早知当初，不该奉立这个狼心狗肺的长乐王！"鲁安和李侃乱刀砍下，元天穆声音犹自不绝，"元子攸，你如此作为，我在黄泉等你，看你死在何日！"

元子攸麻木地走到没了气息的尔朱荣和元天穆身边，抓起地面的手板看着，牒启上都是人名，非尔朱荣心腹都要除去，缓缓说道:"竖子若过今日,遂不可制。"元子攸脸上沾满尔朱荣的鲜血,狰狞异常,目光落在杨忠身上,手向下一挥。杨侃向外喊道:"梁兵刺杀大将军,速速拿下!"

杨忠心里翻腾,他在战场上混,哪懂得宫廷的钩心斗角。元子攸竟要把杀死尔朱荣的罪责安在自己身上,大步逼近元子攸:"你竟要杀我们?"

元子攸坐回御榻:"你不能保护明月郡主,让她身死,我恨你入骨!若非留你有用,你还能活到今天?元颢是我下令通缉天下,桃儿的头颅也是我下旨悬挂城门,元颢是我至亲,明月郡主是我心中所属,为了祖宗社稷,他们都能杀,你为何不能杀!"

鲁安等人持刀向前,杨忠怒极,要上前格杀元子攸,被人从后面抱住,正是鱼天愍:"杨大哥,我们走。"即便格杀元子攸,也要搭上这些兄弟。外面御林军冲来,杨忠调转身体,带着梁兵冲向殿外。这些梁兵都是从死人堆里杀出来的,迅速占据东厢,结成阵线,弓弦半张,齐声发出一声呐喊,射向明光殿大门。御林军数量虽多,却仓皇而来,乱成一团,哪里来得及结阵,被梁兵一鼓作气冲出明光殿。

杨忠从怀中掏出小猴子画的地图,太极殿位于皇宫正中,西侧是明光殿、宣室殿和承福殿,承福殿是祭祀神仙、祈福迎祥之地,宣室殿是皇帝与大臣商议朝政之所,地位仅次于太极殿。小猴子画了一条粗线,避开人多嘈杂的宣室殿,从承福殿向西直奔皇宫西掖门。杨忠向那边一指,冲!

皇宫大乱,杨忠将短刃收起,绕过承福殿来到西掖门。元子攸刺杀尔朱荣极为机密,很多御林军还不知道明光殿发生了什么。

杨忠手起刀落杀了几名士卒，毫发未损夺门而出。尔朱荣和元天穆被杀，洛阳必然关闭城门，防止尔朱度律大军入城。地图上的线条指向瑶光寺，这里在阊阖门御道北，东去千秋门二里，北有承明门。小猴子思虑极细，一旦皇宫出事，街道和城墙将被封锁，他的路线绝不走街道，而是从瑶光寺前门进后门出。

元子攸还想追杀杨忠，被杨侃拖住："尔朱度律五千人马就在洛阳城外，需封锁城门，召集军队防守城墙，请陛下即刻登临太极殿，召集群臣，安排洛阳防守。"元子攸悻悻掉头回来，看着死去的尔朱荣和元天穆，命令用上等棺木收敛，走出明光殿抬头向天，积攒了两年的恶气终于扬眉吐气。奚毅从外跑入，踉踉跄跄直奔尔朱荣尸身，放声痛哭："奚毅有负大王！"

杨侃拔出刀来，奚毅是尔朱荣眼线，杀了才免除后患。元子攸止住他，向奚毅叹息："忠义不能两全，你向朕尽忠，便不能对他有义。"奚毅擦拭尔朱荣脸上鲜血："大王，待我尽忠，必追随你于九泉之下。"他多次帮助元子攸脱困，知道刺杀计划不通知尔朱荣，反替元子攸辩解，导致尔朱荣没了提防，又将围猎迁都计划透露给元子攸，其实是害了尔朱荣。元子攸蹲下说："切勿悲伤，你即刻出镇北中城。"

北中城是从洛阳退往晋阳的必经之路，这么重要的城池交给他，就是托付了社稷。奚毅悲声更大，不是向尔朱荣，而是匍匐在元子攸脚下感激涕零："奚毅必不负所托，以死守卫北中城。"杨侃等人大惊失色，还要再劝说，元子攸拉起奚毅："奚将军绝不负朕，朕意已决，不须多说。"奚毅擦干泪水向元子攸三拜，回头看一眼尔朱荣尸身，匆匆起身离去。

预告

骄横无比，志在猎取天下的天柱大将军尔朱荣血溅明光殿，刚刚平定的帝国再次掀起滔天巨浪。尔朱世隆能否逃出洛阳？驻军城外的尔朱度律如何为尔朱荣复仇？视尔朱荣为父的尔朱兆又将多么疯狂？尔朱仲远驻扎徐州，尔朱天光领兵长安，东西夹攻，洛阳是否再次陷落？元子攸又将迎来什么样的命运？洛阳又将经历什么样的浩劫？

高欢蛰伏晋州，等待时机，尔朱荣被杀死，为他实现踏星而行的梦想创造了机会。可是晋州地域促狭，强敌环伺，他怎样才能借机做大，猎取天下？

杨忠要为马佛念复仇，被元子攸利用杀死尔朱荣，他能否逃脱追杀？能不能杀死元子攸为明月复仇，何时才能与明月再次见面？

小猴子痴迷冶炼和兵器，无论在南梁还是在北魏，上至帝王将相，下至贩夫走卒，都广交朋友，人脉甚盛，与他青梅竹马的刘离嫁给了宋景休，他何以为家？

高敖曹返回河北训练人马，河北五族举起义旗支援元子攸，却不得不与尔朱荣遗留的天下强兵对决，有几分胜算？

宋景休身负重伤,再不能踏上战场,在枋头坞安家,刘离为他诞下儿子,希望在乱世中偷生,可是他们的丰衣足食让人觊觎,枋头坞处在黄河渡口的军事要地,他们真的能够过上平静的日子吗?

(敬请关注《猎天下第5部:天下一家》)